DONGSUH MYSTERY BOOKS 116

EPITAPH FOR A SPY
어느 스파이의 묘비명
에릭 앰블러/맹은빈 옮김

동서문화사

옮긴이 맹은빈(孟銀彬)
동국대학교 영문과 졸업. 한국출판편집인. 100인 문학동인. 이양하상 운영위원. 지은책 시선집 《꿈의 시》. 옮긴책 토마스 하디 《테스》 등이 있다.

DONGSUH MYSTERY BOOKS 116
어느 스파이의 묘비명
에릭 앰블러 지음/맹은빈 옮김
초판 발행/1977년 12월 1일
중판 발행/2003년 9월 1일
발행인 고정일/발행처 동서문화사
창업 1956. 12. 12. 등록 16-345(윤)
서울강남구신사동 540-22 ☎ 546-0331~6 (FAX) 545-0331
www.epascal.co.kr

*

이 책의 출판권은 동서문화사(동판)가 소유합니다.
의장권 제호권 편집권은 저작권 법에 의해 보호를 받는 출판물이므로
무단전재와 무단복제를 금합니다.

편찬·필름·제작 일체 「동판」 자본으로 이루어짐에 따라
출판권 소유권자 「동판」에서 제조출판판매 세무일체를 전담합니다.
사업자등록번호 211-90-02201
ISBN 89-497-0212-6 04840
ISBN 89-497-0081-6 (세트)

어느 스파이의 묘비명
차례

어느 스파이의 묘비명······ 11
앰블러의 노트······ 268

에메랄드빛 하늘의 비밀—에릭 앰블러
에메랄드빛 하늘의 비밀······ 274

세일링 클럽—데이비드 일리
세일링 클럽······ 292

우연히 스파이로 몰린 한 서민의 절망적 고뇌······ 308

등장인물

요셉 바다시   헝가리 인(어학교사)
앙드레 루   프랑스 인(미남자)
오데트 마르땅   루의 연인
발터 포겔   독일인
푸르데 포겔   발터의 부인
에밀 시믈러(폴 하인버그)   독일인(망명자)
워린 스켈튼   미국인
메리 스켈튼   워린의 누이동생
하버드 그랜든 하드리   영국인(예비역 소령)
로베르 듀크로   프랑스 인(수다쟁이 노인)
알베르 게헤   스위스 인(호텔 지배인)
슈잔느 게헤   알베르의 부인
베건   정보원

어느 스파이의 묘비명

1

내가 니스에서 생 가티앙으로 온 것은 8월 14일 화요일이었다.

그리고 16일인 목요일 오전 11시 45분, 나는 경관과 사복형사에게 체포되어 경찰서로 연행되었다.

툴롱에서 라 시오타로 가는 철도는 수 킬로미터에 걸쳐 해안선과 접해 있다. 열차가 짧은 터널을 수없이 빠져나가는 이 구간은 눈이 부실 듯한 푸른 바다와 붉은 바위, 솔밭 속 하얀 집들이 반짝이며 눈앞에 펼쳐진다. 마치 서투른 기사가 훌륭한 천연색 슬라이드를 차례차례로 비쳐 내는 환등 쇼를 보고 있는 것 같다. 세세히 구경할 여유가 없다. 생 가티앙 지방을 잘 알고 있다고 해도 레제르브 호텔의 눈부신 붉은 지붕과 연노랑 석회로 칠한 벽 외에는 아무것도 눈에 들어오지 않을 테니까.

호텔은 곶의 가장 높은 위치에 자리잡았으며 남쪽으로 테라스가 이어져 있었다. 테라스 앞은 15미터 정도의 가파른 낭떠러지로, 무성하게 자란 소나무가 테라스에 거의 닿을 정도로 가지를 뻗어 나갔다.

그러나 그 너머는 또다시 지형이 높아지면서 말라빠진 관목림 사이로 붉은 바위가 가끔 얼굴을 내밀고 있다. 바닷바람에 뒤틀린 다마르 나뭇가지는 짙은 감청색 바다에 제 그림자를 떨구고, 이따금 바위 틈으로 새하얀 물보라가 피어올랐다.

생 가티앙 마을은 호텔이 서 있는 작은 곶 그늘에 펼쳐져 있다. 집들은 지중해 연안의 다른 어촌들처럼 흰 색이나 계란 껍질 같은 연한 푸른색, 또는 분홍 장미색으로 칠해져 있다. 바위투성이 언덕은 소나무로 덮인 비탈이 반대쪽 해안선까지 뻗어 있어서, 때때로 불어 오는 미스트랄(프랑스의 지중해 연안 지방 특유의 건조하고 차가운 서풍)로부터 이 작은 항구를 보호하는 데 한몫하고 있다. 인구는 7백 43명. 대부분이 어업을 생계로 삼고 있다. 커피숍이 둘, 카페가 셋, 상점이 일곱, 그리고 멀리 떨어진 강 입구에 경찰서가 있다.

그러나 그날 아침, 내가 앉아 있던 테라스 끝에서는 마을과 경찰서가 보이지 않았다. 햇볕은 몹시 따가웠고 호텔 테라스에서는 매미가 처량하게 울고 있었다. 조금 옆 난간 너머로는 호텔 전용의 자그마한 해수욕장이 보였다. 또 화려한 대형 비치파라솔 두 개가 모래사장에 서 있는데, 그 한쪽에서 두 사람의 발이 파라솔 밖으로 나와 있었다. 남자와 여자의 젊고, 햇볕에 까맣게 탄 발이다. 희미하게 속삭이는 소리가 흘러나왔다. 테라스에서 보이지 않는 모래사장에도 몇 사람의 딴 손님이 있었다. 호텔 정원사는 차양이 넓은 밀짚모자로 머리에서 어깨까지 햇볕을 가리고, 가대 위에 뒤집어 놓은 보트의 뱃전에 청색 페인트로 줄무늬를 그리고 있었다. 모터보트 한 척이 맞은편 곶을 돌아 백사장으로 다가왔다. 보트가 가까워지면서 노를 잡고 있는 훤칠한 키의 레제브르 호텔 지배인 게헤의 모습이 보였다. 같이 타고 있는 또 한 사나이는 이 마을의 어부였다.

두 사람은 새벽부터 바다에 나가 있었던 모양이니 어쨌든 점심때는 생선을 먹을 것 같다. 멀리 앞바다에는 마르세유에서 빌프랑슈로 가는 폴란드 로이드 회사의 정기선이 달리고 있다. 모든 것이 참으로 멋있고 평화스러운 광경이었다.

내일 밤은 짐을 챙겨 토요일 아침 일찍 툴롱으로 가서 파리행 기차를 타지 않으면 안 되겠군…… 하고 나는 생각하고 있었다. 기차가 아를에 닿을 즈음엔 더위도 한창이겠지. 3등 객차의 뻣뻣한 가죽 좌석이 몸에 배기고, 주변은 먼지와 연기로 뒤범벅이 되겠지. 데이존에 도착할 무렵은 피곤해져서 목이 탈 것이다. 포도주를 약간 섞은 물이라도 한 병 가지고 가야겠다.

파리에 도착해야 안심할 수 있다. 그러나 그것도 한순간이다. 리용역에서 지하철 역까지 걸어가지 않으면 안 된다. 가방의 무게로 몸이 지칠 것이다. 누이행으로 콩코드까지. 메리 데레이시행으로 갈아타고 몽파르나스 역까지. 다시 폴트도르레앙행으로 갈아타고 아레지아까지. 그리고 하차한다. 몽루즈 샤띠용 거리를 지나 이윽고 볼드 호텔로 돌아간다. 그리고 월요일 아침 카페 로리안의 카운터에 서서 아침밥을 먹은 다음 다시 지하철을 탄다. 당페르 로슈로 거리에서 에뚜와르를 향해 마르소 가까지 걷는다. 마티스 씨는 벌써 와 있겠지.

'안녕하십니까, 바다시 씨. 몹시 건강해 보이는군요. 이번 학기 당신의 담당 과목은 초급 영어, 고급 독일어, 초급 이탈리아어입니다. 나는 고급 영어를 담당합니다. 신입생은 12명, 실업가 3명과 급사가 9명. 모두 영어를 지망하고 있습니다. 헝가리 어 희망자는 한 사람도 없습니다.'

이렇게 다시 1년간의 교사 생활이 시작된다……

그러나 지금 내 주변에 있는 것은 소나무 숲과 바다와 붉은 바위와 모래뿐이다. 나는 가벼운 마음으로 손발을 쭉 뻗었다. 그때 타일을 깐 테라스 위를 도마뱀 한 마리가 가로질러 갔다. 도마뱀은 내가 앉아 있는 의자의 그늘을 빠져나가자 갑자기 멈추고 일광욕을 시작했다. 도마뱀의 목젖이 끼룩끼룩 움직였다. 꼬리는 보기 좋게 반원을 그리면서 타일의 이음매를 따라 대각선을 이루고 있다. 도마뱀이라는 동물은 어쩐지 섬뜩해지는 색감을 가지고 있다.

덕분에 사진 생각이 났다.

이 세상에서 내가 갖고 있는 귀중품은 단 두 가지 밖에 없다. 하나는 카메라고, 또 하나는 1867년 2월 10일 데아크(형가리의 정치가, 1803~1876)가 폰 보이스트(오스트리아의 정치가, 1809~1886)에게 보낸 편지다. 혹시 누구라도 이 편지를 사겠다는 사람이 있으면 나는 기꺼이 그 제의를 받아들이겠다. 그러나 카메라는 내가 몹시 귀중하게 생각하기 때문에 굶어 죽기 전에는 손에서 내놓을 마음이 없다. 나는 특별히 솜씨 좋은 사진사는 아니지만 전문가인 양 흉내내는 것이 너무도 즐겁다.

그렇기 때문에 이 레제르브 호텔에서도 물론 사진을 찍었고, 어제는 다 찍은 필름 한 통을 마을에 가지고 가서 현상을 부탁해 두었다. 보통 때 같으면 필름의 현상을 다른 사람에게 부탁하는 일은 없다. 아마추어 사진가의 즐거움의 반은 자기 손으로 암실 작업을 하는 데 있으니까. 그러나 나는 마침 어떤 실험 사진을 찍고 있는 중이라, 생 가티앙을 떠나기 전에 결과를 알지 않으면 그 효과를 활용할 기회를 놓쳐 버릴 위험이 있었다. 그래서 필름을 약국에 맡겼던 것이다. 필름 원판은 11시까지 현상을 끝내서 말려 놓기로 약속했다.

열 한 시 반이었다. 지금부터 약국에 다녀 와서 수영을 한 번 하면 점심 전에 아페리티프(식전주)를 마실 시간이 될 것이다.

나는 테라스를 따라 뜰을 돈 뒤 층계를 내려 도로로 나왔다. 벌써 햇볕이 쨍쨍해서 아스팔트 위에는 아지랑이가 피어 올랐다. 모자를 쓰지 않아서 머리털이 타는 듯이 뜨거웠다. 나는 머리 위에 손수건을 덮고 언덕을 올라가서 항구로 가는 큰 길로 내려갔다.

약국 안은 서늘했고, 향수와 소독약 냄새가 풍겼다. 초인종 소리가 그치기도 전에 가게 주인이 모습을 나타내 카운터를 사이에 두고 나와 마주섰다. 두 사람의 시선이 마주쳤으나 주인은 나를 잊어버린 듯했다.

"무슨 일이십니까?"
"어제 필름 현상을 부탁하였는데요?"
"아직 안 되었습니다."
"11시까지 약속했는걸요?"
"아직 안 되었습니다." 주인은 고집스럽게 같은 말만 되풀이했다.

나는 잠시 침묵했다. 가게 주인의 태도가 어딘지 이상했다. 얼굴에 걸치고 있는 두꺼운 수정 안경알 너머로 확대되어 보이는 그의 눈이 나를 뚫어지게 보고 있었다. 그의 눈빛이 어쩐지 마음에 들지 않았다. 그러나 나는 이내 그 뜻을 알았다. 주인은 두려워하고 있는 것이다.

나는 그때 굉장한 충격을 받았다. 이 사나이는 나를 두려워하고 있다! 한때 언제나 타인을 두려워하며 산 적도 있는 내가 뒤늦게 타인을 두렵게 하다니?! 나는 웃음이 터질 것 같았다. 그러나 입을 다물었다. 무슨 일이 일어났다는 것을 깨달았기 때문이다. 그래! 남의 필름을 망쳐 놓았군.

"원판은 괜찮았습니까?"
가게 주인은 커다랗게 고개를 끄덕였다.
"아무 문제 없습니다. 이젠 말리기만 하면 됩니다. 주소와 성함을 알려 주시면 되는 대로 즉시 아들을 시켜 보내겠습니다."
"아니, 괜찮습니다. 또 오지요."
"그래도 귀찮으실 텐데, 보내 드리겠습니다."
어쩐지 그의 목소리에는 절박한 울림이 있었다. 나는 어깨를 으쓱했다. 이 친구가 필름을 망쳐 놓고, 어떻게 하든 자기 입으로는 나쁜 소식을 알리고 싶지 않다는 어린애 같은 생각에 사로잡혀 있다면 어쩔 수 없지 않는가. 이미 내 실험은 물거품이 되었다고 나는 단념하고 있었다.

"그럼, 그렇게 합시다." 나는 주소 성명을 알려 주었다. 가게 주인은 받아쓰면서 큰 소리로 복창했다.

"바다시 씨, 레제르브 호텔."

주인의 목소리가 작아지더니 혀로 입술을 축였다.

"그럼 되는 대로 즉시 보내 드리겠습니다."

나는 인사를 하고 출입문 쪽으로 돌아섰다. 그때 몸에 맞지 않는 검은 양복을 입고 파나마 모자를 쓴 사나이가 내 앞을 가로막았다. 입구는 좁았고 그 사나이는 비켜 주지 않아서 나는 "실례" 하고 중얼거리면서 억지로 빠져 나가려고 했다. 그러자 사나이가 내 팔을 붙들었다.

"바다시 씨지요?"

"그렇습니다."

"경찰서까지 가 주셔야겠습니다."

"무슨 일입니까?"

"여권 때문에 형식적으로 조사할 것이 있을 뿐입니다."

사나이의 태도는 지나칠 만큼 정중했다.

"그럼 호텔에 가서 여권을 가져오는 것이 좋지 않을까요?"

그 말에는 대답 않고, 사나이는 나의 등 뒤로 거의 눈에 띄지 않게 고개를 끄덕였다. 나의 다른 한쪽 팔마저 단단히 붙들었다. 어깨 너머로 뒤돌아 보니 제복 경관이 서 있을 뿐, 가게 주인은 어느새 모습을 감추었다.

두 손이 내 몸을 앞으로 밀어냈다. 거친 동작이었다.

"무슨 일입니까? 영문을 모르겠습니다." 내가 항의했다.
"가 보면 알게 돼." 사복이 대답했다. "자, 빨리빨리 갑시다."
이미 정중한 태도가 아니었다.

2

경찰서에 갈 때까지 아무도 입을 열지 않았다. 경찰배지만 보인 뒤 경관은 이삼 보 뒤에서 따라왔고, 나는 사복과 함께 앞장서서 걷게 되었다. 고마운 일이었다. 마을에서 마치 소매치기같이 끌려간다는 것은 참을 수 없을 테니까. 그렇지만 이미 사방에서 호기심에 가득 찬 눈들이 우리를 보았고, 지나가던 두 사람은 '바이올린이군!' 같은 묘한 말을 했다.

프랑스 어 속어는 참으로 애매모호하다. 바이올린이라는 말을 듣고 어떻게 경찰서가 연상된단 말인가! (Violon에는 바이올린과 유치장이라는 뜻이 있다) 생 가티앙에서 유일하게 눈에 거슬리는 끔찍한 건물이 바로 경찰서였는데, 작은 창들이 눈알처럼 붙어 있는 지저분하고 기분 나쁜 콘크리트 입방체로 마을에서 수백 미터 떨어진 곳에 있었다. 생 가티앙을 중심으로 한 주변 지역을 모두 관할하기엔 딱 좋은 크기였다. 다시 말해 준법정신이 철저한 생 가티앙이 그 지역에서도 얼마나 작은 마을이고 또 얼마나 접근하기 어려운 곳인지 정부 당국은 전혀 생각하지 않았다는 명백한 증거같은 경찰서였다.

끌려간 곳은 책상 하나와 나무 의자 서너 개가 있는 텅 빈 방이었다. 사복은 필요 이상으로 거드름을 피우면서 방을 나갔고, 남아 있는 경관과 나는 나무 의자에 앉았다.

"오래 걸리겠습니까?"
"잠자코 계시오."
나는 창 밖을 보았다. 강어귀 너머로 레제르브 호텔 앞 백사장에 흩어져 있는 갖가지 색깔의 비치파라솔이 보였다. 아무튼 수영할 시간은 없겠다고 나는 생각했다. 그렇지만 돌아가는 길에 어느 카페에서 아페리티프는 한 잔 마실 수 있겠지. 참으로 귀찮은 일이었다.

"이봐!" 감시하던 경관이 갑자기 말했다.

문이 열렸다. 귀에 펜을 끼고 모자도 쓰지 않고 단추를 풀어헤친 제복 경관이 밖으로 나오라고 손짓했다. 옆에 있던 경관은 옷매무시를 고치며 모자를 바로 쓰고 옷깃을 당긴 다음, 필요 이상으로 내 팔을 꽉 잡고 복도 끝에 있는 방으로 끌고 갔다. 그는 빠른 동작으로 노크한 다음, 문을 열고 나를 방 안으로 밀어 넣었다.

낡아빠진 카펫이 내 발 밑에 있는 것이 느껴졌다. 서류가 흩어져 있는 책상 너머로 사무적인 느낌을 주는 안경 낀 작은 사나이가 똑바로 나를 보고 앉아 있었다. 서장이었다. 그리고 팔걸이가 달려 있는 작은 책상 옆 의자에는 명주옷을 입은 몹시 살찐 사나이가 무료한 표정으로 옹색하게 앉아 있었다. 통통하게 살찐 목덜미에 짧은 쥐색 머리가 남아 있을 뿐, 사나이의 머리는 거의 벗겨져 있었다. 얼굴 피부는 늘어져서 턱으로 몰렸고, 입 양쪽 끝은 처져 있었다. 그것이, 약간이기는 하지만 이 사나이에게 사법관 같은 느낌을 주었다. 눈은 두툼한 눈썹에 쌓여 몹시 작아 보였다. 그리고 얼굴에서 쉴 새 없이 땀이 흘러내리기 때문에, 구겨진 손수건으로 칼라의 안쪽을 닦아 내고 있었다. 그는 나를 보려고도 하지 않았다.

"요셉 바다시 씨입니까?"

입을 연 것은 서장이었다.

"네."

서장은 내 뒤에 서 있는 경관에게 눈짓했다. 경관은 방을 나가 소리 나지 않게 문을 닫았다.

"신분증명서는?"

나는 지갑에서 증명서를 꺼내 서장에게 넘겨주었다. 서장은 종이 한 장을 끌어 당겨서 기록해 나갔다.

"나이는?"

"32세."

"어학 교사인가요?"

"네."

"근무처는?"

"파리 제6구 마르소 가 114번지, 베르트랑 마티스 어학교입니다."

서장이 받아적고 있는 사이에 나는 뚱뚱한 사나이를 힐끔 쳐다보았다. 사나이는 눈을 감고 조용히 손수건으로 얼굴의 땀을 닦고 있었다.

"한눈 팔지 마!" 서장이 날카롭게 소리쳤다. "이곳에서 무엇을 하고 있소?"

"휴가차 왔습니다."

"당신은 유고슬라비아 인이오?"

"아닙니다. 헝가리 인입니다."

서장은 깜짝 놀란 얼굴을 했다. 나는 실망했다. 또다시 나의 국적에 대한 복잡한 설명을, 아니 오히려 왜 무국적자인지 하는 처지에 대하여 지루하게 긴 이야기를 하지 않으면 안 되는가! 그 결과는 언제나 최악의 관리 근성만 자극했을 따름이었다. 서장은 책상 위 서류를 뒤적이더니, 서류 한 통을 찾아 들고 만족한 듯한 소리를 지르면서 그것을 내 앞에 보였다.

"그렇다면 당신은 이것을 어떻게 설명하겠소?"

놀랍게도 그것은 나의 여권이었다. 레제르브 호텔 내 옷가방 속에 있어야 할 여권이었던 것이다. 경찰은 내가 묵고 있는 방을 수색했던 것이다. 나는 불안해졌다.

"어디 그 설명을 듣고 싶소. 헝가리 사람인 당신이 유고슬라비아 여권을 사용하고 있는 것은 어떤 이유요? 게다가 벌써 10년 전에 무효가 된 여권이 아닌가?"

눈을 옆으로 돌리자, 뚱뚱한 사나이가 땀 닦기를 멈추는 것이 보였다. 나는 거의 암기하다시피 하는 설명을 또 시작했다.

"저는 헝가리 수보티차에서 태어났습니다. 그러나 1919년 트리아농 조약에 따라 수보티차는 유고슬라비아에 편입되었습니다. 1921년에 나는 부다페스트 대학에 입학했습니다. 그때 유고슬라비아의 여권을 손에 넣었습니다. 제가 아직 대학에 있을 때 아버지와 형은 어떤 정치 범죄로 유고슬라비아 경찰관에게 사살되었습니다. 어머니는 전쟁 중에 돌아가셨고, 친척이나 친구도 없었습니다. 유고슬라비아에는 돌아가지 않는 것이 좋겠다고 사람들로부터 충고 받았으나 헝가리의 상태도 좋지 않았습니다. 그래서 1922년 영국으로 가서 런던 근교의 학교에서 독일어를 가르치면서 지냈습니다만, 1931년에 취로 허가증이 취소되었습니다. 그 즈음에 많은 외국인이 취로 허가증을 취소당했습니다. 나도 그 중의 한 사람이었습니다. 그보다 앞서 여권 기한이 끝날 무렵, 런던 유고슬라비아 공사관에 교환을 신청했으나 이미 유고슬라비아 시민이 아니라는 이유로 거부되어 영국에 귀화 신청을 했습니다. 그러나 취로 허가증을 취소당한 저는 일자리를 찾아서 딴 나라로 가지 않으면 안 되었습니다. 저는 파리로 갔습니다. 파리 경찰은, 일단 프랑스를 떠나면 재입국을 허용하지 않는다는 조건으로 저의 거주를 허가하고 신분증명서를 교부해 주었습니다. 그 후로 저는 프랑스 시민권을 갖고 있습니다."

나는 두 사나이의 얼굴을 번갈아 보았다. 뚱뚱한 사나이는 궐련에 불을 붙이고 있었다. 서장은 쓸모없게 된 나의 여권을 옆으로 밀어

버린 다음 뚱뚱한 사나이를 보았다. 내가 서장을 보았을 때, 그 사나이가 입을 열었다. 그의 목소리에 나는 흠칫했다. 사나이의 두툼한 입술, 다부지게 생긴 턱, 거대한 몸에서 새어 나온 말소리는 뜻밖에도 약간 녹이 슨 듯한 높은 테너였다.

"아버지와 형이 사살되었다는 정치 범죄는 무엇이었소?"

사나이는 마치 자기 목소리가 으스러질까 근심하는 것처럼 천천히 주의 깊게 말했다. 내가 말을 하려고 사나이 쪽으로 얼굴을 돌리자, 그는 손에 든 궐련을 맛있게 빨아들이고는 담뱃불이 붙어 있는 끝을 향해 세차게 연기를 내뿜었다.

"두 분은 사회 민주주의 당원이었습니다."

서장은 그것으로 모든 걸 알았다는 듯이 "흐흠!" 콧소리를 냈다.

"그런 이유로……" 서장은 유쾌한 듯 떠들어 댔다.

뚱뚱한 사나이가 손을 들어 서장을 제지했다. 어린애처럼 손마디가 들어간, 작고 토실토실한 손이었다.

"바다시 씨, 그럼 당신은 무엇을 가리치고 있소?"

그는 부드럽게 물었다.

"독일어, 영어, 이탈리아 어, 때로는 헝가리 어도 가르칩니다. 그런데 이런 것들이 제 여권과 무슨 관계가 있는지 모르겠습니다?"

사나이는 내 말을 무시했다.

"이탈리아에 간 일이 있나요?"

"네."

"언제?"

"어릴 때입니다. 휴가는 언제나 이탈리아에서 보냈습니다."

"무솔리니 정부가 수립된 뒤로는 간 일이 없소?"

"네에, 물론입니다."

"혹 누군가 프랑스에 있는 이탈리아 인을 알고 있소?"

"학교에 동료 교사가 한 사람 있습니다."

"이름은?"

"필리피노 로시."

서장은 이 이름도 기록했다.

"또 없소?"

"없습니다."

"당신은 사진작가요, 바다시 씨?"

서장이 다시 참견했다.

"아마추어입니다."

"카메라를 몇 대 가지고 있소?"

"하나입니다." 이것은 묘한 질문이었다.

"어디 제품인가요?"

"차이스의 콘텍스입니다."

서장은 책상 서랍을 열었다.

"이것이오?"

틀림없는 내 카메라였다.

"그렇습니다." 나는 화가 나서 말했다. "대체 무슨 권리가 있어서 내 방에서 함부로 내 물건을 들고 왔습니까? 돌려주십시오." 나는 손을 뻗었다.

그러자 서장은 다시 카메라를 서랍 속에 넣어 버렸다.

"이것 외에 다른 카메라는 갖고 있지 않겠지요?"

"말했지 않습니까? 그것뿐입니다."

승리감에 도취된 엷은 웃음이 서장의 얼굴에 번졌다. 그는 다시 서랍을 열었다.

"그렇다면 바다시 씨, 당신이 마을 약국에 이렇게 긴 영화 필름 현상을 부탁한 것은 어떻게 설명하겠소?"

나는 깜짝 놀라서 서장을 보았다. 서장이 크게 벌린 두 손에는 내가 약국에 맡겨 두었던 필름이 현상되어 있었다. 내가 있는 위치에서도, 등 뒤에서 비친 광선을 받고 있는 나의 실험촬영 사진을 볼 수가 있었다. 그 중 두 통 정도의 장면은 동일한 피사체──도마뱀이었다. 서장이 다시 희미하게 웃었다. 나는 최대한 상대를 자극하듯 싸늘하게 웃어 보였다.

"아무튼 당신은 사진에 대해서는 전연 모르시는 것 같군요. 그것은 영화 필름이 아닙니다." 나는 거만하게 얘기했다.

"아니라고?"

"아닙니다. 약간 닮은 것 같이 보입니다만 영화용 필름은 그보다 폭이 1밀리미터 좁습니다. 그건 가로 36mm 세로 24mm 콘택스용 36장짜리 표준 필름입니다."

"그럼 이 사진은 이 카메라, 즉 당신 방에 있던 카메라로 찍은 것인가?"

"물론입니다."

의미 있는 침묵이 찾아왔다. 두 사나이는 서로 눈짓을 교환했다.

"생 가티앙에 온 것은 언제요?"

이번에는 뚱뚱한 사나이가 먼저 입을 열었다.

"화요일입니다."

"어디서?"

"니스입니다."

"니스를 출발한 것은 몇 시였소?"

"9시 28분발 열차였습니다."

"몇 시에 레제르브 호텔에 도착했소?"

"마침 저녁 식사 전인 7시경입니다."

"그 열차로 니스를 출발하면 세 시 반에 툴롱에 닿고, 툴롱에서 4

시에 생 가티앙행 버스가 출발하니까 그것을 타면 5시에는 호텔에 도착했어야 합니다. 왜 늦어졌지?"

"바보 같은 질문을 하시는군요."

사나이는 번쩍 얼굴을 쳐들었다. 작은 눈이 차갑게 협박적인 빛을 띠었다.

"질문에 대답하시오. 왜 늦었소?"

"굳이 원하신다면 말씀드리지요. 저는 툴롱 역에 옷가방을 맡겨 놓고 부두로 산책을 나갔습니다. 툴롱 시내를 보는 것이 처음이었고, 6시에 떠나는 버스도 있었으니까요."

사나이는 생각하는 얼굴로 칼라 속 땀을 닦아내고 있었다.

"바다시 씨, 당신 봉급은 얼마나 됩니까?"

"월 1천 6백 프랑입니다."

"대단치는 않군요. 그렇지요?"

"유감스럽지만 그렇습니다."

"콘택스는 비싼 카메라겠지?"

"우수한 카메라니까요."

"물론 그렇겠지. 그러나 내가 묻고 있는 것은 얼마나 주고 샀느냐는 것이오."

"4천 5백 프랑 주었습니다."

사나이는 가볍게 휘파람을 불었다.

"거의 3개월분의 월급이 아닌가?"

"사진은 취미이니까요."

"몹시 돈이 드는 취미군! 당신은 1천 6백 프랑의 월급을 마술사같이 사용하는 것 같군요? 휴가는 니스에서 보내고, 레제르브 호텔에서 묵고! 우리같은 가난뱅이 경관으로는 꿈도 꿀 수 없는 일이군. 안 그렇습니까, 서장님?"

서장은 조소했다. 나는 얼굴이 붉어지는 것을 느꼈다.

"카메라를 사기 위해서 저금했습니다. 이번 휴가도 5년만에 처음 온 것입니다. 비용도 절약해서 마련했고요."

"물론 그렇겠지!" 서장은 경멸하듯 비웃었다.

그것이 나를 불끈하게 했다.

"서장님, 이런 일은 그만두십시오."

나는 화가 치밀어 거세게 항의했다.

"이제는 내가 묻고 싶습니다. 대체 무슨 일입니까? 여권 문제라면 어떤 질문이든 응하겠습니다. 당신들로서는 당연히 알아 볼 권리가 있으니까요. 그러나 내 사유 재산을 훔쳐낼 권리는 없을 것입니다. 또, 이렇게 나의 개인적인 일을 신문할 권리도 없다고 봅니다. 이 필름만 해도, 당신들 멋대로 어떤 이유를 붙여 중요시하는 모양입니다만, 도마뱀을 촬영하는 것이 금지되었다는 말을 들은 바 없습니다. 자, 나는 아무것도 나쁜 일은 하고 있지 않습니다. 배가 고픕니다. 호텔 점심시간입니다. 내 여권과 카메라와 필름을 빨리 돌려주십시오."

잠깐 동안 침묵이 흘렀다. 나는 두 사나이를 차례로 흘겨보았다. 두 사람 모두 움직이려고 하지 않았다.

"좋소." 나는 내뱉듯이 말하고 문을 향해서 걸어갔다.

"잠깐!" 뚱뚱한 사나이가 말했다.

나는 멈춰 섰다.

"뭡니까?"

"피차 쓸데없이 힘 빼지 맙시다. 그 문 밖에 서 있는 사나이는 당신을 절대 밖으로 내보내지 않을 것이고, 나는 아직 당신에게 더 물을 것이 남아 있으니까."

"강제로 붙들어 놓을 수는 있겠지만, 억지로 말을 시킬 수는 없을 것입니다." 나는 명확하게 딱 잘라 말했다.

"아무렴!"

뚱뚱한 사나이가 천천히 말했다.

"그것이 법률이니까. 그러나 당신을 위해서는 말하는 편이 좋다고 나는 충고해 주고 싶군."

나는 아무 말도 하지 않았다.

그 사나이는 서장의 책상 위에서 필름을 집어 들고 밝은 쪽으로 비쳐 보이면서 말했다.

"서른 장 가까운 사진이 사실상 어느 것이나 같다니. 참으로 기묘한 일이군. 그렇게 생각하지 않아요, 바다시 씨?"

"아니, 하나도," 나는 솔직하게 대답했다. "조금이라도 사진에 대한 것을 알고 있는 사람이면, 혹은 보통 사람과 같은 관찰력만 갖고 있다면 그 사진 한 장 한 장의 광도가 다르고 어느 사진이나 그늘의 넓이가 다르다는 것을 알 수 있을 것입니다. 피사체가 도마뱀인 것은 아무 상관도 없는 문제고, 특이한 것은 한 장 한 장의 맑기와 구도의 차이입니다. 여하튼 일광욕을 하는 도마뱀 사진을 몇 장 찍었기로 전혀 문제될 일은 아니라고 봅니다."

"참으로 교묘한 변명이군, 바다시 씨. 실로 그럴싸합니다. 그렇다면 내 생각을 말하겠소. 당신은 여기 있는 26장의 사진을 찍는 데는 사실 아무 관심도 없이, 다른 10장의 사진을 빨리 현상하려고 필름을 아무렇게나 다 쓴 것 아니오?"

"딴 10장? 그것은 무슨 뜻입니까?"

"더 이상 딴전을 피우는 것은 시간 낭비가 아닐까, 바다시 씨?"

"참으로 무슨 말인지 모르겠습니다."

사나이는 의자에서 벌떡 일어나 옆으로 다가왔다.

"모른다고? 처음 사진 10매는 무어요, 바다시 씨? 왜 그런 사진을 찍었는지 서장과 나에게 이야기해 줄 수 없겠소? 우리에게는 무척 흥미 있는 일이니까." 사나이는 손가락 끝으로 내 가슴을 찔렀다. "바다시 씨, 당신이 툴롱 군항 밖에 새로 만든 요새에 대해서 그토록 흥미를 가진 것도 채광 때문인가? 그렇지 않으면 그늘의 넓이 때문인가?"

나는 멍청하게 사나이를 보았다.

"놀리는 것입니까? 그 필름에 있는 다른 10장은 내가 출발하기 전에 있었던 니스의 카니발을 찍은 것입니다."

"당신은 이 필름에 다른 사진을 찍은 것은 시인하겠지?"

사나이는 정색을 하고 물었다.

"그것은 이미 말했습니다."

"좋소. 한번 보시오."

나는 필름을 손에 들고 밝은 쪽에서 천천히 살펴보았다. 도마뱀, 도마뱀, 도마뱀……. 꽤 잘 찍혀진 사진도 몇 장 있었다……. 또 도마뱀 도마뱀……. 갑자기 손가락이 움직여지지 않았다. 나는 재빨리 얼굴을 들었다. 두 사람 다 나를 지켜보고 있었다.

"계속해요, 바다시 씨. 놀란 척해도 소용없소." 서장이 비웃었다.

나는 믿어지지 않는 기분으로 다시 한 번 필름을 살펴보았다. 그곳에는 카메라 렌즈 가까이 나뭇가지에 가린 듯한 흐릿한 해안선의 원경이 들어 있었다. 그 해안선에는 회색으로 된 짤막한 어떤 덩어리가 있었다. 다른 한 장은 같은 물체를 더 가까운 다른 각도에서 찍은 것으로, 왼쪽으로 뚜껑문 같은 것이 몇 개 보였다. 그 외에도 몇 장 더 있었다. 그 2장은 같은 각도에서, 다른 1장은 더 근접한 거리에서 내려다 보는 각도로 찍은 것이었다. 잇달은 3장은 카메라 앞에 검은 덩어리가 있어 거의 아무것도 구분할 수 없었으나, 단지 흐릿한 검은 덩어리 끝에는 천과 같은 모양이 극히 희미하게 떠 있었다. 그 다음

1장은 카메라에 근접한 콘크리트 표면 같은 것이 흐리게 찍혀 있었다. 맨 끝의 1장은 노출 과다였지만 한쪽 구석만 흐릿했다. 넓은 콘크리트 지하도의 막다른 벽처럼 보이는 장소를 다리 위에서 찍은 사진으로 기묘한 기계장치가 하이라이트로 두드러졌다. 한동안 나는 영문을 몰라 멍하니 들여다보고 있었는데, 이윽고 그 정체를 깨달았다. 그것은 바로 요새에 설치된 긴 포신의 행렬이었던 것이다.

3

치안판사가 입회한 가운데 나의 체포 수속이 취해졌다. 뚱뚱한 형사의 재촉을 받으면서 몸집이 삭은 판사는 신경질석으로 건성건성 신문을 끝낸 다음, 서장에게 나를 고발할 것을 지시했다. 나는 스파이 활동――요새에 침입하여 프랑스 공화국의 안전을 해칠 우려가 있는 사진을 촬영하고, 그 사진을 소지하고 있었기 때문에 체포된 것을 알았다. 눈앞에서 고발장이 읽혀지고 내가 그 내용을 알고 있다는 표시로 서명을 끝내자, 혁대――아마도 목을 매어 자살하는 것을 방지하기 위함이리라――와 주머니 속에 있는 것을 모두 끄집어냈다. 나는 바지가 미끄러져 내려오는 것을 막으면서 건물 안쪽에 있는 독방으로 끌려갔다. 그리고 나 혼자 남겨졌다.

잠시 후, 겨우 마음이 가라앉은 나는 냉정하게 생각해 보았다. 코미디였다. 말도 안 되는 이야기였다. 상상할 수 없는 일이었다. 그러나 그런 일이 실제로 일어나고 말았다. 나는 스파이 혐의로 체포되어 지금 유치장에 처박혀 있다. 만일 유죄가 된다면 금고 4년형에 해당하겠지. 프랑스 교도소에서 4년간 지낸 다음, 국외로 추방될 것이다. 교도소까지는――설사 프랑스의 교도소라 하더라도――참을 수 있겠지만, 추방은 견딜 수 없다. 나는 가슴이 메이면서 참을 수 없이 무서워졌다. 만약 프랑스에서 추방된다면, 나는 더 이상 갈 곳이 없다. 유고슬라비아에 가면 체포될 것이다. 헝가리는 입국을 허가하지 않을 것이고, 독일이나 이탈리아도 마찬가지일 것이다. 스파이 전과를 가진 자가 여권 없이 영국에 입국할 수 있다 하더라도 취직은 허용되지 않을 것이다. 미국에 간다 해도 역시 반갑지 않은 외국인이 될 뿐이다. 남미의 각 공화국은 선량한 행동의 보증금으로, 나로서는 지불할 수 없는 거액의 돈을 요구할 것이다. 소련 역시 영국과 마찬가지로 스파이 전과자가 할 일은 없을 것이다. 그리고 중국에도 여권 없이는 입국할 수 없을 것이다. 내가 갈 수 있는 나라는 한 곳도 없다! 그러니까 나는 어떻게 해야 하는가? 하잘것없는 무국적 어학교사의 신상에 무슨 일이 일어나든 누구 하나 마음 써 줄 사람은 없다. 나를 위해서 애써 줄 영사도 없고, 나의 운명을 결정할 의회나 국회, 하원도 없다. 공식적으로 나는 존재하지 않는다. 추상적인 존재로 유령과 같다. 이런 인간으로 이치에 닿는 일을 할 수 있다면 단지 하나, 자살이 있을 뿐이다.

돌연 나는 마음을 고쳐먹었다. 지나치게 히스테리 상태가 돼 있군. 벌써 스파이로 확정된 것도 아니고 아직은 프랑스에 있는 것이다. 자, 머리를 써서 생각해. 그리고 내 카메라 속에 그 사진이 들어 있는 이유를 밝혀내는 것이다. 문제를 처음부터 신중하게 생각하지 않으면 안 된다. 먼저 니스에서부터 생각해 보아야 한다.

그렇다…… 월요일 카메라에 새 필름을 넣은 다음, 카니발 사진을 찍었다. 그 후 호텔로 돌아와 카메라를 옷가방 속에 넣었다. 그날 밤 늦게 짐을 꾸릴 때까지 분명히 카메라는 있었다. 그리고 화요일 레제르브 호텔에서 짐을 풀 때까지 카메라는 옷가방 속에 들어 있었다. 툴롱에서는 역의 화물 위탁 센터에 옷가방을 맡겨 두었다. 툴롱 거리를 거닐던 두 시간 사이에 누군가 카메라를 사용한 자가 있었을까? 그런 일은 있을 수 없다. 옷가방은 채워져 있었고, 두 시간 사이에 보관소에서 옷가방을 열고 카메라를 훔쳐 내서 그 위험한 사진을 찍은 다음, 원상태로 넣어 둔다는 것은 누구나 할 수 있는 일이 아니다. 게다가 굳이 카메라를 돌려 줄 필요가 어디 있겠는가? 아니다, 이것은 아니야.

이윽고 딴 생각이 떠올랐다. 내가 찍은 것으로 되어 있는 사진은 같은 필름의 최초 10장이다. 맨 끝의 도마뱀 사진이 36매째였으니까 틀림없다. 그런데 필름은 다시 감을 수도 없고, 이중으로 찍힌 것도 전혀 없었다. 따라서 내가 새 필름을 사용한 것이 니스의 카니발 때였으니까, 이 필름은 툴롱 사진이 찍히기 전에 카메라에 들어 가 있었던 것이다.

나는 흥분한 끝에 침대 위에서 펄쩍 뛰어내렸다. 바지가 흘러 내렸다. 나는 바지를 끌어올린 다음, 호주머니에 두 손을 찌르고 감방 속을 왔다갔다 했다. 도마뱀으로 실험 사진을 찍기 시작했을 때, 카메라의 필름 번호가 11로 되어 있는 것을 보고 약간 이상한 기분이 들었었다. 니스에서 8장밖에 찍지 않았다고 생각했기 때문이다. 그러나 필름의 나머지 매수 같은 것은 잊어버리기 쉬울뿐더러, 36매들이를 사용할 때는 더욱 그렇다. 때문에 그 이상 생각하지 않았던 것이다. 그렇다, 필름이 뒤바뀐 것이 틀림없다. 그런데 그게 언제일까? 레제르브 호텔에 도착하기 전에 바뀌었을 리는 없고, 도마뱀 사진을 찍기 시작한 것은 어제 아침 식사 뒤였다. 그렇게 보면 다음과 같이 된다——화요일 오후 7시부터 수요일 오전 8시 반(아침 식사 시간까지) 사이에 누군가가 내 방에서 카메라를 끄집어내어 새 필름을 넣고 툴롱으로 갔다. 그리고 경계가 삼엄한 요새 지대에 들어가서 사진을 찍은 다음, 레제르브 호텔로 돌아와서 내 방에 사진기를 되돌려 놓았다……

그러나 이 같은 일은 거의 실현성이나 가능성이 없을 것 같다. 딴 문제는 일체 접어두더라도 광선이라는 가장 간단한 문제가 버티고 있으니까. 내가 호텔에 도착한 것이 7시가 지나서였으니까 오후 8시라면 거의 캄캄하다고 해도 좋은 시간이다. 따라서 화요일에는 카메라를 사용하지 않았다는 말이 된다. 또 설사 사진을 찍은 사나이가, 밤중에 툴롱에 나가서 날이 밝자마자 일을 시작했다 해도, 그 사람은 내가 아침에 침대에서 일어나 창가에 서 있을 때 귀신같이 내 방에 숨어들어 카메라를 돌려놓지 않으면 안 되었을 것이다. 그건 그렇고 왜 필름이 들어 있는 카메라를 돌려주었을까? 그리고 또 어떻게 경찰이 알게 되었을까? 물론 약국 주인도 생각하지 않으면 안 된다. 경찰이 필름 주인을 잡기 위해서 경계하고 있었던 것은 확실했다. 아마도 약국 주인이 그 사진을 갖고 있는 것을 보고 경찰이 물었을 때, 내 것이라고 증언한 것이 틀림없을 것이다. 그러나 이것으로는 내 실험용 사진이 같은 필름에 찍혀 있다는 설명은 될 수 없다. 그 필름에는 이음매 같은 곳도 없었다. 어떻게 해도 알 수 없는 일이 아닌가.

내가 이 문제를 세 번째 검토하는데 열중하고 있을 때, 밖의 복도에서 발소리가 나고 감방문이 열렸다. 명주옷을 입고 있던 뚱뚱보 사나이가 들어온 다음 문을 닫았다.

사나이는 잠시 동안 목의 땀을 닦고 서 있다가 나를 보고 고개를 끄덕이면서 침대에 앉았다.

"앉으시오, 바다시 씨."

나는 침대 외에 이 방의 유일한 가구인, 에나멜이 칠해진 철제 변기의 나무 뚜껑에 앉았다.

사나이는 실눈에 살기를 띠고 나를 자세히 보았다.

"수프와 빵이라도 들겠소?"

생각지 않았던 말이었다.

"아니, 괜찮습니다. 시장하지 않으니까요."

"그럼 담배는?"

사나이는 구겨진 담뱃갑을 내밀었다. 생각해 주는 척하는 게 영 미덥지 않았지만 일단 한 개비 빼 들었다.

사나이는 자기 담뱃불을 나에게 빌려 주었다. 그러면서도 윗입술과 등 뒤의 땀을 쉴 새 없이 닦았다.

"왜 당신은 사진을 찍었다고 시인하지 않소?"

"이것은 공식적인 신문입니까?"

사나이는 땀이 밴 손수건으로 배 위에 떨어진 담뱃재를 떨어냈다.

"아니오, 공식 신문은 이 지구의 예심판사가 하지. 나하고는 관계 없는 일이오. 나는 해군 정보부에 소속된 보안 경찰이오. 나에게는 무엇이든 마음 놓고 말해도 좋소."

스파이가 왜 해군 정보부 요원과 마음 놓고 얘기하고 싶어한다고 그가 믿는지 나는 이해가 안 되었다. 그러나 문제 삼지는 않았다. 사실 내게는 가벼운 마음으로 얘기해 보고 싶은 것이 굉장히 많았으니까.

"좋습니다, 답변하겠습니다. 나는 내가 그 사진을 찍었기 때문에 찍었다고 했습니다. 물론 처음 10장을 제외하고 말입니다."

"그렇겠지. 그렇다면 그 10장은 어떻게 설명하겠소?"

"내 카메라의 필름이 바뀌었다고 생각합니다."

사나이는 눈썹을 치켰다. 나는 대뜸 니스를 출발한 뒤 내가 한 행동과, 억울하기 짝이 없는 수상쩍은 사진에 대한 나의 추론을 장황하게 설명했다.

사나이는 끝까지 점잖게 듣고 있었으나 별로 감동한 듯한 표정은 아니었다.

"물론 증거는 될 수 없소." 내가 말을 끝내자 사나이가 말했다.

"증거로 취급해 달라고 말한 게 아닙니다. 나는 단지 이 놀라운 사건에 대한 합리적인 설명을 찾고 싶을 따름입니다."
"그러나 서장은 벌써 그 설명을 찾았다고 생각하고 있소. 하긴 무리도 아니지. 표면상으로는 당신이 고발당할 조건은 완벽하니까. 게다가 그 사진은 당신이 찍은 다른 사진들과 함께 있었고, 역시 당신은 용의자가 분명해. 누가 봐도 뻔한 일이오."
나는 사나이의 눈을 들여다보았다.
"그렇지만 당신은 만족스럽지 않지요?"
"그런 말은 하지 않았소."
"아닐 겁니다. 만일 만족하고 있다면 아마 나와 이야기하기 위해 이렇게 찾아올 리 없을 겁니다."
사나이는 턱 근육을 당기면서 히죽히죽 웃었다.
"당신은 자신을 지나치게 과대평가 하는구려. 나는 스파이에게는 흥미 없소. 목표는 스파이를 고용하고 있는 사람이지."
"그렇다면," 나는 분명히 말했다. "시간 낭비입니다. 나는 절대 그 사진을 찍은 사람이 아니고, 또 나를 고용하고 있는 사람은 어학 교사의 급료를 지불해 주는 마티스 씨뿐입니다."
그러나 사나이는 내 말 같은 것은 귀에 들어오지도 않는 것 같았다. 잠시 침묵이 계속되었다.
"서장과 나는 다음과 같이 의견이 일치되었소." 사나이가 입을 열었다. "당신은 다음 세 가지 중의 하나가 틀림없습니다. 다시 말해 치밀하고 교묘한 스파이든가 정신없는 멍청이든가, 그것도 아니라면 죄없는 억울한 시민이라고 말이오. 서장은 두 번째라고 보는 모양이오. 그러나 나는 처음부터 당신이 죄없는 시민이 아닐까 생각하고 있소. 당신 행동은 너무도 허점투성이니까. 뒤가 구린 인간이라면 도저히 생각할 수 없는 일이지."
"그건 고마운 말이군요."

"인사 같은 건 필요없소. 바다시 씨, 내가 가장 싫어하는 게 이런 결과니까. 어차피 나로서는 해줄 수 있는 게 아무것도 없다오. 이해하시겠소? 당신은 서장에게 체포된 것이오. 어쩌면 무죄일지도 모를 일이지만 행여 교도소에 들어가게 될지라도 나는 전혀 개의치 않을 거요."

"틀림없이 그렇겠지요."

"그렇기는 해도," 사나이는 생각하면서 말을 계속했다. "중요한 것은 내가 그 사진을 찍은 사람을 알아내는 일입니다."

다시 침묵이 흘렀다. 내가 무슨 설명을 해 주길 사나이가 기다리는 것 같았다. 그러나 나는 상대가 말하기를 기다렸다. 이윽고 사나이가 말을 꺼냈다.

"이봐요, 바다시 씨. 만일 진범이 나타나면 우리는 당신을 위해서 뭔가 해 줄 수 있을지도 모릅니다."

"나를 위해?"

사나이는 귀에 거슬리는 기침소리를 냈다.

"아다시피 당신에게는 당신을 위해서 힘써 줄 영사 같은 것도 없소. 그러나 우리에게는 당신이 정당한 취급을 받게 할 책임이 있소. 물론 적절한 방법으로 당신이 우리에게 협력해 주었을 때를 말하는 거요. 그러니 아무것도 걱정할 필요가 없습니다."

"나는 벌써 알고 있는 것은 전부 말했습니다. 무슈……."

거기서 나는 입을 다물었다. 격한 감정이 치밀어 올라 목구멍이 메어 말이 나오지 않았던 것이다. 그러나 뚱뚱한 사나이는 내가 그의 이름을 듣기 위해서 말을 중단한 것으로 생각한 것 같았다.

"베건, 미셸 베건이오."

그는 그 말을 하고 한숨을 쉬면서 자기 가슴 근처를 보았다. 감방 속은 견딜 수 없게 더웠다. 베건의 가슴에 솟은 땀이 비단 셔츠를 통해 배어 나왔다. "그렇더라도 당신은 우리들에게 힘이 될 수 있을 거요." 그는 침대에서 일어나 문으로 걸어가 주먹으로 쾅쾅 문을 두들겼다. 찰칵 열쇠 소리가 들리더니 밖에 있던 제복 경관의 모습이 보였다. 뚱뚱보 사나이가 내가 듣지 못하게 무슨 말을 했고, 문은 다시 닫혔다. 베건은 문 앞에 서서 다시 담배를 꺼내 불을 붙였다. 1분쯤 지나자 문이 다시 열리고, 그는 경관으로부터 무언가를 받았다. 그리고 다시 문이 닫히자 그는 나를 향해 돌아섰다. 그의 손에는 카메라가 들려 있었다.

"당신 것이지?"

"물론."

"자세히 조사해 보시오. 무엇인가 달라진 점이 있는지 없는지 알고 싶소."

나는 카메라를 받아 들고 시키는 대로 했다. 셔터, 파인더, 거리계를 하나하나 확인해 보았다. 렌즈를 풀어 보고 뒷뚜껑을 열어 구석구석 카메라를 검사한 뒤 다시 케이스에 넣었다.

"아무것도 없습니다. 내가 마지막 본 그대로입니다."

베건은 한 손을 호주머니에 넣더니 접혀 있는 종이쪽지를 끄집어내게 내밀었다.

"바다시 씨, 이것은 당신 서류철에서 찾아낸 것이오. 한번 보시오."

나는 종이를 받아 들고 펴 보았다. 그리고 곧 베건을 보았다.

"이게 어떻다는 것입니까?" 나는 경계하면서 말했다. "그것은 이 카메라의 보험 증서에 지나지 않습니다. 전에 말씀드린 대로 이 카메라는 비싼 것이라서 약간의 돈을 내고 보험에 들어 있습니다. 분실하든가……." 나는 들으란 듯이 비꼬았다. "도난당했을 때를 대비해서요."

베건은 한숨을 쉬면서 종이쪽지를 거두었다.

"당신에게는 다행한 일이오만," 그는 말했다. "프랑스의 법률은 범죄자뿐 아니라 바보에게도 친절한 편이오. 이 보험 증서는 일련 번호 F/64523/2인 차이스 콘택스 카메라를 분실했을 경우 요셉 바다시에게 손해를 보상하는 것이오. 그럼, 당신이 갖고 있는 카메라의 일련번호를 보시오."

나는 보았다. 번호가 달랐다.

"그렇다면!" 나는 흥분해서 소리쳤다. "이것은 내 카메라가 아닙니다. 그렇지만 어떻게 해서 내 사진이 그 필름에 찍혀 있었을까요?"

"그것은요, 얼간이 씨! 뒤바뀐 것은 필름이 아니라 카메라였기 때문이오. 이 카메라는 표준형으로 상당히 보급되어 있으니까. 당신은 이미 툴롱의 요새를 찍은 필름이 들어 있는 이 카메라로 바보 같은 그 도마뱀 사진을 찍은 것이오. 당신은 필름 매수계가 11로 되어 이상하다고 생각했겠지만 그냥 필름을 현상하려고 갖고 갔던 것이오. 약국에서는 그 10장의 사진을 보고, 어떤 바보라도 알아차릴 수 있지만, 그것이 무엇인지 알아차렸고 마침내 경찰서로 가져 왔던 것이오. 어떻소, 얼간이 씨. 알겠소?"

나는 겨우 알았다.

"그러니까 당신은 몹시 관대하게 나를 믿는다고 말할 때부터 이 일을 전부 알고 있었던 게 아닙니까? 그렇다면 대체 무슨 권리로 나를 이렇게 붙잡아 두는 것인지 설명해 주십시오."

베건은 머리의 땀을 손수건으로 훔쳐 내면서 축 늘어진 눈꺼풀 밑으로 나를 보았다.

"당신을 체포한 것은 나와 관계없는 일이오. 나로서는 어떻게 할 수가 없소. 서장은 이 증거 덕분으로 당신의 고발장이 소용없게 되었기 때문에 당신에 대한 감정이 좋지 않소. 그래서 소송 이유 중에서 3개 항목을 취소했지만 아직 1개가 남았소."
"그건 무엇입니까?"
"당신이 프랑스 공화국의 안전을 위태롭게 하는 사진을 소지했다는 혐의요. 대단히 중대한 범죄지. 단지,"
그는 의미 있게 덧붙였다.
"단지 그 혐의도 같은 이유로 삭제될 방법이 없을 때 말이지만. 물론 나로서는 당신에게 도움이 되는 방향으로 서장에게 말해볼 생각이지만 일이 이 지경에 이르러서야 중대한 이유가 없는 한 그대로 진행되고 말 것이오. 그리되면 아무리 가벼워도 국외추방은 확실하겠지."
내 머리는 냉정한 활동을 개시했다. "그러니까" 나는 침착하게 말했다. "내가 당신이 말한 협력에 응하지 않는 한 고발을 강행한다는 말이군요?"
상대는 대답을 하지 않고 네 개비째의 담배에 불을 붙였다. 그리고는 맥없이 입술에 물고 있던 담배를 축 늘어뜨린 채 연기를 내뿜으면서 아무것도 없는 벽을 생각하듯 응시했다. 마치 벽에 그림이 걸려 있고, 그것에 값을 매기려는 화상의 태도와 같았다.
"카메라는," 베건은 생각하면서 입을 열었다. "다음 세 가지 가운데 어떤 이유로 뒤바뀌었을 것이오. 먼저 어떤 자가 당신을 모함하기 위해 고의로 한 경우, 다음은 어떤 자가 그 사진을 급히 없애기 위해서 취한 경우, 마지막으로 예정에 없던 우연에 의한 우발사고로 바뀐 경우지. 처음 가정은 문제 삼지 않아도 될 것이오. 그러기엔 너무 솜씨가 치밀하니까. 게다가 당신이 필름을 현상한다는 보증도 없고, 약국 주인이 경찰에 신고한다는 것도 정해져 있지 않으니까. 두 번째 가정은 너무 현실과 동떨어져 있소. 그 사진은 귀중한 것이고, 일단 손에서 떠나면 되돌아오기란 극히 어려울 테니까 카메라 속에 넣어 두는 편이 훨씬 안전했을 것이오. 그러니까 아무리 보아도 우발사고로 생각할 수 없소. 두 개의 카메라는 같은 형으로 동일한 케이스에 들어 있었을 것이오. 그런데 언제 어디서 바뀌었을까? 니스는 아닐 게요. 당신은 카메라를 호텔로 갖고 들어가서 짐을 꾸렸다니까. 여행 도중도 아니오. 그 동안은 자물쇠를 채운 옷가방 속에 넣어 두었으니까. 그렇다면 바뀐 것은 레제르브 호텔이 가장 유력하오. 우발적으로 일어난 사고라면, 그 방은 여러 사람이 자유스럽게 출입하는 방일 것이고, 그게 언제였을까? 당신은 분명히 어제 아침 식사 때 카메라를 갖고 갔다고 말했소. 아침 식사는 어디서 했소?"

"테라스였습니다."

"그곳까지 카메라를 갖고 갔나?"

"아닙니다. 케이스에 넣은 채 응접실 의자에 올려두었다가 뒤뜰에 나갈 때 가져가려고 했습니다."

"몇 시에 식사하러 갔나요?"

"여덟 시 반경입니다."

"뜰에 나온 것은?"

"약 한 시간 뒤입니다."

"그때부터 사진을 찍은 것인가?"

"네."

"돌아온 것은 몇 시?"

"아마도 12시였을 것입니다."

"다음은 어떻게 했소?"

"곧바로 내 방으로 가서 촬영이 끝난 필름을 빼냈습니다."

"그렇다면 도마뱀을 찍기 전에 카메라를 손에서 놓았던 것은 여덟 시 반에서 아홉 시 반까지 한 시간 사이로군?"

"그렇습니다."

"자, 여기서 잘 생각해 봅시다. 당신이 의자에서 카메라를 집어 들었을 때, 그것은 처음 위치에 그대로 있었소?"

나는 신중하게 생각했다.

"아니, 달랐습니다." 나는 생각해 냈다. "나는 케이스의 가죽 끈을 의자 등에 걸어 두었습니다. 그러나 집어 든 곳은 다른 의자 시트 위였습니다."

"자기가 놓아 둔 의자에 카메라가 걸려 있는지 어떤지는 확인하지 않았다는 것인가?"

"그렇습니다. 의자 위에 카메라가 놓여 있어서 집어 들었을 뿐 확인 같은 건 생각지도 않았습니다."

"그때까지 카메라가 의자 등에 걸려 있었다면 그 정도의 확인은 했어야 하지 않나?"

"확인하지 않은 건 제 실수입니다. 가죽 끈은 상당히 길어서 카메라 케이스는 의자 시트보다 아래 쪽에 가려져 보이지 않아서 그만."

"그랬군. 그러니까 사건을 종합하면 당신은 카메라를 의자 등에 걸어 놓았다. 가지러 갔을 때는 딴 의자 위에 같은 종류의 카메라가 놓여 있었다. 당신은 그것이 자기 것이라고 생각하여 집어 들고, 진짜 카메라는 의자 등에 걸어 둔 채 나와 버렸다. 그런 뒤 제2의 카메라 주인이 와서 의자 위에 놓아 두었던 자기 카메라가 없어진 것을 보고 주위를 살펴보니, 당신 카메라가 눈에 보였을 것이다."

"아마 그랬을 것 같습니다."

"호텔 손님들은 전부 아침 식사에 나왔던가?"

"모르겠습니다. 레제르브 호텔에는 18개의 방이 있는데, 모두 차지는 않았을 것이니까요. 그리고 저는 전날 밤에 도착해서 알 리가 없지요. 그러나 아래층으로 내려와서 응접실을 지나가려면 누구나

의자 곁을 지나야 합니다."

"그러니까 바다시 씨, 현재 레제르브 호텔에 머무르고 있는 손님 가운데 한 사람이 이 카메라의 주인으로 그 사진을 촬영한 자라는 것은 상당히 확신을 갖고 말할 수 있겠군. 그런데 누굴까? 보이나 고용인은 제외해도 좋겠지. 그들은 이 마을이나 근처에서 온 자들뿐이니까. 물론 신문은 해 보겠지만 도움은 되지 않을 것이오. 그 외는 손님 10명과, 지배인인 게헤 부부가 있을 뿐이오. 그런데 바다시 씨, 범인은 당신이 가지고 있는 것과 똑같은, 다시 말해서 당신 카메라를 갖고 있소. 그러나 당신도 알겠지만, 우리가 호텔 투숙객 전원을 체포해서 한 사람 한 사람의 소지품을 검사할 수 없다는 것은 잘 알 것이오. 외국인이 몇 사람 끼어 있어서 귀찮은 영사가 뒤에 버티고 있는 것까지는 상관하지 않더라도 과연 카메라를 찾을 수 있을지도 의문이니까. 그렇게 되면 범인도 경계할 것이고, 우리들은 어떻게 손을 쓸 수가 없게 될 거요. 때문에 수사는……"

베건은 신랄하게 얘기했다. "누군가 호텔에 있어도 조금도 의심받지 않는 사람, 콘택스 카메라를 갖고 있는 상대를 힘들이지 않고 가려낼 수 있는 인물이 맡지 않으면 안 되오."

"저를 말하는군요."

"당신은 먼저, 카메라를 갖고 있는 것은 누구누구인가 하는 지극히 간단한 문제부터 조사를 시작하면 됩니다. 카메라를 갖고 있다 해도 콘택스가 아닌 다른 걸 지닌 사람은 아무것도 갖고 있지 않는 사람보다 혐의가 적다고 보아도 좋을 것이오. 알겠소? 바다시 씨, 당신의 카메라를 갖고 있는 사람은 지금쯤 카메라가 바뀐 것을 알고 있는지도 모르오. 그럴 경우, 자기가 툴롱 요새의 사진이 들어 있는 카메라 주인이 아니라는 것을 나타내기 위해서 당신의 카메라를 숨길 것이오. 그리고 이런 경우도 생각할 수 있소……." 그는 자기 상상에 도취된 것 같았다. "결국 그는 자기 카메라를 찾으려고 할지도 모르오. 그 점을 방심해서는 안 되오."

"설마 본심으로 말하는 것은 아니겠지요?"

베건은 차갑게 내 얼굴을 보았다.

"잘 들으시오. 나도 달리 다른 방법이 있다면 훨씬 기쁘겠소. 당신은 별로 머리회전도 좋아보이지 않으니 말이오."

"하지만 지금 전 체포되어 있습니다⋯⋯. 설마?" 나는 떨떠름하게 물었다. "나를 석방하도록 서장을 설득시키지 못한 건?"

"구류 처분은 어쩔 수 없지만 가석방은 가능하오. 당신이 체포된 것을 아는 사람은 게헤뿐이오. 우리가 당신 방을 조사했기 때문이지. 게헤는 못마땅한 눈치였지만 여권 때문에 잠깐 조사할 것이 있다고 했고, 본인의 승인도 받았다고 설명해 두었소. 그러니까 호텔로 돌아가서, 경찰이 오해해서 구류되었다고 하면 될 것이오. 그리고 매일 아침 전화로 나에게 보고해 주시오. 다른 시간에 연락하고 싶으면 서장에게 전하면 될 거요."

"그렇지만 나는 토요일 아침에 파리로 돌아가지 않으면 안 됩니다. 월요일부터 신학기 수업이 시작되니까요."

"당신은 허가를 받을 때까지 이 지방을 떠날 수 없소. 또한 경찰 이외에 레제르브 호텔 밖의 다른 어떤 사람과 접촉해서도 안 되오."

치밀어 오르는 절망감이 전신으로 퍼져 갔다.

"나는 실직 당할 겁니다."

베건은 일어나서 내 눈앞에 버티고 섰다.

"잘 들으시오, 바다시 씨." 그의 빈틈없는 말 속에는 문책하는 듯한 서장의 말보다 한층 더 위협적인 불길한 기운이 포함되어 있었다.

"당신은, 출발해도 좋다고 할 때까지 레제르브 호텔에 머물러야 합니다. 만일 그 전에 도망치려고 한다면, 내 손으로 체포하여 당신을 배에 태워 두브로브니크로 추방하고 당신 서류는 유고슬라비아 경찰에 보내질 것이오. 그러니까 명심하시오. 사진을 찍은 자를 찾는 것이 빠르면 빠를수록 당신이 돌아가는 것도 빨라질 거요. 그러나 절대로 속여서는 안 되고, 편지를 써서도 안 되오. 시키는 대로 하든가 추방되든가, 둘 중 하나뿐이오. 어느 쪽이든 간에 국외 추방을 당하지 않는다면, 당신은 매우 운이 좋은 것이오. 그러니까 조심해서 해야 되오. 알겠소?"
"알았어요, 잘 알았어요."

한 시간 후, 나는 경찰서에서 마을로 이어진 길을 돌아오고 있었다. 콘택스는 어깨에 매달려 있었다. 호주머니에 손을 넣자 종이쪽지가 손끝에 잡혔다. 레제르브 호텔의 투숙객 일람표다.

호텔에 돌아왔을 때, 게헤는 사무실에 있었다. 그 앞을 지나 내 방으로 올라가려고 하는데 게헤가 나왔다. 그는 블루진에 샌들, 거기에다 몸에 착 붙는 셔츠 차림이었는데, 머리가 젖어 있는 것으로 보아 지금까지 수영을 하고 있었던 것 같았다. 키가 큰 깡마른 몸을 앞으로 굽히고 느릿느릿 걷는 그의 모습은, 호텔 지배인과는 동떨어져 보였다.

"아, 무슈······." 그는 엷은 미소를 띠면서 말했다. "돌아오셨군요. 아무 일 없었겠지요? 아침에 경찰이 와서 허가를 받았다면서 당신 여권을 가져가겠다고 하던데요?"

나는 가능한 대로 불평조로 말했다.

"그래요, 별일 아닙니다. 신원조사였어요. 착오라고 밝혀질 때까지 시간이 걸렸어요. 그들이 사과해 보았자 무슨 도움이 되겠습니까? 프랑스 경찰들이 하는 짓이란 참으로 바보스럽군요!"

게헤는 진지한 얼굴로 놀라워 함과 동시에 분개해하며 나의 참을성 있는 태도를 칭찬했다. 그러나 내 말을 믿지 않는 것이 확실했다. 그것도 무리는 아니다. 나는 매우 풀이 죽어 있었기 때문에 놀란 사람처럼 연기한다는 것은 사실 성공할 가능성이 희박했던 것이다.

"그런데 무슈……." 내가 층계에 발을 올려놓자 게헤가 지나가는 말처럼 물었다. "토요일 아침에 출발하실 거라고 하셨지요?"

그렇군! 게헤는 내가 그만 떠났으면 싶은 거다. 나는 일부러 생각하는 체했다.

"음, 그럴 계획이었으나 다시 하루 이틀 연기할지도 모르겠습니다. 즉," 나는 냉정한 미소를 띠며 말했다. "경찰이 딴소리만 하지 않으면야."

게헤는 잠깐 망설이는 눈치가 역력했다.

"잘 알겠습니다. 편하실 대로 하십시오." 그는 말은 했지만, 그 말투에는 확신이 없었다.

내가 등을 돌리고 계단을 올라갈 때 어쩐지 등 뒤에서 그가 내 카메라만 뚫어져라 쳐다보는 듯한 그런 묘한 느낌이 들었다.

4

그 후 두 시간의 일을 돌이켜보려 해도 지금은 아무것도 생각나지 않는다. 그러나 방으로 들어섰을 때 내 마음 속을 가득 메우고 있던 어떤 생각은 기억난다. 과연 일요일 오후에 툴롱에서 파리로 가는 기차가 있을 것인가?

나는 갑자기 옷가방에서 기차 시간표를 찾기 시작했다.

어처구니없는 재난에 직면해 있으면서도 파리행 기차의 유무 따위 사소한 일을 걱정하는 것이 이상스럽게 생각될지도 모르겠다. 그러나 인간이란 중대한 긴급시에 기괴한 행동을 하는 동물이다. 침몰하고 있는 배의 승객이 마지막 구명보트가 뱃전을 떠나려고 할 때 하찮은 짐을 가지러 선실로 뛰어들기도 하고, 임종 순간에 처해 있는 인간이 이 세상에 영원한 이별을 고하면서 얼마 안 되는 부채를 미안해하기도 한다.

나의 고민은 월요일 아침 학교에 지각할 것 같다는 초조함때문이었다. 마티스 씨는 시간문제에 극히 엄격했다. 학생이든 교사든 지각한 자는 혼이 났다. 지각으로 다른 수강자에게 지장을 주게 되면 마티스 씨의 불만은 신랄한 언어와 꾸짖는 소리로 나타났다. 그 소리가 높아지는 것은 언제나 지각 후 수시간 뒤에 나타나는 것이어서 그 사이의 불안은 이루 말로 표현할 수가 없다.

만일 일요일 오후에 툴롱을 출발하는 기차를 타고 밤을 새워 파리에 갈 수만 있다면 지각을 하지 않고도 학교에 나갈 수 있다고 나는 생각했다. 월요일 아침 6시에 파리에 도착하는 기차가 있다는 것을 발견하고 안심했던 일을 기억한다. 내 마음은 몹시 혼란스러웠다. 베건은 토요일에 출발할 수 없다고 말했다. 지독한 사람이다. 마티스가 시끄럽게 굴 것이다. 일요일까지만 출발하면 늦지 않게 파리에 도착할 수 있을까? 그래! 안 될 까닭이 어디있어. 모두 잘 될거야.

만일 이때 누군가가 나에게 "당신은 일요일에도 파리로 출발할 수는 없을 것이오"라고 했다면, 그럴 리가 있겠느냐며 웃어 넘겼을 것이다. 그러나 그 웃음은 신경질적인 것이 틀림없으리라. 왜냐 하면, 나는 열어젖힌 옷가방을 그대로 놓아 둔 채 마루 위에 앉아 있었으나 가슴 속의 공포로 가득 차서 심장의 고동이 높아 있었고 숨이 막혀왔기 때문이다. 나는 계속 침을 삼켰다. 어쩐 일인지 그렇게라도 해야 심장의 고동을 진정시킬 것 같았다. 그 때문에 몹시 목이 말라서 세면대까지 가서 양치질용 컵으로 물을 마셨다. 돌아서서 한쪽 발로 옷가방의 뚜껑을 닫았다. 그때 베건으로부터 받은 종이쪽지가 호주머니에서 부스럭거리는 것을 느꼈다. 나는 침대에 주저앉았다.

 베건으로부터 받은 투숙객 명단을 나는 아마 한 시간이 넘도록 들여다보았을 것이다. 나는 명단을 보고 또 보았다. 열거된 명단은 암호 비슷해서 의미 없는 상형문자와 같았다. 나는 눈을 감았다. 그런 다음 눈을 뜨고 다시 한 번 읽었다. 모두 내가 모르는 사람들이었다. 나는 호텔에서 겨우 하루 지냈을 뿐이고, 이곳은 큰 호텔이다. 식사 때는 딴 손님들과 가볍게 인사를 교환하기도 하지만 그뿐이었다. 나는 타인의 이름을 외는 것이 서투르다. 아마 거리에서 그들과 만난다 해도 누군지도 모르고 그냥 지나칠 것이다. 이곳에 나열되어 있는 이름 중의 한 사람이 내 카메라를 갖고 있을 것이다. 나와 인사를 교환한 한 사람이 스파이인 것이다. 그들 남녀 중 누군가 한 사람이 돈을 받고 요새로 숨어 들어가 철근 콘크리트와 대포 사진을 찍어, 어느 날엔가 앞바다에 나타날 군함이 정확한 포탄을 퍼부어서 철근 콘크리트 요새와 대포와 경비병들을 분쇄할 수 있도록 했을 것이다. 나는 이틀 안에 그 인물을 찾아내지 않으면 안 된다!

 어리석은 말이지만 거기 적힌 이름들은 내게는 한결같이 선량한 시민처럼 느껴졌다.

   로베르 듀크로 씨 : 프랑스 인, 낭트
   앙드레 루 씨 : 프랑스 인, 파리
   오데트 마르땅 양 : 프랑스 인, 파리
   메리 스켈튼 양 : 미국인, 워싱턴 D.C
   워린 스켈튼 씨 : 미국인, 워싱턴 D.C
   발터 포겔 씨 : 스위스 인, 콘스탄스
   푸르데 포겔 부인 : 스위스 인, 콘스탄스
   하버드 그랜든 하드리 소령 : 영국인, 바그스톤

마리아 그랜든 하드리 부인 : 영국인, 바그스톤
에밀 시믈러 씨 : 독일인, 베를린
알베르 게헤 지배인 : 스위스 인, 샤프호젠
슈잔느 게헤 부인 : 스위스 인, 샤프호젠

  이 같은 숙박인 명부쯤 남프랑스의 어떤 소도시에서도 만들 수 있을 것이다. 약방의 감초같은 영국 군인 부부가 있다. 그리고 반드시는 아니지만 끼어 있어도 그리 진기할 것 없는 미국인 형제에, 스위스 인과 프랑스 인도 몇 사람 섞여 있다. 독일인이 한 사람 있다는 것은 좀 특이하지만 그렇다고 딱히 놀랄 일은 아니다. 그리고 스위스 인 호텔 지배인에 부인 따위는 흔해 빠진 일이고.
  무엇을 해야 해나? 어디부터 손을 대라는 것인가? 이윽고 나는 베건이 카메라에 대해서 주의했던 것을 생각해 냈다. 먼저 이들 중에서 카메라를 갖고 있는 자를 알아내서 보고하는 일이다. 나는 적극적으로 생각에 열중했다.
  그들을 한 사람씩, 또는 한 쌍씩 만나 사진에 대한 화제를 꺼내 보는 것이 쉬운 방법이라는 생각이 들었지만 그리 실효를 거둘 것 같지는 않았다. 만일 스파이가 자기가 찍은 툴롱 항구 사진 대신 니스의 카니발을 찍은 선명한 로 앵글 사진이 카메라에 들어 있는 것을 알았다면 어떻게 될까? 설사 자기가 타인의 카메라를 갖고 있다는 것을 이내 알지는 못한다 하더라도 무엇인가 수상하다고 경계하지나 않을까? 사진에 대한 것을 화제로 삼는다면 단번에 의심을 받게 된다. 안 돼, 더 간접적인 방법을 강구해야 한다.
  나는 시계를 보았다. 7시 15분전이다. 창 밖을 내다보니 모래사장에 아직도 사람들이 나와 있는 것 같다. 내 방에서 보이는 백사장에 신발 한 켤레가 벗어 던져져 있고, 소형 비치파라솔이 세워져 있었다. 나는 머리를 빗질하고 밖으로 나왔다.

너무도 간단하게 남들과 쉽게 친해지는 사람이 있다. 그런 사람들은 이상하리만큼 정신적 유연성이 있어서, 자기 마음의 움직임을 눈앞에 있는 낯선 사람의 마음속에 재빨리 순응시킬 수가 있는 것이다. 그들은 잠깐 동안에 알지 못하는 상대의 관심사에 녹아 들어가 그가 웃으면 따라 웃는다. 몇 마디 대화가 오가고 1분 후에는 서로 친구가 되어 하잘 것 없는 농담도 스스럼없이 주고받게 된다.

나에게는 이런 매력적인 재능이 없다. 나는 사람들이 말을 걸지 않는 한 조금도 말하려고 하지 않는다. 누군가 말을 걸어 와도, 일부러 친근하게 하려면 신경이 곤두서서 오히려 딱딱하게 되든가 아무 쓸모없는 허튼 소리를 하고 만다. 그래서 모르는 사람들은 나를 까다로운 사람이라고 생각하거나 무슨 속셈이 있어 접근하려는 줄 알고 의심하게 된다.

나는 모래사장으로 향하는 돌층계를 내려가면서 어떻게 하든 이번에는 이러한 내성적인 성격을 내던져 버리겠다고 결심했다. 침착하게, 인상 좋게 행동해야 한다. 사람을 웃기는 대사를 생각해내야 하고, 대화 내용을 생생한 것으로 선택해야 하며, 좀더 미묘하고 흥미 있는 것을 골라야 한다. 나에게는 하지 않으면 안 될 일이 있는 것이다. 교묘하고 능숙하게 해치우자!

작은 모래사장은 벌써 그늘이 져서 앞바다에서 불어오는 미풍이 나뭇가지들을 흔들었으나 더위는 여전했다. 두 쌍의 남녀가 철제 의자에 앉아 있는 뒷모습이 보였다. 돌층계에 가까워지면서 그들이 프랑스 어로 말하고 있는 것을 들을 수 있었다.

나는 모래사장을 가로질러, 페인트칠을 한 보트가 올려져 있는 가대 끝, 두 쌍으로부터 몇 미터 떨어지지 않은 곳에 앉아서 멀리 만을 바라보았다.

앉으면서 재빨리 그들을 보았다. 내쪽으로 앉아 있는 것은 23세 정도의 청년과 20세 가량의 처녀였다. 두 사람은 지금껏 수영을 한 듯싶었다. 오늘 아침 테라스에서 내려다보았던 햇볕에 탄 손발은 이 사람들로 생각되었다. 나는 그들의 프랑스 어로 미루어 두 사람이 바로 미국인인 워린 스켈튼과 메리 스켈튼이 틀림없다고 생각했다.

다른 두 사람은 전혀 달랐다. 엄청나게 살찐 중년이었다. 나는 그 전에 이 두 사람을 보았던 기억이 났다. 번쩍번쩍 빛나는 달님같은 얼굴을 한 사나이는 멀리서보면 거의 동그랗게 보였는데 물론 입고 있는 바지 탓도 있었다. 시꺼먼 천으로 만든 바지밑으로 짧고 가느다란 다리가 나와 있었다. 거의 겨드랑이까지 끌어올린 바지는 강력한 멜빵으로 고정되어 부풀어오른 남산만한 배를 덮고 있었다. 깃을 세운 테니스 셔츠에 윗옷은 입지 않았다. 마치 만화에서 튀어 나온 인물 같았다. 그의 아내는——두 사람이 다 스위스 인이어서 부부라고 생각했다——남편보다 약간 키가 큰 편이며 품위라곤 전혀 없었다. 그녀는 걸핏하면 웃음을 터뜨렸는데, 실제로 웃고 있지 않을 때도 곧 웃을 것 같은 얼굴이었다. 남편도 아내와 같이 빙긋거리고 있었다. 부부는 어린애처럼 단순하고 순진해 보였다.

워린 스켈튼은 발터 포겔 씨에게 미국의 정치 제도에 대하여 설명하는 것 같았다.

"정당은 두 개밖에 없습니다." 스켈튼은 힘든 프랑스 어로 진지하게 설명했다. "공화당과 민주당, 둘 다 보수 정당입니다. 그러나 공화당 쪽이 민주당보다 우익입니다. 그 점이 다릅니다."

"잘 알겠네."

포겔 씨는 방금 들은 내용을 재빨리 아내에게 독어로 번역했다. 포겔 부인은 히죽 이빨을 드러내고 웃었다.

"듣자하니," 포겔은 부족한 프랑스 어로 이야기를 계속했다. "선거 때는 갱스터들이 결정적인 영향력을 갖는 것 같습니다. 마치 편중되지 않은 중간 정당처럼요?" 그는 중요 문제가 있으니까 쓸데없는 이야기는 제쳐 놓겠다는 태도였다.

처녀는 별수 없다는 듯 킬킬 웃었다. 오빠는 크게 숨을 쉰 다음, 몹시 주의 깊게 미국 국민의 99.9퍼센트는 갱 같은 것은 본 일도 없다고 설명하여 포겔을 놀라게 한 것 같았으나, 이내 그의 프랑스 어 실력이 바닥나 버리고 말았다.

"그것은 의심할 여지없이," 하고 그는 한 발 양보했다. "꽤 많은 …… 무엇인가……" 거기에서 말이 되지 않자, 호소하듯 누이를 보고 말했다. "메리, 뇌물을 프랑스 어로 무어라고 하지?"

내가 행운을 얻은 것은 이때였다. 나는 선생이라 가르치는 것이 습관이 되어 있어서 알려 주고 싶은 충동이 마치 굶주림이나 공포처럼 나를 휩싸면서 사교적인 예의를 압도해 버렸다. 처녀가 어깨를 으쓱하는 모습이 내 눈에 들어왔다. 다음 순간 나는 입을 열었다.

"샹따쥬(Chantage)입니다."

모두 나를 보았다.

"고마와요," 처녀가 말했다.

오빠는 눈을 빛내며 바라보았다.

"당신은 영어만큼 프랑스 어를 말할 수 있습니까?"

"네에."

"그렇다면" 그는 날카롭게 말했다. "제 왼편에 있는 이 멍청이에게, 갱스터는 영어 소문자 g로 시작되고 그들은 공공연히 국회에서는 설치지 않는다고 설명 좀 해 주시지 않겠습니까? 그리고 이왕이면 우리들이 통조림만 먹고 사는 것도 아니고 국민 모두가 엠파이어 스테이트에 사는 것도 아니라고 아울러 가르쳐 주시면 감사하겠습니다."

"알겠습니다."

처녀가 미소 지었다. "오빠는 화가 나 있어요."

"화가 났다고? 어림없는 소리! 이들의 존재는 국제적인 위험이야. 누군가가 알려 주지 않으면 안 돼."

포겔 부부는 당황한 듯이 웃음을 띠면서 이들의 수작을 지켜보며 귀를 기울이고 있었다. 나는 가능한 한 솜씨 좋게 독일어로 번역했다. 부부는 몸을 흔들면서 너털웃음을 웃었다. 포겔은 웃으면서 미국인을 만나면 왠지 놀려주고 싶다고 설명했다. 갱스터……! 엠파이어스테이트 빌딩……! 거기서 또 한바탕 웃음이 터졌다. 어떻든 이들 스위스 인 부부는 보기처럼 순박하지는 않은 것 같았다.

"뭐가 어떻게 된 것입니까?" 스켈튼이 물었다.

나는 설명했고, 그것을 들은 청년은 히죽이 웃었다.

"딱히 악의가 있는 것은 아니겠지요?" 스켈튼은 그렇게 말하고 몸을 내밀어 포겔 부부를 더 자세히 보려고 했다. "이 두 사람은 독일인인가요?"

"스위스 인입니다."

"이 아저씬," 메리가 말했다. "테니얼이 그린, 트위들덤과 트위들디(루이스 캐롤의 《거울 나라의 앨리스》에 나오는 닮은 두 인물)와 꼭 같지 않나요? 그런 바지만 입히면!"

이런 비평을 듣고 있는 본인들은 근심스러운 눈초리로 우리들을 바라보고 있었다. 포겔 씨가 나에게 물었다.

"이 젊은이들은 우리의 농담을 기분 나쁘게 생각지 않는지요?"

"이 사람은," 나는 스켈튼 남매에게 설명했다.

"당신들의 마음을 상하게 하지는 않았나 걱정하고 있습니다."

스켈튼 청년은 놀란 얼굴을 했다.

"천만에요!" 그는 포겔 부부 쪽을 보았다. "참으로 유쾌했습니다. 당신들은 정말 친절했습니다." 그는 마음속으로 이렇게 말한 다음, "아무래도 잘 안 되는군요. 잘 좀 전해 주시지 않겠습니까?" 하고 나에게 부탁했다. 나는 설명해 주었다. 일동은 자주 고개를 끄덕이면서 미소를 교환했다. 이윽고 포겔 부부는 자기들끼리만 이야기했다.

"당신은 몇 개국 말을 하십니까?" 스켈튼이 나에게 물었다.

"5개 국어입니다."

그는 끔찍하다는 듯이 웃었다.

"그러시다면, 외국어 공부법을 구체적으로 설명해 주실 수 있을까요?" 처녀가 말했다. "저는 5개 국어까지는 필요 없지만, 당신이 가는 곳마다 그 나라 말로 사물을 생각할 거라고 생각하니 오빠도 마찬가지겠지만 저 역시도 흥미롭군요."

나는 여러 나라에 살면서 듣기를 훈련하는 법에 대해서 약간 설명해 준 다음, 레제르브 호텔에 온 지 얼마나 되었느냐고 물었다.

"1주일쯤 되었습니다."

오빠가 대답했다. "다음 주에 모국에서 양친이 꽁떼 드 사보이어호로 오시는데 마르세유에서 만나기로 했습니다. 당신은 화요일에 오셨지요?"

"네, 그렇습니다."

"아무튼 영어로 말할 수 있는 분이 있다는 것은 즐거운 일입니다. 게헤도 영어가 서툴지는 않지만 어딘가 좀 어색하고, 영국인 소령 부부도 있지만 소령은 자기도취가 심한데다 부인은 몹시 말이 없는 사람이거든요."

"차라리 잘 어울리는 한 쌍이죠."

누이가 말했다.

이 처녀는 아주 미인은 아니지만 대단히 매력적이라고 생각되었다. 입은 너무 컸고 코도 별로에다 광대뼈가 튀어나온 평범한 얼굴이었다. 그러나 말을 하면 지성과 유머가 있어 광대뼈나 콧날의 결점을 커버해 주어 좋게 보였다. 피부는 팽팽했고 청결한 밀보리색을 하고 있으며, 철제 의자 뒤로 늘어져 있는 윤기있는 황갈색 머리는 참으로 매력적이었다. 미인이라고 해도 지나치지 않을 것 같았다.

"프랑스 인을 상대할 때 놀라는 것은," 오빠 쪽이 말했다. "프랑스 어를 정확하게 말하지 않으면 화를 내는 점입니다. 프랑스 인이 영어를 할 줄 모른다고 해도 우리는 화내지 않는데."

"그렇습니다. 그러나 그것은 대개의 프랑스 인이 국어를 사랑하기 때문입니다. 그들은 보통 사람들이 초심자의 바이올린 연습을 참을 수 없어하는 것과 같은 감정으로, 서투른 프랑스 어 발음이 듣기 싫은 것입니다."

"오빠에게 음악 얘기를 해 보았자 효과 없어요, 음치니까요!" 처녀는 일어서서 수영복 깃을 잡아당겼다. "옷을 입는 게 좋겠어요."

포겔 씨는 의자에서 일어나 대형 손목시계를 들여다본 뒤, 7시 15분이라고 프랑스 어로 말했다. 멜빵을 다시 한 번 치켜서 쥔 다음, 부부는 물건들을 주워들었다. 우리는 행렬을 지어 돌층계로 향했다. 나는 미국 청년의 뒤에 섰다.

"그런데," 돌층계를 오르면서 스켈튼이 말했다. "아직 이름을 모르고 있습니다."

"요셉 바다시입니다."

"나는 워린 스켈튼, 그리고 누이는 메리입니다."

그러나 나는 그의 말을 듣고 있지 않았다. 포겔 씨의 둥글고 살찐 등에는 카메라가 걸려 있었다. 어디서 저런 카메라를 보았던가? 나는 기억을 더듬었다. 아아, 그래! 박스형 포크트렌델이야.

레제르브 호텔에서는 무더운 날은 테라스에서 저녁 식사를 한다. 그래서 그날은 테라스에 줄무늬가 있는 천막이 쳐지고, 테이블 위에는 촛불이 켜졌다. 테이블마다 촛불을 밝히자 몹시 화려하게 보였다.

그날 밤 나는 누구보다 일찍 테라스에 나가려고 생각했다. 너무 시장하기도 했지만 함께 묵고 있는 손님들을 한 번에 관찰하고 싶었기 때문이었다. 그런데 내가 테라스에 나갔을 때는 벌써 세 사람이나 자리를 잡고 있었다.

그 중 하나는 남자였으나, 내 등 뒤에 앉아 있어서 완전히 뒤돌아보지 않는 한 상대방을 볼 수가 없었다. 나는 천천히 걸어가면서 자세히 관찰했다.

촛불 외에는 조명이 없는데다 사나이가 접시에 달라붙어 있어서, 짧은 백발이 섞인 금발을 아무렇게나 넘겨서 옆으로 붙인 머리 외에는 거의 보이지 않았다. 입고 있는 옷은 흰 셔츠와 프랑스제로 보이는 올이 투박한 삼으로 만든 바지였다.

나는 의자에 앉아서 함께 앉아 있는 다른 두 사람에게 주의를 돌렸다.

그 두 사람은 한 테이블을 끼고 몹시 어색하게 앉아 있었다. 반백의 갈색 머리 사나이는 짧게 깎은 수염을 기르고 있었고, 그 옆에는 냉정하게 보이는 골격이 큰 중년 부인이 푸르스름한 얼굴을 하고 흰머리를 깨끗이 손질하고 있었다. 두 사람 다 만찬을 위한 단정한 옷차림이었다. 여자는 흰 블라우스에 검은 스커트, 사나이는 회색 플란넬 바지와 갈색 줄무늬 셔츠에 군복용 넥타이, 큰 체크 무늬 승마용 웃옷을 입고 있었다. 나는 계속 관찰했다. 사나이는 수프 스푼을 놓고, 값싼 붉은 포도주 병을 손에 들고 불빛에 비쳐 보았다.

"이봐," 사나이의 말소리가 들렸다. "아무리 봐도 보이들이 우리 포도주를 마신 것 같소. 점심 식사 때 병에다 명확하게 표시해 두었거든."

중류 계급 이상의 영국인이 쓰는 깨끗한 영어였다. 여자는 보일 듯 말 듯하게 어깨를 으쓱했다. 아무래도 동의할 수 없다는 눈치였다.

"여보," 사나이가 말했다. "나는 지금 원칙을 문제 삼고 있소. 이런 일은 꾸짖지 않으면 안 되오. 게헤에게 꼭 눈치를 줘야지."

여자는 다시 어깨를 들었다 놓더니 냅킨을 집어 입을 닦았다. 분명히 이 두 사람이 하버드 그랜든 하드리 소령 부부 같았다.

이때는 벌써 딴 손님들도 모이기 시작했다. 포겔 부부는 영국인 부부의 맞은편 난간 옆 테이블에 앉았다. 그리고 또 한 쌍의 남녀가 벽 앞의 테이블로 걸어갔다.

이 쌍은 틀림없는 프랑스 인이었다. 새까만 머리색과 병적으로 튀어나온 눈, 턱에 수염을 기르고 있는 사나이는 35세 정도로 보였다. 공단으로 만든 비치 파자마를 입고 포도알만한 인조 진주 귀걸이를 단 초췌한 금발 여인은, 사나이보다 연상으로 보였다. 두 사람은 서로 상대에게 열중해 있었다. 사나이는 의자를 당겨서 여자를 앉힌 다음 그녀의 팔을 잡고 애무했다. 여자는 사나이의 손가락을 쥐고는 딴 손님이 보지 않는가 재빠르게 주위를 살폈다. 포겔 부부가 그것을 보고 소리 없이 배를 움켜쥐고 웃었다. 포겔 씨는 줄지어 있는 테이블 너머에서 아는 체해 보였다.

금발 여인은 오데트 마르땅 양일 것이라고 나는 추측했다. 일행인 사나이는 루가 틀림없으리라.

그 다음에 메리 스켈튼이 오빠와 같이 왔다. 두 사람은 나에게 친근하게 인사하고 오른쪽 뒤에 앉았다. 아직 모습을 나타내지 않고 있는 것은 한 사람뿐이었다. 이윽고 그 인물이 나타났다. 흰 턱수염을 기르고 폭이 넓은 검은 리본이 달린 코안경을 걸친 나이가 지긋한 사나이였다.

보이가 수프 접시를 가지러 왔을 때, 나는 그를 불러 세웠다.
"저 흰 수염을 한 사람은 누구요?"
"듀크로 씨입니다."
"그럼 금발 여인과 같이 있는 사람은?"
보이는 조심스럽게 미소 지었다.
"루 씨와 마드모아젤 마르땅입니다."
보이는 '마드모아젤'이라는 말을 은근히 강조했다.
"알겠소. 그러면 시믈러 씨는 어떤 분인가요?"
"시믈러 씨요? 그런 이름을 가진 손님은 안 계십니다."
"정말이오?"
나는 어깨 너머로 뒤를 보았다.
"저쪽 제일 구석 테이블에 있는 사람은?"
"그분은 폴 하인버거 씨입니다. 스위스 작가로, 게헤 지배인의 친구분이십니다. 생선을 드시겠습니까?"
나는 끄덕였다. 보이는 물러갔다.

나는 잠시 몸을 움직이지 않았다. 그리고 침착하게, 그러나 손끝을 떨면서 호주머니 속 베건이 준 명단을 찾았다. 꺼낸 명단을 냅킨으로 가리면서 아래로 눈을 뜨고 주의 깊게 보았다.

그러나 명단은 이미 암기하고 있는 대로였다. 그곳에는 하인버거라는 이름은 없었다.

5

그때 내 머리는 몹시 혼란스러웠던 것 같다. 생선 요리를 먹으면서 상상력은 분방하게 활동을 시작했다. 이 새로운 사실을 베건에게 알렸을 때 그의 얼굴에 떠오를 표정을 생각하며 나는 혼자 빙그레 웃었다.

'그런데 베건 씨, 당신에게 명단을 받았을 때 나는 당연히 종업원을 제외한 모든 손님들이 포함되어 있다고 생각했습니다. 그러나 내가 처음 발견한 것은 폴 하인버거라는 인물이 명단에 없다는 사실입니다. 당신은 이 사나이에 대해서 무엇인가 알고 있습니까? 이것은 즉시 대답해 주어야 할 문제입니다. 그리고 베건 씨, 나는 이 사나이의 소지품을 조사할 것을 권합니다. 그 속에서 차이스 콘택스와, 니스의 카니발에서 찍은 필름이 안 나오면 제 목을 대신 내놓겠습니다.'

보이가 테이블 위의 접시를 가져갔다.

'또 하나 있습니다, 베건 씨. 게헤를 조사하십시오. 보이의 이야기로는 하인버거는 게헤의 친구라고 합니다. 그렇다면 지배인도 관계되어 있지 않겠습니까?. 나는 별로 놀라지 않습니다. 그 지배인이 내 카메라에 이상하게도 관심을 갖는 듯하다는 것을 알고 있었으니까요. 아무튼 게헤는 조사할 가치가 충분히 있습니다. 당신은 게헤에 대해서 모든 것을 알고 있다고 생각하십니까? 아마 내가 당신이라면 좀더 주의 깊게 조사할 것입니다. 대뜸 결론을 내리는 것은 위험하니까요.'

보이가 레제르브 호텔 특제인 포도주를 곁들인 닭고기를 듬뿍 가져왔다.

'하인버거라는 사나이는 꼭 조사해야만 합니다. 알겠습니까, 베건 씨?'

아니, 이래서는 김이 샌다. 아무 말도 하지 않고 실실 웃어 주는 것이 제일 좋으리라. 나는 그 웃음을 지어 보았다. 네 번째 연습 중에 보이와 눈이 마주쳤다. 보이는 근심스러운 듯 달려왔다.

"닭고기 요리가 뭐 잘못됐습니까?"

"아니, 아니, 훌륭한 요리네."

"실례했습니다."

"아니, 괜찮소."

나는 얼굴을 붉히면서 식사를 했다.

보이의 방해로 꿈에서 현실로 돌아왔다. 과연 내가 정말 그토록 중대한 발견을 한 것일까? 폴 하인버거라는 사나이는 오늘 오후에 왔는지도 모르지 않는가? 그렇다면 그의 여권은 아직 경찰에 제출되지 않았을 것이다. 그렇다면 에밀 시믈러는 어디 있는가? 보이는 분명히 그런 사람은 호텔에 투숙하고 있지 않다고 말하지 않았는가? 보이의 착오인가 경찰의 착오인가. 여하튼 베건에게 보고해야 하니 아침까지 기다릴 수밖에. 그러나 그 사이에도 시간은 쉬지 않고 흘러갈 것이다. 빨라도 9시 전에는 전화를 걸 수 없다. 열두 시간 이상이나 쓸모없이 보내는 셈이다. 약 60시간 중의 열 두 시간! 일요일까지 출발할 수 있을까 하고 생각하니 나는 미칠 것 같았다. 마티스 씨에게 편지를 보내 사정을 설명할까? 병이라고 속일 수만 있어도 좋겠지만 그것은 별로 희망이 없다. 어떻게 해야 좋을까? 내 카메라를 갖고 있는 사나이는 결코 바보가 아니다. 스파이는 영리하고 빈틈없는 것이 당연한 일이다. 내가 무엇을 찾을 수 있다는 것인가? 60시간! 60일이라도 같은 노릇 아닌가!

보이가 접시를 치웠다. 그때 보이가 삼킬 듯한 눈으로 내 손이 있는 곳을 보았다. 테이블 아래로 내 손을 보았을 때, 나는 어느새 디저트용 스푼을 비틀어서 구부려 놓고 있었다. 나는 당황하여 스푼을 똑바로 편 다음 일어서서 테라스를 떠났다. 이제 시장기는 가셨다.

호텔 안을 지나서 뜰로 나왔다. 모래사장을 바라보는 아래쪽 테라스에 작은 정자가 있었다. 언제나 인기척이 없는 곳이다. 나는 그곳으로 갔다.

해가 완전히 져서 주위가 어두웠다. 만 저쪽 언덕 위에 벌써 별이 빛나고 있었다. 바람이 약간 강해져서 해초의 냄새를 실어 왔다. 나는 벽돌 위 서늘한 손잡이에 달아오른 손을 올려놓으면서 부드러운 바닷바람에 얼굴을 비볐다. 뒤뜰에서 개구리 한 마리가 울었다. 조용하게 기슭에 부딪치는 파도가 소리 없이 넘실거린다.

바다 저 멀리서 불빛이 하나 깜박하고 사라졌다. 배들이 신호를 교환하는 모양이다. 한쪽은 기름처럼 미끄러운 해면을 동으로 질주하는 정기 여객선, 상대는 스크루를 물 위에 띄우고 바람을 거슬러 마르세유로 향하는 가벼운 짐을 실은 화물선일지도. 여객선에서는 지금쯤 승객들이 춤을 추고 있을까, 그렇지 않으면 갑판에 기대서서 달그림자를 바라보며 뱃전에 포말을 일으키는 파도 소리에 귀를 기울이고 있을까? 선객들 발밑 훨씬 아래쪽에서는 인도인 화부들이 기름이 타는 기관의 울부짖는 소리와 추진기의 우렁찬 굉음 속에서 땀투성이가 되어 있겠지.

그때, 한 대의 자동차 헤드라이트 불빛이 만으로 향한 도로를 달려가면서 잠깐 해면을 비추다가 툴롱 쪽으로 구부러지자 불빛은 나무 사이로 사라져 갔다. 혹시 내가……!

등 뒤 비탈길에 깔린 자갈을 밟는 구두 소리가 나면서, 누군가 이곳 테라스로 통하는 층계를 내려오는 것 같았다. 구두 소리는 층계 밑까지 왔다. 나는 그 소리의 주인공이 오른쪽으로 돌면서 멀리 가주기를 빌었다. 순간 아무 소리도 들리지 않았고 그 사람은 주저하는 듯했다. 이윽고 정자로 통하는 오솔길에서 풀소리가 났다고 생각했을 때, 짙은 남색 하늘을 배경으로 한 사나이의 머리와 어깨가 희미하게 떠올랐다.

소령이었다.

그는 내가 누군지 확인하듯이 힐끔힐끔 쳐다보았다. 그리고는 난간에 기대서서 만을 바라보았다.

나는 처음에는 당장이라도 일어나서 돌아가고 싶은 충동을 느꼈다. 하인버거 그랜든 하드리 소령과 이야기하고 싶은 생각은 조금도 없었기 때문이었다. 그러나 그때 스켈튼 청년이 소령에 대해서 한 얘기가 생각났다. 소령은 '자아도취가 심한' 잘난 척하는 사나이다. 그렇다면 자기가 먼저 말을 걸지는 않겠지……. 그러나 그것은 잘못된 판단이었다.

소령이 입을 열 때까지, 우리 두 사람은 족히 10분쯤 침묵을 지키고 서 있었다. 내가 거의 상대의 존재를 잊어버리려고 했을 때 소령은 갑자기 헛기침을 하고 나서 "기분 좋은 밤입니다"라고 말했다.

나는 "그렇습니다" 하고 대답했다.

다시 긴 침묵이 흘렀다.

"8월치곤 선선하군요." 한참 만에 소령이 다시 말했다.

"정말입니다." 나는 대답하면서, 소령이 정말로 그렇게 생각한 것인지 아니면 인사치레로 그런 말을 했는지 생각해 보았다. 만일 그가 진심으로 선선하다고 느꼈다면 나도 인사치레로나마 바다의 미풍이라도 언급해 주지 않으면 안 된다.

"오래 머무르십니까?"

"아닙니다. 하루나 이틀입니다."

"그렇다면 또 뵐 수 있겠습니다."

"잘 부탁합니다."

이렇게 되면 잘난 체한다고 말할 수도 없지 않는가!

"난 당신이 영국인이라고는 생각하지 않았습니다. 그런데 저녁 식사 전에 젊은 미국인과 이야기하는 것을 들었습니다. 이런 말을 해서 어떨지 모르겠습니다만 도저히 영국인으로는 보이지 않는군요?"

"그러실 겁니다. 전 헝가리 인이니까요."

"오, 그렇습니까! 당신이 하는 영어를 들으면 영락없는 영국인이지만, 집사람이 하도 아니라고 주장해서 나까지 그런 생각이 들더군요. 하긴 아내는 당신의 영어를 못 들었답니다."
"잠시 동안 영국에서 살았습니다."
"아, 역시 그랬군요! 그런데 전쟁 중이었습니까?"
"그 정도 나이는 아닙니다."
"허허, 아무렴요. 나처럼 늙은 군인에게는 제1차 세계대전이 어느덧 옛날 이야기가 되어버렸다는 사실이 좀처럼 실감이 안 나서요……. 나는 1914년부터 1918년까지 전쟁에 참가했습니다. 1938년 3월 대공세 때 마침 나는 대대를 이끌고 참가하게 되었는데 그로부터 1주일 후에 부상당했지요. 운이 나빴어요. 병원으로 후송되었다가 끝내 상이군인으로 제대했습니다. 하긴 이런 얘기는 당신과 아무 관계가 없겠지만, 오스트리아 인은 대단히 우수한 병사라고 하더군요."

딱히 대답을 필요로 하는 이야기가 아니었다. 다시 침묵이 흘렀다. 이윽고 소령이 침묵을 깨고 이상한 질문을 했다.
"이곳 지배인을 어떻게 생각하십니까?"
"누구 말입니까? 게헤 씨 말입니까?"
"당신들은 그렇게 발음합니까? 그래요, 게헤 씨."
"글쎄요, 나는 잘 모르겠습니다. 대단히 유능한 지배인 같지만 어쩐지……."
"그렇습니다. '어쩐지'입니다! 절도가 없고 자기 멋대로죠. 건달 같은 보이들이 멋대로 굴어도 그냥 강건너 불보듯 하지 않습니까? 보이들은 손님의 포도주를 훔쳐 마시고 있습니다. 나는 확실하게 현장을 잡았습니다. 게헤 씨는 좀 엄격하게 다스릴 필요가 있어요."

"음식은 훌륭하더군요."

"그래요. 그러나 음식이 좋다고 해서 마음이 편하다고 할 수는 없지요. 내가 이곳 경영자라면 만사에 더 철저하게 하겠습니다. 당신은 게헤 씨와 진지하게 이야기한 일이 있습니까?"

"없습니다만?"

"그 사나이에게는 재미있는 이야기가 있지요. 어제 집사람과 물건을 사려고 툴롱에 잠깐 갔다가 아페리티프를 마시려고 카페에 들어갔습니다. 마침 우리가 주문을 끝냈을 때 저편에서 게헤 씨가 지금까지 한 번도 보지 못했던 초조한 걸음으로 오는 것이 보였습니다. 내가 한 잔 같이 하자고 말하려는 순간 거리를 가로 질러 건너편 골목으로 들어가 버리더군요. 그리고 두서너 집을 지나 어느 문 앞에 이르러서는 누가 보지 않나 재빨리 주위를 살핀 다음 안으로 들어갔습니다. 우리는 카페에서 한 잔 하면서 계속 문을 지켜보고 있었습니다만 그는 끝내 나오지 않았습니다. 그런데 어떻게 된 줄 아십니까? 그는 우리가 버스 정류장에 갔더니 글쎄 그가 의젓하게 생 가티앙행 버스에 앉아 있더라고요."

"이상하군요." 나는 중얼거렸다.

"우리도 그렇게 생각했습니다. 그래서 약간 놀랐지요."

"무리도 아닙니다."

"그런데 더 걸작은 지금부터입니다. 그 사나이의 부인을 알고 있습니까?"

"모릅니다."

"참으로 지독한 여자지요. 흔히 말하는 닳고 닳은 여자로 프랑스인인데, 게헤보다 나이가 많고 돈도 약간 갖고 있지요. 아무튼 게헤는 완전한 공처갑니다. 그는 손님과 같이 백사장에 가서 수영하는 것을 좋아하지만, 부인은 손님의 주문을 받든가 하녀들을 감독

하면서 항상 보이는 곳에 남편을 붙들어 놓으려고 합니다. 그렇기 때문에 게헤가 단 10분이라도 바닷가에 나가 있으면 반드시 높은 발코니에 올라가서 돌아오라고 큰 소리로 부릅니다. 손님들이 모두 보고 있는데도 말입니다. 그런 여자입니다. 싫어도 보게 되는 광경이지요. 그럴 때 게헤는 입을 다물고 있을 것으로 생각하겠지만, 그 사람은 히죽히죽 웃습니다. 그리고 프랑스 어로 무어라 중얼거리는데, 왈칵 웃어대는 프랑스 인들의 모습으로 보아 꽤 천박한 불평인 것은 틀림없습니다. 그래도 게헤는 부인 말대로 어정어정 돌아옵니다.

처음 이야기입니다만, 우리는 버스에서 인사를 건넸습니다. 물론 거리에서 보았다는 말을 하지 않고는 견딜 수 없었지요. 그 결과 어떠했는지 아십니까? 내가 그 사나이 코앞에서 얼굴을 지켜보았는데 실로 눈썹 하나 까딱 않더군요!"

그는 놀라면서 말을 띄엄띄엄했다.

"참말입니다. 눈 한 번 깜빡하지 않았습니다. 물론 나는 그 사나이가 우리가 잘못 본 거라고 부정할 줄 알았습니다. 어떻든 게헤가 들어간 집은 드나드는 문이 두 개 있는 선원 상대의 수상쩍은 가게니까 그로서도 떳떳하지는 않을 거라 믿었으니까요. 그런데 참 당황스럽더군요."

"왜죠?"

"그는 전혀 부정하지 않더군요. 지극히 평범한 얼굴로 '나는 아내를 그다지 좋아하지 않는다. 그곳에는 내가 좋아하는 갈색 머리칼을 한 여자가 있다'고 말하는 것이었습니다. 내가 오히려 얼굴이 약간 붉어졌습니다. 게다가 졸린 듯한 희미한 웃음을 지으면서 그 여자의 매력에 대해서 시끄럽게 떠들었기 때문에 상종할 수 없는 인간이라고 생각했습니다. 어떻든 우리 집사람은 완고한 사람이니까요. 그래서 나는 노골적으로 그런 이야기는 듣고 싶지 않다고 분명하게 말해 주었습니다."
소령은 밤하늘의 별을 보면서 덧붙였다.
"여자라는 것은 그런 일에 대해서는 몹시 까다로우니까요."
"그런 것 같더군요." 나는 겨우 이렇게 대답했다.
"이상하지요, 여자는!" 소령은 그렇게 말하고 이내 상념에 잠겼다가 문득 나를 의식하고는 농담처럼 웃음으로 얼버무렸다.
"헝가리 인이라면 나같이 늙은 군인보다 여자에 대해서 더 잘 알겠군요. 아! 나는 그랜든 하드리라고 하오."
"저는 바다시입니다."
"그럼 바다시 씨, 나는 그만 방에 들어가리다. 밤공기는 몸에도 좋지 않고 밤에는 나이 든 프랑스 인 듀크로와 언제나 러시아식 당구를 치기로 했으니까요. 내가 들은 바로는, 그 사나이는 낭트에서 과일 통조림 공장을 경영하는 것 같습니다. 그러나 내 프랑스 어 실력이 좋지 않아서 어쩌면 지배인이었는지도 모르겠소. 꽤 좋은 사람이긴 하지만 상대가 보지 않으면 자기 점수를 슬쩍 2, 3점 더 하곤 해서 사소한 일로 짜증나게 하는 타입이라오."
"저런!"
"자, 그만 가 보겠습니다……. 오늘 밤에는 젊은 미국인 형제도 테이블에 앉아 있더군요. 예쁜 처녀지요. 그 청년도 좋은 사람이지만 말이 너무 많아요. 그런 젊은이들은 옛날 내 상관이었던 대령에게 훈련을 시킨다면 효과가 있을 것입니다. 말을 시키지 않는 한 입을 열지 않는다. 이것이 젊은 사관들의 규율이었습니다. 그럼 쉬세요."
"편안히 쉬십시오."
소령은 일어서서 돌아갔다. 돌층계까지 올라가서 기침을 했다. 기분 나쁜 소리였다. 발소리가 오솔길 너머로 사라진 뒤에도, 헐떡거리며 괴로워하는 숨결이 들려왔다. 전에도 한 차례 이런 기침을 들은 일이 있었는데, 그 주인공은 베르됭(Verdun, 프랑스 뫼즈의 도시. 제1차 세계대전에서 70만 이상의 사망자를 낸 격전지) 전선에서 독가스를 맞은 사나이였다.

오랫동안 정적이 계속되었다. 나는 담배를 다섯 개비 정도 태웠다. 게헤를 조사한다! 그래, 어차피 베건도 조사해야 할 테니.

달이 떠올랐다. 아래쪽 대숲의 윤곽을 구별할 수 있었다. 그곳에서 약간 우측으로 모래사장의 일부가 보였다. 지켜보고 있노라니 그림자가 움직이고, 여자 웃음소리가 들렸다. 부드럽고 듣기 좋은 그 소리는 즐겁기도 하고 두려워하는 것 같기도 했다. 한 쌍의 남녀가 달빛이 밝은 곳으로 나왔다. 사나이가 멈춰 서서 여자를 끌어당기는 것이 보였다. 사나이는 여인의 머리를 두 손으로 움켜쥐고 눈과 입에 키스했다. 콧수염을 기른 프랑스 인과 같이 있던 금발이었다.

잠시 동안 나는 지켜보고 있었다. 두 사람은 무엇인가 이야기를 나누었다. 그리고 모래 위에 앉아 사나이가 여자에게 담뱃불을 붙여 주었다. 시계를 보았다. 열 시 반이었다. 나는 담뱃불을 끈 다음 테라스를 질러 층계로 올라갔다.

오솔길은 가파르고 구불구불했다. 나는 얼굴 앞을 한 손으로 가리고, 양쪽에서 무성하게 자라난 나뭇가지를 제치면서 천천히 올라갔다. 오솔길이 끝나면 포장된 작은 뜰이 호텔로 이어졌다. 나의 가죽 샌들은 오래 신어서 부드러워져 있어 발소리 하나 나지 않았다. 나는 입구에 도착하기 전에 우뚝 걸음을 멈추고 장승처럼 굳어버렸다. 현관홀은 동굴처럼 어두웠는데 게헤의 사무실에서만 유일하게 불빛이 새어나왔다. 그의 사무실 문은 활짝 열려 있었고 안에서 이야기 소리가 흘러나왔다. 게헤와 또 한 사나이의 말소리였다. 두 사람 다 독일어로 이야기하고 있었다.

"내가 다시 한 번 해 보겠소, 무리일지는 몰라도." 게헤가 말했다.

잠시 침묵이 흘렀다. 이윽고 상대편 사나이가 말했다. 게헤보다 굵은 목소리였으나 말소리가 작아서 잘 들리지 않았다.

"나를 위해서 계속 해줬으면 해."

사나이는 느릿느릿 얘기했다. "대체 어떻게 되었는지, 그리고 또 어떻게 할 것인지를 알아야 해."

다시 말이 끊어졌다가 게헤의 목소리가 들려왔다. 지금까지 내가 한 번도 들어본 적 없는 징그럽도록 다정한 말투였다.

"어쩔 수 없어, 에밀. 그저 얌전하게 기다릴밖에."

에밀! 나는 겨우 흥분을 가라앉혔다. 그때 에밀이라는 사나이가 다시 말했다.

"지금까지도 싫증이 나도록 기다려 왔어."

또 침묵이 흘렀다. 좀 전부터 말이 끊길 때마다 야릇한 느낌이 들었다.

"그래, 알았어. 에밀, 다시 한 번 해 보겠소. 쉬어요, 잘 자요."

그러나 상대는 대답하지 않았다. 얼마 후, 응접실에서 발자국 소리가 났다. 나는 심장이 두근거려서 재빨리 벽 그늘로 숨었다. 한 사나이가 나와서 잠깐 동안 출입구에 섰다. 사나이의 복장은 본 것 같았으나 얼굴은 처음 보았다. 보이가 하인버거라고 부르던 바로 그 사나이였다.

사나이는 재빨리 오솔길을 걸어 테라스 쪽으로 가 버렸으나, 잠깐 동안 불빛에 얼굴이 보였다. 엷고 굳게 다물어진 입매, 다부진 턱, 야윈 볼, 넓고 시원한 이마를 하고 있었다. 그러나 그런 특징은 부수적인 것에 지나지 않았다. 그리 자세히 보지 않았으니까. 왜냐하면 나는 굉장히 중요한 다른 것을 보았기 때문이다. 그것은 내가 헝가리를 떠난 이래 더 이상 보지 못한, 비참한 자기 일생에서 기댈 데라고는 죽음밖에 남아 있지 않은 그런 인간의 눈이었다.

나는 방으로 돌아오자 겹으로 된 창문과 커튼을 연 다음, 후유 하고 가벼운 한숨을 내뱉으며 침대 속으로 기어 들어갔다. 몸뚱이가 물 먹은 솜처럼 가라앉았다.

잠시 동안 눈을 감고 누워서 잘 생각이었다. 그러나 여러 가지 일들이 떠올라 마음이 무거웠다. 머리는 지끈거렸고, 가슴은 답답하고 무더웠다. 나는 이리저리 몸을 뒤척였고, 눈을 떴다가 다시 감았다. (폴 하인버거는 에밀 시믈러이고, 에밀 시믈러가 곧 폴 하인버거. 게헤는 무언가 다시 계속할 마음이고, 시믈러는 어떻게 되었는지 확인해야 한다고 말했다. 시믈러와 게헤는 둘 다 스파이다. 나는 진상을 붙든 것이다. 베건에게 알려 주지 않으면 안 된다. 내일 아침…… 기다리기엔 너무 지루한 시간이다. 아침 일찍 6시…… 아니 너무 이르다. 우체국은 그 시간에 열려 있지 않을 것이고, 베건도 자고 있을 것이다……. 파자마를 입은 베건이라! 그가 일 초라도 빨리 알아야 하는데…… 바보스런 이야기다. 아, 그렇더라도 지쳤다. 자지 않으면 안 된다……. 하인버거는 시믈러…… 스파이 녀석!

나는 침대에서 튀어나와 가운을 걸치고 창가에 앉았다.

하인버거는 시믈러다. 곧 체포하지 않으면 안 된다. 그러나 무슨 죄로? 경찰에 가명을 말했다고? 아니, 경찰은 정확하게 본명을 알고 있다. 에밀 시믈러——독일인, 베를린 출신. 보이가 나에게 그의 이름이 하인버거라고 했을 뿐이다. 본명은 시믈러인데, 하인버거라고 했다 해서 죄가 되는 것일까? 만일 내가 그럴 마음이 생겼다고, 과연 바다시 대신 칼 마르크스 라는 둥 조지 히긴즈라는 둥 하는 엉뚱한 이름을 댈 수 있을까? 아니, 그런 일은 대수롭지 않다. 시믈러와 게헤는 스파이가 아닌가? 틀림없이 내 카메라를 갖고 있을 것이다.

그리고 지금 자기들의 사진이 어떻게 되었는가, 하고 머리를 쥐어짜고 있는 것이다.

그러나 시믈러의 그 표정은 카메라나 사진과는 아무 관계가 없는 것이 아닌가 하는 의문을 나는 완전히 털어 버릴 수 없었다. 그 사나이에게는 어쩐지 이상한 데가 있었다. 그 목소리며 표정에는 무엇인가 있다……. 그러나 스파이는 절대 스파이처럼 보일 리가 없다. 스파이라는 것이 어떤 모양을 하고 있는지는 모르지만 결코 자기 일을 선전하지는 않으니까. 유럽 내에, 전 세계에 스파이 활동을 하고 있는 무리들이 있다. 한편 각국 정부에서는 다른 무리들이 스파이들의 정보 성과를 일람표에 기록하고 있다. 군함 갑판의 두께, 대포의 종류, 포탄의 초속, 사격 지휘 장치, 상세한 거리 측정기, 신관의 효과, 요새 구조, 탄약고 위치, 중요 공장의 배치 및 폭격 목표 등을. 세계가 모두 전쟁을 목표로 준비하고 있다. 스파이에게는 경기가 좋을 때다. 이런 중요 정보를 관리하기 위해서는 스파이국도 정식 부서로 지정하는 편이 편리하지 않을까? 나는 게헤가 재빠르게 골목 안 어떤 집으로 들어갔다가 뒷문으로 나오는 모습을 그려보았다. 진실로 그에게 정부(情婦)가 있다면 그렇게 솔직하게 털어 놓았을까? 그 바보같은 영국 소령이 아닌 다음에야 누구라도 알 수 있는 일이 아닌가. 나는 바보가 아니다. 툴롱의 스파이 본부. 게헤와 시믈러. 시믈러와 게헤. 스파이다.

나는 몸을 떨었다. 밤공기는 차츰 차가워졌다. 나는 침대로 돌아왔다.

그리고 눈을 감자, 다시 새로운 공포가 마음속에서 어떤 무서운 가능성을 불러 일으키면서 점점 커다랗게 부풀어 오르기 시작했다. 만일 손님들 중의 누군가가 호텔을 떠난다면 어떻게 될까?

쉽게 일어날 수 있는 일이다. 내일이 되면 포겔이나 듀크로, 또는 루와 일행인 금발이 "출발하기로 했습니다"라고 말할지도 모른다. 그들 중 하나는 이미 아침에 출발하기 위해 짐을 꾸려 놓았는지도 모른다. 어떻게 그 인간을 붙들어 놓을 수가 있을까? 게헤와 시믈러에 대해서 내가 오해를 하고 있는지도 모른다. 루와 금발이 위조된 프랑스 여권을 갖고 있는 외국 스파이일지도 모르고 미국인 남매든가 스위스 인 부부, 또는 영국인 부부가 스파이일 수도 있다. 그렇다면 그들은 유유히 내 손을 빠져 나가고 마는 것이다. 그때는 그때 가서 생각하자고 자신에게 말해도 무리였다. 벌써 너무 늦었는지도 모른다. 참으로 어떻게 해야 좋을까? 자! 서둘러야 한다. 아침이 되면 모두 없어져 버리고 나 혼자 남을지도 모르는 일이다. 어떻게 할까? 베건으로부터 권총을 빌리자. 그렇다! 베건으로부터 권총을 빌리는 것이다. 이상한 짓을 하면 용서하지 않겠다. '움직이지 마! 그렇지 않으면 배때기에 납덩이를 먹이겠다.' 탄창에는 열 발 들어있다. '한 명에 한 발씩이다.' 아니, 탄창에는 여덟 발 들어가든가? 권총 형에 따라 다르겠지. 그렇다면 아무래도 두 정이 필요하다.

나는 자리를 차고 일어났다. 이런 상태로는 밤이 새기 전에 미칠 것 같았다. 나는 세면대로 가서 찬물을 얼굴에 끼얹었다. 꿈을 꾸고 있는 것이라고 거울을 보며 말했다. 그러나 조금도 자지 않은 것을 자신은 알고 있었다.

나는 커튼을 열고 달빛을 받고 있는 전나무 숲을 보았다. 사태를 자세히 조사하지 않으면 안 된다. 냉정하게, 어디까지나 침착하게. 대체 베건은 무슨 말을 했던가?

나는 꽤 오랫동안 그대로 서 있었다. 겨우 침대로 돌아왔을 때는 먼바다에서 하늘이 부옇게 밝아 오고 있었다. 내 몸은 추위로 오그라들었으나 마음은 가라앉았다. 드디어 나는 어떤 계획을 생각해 냈고, 지친 머리로 그것이 절대로 틀림없다고 결론지었기 때문이다.

다시 눈을 감았을 때, 어떤 생각이 눈앞에 떠올랐다. 영국인 소령의 말 속에 아주 사소하긴 했지만 어쩐지 기묘한 느낌을 주는 부분이 있었다. 그러나 그 이상은 생각할 수 없었다. 나는 곧 잠에 떨어졌다.

6

눈을 뜨자 머리가 지끈거리고 쑤셨다.

커튼을 치지 않았기에 열어젖힌 창으로 밀려드는 아침 햇살이 벌써부터 뜨겁게 느껴졌다. 무더운 날이 될 것 같았다. 그러나 해야 할 일이 산더미처럼 있었다. 먼저 될 수 있는 대로 빨리 베건에게 전화를 걸지 않으면 안 된다. 그런 다음, 계획을 실천해야 한다. 지난 밤 어둠 속에서 생각해낸 계획이 어이없을 정도로 단순하다는 점이 나는 지금도 통쾌했다.

나는 서둘러 테라스로 나가 빵과 커피로 아침 식사를 하면서 혼자 즐거워했다. 언제나 겁이 많고 폭력을 두려워했던 어학 교사인 내가, 위험한 스파이를 잡기 위해서 두세 시간 동안 교묘하기 이를 데 없는 계획을 실행해 보이는 것이었다. 더욱이 조금 전까지만 해도 월요일 아침까지 파리에 돌아가지 못하면 어쩌나 고민하던 사람이! 커피를 두 잔 마시자, 두통도 사라졌다.

테라스에서 나올 때 포겔 부부가 앉아 있는 테이블 옆을 지났다. 나는 발을 멈추고 아침인사를 했다.

그러나 부부는 뜻밖에도 한결같이 심각한 표정이었다. 나의 인사를 받고 억지로 미소를 지었으나 심란하기 짝이 없는 쓸쓸한 것이었다. 포겔 씨는 이상하게 여기는 내 눈빛을 알아차린 듯했다.

"실은 오늘 아침은 기분이 좋지 않습니다." 그는 말했다.

"저런!"

"스위스에서 좋지 않은 소식이 왔거든요."

그는 테이블 위의 편지를 가볍게 두드렸다.

"친구가 죽었습니다. 저희들이 좀 멍해 보이더라도 이해해 주십시오."

"그러시겠습니다. 참으로 슬픈 일이군요."

부부는 나를 멀리하고 싶은 기색이 역력했다. 나는 그냥 지나왔다. 따로 마음 쓰는 곳이 있어서 포겔 부부 일은 이내 잊어버렸다.

나는 누군가에게 미행당하고 있었다.

우체국은 마을 끝에 있는 식품점 안에 있었다. 언덕을 내려갈 때, 한 사나이가 두세 걸음 뒤에서 어정어정 따라오는 것을 눈치 챘다. 나는 처음 눈에 띤 카페 앞에 멈추어 서서 뒤를 돌아보았다. 사나이도 멈추었다. 전날 나를 체포한 형사였다. 그는 웃는 낯으로 고개를 끄덕였다.

나는 카페 테이블에 앉았다. 형사도 따라 들어와 두 자리 건너 테이블에 앉았다. 내가 손짓을 하자, 그는 이내 일어서서 다가왔다.

나는 말했다. "안녕하십니까? 나를 미행하라고 하던가요?"

형사는 끄덕였다.

"유감스럽게도 사실이오. 피곤한 일이지요." 그는 자기의 검은 양복을 내려다보았다. "이 옷은 못 견디게 덥군!"

"그렇다면 억지로 입을 필요는 없지요."

교활하고 촌스런 말처럼 긴 얼굴이 갑자기 숙연한 표정을 지었다.

"어머니 상중이라오. 돌아가신 지 아직 사개월이 안 되었소. 결석이었다오."

보이가 다가왔다.

"무엇을 마시겠습니까?" 내가 물었다.

그는 잠시 생각하다가 탄산 레모네이드를 주문했다. 나는 그것을 보이에게 주문한 다음 자리에서 일어났다.

"그럼 나는 옆에 있는 우체국에 가서 베건 씨에게 전화를 걸고 오겠습니다. 5분도 걸리지 않을 것입니다. 여기 앉아서 마시고 계십시오, 곧 돌아 오겠습니다."

형사는 고개를 옆으로 흔들었다.

"내가 할 일은 당신을 미행하는 것이오."

"알고 있습니다. 그러나 당신이 나를 미행하고 있다는 사실을 마을 사람들이 알게 되는 것이 싫습니다."

그의 얼굴이 고집스러워졌다.

"당신을 미행하라는 명령을 받았소. 나는 매수되지 않을 거요."

"당신을 매수할 생각은 없습니다. 단지 서로 기분 좋게 하자는 것뿐이지요."

그는 다시 고개를 저었다.

"나는 임무대로 할 따름이오."

"정 그러시다면야."

나는 카페에서 나와 거리를 걷기 시작했다. 형사와 보이가 주문한 레모네이드를 놓고 말다툼하는 소리가 들려왔다.

우체국의 전화는 말 그대로 공중전화였다. 한쪽에는 천장으로부터 당근이 든 소세지가 늘어져 있었고, 반대쪽에는 빈 곡물 푸대가 산처럼 쌓여 있었다. 전화 부스 같은 것은 그림자도 없었다. 내가 송화기에 대고 손으로 입을 감싸며 "경찰서"라고 속삭였을 때는, 마치 생가티앙의 모든 사람들이 내 얘기를 귀를 기울여 듣고 있는 듯한 기분이었다.

"경찰서입니다."

겨우 응답이 있었다.

"베건 씨는?"

"나갔습니다."
"서장님은?"
"누구십니까?"
"바다시라고 합니다."
"잠깐 기다려 주십시오."

나는 또 기다려야 했다. 잠시 후 서장의 말소리가 들려 왔다.

"오, 바다시 씨?"
"그렇습니다."
"뭐, 보고할 것이 있소?"
"네."
"툴롱시 8355로 전화해서 베건을 찾으시오."
"알겠습니다."

서장은 전화를 끊었다. 어떻게 하든 나를 생 가티앙에 잡아 두기만 하면 서장은 책임을 다하는 것으로 아는 모양이었다. 나는 툴롱 시 8355로 전화를 신청했다. 1분도 지나지 않아서 전화가 연결되고, 나는 베건과 이야기하고 있었다. 전화에서 흘러나오는 베건의 목소리는 이상하게 통명스러웠다.

"누가 이 번호를 알려 주었소?"
"서장입니다."
"카메라에 대한 정보는 손에 넣었소?"
"아직 아닙니다."
"그럼 왜 나를 불렀소?"
"어떤 사실을 발견했기 때문입니다."
"흠, 무엇을?"
"에밀 시믈러라는 사나이는 폴 하인버거라고 불리우고 있습니다. 나는 이 사나이와 계혜가 이야기하는 것을 엿들었는데, 아무래도 수상합니다. 시믈러가 스파이고 게헤가 공범자인 것이 틀림없습니다. 게헤는 틀롱의 어떤 집에 갔었는데, 자기 말로는 그곳에 정부가 있다고 하지만 거짓말입니다."

나는 말하는 동안 다리에서 맥이 빠져 나가듯 자신이 없어지는 것을 느꼈다. 얼마나 바보스러운 짓인가! 그때 억지로 참는 웃음소리 같은 것이 전화로 전해졌다. 그러나 곧 착각인 것을 깨달았다.

"잘 들으시오." 베건은 화가 나서 쇳소리를 냈다. "당신은 특별한 지령을 받고 있다는 것을 아시오? 투숙객 중에 누가 카메라를 갖고 있는지 알아내라고 명령했을 거요. 멋대로 탐정 놀음을 하라고는 하지 않았소. 당신의 임무는 굉장히 간단하고 명확한 일이오. 왜 그것을 실행하지 않는 거요? 유치장에 돌아가고 싶은가? 이따위 바보 이야기는 집어치워. 빨리 레제르브 호텔로 돌아가서 손님들에게 물어보고 내가 원하는 정보가 들어왔을 때 보고하시오. 그 이외의 것에 대해서는 일체 손을 쓰지 마시오. 자기 일만 정신 차려 해요, 알겠소?"

베건은 탕 전화를 끊었다.

카운터에 있는 사나이가 이상하다는 듯이 나를 보고 있었다. 나는 내가 발견한 중대한 사실을 베건에게 인식시키기 위해서 꽤 큰 소리를 냈던 것 같았다. 나는 그 사나이를 향해서 얼굴을 찌푸려 보이고 우체국을 나왔다.

밖에는 더위와 곤혹으로 삶은 문어처럼 새빨개진 형사가 서 있었다. 내가 큰 걸음으로 거리를 걸어가자 형사는 터벅터벅 무거운 발을 끌고 내 옆에 달라붙어, 레모네이드 값 85상팀과 팁을 합쳐서 1프랑 25상팀을 돌려달라고 내 귀 옆에서 귀찮게 지껄였다. 당신이 탄산 레모네이드를 주문했기 때문에 지불할 의무도 당신에게 있다. 형사는 되풀이했다. 당신이 주문하라고 말하지 않았으면 나는 레모네이드 같은 것을 주문할 일이 없었다. 아무튼 형사의 이런 경비는 인정해 주지 않는다. 자, 1프랑 25상팀을 물어 주시오. 탄산 레모네이드 대금 85상팀과 40상팀의 팁이 붙어 있소. 나는 가난한 사람이오. 그래도 내 의무는 수행하고 매수 당하지 않을 것이오…….

나는 형사가 하는 말을 듣지 않았다. 손님들에게 누가 카메라를 가지고 있는지 물어보지 않으면 안 되는가? 미친 짓이다. 스파이는 놀라서 도망칠 것이 뻔하지 않는가! 베건은 바보다. 그 바보 녀석이 내 운명을 쥐고 있다. 살리든가 죽이든가 그의 손에 달려 있다. 자기 일만을 명심하라니? 스파이를 잡는 것도 내 일이다. 스파이가 도망친다면 나는 모든 것을 잃게 된다. 정보부가 엉성하기로 유명하다는 소문은 들어 왔지만 그 증거가 여기 나타났다. 내가 베건이나 툴롱의 해군 정보부만 믿다가는 월요일에 파리에 돌아갈 가능성은 멀어질 뿐이다. 안 된다, 나는 내 생각대로 하자. 그 편이 안전하다. 시믈러와 게헤의 가면을 벗기지 않으면 안 된다. 내 손으로 해야 한다. 처음 생각했던 대로 내 계획을 실행하자. 베건이 원하는 정보를 그의 눈앞에 내밀어 주면 틀림없이 눈이 휘둥그레질 것이다. 카메라에 대한 정보를 얻으려고 직접 묻는 짓은 하지 않기로 하자. 물론 정보는 얻어내야 한다. 나쁜 일은 아니지만 어떻든 주의 깊게 해야 한다.

"85상팀에 팁이 40상팀……."

벌써 레제르브 호텔 입구까지 왔다. 나는 형사에게 2프랑 짜리 지폐를 주고 안으로 들어갔다. 입구에서 스켈튼 남매와 마주쳤다. 두 사람은 수영복을 입고 타월과 신문, 일광욕용 기름병을 들고 있었다.

"안녕하세요?" 청년이 인사했다.

누이는 미소를 지어 보였다.

나도 답례했다.

"해수욕하러 가는 길입니까?"

"아닙니다, 옷부터 갈아입고 가려고요."
"또 통역 좀 부탁드립니다." 청년이 내 뒤에서 소리쳤다.
"저 멋진 분을 방해해서는 못 써요."
오빠에게 말하는 누이의 소리가 들렸다.
잠시 후, 나는 다시 밖으로 나와 뜰을 지나서 바닷가로 통하는 층계 쪽으로 가고 있었다. 그때 나는 최초의 행운을 얻었다.
제일 앞에 있는 테라스까지 왔을 때, 바로 앞에서 흥분한 애깃 소리가 들려 왔다. 그리고 다음 순간 듀크로 씨가 초조한 모습으로 서둘러 호텔 쪽으로 뛰어갔다. 그보다 조금 뒤늦게 워린 스켈튼이 층계를 뛰어 올라 듀크로의 뒤를 쫓아갔다. 스켈튼은 내 옆을 지나가면서 어깨 너머로 뒤돌아보며 무슨 말인가 큰 소리로 외쳤다. 나는 언뜻 '카메라'라는 말을 들었다.
나는 급히 테라스로 내려갔다. 그때야 두 사람이 서둘러서 뛰어간 이유를 알았다.
대형 요트 한 척이 흰 돛 가득 바람을 안고 미끄러지듯 들어오고 있었다. 얼룩 하나 없는 갑판 위에는 흰 작업복과 무명 차광모를 쓴 사나이들이 뛰어다니고 있었다. 요트는 바람을 타고 커다란 돛이 펄럭거렸다. 활대가 비스듬한 가로돛이 내려옴에 따라 큰 돛이 느슨해지면서 쭈그러들었다. 이어서 상돛, 삼각돛, 가지돛이 차례차례로 풀어지고, 뱃머리에서 부서지던 포말도 차츰 가라앉으며 길고 풍성한 파문을 그렸다. 닻을 내리는 도르래 소리가 크게 울려 퍼졌다.
사람들은 테라스 끝에 몰려서서 잦은 감탄을 토해 냈다. 그곳에는 수영복을 입은 게헤, 메리 스켈튼, 포겔 부부, 소령 부부, 루와 금발녀, 시믈러, 그리고 윗옷을 어깨에 걸친 작고 뚱뚱한 여자가 있었다. 게헤의 부인이었다. 이 무리들 중 몇 사람은 카메라를 갖고 있었다. 나는 서둘러서 그들 곁으로 다가 갔다.

게헤는 눈을 가늘게 뜨고 시네카메라의 파인더를 비스듬히 들여다 보고 있다. 포겔 씨는 열심히 필름을 감고 있었다. 그랜든 하드리 부인은 남편의 목에 걸려 있는 군용 쌍안경으로 요트를 들여다보고 있고, 마르땅 양은 흥분한 애인의 손짓에 따라 작은 박스 카메라를 이리저리 만지고 있다. 시믈러는 사람들로부터 조금 떨어진 곳에 서서 게헤가 시네카메라를 조작하고 있는 것을 지켜보고 있다. 그러나 안색도 나쁘고 몹시 피곤한 것 같았다.

"멋지지요?"

메리 스켈튼이 말을 걸어 왔다.

"그렇군요. 나는 조금 전에 당신 오빠가 프랑스 인의 뒤를 쫓아서 오솔길을 달리고 있다고 생각했습니다. 대체 어떤 소란인지 몰랐으니까요."

"카메라를 가지러 갔었어요."

그때 그녀의 오빠가 값비싼 코닥 카메라를 손에 들고 나타났다.

"모두 어린애들처럼 난리법석이군요! 왜 남의 요트를 찍고 싶어하는지 이해를 못하겠습니다."

그렇게 말하면서 그도 요트의 사진을 두 장이나 찍었다.

스켈튼의 뒤를 이어 구형 리플렉스 카메라를 손에 든 듀크로 씨가 달려왔다. 그는 괴로운 듯 숨을 몰아쉬면서 리플렉스의 뚜껑을 열고 난간에 올라섰다.

"저분이 사진을 찍을 때, 턱수염을 파인더 속에 넣겠습니까, 안 넣겠습니까?" 스켈튼이 속삭였다.

듀크로 씨가 리플렉스의 셔터를 누르자 찰칵하는 소리가 크게 들렸다. 그리고 잠시 후 셔터가 풀리는 희미한 소리가 들렸다. 듀크로 씨는 만족한 듯이 난간에서 내려왔다.

"틀림없이 건판 넣는 것을 잊어 버렸을 것입니다."

메리가 말했다. "그럴 리 없어. 그만 돌아가."

층계 꼭대기에서는 그랜든 하드리 부부가 난간에서 몸을 내밀 듯서 있었다. 소령은 내 얼굴을 보고 끄덕였다.

"정말 멋있는 배로군요. 보기에 영국제 같습니다. 나는 1917년에 노퍽 지방에서 요트 놀이로 휴가를 즐긴 일이 있어요. 거창한 스포츠로 폼은 나지만 돈이 없으면 안 됩니다. 노퍽에 가 본 일이 있습니까?"

"없습니다."

"멋있는 스포츠입니다. 아 참! 우리 집사람을 소개하지요. 여보, 이분은 바다시 씨요."

부인은 차가운 눈초리로 나를 훑어보았다. 마치 속으로 평가를 내리는 듯한 눈치였다. 나는 더욱 단정하게 옷을 입고 있었으면 좋았다고 생각했다. 부인은 입 언저리에 보일 듯 말 듯한 미소를 짓고 끄덕였다. 나도 인사만 했다. 어차피 무슨 말을 하건 부인에게는 실례가 될 것 같은 몹시 어색한 분위기였다.

"나중에 러시아식 당구를 치지 않겠습니까?"

소령은 여전히 기분이 좋아 보였다.

"네, 좋습니다."

"그럼, 다음에 봅시다."

그랜든 하드리 부인은 또 고개만 끄덕였다.

그것뿐이었다.

나는 모래사장으로 나갔다. 한쪽 비치파라솔 아래 스켈튼 남매가 누워 있는 것이 보였다. 남매는 내게 자리를 내주었다. 나는 그곳에 앉았다.

여동생은 혀를 차며 깔깔거렸다.

"바다시 씨, 저 스위스 인 부부 같은 사람들을 본 일이 있나요?"

나는 그녀의 시선을 살폈다. 포겔 씨가 긴 강철제 삼각대 위에 카메라를 설치하고 있었고 렌즈 앞에는 포겔 부인이 얼굴을 붉히고 킬킬거리면서 서 있었다. 포겔 씨는 자동 타이머를 맞춘 다음 삼각대 뒤에서 급히 뛰어 나와 한쪽 팔을 부인의 등 뒤로 돌려 포즈를 잡았다. 카메라에서 셔터가 찰칵하고 끊어지는 소리가 났다. 그 순간 포겔 부부는 큰 소리로 웃어젖혔다. 죽은 친구 같은 것은 옛날에 잊어버린 것 같았다.

프랑스 인 연인과 게헤도 이 유쾌한 장면을 지켜보고 있었다. 게헤는 우리들이 보고 있는지 확인하듯 한 번 쳐다본 다음 가까이 걸어왔다.

스켈튼이 말했다.

"혹시 손님들을 위해서 저들 두 사람을 고용하지 않겠어요?"

게헤는 싱긋 웃었다.

"실은 저 두 분에게 전속 연예단으로 언제까지나 체재해 달라고 부탁할 생각입니다."

"좋은 생각입니다. 스위스 인 부부 2인조, 지칠 줄 모르는 폭소 듀엣! 뉴욕 공연 대성공 후 마침내 이곳에 도착하다. 멋진 의상을 입었다 벗었다······."

게헤는 약간 당혹한 듯한 표정이 되었다. 그가 무슨 말인가 대답하려고 했을 때, 위쪽 테라스에서 공기를 찢는 듯한 날카로운 소리가 들려 왔다.

"알——베에——르!"

나는 비치파라솔 끝에서 얼굴을 내밀고 위를 보았다. 게헤 부인이 입가에 두 손을 대고 난간 위에 몸을 내밀고 있었다.

"알——베에——르."

게헤는 위를 보지 않았다.

"교회의 뾰족 탑이 신도들에게 기도 시간을 알리고 있군요!"

계혜는 대수롭지 않게 한 마디 하면서 눈인사를 하더니 층계 쪽으로 걸어갔다.

스켈튼이 황당한 얼굴로 말했다.

"저럴 수가! 내가 알베르라면 깽깽거리는 저런 여자는 당장에 죽여 버릴 것입니다."

"그만해, 쉿!" 누이는 낮은 소리로 꾸짖고 나서, 내게 말했다.

"바다시 씨, 수영 않겠어요?"

남매는 수영 솜씨가 훌륭했다. 내가 서툰 솜씨로 물을 가르면서 겨우 50미터쯤 나갔을 때, 두 사람은 벌써 만 한가운데 있는 요트 곁을 돌고 있었다. 나는 천천히 기슭으로 돌아왔다.

스위스 인 부부도 바다에 들어와 있었다. 포겔 씨는 물속에서, 포겔 부인은 고무 뗏목 위에 누워서 깔깔 웃고 있었다. 포겔 씨는 고무 뗏목에 매달려 오란하게 발장구를 치면서 소리 높여 요들송을 부르고 있었다.

나는 비치파라솔로 되돌아와서 타월로 머리를 닦았다. 그리고 모래 위에 누워서 담배에 불을 붙였다.

카메라에 대해서는 상황이 차츰 확실해졌다. 나는 마음속으로 관찰 결과를 정리했다.

포겔 씨
포겔 부인 } …… 포크트렌델(박스형)

듀크로 씨 …… 구형 리플렉스

스켈튼 남매 …… 코닥 레티너

루 씨
마르땅 양 } …… 박스형(프랑스제)

시믈러 씨 …… 없음
　　게헤 씨 ⎫
　　게헤 부인 ⎭ …… 시네카메라(프랑스 파테사)
　　그랜든 하드리 소령 부부 …… 없음

 나는 카메라가 없는 세 사람에 대해서 생각했다. 영국인 부부는 사진을 찍는 사람이 아니겠지. 아마도 그 부인 쪽이 싫어할 것이 틀림없다. 시믈러 씨에 대해서는 더 이상 그에게 불리한 증거를 모으려는 것은 거의 무모한 일이라고 생각하게 되었다. 베건은 변함 없이 카메라의 정보를 원하고 있다. 좋고말고, 이것이 그 정보다. 게헤는? 음, 어떻게든 생각해 보자. 나는 한 바퀴 돌아 누어, 비치파라솔 그늘 밖에서 바로 누웠다. 모래는 뜨겁고 햇살은 강렬했다. 나는 얼굴 위에 타월을 덮었다. 스켈튼 남매가 물에 젖은 몸으로 지쳐 돌아 왔을 때, 나는 잠들어 있었다.

 청년이 내 가슴을 찔렀다.

 "식사 시간입니다."

 점심식사를 하면서 곰곰이 검토한 내 계획은 단순 그 자체였고 흠잡을 데가 없었다.

 열 두 명 중 누군가 한 사람이 내 카메라를 갖고 있다. 그리고 나는 그 누군가의 것과 같은 종류의 카메라를 갖고 있다. 만약 자기 사진이 분실된 것을 알게 되면 상대는 되찾으려고 할지도 모른다고 베건은 말했다. 그러나 그 인물은 사진이 아직 카메라 속에 들어 있다고 생각하고 있을 것이다. 따라서 그 사나이(혹은 여자)는 카메라를 바꿀 기회가 있다면 곧 이용하려고 할 것이다.

 내 계획은, 지금 갖고 있는 콘택스를 숙박객 모두가 볼 수 있는 시간을 선택해서 어딘가 눈에 잘 띄는 곳에 놓아두고 나는 숨어서 어떤 결과가 일어나는가 기다리려는 것이었다. 아무 일도 일어나지 않는다면 아직 카메라가 바뀐 것을 상대가 모르고 있다는 것을 의미하므로 별로 손해 볼 것도 없다. 그리고 무슨 일이 일어난다면, 물론 스파이의 정체를 알게 되고.

내가 머리를 쓴 것은 어느 곳에 올가미를 설치하느냐 하는 문제였다. 결국 처음 문제가 일어난 무대인 응접실을 사용하기로 했다. 논리적으로도 이곳이 카메라가 다시 바뀔 장소로 가장 적합하고, 감시하기 좋은 이점이 있었다. 응접실 반대쪽 출입문을 열어 놓은 도서실에는 앞으로 기울어진 채 가까스로 벽에 걸려 있는, 손잡이가 달린 작은 거울이 있다. 실내에 대형 안락의자 하나를 적당한 곳에 놓고 앉아 있으면, 입구와는 등을 돌린 상태로 거울에 비치는 응접실 모양을 볼 수 있게 된다. 그러나 응접실 쪽에서는, 의자 높이까지 몸을 구부려 도서실 입구에서 거울을 보지 않는 한 내 모습을 볼 수 없다. 아무리 주의 깊은 인간이라도 그런 짓을 할 것 같지는 않았다.

나는 서둘러 점심을 먹은 다음 도서실로 가서 안락의자를 옮겨 적당한 자리를 만들었다. 그런 다음 카메라를 응접실 의자 위에 놓았다. 그리고 나는 의자에 앉아서 숨을 죽이고 기다렸다. 처음에 나타난 것은 포겔 부부였다. 그로부터 한참 있다가 듀크로 씨가 턱수염에 묻은 빵부스러기를 털면서 지나갔다. 이어서 루와 마르땅 양, 그랜든 하드리 소령 부부, 그리고 미국인 남매 순서였다. 시믈러는 맨 나중에 지나갔다. 어떻든 누군가 바꾸려고 한다면, 그 사람은 먼저 내 카메라를 갖고 와서 그것을 의자 위의 카메라와 바꾸지 않으면 안 될 것이다.

10분이 지났다. 벽난로 위의 시계가 두 시를 알렸다. 나는 꼼짝 않고 거울을 보았다. 행여 그 사이 무슨 일이라도 생길까 싶어 눈도 깜박거리지 않았다. 그래서인지 눈물이 스며 나왔다. 2시 5분. 누군가 창 밖을 지나가는 듯 그림자가 어른거렸다. 하지만 태양의 위치가 건물과 반대쪽이었으므로, 확신은 없었다. 어떻든 내가 기다리고 있는 것은 그림자가 아닌 실물인 것이다. 2시 15분.

나는 초조해졌다. 너무 이론에만 치우친 것은 아닌가? 나의 논리에는 '혹시'가 너무 많았다! 긴장한 탓인지 눈이 흐려지고 시선이 흔들렸다.

뒤쪽에서 희미하게 딸각 하는 소리가 났다. 나는 소스라치듯 거울을 응시했다. 아무것도 보이지 않았다.

그 순간 나는 의자에서 튀어올라 문 입구를 향해서 돌진했다. 순간적이었다. 그러나 늦었다. 내 손이 밀어붙인 문은 탕하고 닫히면서 재빠르게 열쇠가 돌아갔다.

나는 힘껏 핸들을 돌려 보았다. 그리고는 미친 듯이 주위를 살폈다. 창이 있었다. 단숨에 창을 활짝 열었다. 나는 맹렬한 속도로 창을 뛰어 넘어 화단을 두 개나 건너 뛰면서 호텔 입구로 달려갔다.

응접실은 사람 기척도 없고 조용했다. 내가 카메라를 올려놓았던 의자 위에는 아무것도 없었다.

올가미는 훌륭했다. 그러나 거기에 걸린 것은 나였다. 나는 나의 결백을 증명할 수 있는 유일한 증거품마저 잃어 버렸다.

7

그날 오후 나는 꽤 오랜 시간 방에 틀어박혀 있었다. 이렇게 된 바에야 내가 할 수 있는 최선의 방법은 레제르브 호텔을 빠져나가 어떻게 하든 마르세유로 가서, 보이나 갑판원이라도 되어 동쪽으로 가는 배를 타는 것이라고 생각했다.

나는 거기에 대해 열심히 계획을 짜 보았다. 먼저 게혜의 모터보트를 타고 생 가티앙 서쪽 인기척이 드문 곳에 상륙하자. 그런 다음 엔진을 걸어 빈 보트만 떠나보낸다.

그 사이에 나는 급히 내륙을 향해 오바뉴로 간다.

그곳에서 마르세유행 기차를 탄다.

여기까지 생각하자 갑자기 의문이 일어났다. 어떤 젊은이가 갑판원이 되어 바다 멀리 도망치는 이야기는 곧잘 책에 나온다. 특별히 필요한 기술 같은 것은 없는 모양인지 밧줄도 잘 말지 못했고 삭구에 기어오르는 것도 하지 못했다. 고작 닻에 페인트를 칠하든가 갑판에 낀 녹을 벗기면서 선원이 무슨 말만 하면, "네, 알겠습니다"고만 하면 되는 것이다. 거친 생활에 난폭한 무리들뿐일 것이다. 비스킷에는 바구미가 파고들 것이며 약간 고기 맛이 나는 오트밀 외에는 먹을 것도 없을 것이다. 싸움은 언제나 치고받는 것으로 끝나고, 허리 위는 일 년 내내 벗고 다녀야 한다. 그러면서도 뱃사람 중 누군가는 반드시 아코디언을 갖고 있어서 하루 일이 끝나면 모두 모여 합창회를 열고 여생을 마칠 무렵이 되어 이 생활을 책으로 쓸 것이다.

그러나 내 경우도 과연 그렇게 될까? 아무래도 그렇게 수월하지는 않을 것이라는 생각이 들었다. 불운한 탓인지 나는 어떤 일을 해도 순탄하게 펼쳐지지 않는다는 것을 잘 알고 있었다.

녹을 닦는 것은 대단한 숙련이 필요한 일이리라. 육지 사람들이 그 정도 일은 자기도 할 수 있다고 생각한다면 뱃사람들의 조소의 대상이 될지도 모른다. 무엇보다 결원이 없는지도 모른다. 설사 결원이 있다 해도 고작 툴롱행 연안 항로의 기선이겠지. 혹은 승선 3개월 전에 뭔가 이상한 증명서를 경찰에서 확인받아야 할지도 모른다. 그렇지 않으면 내 시력이 부족하다고 말할지도 모르고 또는 경험이 전혀 없으면 안 된다고 걸어찰 것이다. 현실은 언제나 방해물이 넘쳐흐르니까.

나는 담배 한 대를 피워 물고 내 입장을 다시 생각했다.

한 가지 확실한 것은 있었다. 카메라를 잃어버린 사실을 베건에게는 알리지 말아야 한다. 베건에게 알리면 곧 다시 체포하겠지. 서장은 어떻게 하든 유죄로 만들려고 서둘 것이다. 증거물인 카메라가 없으면 예심 판사 앞에서 나의 결백을 증명할 희망은 완전히 사라져 버리고 만다. 아, 나는 무슨 바보짓을 했는가! 이제부터는 나 혼자의 힘으로 수수께끼를 풀어야 하게 되었다. 위험도 감수해야 한다. 시믈러가 카메라를 두 대 갖고 있다는 증거를 찾아야만 한다. 베건을 설득할 수 있는 길을 찾지 않으면 안 된다. 할 수 있는 일은 한 가지뿐이다――그 독일인의 방을 수색하는 것.

그렇게 생각하고 나는 흠칫했다. 만일 들킨다면 내게는 지금의 죄목 외에 절도 용의까지 가중된다. 그렇더라도 수색을 하지 않을 수는 없다. 좋은 성과를 올릴 것이 틀림없다. 그러면 지금 즉시 할 것인가? 심장의 고동이 빨라지는 것을 느끼면서 나는 시계를 보았다. 조금 있으면 벌써 세 시다. 먼저 지금 시믈러가 어디 있는지 확인부터 해야 한다. 침착하고 주의 깊게 하자. 이 말이 나의 마음을 부드럽게 했다. 침착하고, 주의 깊게, 서둘러서는 안 된다.

발자국 소리가 나지 않는 구두는? 필요하겠지. 권총은? 말도 안 돼! 가지고 있지도 않을뿐더러 설령 지녔다한들! 손전등은? 바보처럼 굴지 마. 아직 날도 안 어두워. 그때 나는 시믈러의 방번호를 모른다는 것에 생각이 미쳤다.

꺼져 내릴 듯한 안도감이 전신에 퍼졌다. 그리고 곧 그런 생각을 한 자신을 경멸했다. 곤란해 하든 안심하든 간에 시믈러의 방 번호를 모르는 데는 아무 변화도 없다고 자신에게 말해도 소용없었다. 문제는, 유능한 인간이라면 이런 일 정도는 이미 확인했어야 한다는 사실이었다. 겨우 이런 식으로 자신을 지키려한다면 위기에 처하든 안심하든 결국 운명에 맡기고 있는 것과 뭐가 다르랴!

그런 기분으로 나는 테라스로 나갔다. 아무도 없으면 좋겠다고 생각했으나 그렇지 않았다. 테라스 구석에서 접는 의자에 앉아 파이프를 물고 책을 읽고 있는 것은 시믈러였다.

방 번호는 모르지만 어쨌든 지금이야말로 수색할 절호의 기회였다. 나는 뒷걸음질치려 했다. 그러나 멈추어 섰다. 어쩌면 지금 기회는 그대로 보내는 게 좋을 성싶었다. 대신 이 사나이를 대화에 끌어 들여서 내가 상대할 자가 누구인지 확인해 두는 것도 결코 나쁜 일은 아니다. 뭐라 해도 훌륭한 전략의 근본 법칙은 적의 심리 연구 아닌가.

그러나 시믈러의 심리 연구라 해도 정작 실행하는 것은 생각만큼 쉽지 않았다. 나는 버들가지로 만든 의자를 그의 곁으로 끌어 당겨 앉아서 헛기침을 했다.

시믈러는 잇새로 파이프를 약간 이동시킨 다음, 책 페이지를 뒤적였다. 내가 있는 곳은 보려고도 하지 않았다.

이런 이야기를 들은 일이 있다. 사람의 뒷머리를 열심히 보면서 '이 사람이 뒤를 보도록 해 주십시오' 하고 정성을 들이면 상대는 이내 뒤돌아 볼 것이다. 나는 충분히 10분은 시믈러의 뒤통수를 보면서 텔레파시를 보냈다. 나는 지금이라도 당장 그의 후두부를 스케치할 수 있다고 생각한다. 그러나 나의 염원은 통하지 않았다. 단지 그가 읽고 있던 책 표지만 볼 수 있었을 뿐. 그것은 니체의 《비극의 탄생》이었다. 도서실 책꽂이에 있던 독일어 책 가운데 한 권이었다. 나는 니체와 싸우는 것을 그만두고 바다를 보았다.

햇빛은 탈 듯이 강렬했다. 수평선에는 연기 같은 안개가 짙게 피어 올랐다. 돌난간 위의 공기도 열기로 흔들리고 있었다. 정원에서는 매미가 일제히 소리 맞춰 울었다. 나는 큰 잠자리 한 마리가 꽃이 핀 덩굴풀 주위를 한 바퀴 돌다가 전나무 숲 위로 춤추며 올라가는 것을 보고 있었다. 스파이 생각을 하는 데는 걸맞지 않은 오후였다. 베건에게 전화해서 투숙객이 갖고 있는 카메라 일람표가 완성되었음을 알려 주어야 했다. 그러나 그 사나이는 기다리게 해도 된다. 나중에, 좀더 서늘해지거든 우체국에 가기로 하자. 보기만 해도 땀이 흐를 것 같은 검은 양복을 입은 형사는 먼지투성이 종려나무 그늘에서 땀을 흘리면서 탄산 레모네이드를 마시고 싶어 하겠지. 나는 차라리 형사가 부러웠다. 마음의 평화와 바꿀 수 있다면, 나는 즐거이 무더운 여름날 오후에 검은 양복을 입고 땀투성이가 되어 감시를 계속하고 탄산 레모네이드를 그리워하리라. 참으로 달갑지 않은 인생이다! 내 인생은 이제 마치 범죄자처럼 조심스럽게 움직이지 않으면 안 된다. 나는 감시를 받아야 하는 인간인 것이다.

메리 스켈튼은 나를 어떻게 생각하고 있을까? 물론 아무렇지도 않게 생각할 것이다. 기껏해야 어학에 재능 있는 예의 바르고 실력 있는 청년 정도로 볼 것이 틀림없다. 나는 그녀가 내가 듣지 못하는 줄 알고 했던 말을 떠올렸다——저 멋진 분——농담처럼 말했지만 호의가 담겨 있었다. 멀리 여행 온 호텔에서 가까워진 상대에게는 참으로 적절한 말이었다. 메리 스켈튼의 관심을 끌 수 있다면 몹시 기쁜 일일 것이다. 그녀는 자기 오빠를 완전히 이해하고 있다. 그것은 그녀의 행동에서 알 수 있었다. 또 오빠 역시 누이를 잘 이해했다. 그러나 누이 쪽은……

시믈러가 탁 소리나게 책을 덮더니 접철식 의자 다리에 파이프를 툭툭 떨었다.

나는 용기를 내어 말을 건네 보았다.

"이처럼 무더운 오후에 니체는 그다지 적절한 친구라고 할 수는 없군요."

그는 천천히 돌아다보았다.

그의 야윈 볼은 어젯밤 보았을 때보다 혈색이 좋아 보였다. 그의 푸른 눈에서는 이미 어색한 그림자 따위 찾아 볼 수 없었다. 그 눈은 현재 당면 문제에 대한 감정, 즉 의혹의 빛을 띠고 있었다. 입 언저리의 근육이 굳어지는 것이 보였다.

그는 말없이 파이프에 담배를 재기 시작했다. 그리고 입을 열었을 때, 그 목소리는 깊이 생각한 것처럼 신중했다.

"말씀대로일 것입니다. 그러나 나는 지금 말동무를 찾고 있지는 않습니다."

딴 경우 같으면 이러한 퉁명스런 말에 어색해서 나는 곧 따분한 침묵에 빠져 버렸을 것이다. 그러나 지금은 처지가 달랐다.

"니체가 요즈음도 읽혀지고 있습니까?"

어리석은 질문이었다.

"읽혀서는 안 되나요?"

나는 우물쭈물했다.

"아니, 그렇지는…… 단지, 이젠 한물갔다고 생각했지요."

그는 파이프를 입에서 떼고 어깨 너머로 나를 보았다.

"당신은 자기가 말하는 뜻을 알고 있습니까?"

나는 내 처지에 대해 진저리를 쳤다.

"솔직히 모릅니다. 나는 단지 이야기를 나누고 싶었을 따름입니다."

그는 한동안 나를 흘겨보았으나 이윽고 엷은 입술에 자랑스러운 미소가 매달렸다. 참으로 기분 좋은, 상대를 유혹하는 매력 있는 웃음이었다. 나도 그만 웃고 말았다.

"몇 년 전에, 학교 친구 중 하나가 몇 시간을 소비해서 니체가 얼마나 위대한 인물인지 설명해 주었습니다. 나는 '짜라투스트라'가 너무 어려워서 완전히 질려 버리고 말았습니다."

그는 파이프를 문 채, 팔을 뻗으면서 하늘을 바라보았다.

"당신 친구는 틀렸소. 니체는 위대한 인간이 아니라 위대한 인간이 될 뻔한 인물이었으니." 그는 무릎 위의 책을 손가락으로 뒤적거렸다.

"이것은 그의 초기 작품인데 여기에는 위대함의 씨앗이 있지요. 소크라테스를 퇴폐주의자라고 몰아치는 것은 재미있습니다. 도덕을 퇴폐주의의 미소로 보고 있으니 얼마나 놀라운 착상입니까! 그러나 20년 후의 니체는 그것을 어떻게 썼다고 봅니까?"

나는 잠자코 있었다.

"그는 이 착상을 헤겔적이라고 말했습니다. 전적으로 옳은 말입니다. 동일하다는 것은 단순하고 직접적이며 생명이 없는 것에 대한 정의지만, 모순은 모든 움직임과 생명력의 본질입니다. 다시 말해 스스로 모순을 내포하고 있는 것만이 운동할 수 있고, 충동과 행동을 소유하게 되는 것입니다." 그는 어깨를 움츠렸다. "그러나 젊은 니체가 인식한 것을 늙은 니체는 경멸했습니다. 늙은 니체는 정신이 돌았던 것입니다."

나로서는 이해하기 어려운 이야기였다. 나는 갑자기 분위기에 어울리지 않는 말을 했다.

"바다에 들어가지 않겠습니까?"

"바다에는 가지 않으렵니다. 그러나 러시아식 당구도 좋다면 상대해 드리겠습니다. 어쩌면 당신은 쓸데없는 일이라고 할지도 모릅니다만."

떨떠름한 말투였다. 억지로 초대받아 마지못해 따라가는 것 같이 보였다.

우리들은 호텔로 들어갔다.

당구대는 사교실 한쪽 구석에 있었다. 우리들은 말없이 플레이를 시작했다. 10분쯤 지났을 때 너무도 어이없이 쉽게 결판이 났다. 그는 마지막 한 큐로 승리를 확실히 다지면서 히죽이 웃었다.

"별로 재미 없군요. 당신은 잘 치지 못하는 것 같은데 어떻게 다시 한 판 하시겠습니까?"

나는 미소지었다. 그의 태도는 무뚝뚝하고 심드렁해 보였지만 어쩐지 호의적인 느낌을 주었다. 나는 그와 친해졌으면 하고 바랐다. 이 사나이가 첫 번째 용의자라는 것을 나는 거의 잊어버렸다.

나는 한 번 더 겨루고 싶다고 청했다. 그는 점수판을 제로로 한 다음, 큐에 초크를 문질러 바르고 첫 공을 치려고 몸을 구부렸다. 창으로 새어드는 햇빛이 그의 얼굴에 떨어져 넓은 이마를 뚜렷하게 부각시켰다. 화가라면 반할 것 같은 아름다운 얼굴이었다. 손도 품위가 있었다. 크지만 균형이 잡혀 있어서 부드럽고 정확했다. 큐를 쥐고 있는 오른손이, 왼손 엄지 위에서 가볍게 움직였다. 그는 빨간 공을 겨냥하면서 입을 열었다.

"경찰에서 무슨 불상사가 있었다구요?"

마치 시간이라도 묻는 듯한 평범한 울림이었다. 다음 순간 세 개의 공이 연달아 떨어졌다.

나는 짐짓 자연스러운 태도를 지어보이려고 했다.

"굿 샷! 네, 여권 때문에 약간 오해가 있었습니다."

그는 당구대 주위를 돌아 자리를 옮겨서 공의 배치를 바꾸었다.

"당신은 유고슬라비아 인?"

이번에 떨어진 공은 하나뿐이었다.

"헝가리 인입니다."

"아! 트리아농 조약 때문이군요."

"네."

실수했다. 그는 한숨을 내쉬었다.

"이럴 줄 알았어! 말짱 도루묵이군. 자, 당신 차례요. 유고슬라비아 이야기를 해 주지 않겠습니까?"

나는 당구대에 달라붙었다. 두 사람이 할 수 있는 게임이었다.

"벌써 10년이나 가 보지 못했습니다. 당신은 독일인이겠지요?"

나는 빨간 공을 낮은 점수 구멍에 겨우 떨어뜨렸다.

"굿 샷! 실력이 늘었어요."

그는 그렇게 말했을 뿐 질문에는 대답하지 않았다. 나는 다시 확인해 보았다.

"요즈음은 외국에서 휴가를 보내는 독일인은 퍽 드물더군요?"

나는 또 빨간 공을 성공시켰다.

"나이스! 잘 했어요. 지금 뭐라고 했습니까?"

"요즘 외국에서 휴가를 즐기는 독일인을 본다는 것은 진기하다고 했습니다."

"호, 그래요? 하지만 나와는 상관없는 일입니다. 나는 스위스 바젤 사람이오."

새빨간 거짓말이었다. 나는 흥분한 나머지 내 공을 떨어뜨리고 말았다.

"유감이군요. 초크는 어디 있습니까?"

나는 말없이 초크를 넘겨주었다. 그는 열심히 큐 끝에 초크를 칠한 다음, 다시 치기 시작했다. 그의 득점은 급속히 불어났다.

"어떻게 되었지요?" 그가 중얼거렸다. "64점인가요?"

"그렇습니다."

그는 다시 당구대에 달라붙었다.

"바다시 씨, 당신은 독일을 잘 압니까?"

"아니, 간 일이 없습니다."

"가 볼 만합니다. 독일인들은 훌륭한 국민들이지요." 빨간 공이 좀

더 높은 점수가 될 구멍 옆에서 아슬아슬하게 서고 말았다.

"아, 힘이 조금 부족했군. 64점인가요?" 그는 상체를 일으켰다.

"당신 독일어 실력은 참으로 훌륭합니다. 바다시 씨, 오랫동안 독일에서 살았다고 해도 좋을 것 같습니다."

"부다페스트 대학에서는 거의 독일어만 했습니다. 게다가 어학 교사이고요."

"그랬군요! 당신 차례입니다."

나는 큐를 잡았으나 실수만 했다. 경기에 마음을 집중시킬 수가 없었다. 나는 세 차례나 엉뚱한 공을 쳤고, 한 번은 완전히 헛쳤다. 내 머릿속에서는 여러 가지 의문이 소용돌이쳤다. 이 사나이는 내게서 무엇을 들으려고 하는가? 조금 전에 말한 그의 질문은 절대로 쓸모없는 것이 아니다. 목표가 무엇일까? 그런데 이런 해결할 수 없는 의문과 함께 이 사나이가 스파이가 아니라는 생각이 들었다. 확실히 그에게는 품위가 있었다. 그리고 스파이가 헤겔을 인용할까? 니체를 읽을 것인가? 아니, 기다려. 거기에 대해서는 자기 입으로도 대답하지 않았던가——읽어서는 안 됩니까? 라고, 어떻든 상관없지 않은가? 결국 이런 말이니까.

'스파이가 좋은 남편이 되겠습니까?'

'되어서는 안 됩니까?' 참으로 안 될 이유가 무엇인가!

"여보, 당신 차례입니다."

"미안해요. 잠시 딴생각을 했습니다."

"하하!" 그는 조용히 웃었다. "당신에게는 흥미 있는 일이 아니군요. 그만 할까요?"

"아니, 계속합시다. 잠깐 잊어버렸던 일을 생각했습니다."

"대단한 것은 아니겠지요?"

"네, 그렇습니다."

그러나 실은 대단한 일이었다. 나는 베건에게 전화를 걸어 그의 배려를 기대하면서 카메라를 잃어버린 것을 설명하고, 내 방과 마찬가지로 시믈러의 방을 수색할 것을 부탁하고 싶었다. 시믈러가 가명을 쓴다는 이유도 있다. 그러나 그와 카메라를 결부시킬 어떤 구체적이고도 확실한 증거, 다시 말해 내가 바보스런 착오를 범하고 있지 않다고 안심시켜 줄 만한 증거를 하나쯤은 손에 넣고 싶었다. 잘 되든 안 되든 부딪쳐 볼까? 단도직입적으로 카메라를 갖고 있냐고 물어보면 어떨까? 어떻든 지금으로서는 아무 손해도 없지 않은가? 갑자기 도서실 문을 닫고 카메라를 가져간 인물이라면, 내가 이 사건에 관련되었다는 것을 알고도 남지 않는가.

나는 두 개의 공을 동시에 구멍에 넣었다.

"지금 것은 운이었습니다."

"아니, 그렇지 않아요."

"나에게는," 자리를 이동하면서 나는 말했다. "한 가지 도락이 있습니다."

이번에는 득점이 안 되었다. 시믈러가 당구대에 가까이 왔다.

"그래요?"

"네에, 사진 촬영입니다."

그는 큐를 겨냥하면서 눈을 가늘게 떴다.

"좋은 취미군요."

나는 이모저모로 그를 살펴보면서 결정적인 질문을 했다.

"당신도 카메라를 갖고 있습니까?"

시믈러는 천천히 상체를 세우고 일어나서 내 얼굴을 쳐다보았다.

"바다시 씨, 이번에는 칠 때까지 떠들지 말아 주십시오. 저기에서 쿠션을 맞고 흰 공을 맞힌 다음 또 한 번 쿠션을 쳐서 빨간 공으로 최고점을 칠 겁니다. 흰 공으로 5점 치지 않으면 안 됩니다."

"미안합니다."

"아니, 나야말로. 나는 당구가 굉장히 재미있습니다. 참으로 반사회적인 놀음입니다. 아편과 같지요. 사물을 생각할 필요가 없습니다. 다른 생각을 했다가는 이내 실수를 하고 마니까. 내가 카메라를 갖고 있느냐구요? 갖고 있지 않습니다. 카메라를 만져 본 지가 언제인지 까마득합니다. 이런 대답을 하는 데 머리를 쓸 필요는 없지만 그래도 마음이 산란해져서 긴장이 풀려 버립니다. 따라서 아마 이번에는 성공하지 못할 겁니다."

그는 진지한 얼굴로 말했다. 전 세계의 운명이 이 큐의 성공에 걸려 있다는 듯한 표정이었다. 그러나 표정이 풍부한 그의 두 눈에는 냉소하는 빛이 떠올랐다. 나는 그 뜻을 알 것 같았다.

"그러니까," 그는 말했다. "나는 이 경기가 잘 될 수 없습니다."

그러나 그는 아직도 당구대에 붙어 있었다. 잠깐 사이를 두고, 딱딱 하는 가벼운 소리가 나더니 두 공이 구멍으로 굴러 떨어졌다.

"멋지군!" 하는 소리가 들렸다.

나는 뒤돌아보았다. 게헤였다.

"멋있는가?" 시믈러가 중얼거렸다.

"하긴 전쟁을 하는 것은 아니니까. 바다시 씨는 참을성 있게 쳐 주었지만 이 경기의 매력을 느끼지는 못한 것 같군요."

두 사나이는 서로 의미 있는 시선을 교환하는 듯 보였다. 시믈러는 대체 어떤 뜻에서 이런 말을 하는 것일까? 나는 당황해서 이의를 제기했다.

"아니, 즐거웠습니다. 내일 다시 함께 하고 싶습니다."

시믈러는 내키지 않는 표정으로 끄덕거렸다.

"하인바거 씨는 러시아식 당구의 명인입니다."

게헤가 기분 좋게 말했다.

그러나 분위기는 이미 묘한 변화를 나타내고 있었다. 어떻든 두 사나이는 내가 그만 물러갈 것을 참을성 있게 기다리는 것 같았다. 나는 가능한 한 좋은 인상으로 헤어졌다.

"벌써부터 알고 있었습니다. 그럼, 실례하겠습니다. 마을에 갈 일이 있어서요."

"네에, 그렇게 하십시오."

두 사람은 그 자리에 서서 내가 나가는 것을 바라보았다. 분명히 내가 말소리가 들리지 않는 곳으로 갈 때까지는 아무 말도 하지 않을 것이다.

응접실을 지날 때, 그랜든 하드리 소령 부부가 층계를 올라오는 것을 보았다. 나는 그들 부부에게 인사했으나 둘 다 대답이 없었다. 부부의 이상한 태도, 두 사람이 한결같이 돌처럼 굳어진 모습이 마음에 걸려 그들의 뒷모습을 한참 바라보았다. 그들이 층계 위에서 방향을 바꾸었을 때, 부인이 얼굴에 손수건을 대고 있는 것이 보였다. 그랜든 하드리 부인은 울고 있었다. 설마 그럴 리가! 저런 유형의 영국인 여자는 절대 울 줄을 모르는데 아마 눈에 먼지라도 들어갔겠지.

나는 다시 걷기 시작했다.

문 앞에서 나를 감시하고 있는 형사는 다른 사람으로 바뀌어져 있었다. 이번 형사는 키가 훤칠하게 큰 단단한 체격의 사나이로, 납작한 밀짚모자를 쓰고 있었다. 그는 어슬렁어슬렁 걸어서 우체국까지 따라왔다.

전화는 이내 베건에게 연결되었다.

"아, 바다시 씨요? 카메라에 대해서는 좀 알아냈소?"

"네에, 그러나 우선 시믈러 건으로……."

"시간 낭비는 할 수 없소. 카메라 이야기를 먼저 부탁하오."

나는 상대가 기록할 수 있도록 천천히 카메라의 정보를 불러 주었다. 베건은 지루한지 짜증을 냈다.

"빨리 해요. 하루 종일 걸리겠소. 전화 요금도 비싼데."

나는 울컥 화가 치밀어 숨도 쉬지 않고 단숨에 읽어내렸다. 뭐야, 결국 전화 요금 내는 것은 내가 아닌가. 못된 녀석. 나는 틀림없이 또 한번 되풀이해야 될 것이라고 생각하면서 읽기를 끝냈다. 그러나 뜻밖이었다.

"좋소! 그럼 카메라를 갖고 있지 않은 세 사람은?"

"시믈러, 즉 하인버거에게 물어보았습니다. 카메라는 갖고 있지 않다고 말했습니다. 영국인과는 아직 말할 기회가 없었습니다. 그러나 쌍안경은 두 개 갖고 있습니다."

"무엇을 두 개?"

"쌍안경입니다."

"그런 것은 아무래도 좋소. 당신은 카메라에 대해서만 신경쓰면 되오. 딴 보고는 없소?"

나는 주저했다. 지금이야말로……

"여보세요, 여보세요! 바다시 씨. 아직 듣고 있소?"

"네."

"그렇다면 꾸물대지 마시오. 달리 할 말은?"

"없습니다."

"좋소, 그럼 내일 아침 평상대로 서장에게 전화하시오."

베건은 전화를 끊었다.

나는 납덩이같은 무거운 발걸음으로 레제르브 호텔로 돌아왔다. 나는 바보다. 멍청한 겁쟁이다.

땀에 젖은 셔츠가 몸에 달라붙어 기분이 나빴다. 나는 옷을 갈아입기 위해 내 방으로 갔다.

열쇠는 나갈 때와 같이 열쇠 구멍에 끼워져 있었으나, 문은 제대로 잠겨 있지 않았다. 내가 핸들에 손을 대고 돌리자 찰칵하는 소리와 함께 문이 열렸다. 나는 방 안으로 들어가서 침대 밑에서 옷가방을 끌어냈다.

만일 어떤 사실이 없었다면 나는 아마 이상이 있다는 것을 알아차리지 못했을 것이다. 즉, 옷가방의 걸쇠는 항상 하나만 채우는 것이 나의 습관인데 그때는 두 개가 다 채워져 있었다.

나는 걸쇠를 푼 다음 가방을 조사했다.

셔츠만 약간 꾸겨져 있을 뿐 별 이상은 없었다. 나는 벌떡 일어나서 옷장으로 달려갔다. 어느 것이나 깨끗이 정돈되어 있었다. 그때 맨 위 서랍 한쪽 구석에 포개 놓은 손수건에 눈이 멎었다. 나는 테두리에 색깔이 들어간 손수건을 한 장 갖고 있었다. 나는 그것을 제일 밑에 넣어 두었는데 지금은 제일 위에 놓여 있었다. 나는 방안을 둘러보았다. 침대 이불 한쪽 끝이 매트리스 밑에 접혀 있었다. 하녀가 이런 일을 했을 리는 없다.

더 이상 의심할 여지가 없었다. 분명 어떤 자가 내 방에 들어와 소지품을 뒤진 것이다.

8

자기 소지품을 조사당한다는 것은 기분 나쁜 일이다.

처음 그것을 알게 되었을 때 나타난 반응은 노여움이었다. 알지 못하는 손이 옷가방을 열고 샅샅이 훔쳐보다니 불쾌하기 이를 데 없는 일이었다. 더욱이 옷가방의 걸쇠가 아니었다면 나는 전연 알지도 못했을 것이다. 빌어먹을! 바로 그 점이었다. 아마 내가 눈치 채지 못할 것이라 생각하고 옷가방의 걸쇠를 두 개나 채워 놓았다는 사실이 비위에 거슬렸다. 사람을 우습게 봐도 분수가 있지! 얼간이 같으니

…… 네 놈이야말로 걸쇠가 하나만 채워 있었다는 사실을 기억해야 했어.

그리고 흰 손수건이 제일 위에 놓여 있다는 것도. 서투르고 주의력 없는 우둔한 녀석!

나는 서랍의 손수건을 처음대로 정리해 놓았다. 옷가방의 걸쇠도 한쪽만 채워 놓았다. 침대 이불도 반듯하게 펴 놓았다. 이제 마음이 좀 가라앉았다. 내 방을 뒤진 다음, 아무것도 가져가지 않은 사람은 단 한 사람뿐이다. 바로 그 스파이다. 자기 카메라는 찾았는데 필름이 없다는 것을 알고 내 방을 조사해 보려고 한 것이다. 그렇다! 그 자는 도서실 창으로 내가 경계하고 있는 것을 보고, 자기에게 올가미를 걸고 있는 이상 이미 필름을 현상하여 그 사진이 어떤 것인가 알고 있는 것이 틀림없다고 생각했기 때문이다. 그때 나는 옷가방 밑바닥에 니스에서 촬영한 아직 현상하지 않은 필름이 두 통 있었던 것을 기억해 냈다. 그때까지 나는 그 필름이 그대로 있는지 어떤지 확인하려는 생각이 떠오르지 않았었다. 나는 다시 한 번 옷가방을 꺼내 주의 깊게 가방 속을 조사했다. 두 통의 필름은 없었다. 분명 스파이는 운에만 맡기고 있지는 않았던 것이다. 나로서는 따끔한 일침을 맞은 사건이다.

도중에 내가 돌아와서 현장을 덮칠 수가 있었다면! 나는 그 장면을 그려 보면서 삼십 초 정도 즐겼다. 그렇게만 되었다면 굳이 수고를 하지 않고도 베건에게 스파이를 넘겨줄 수 있었으련만. 나는 질질 짜고 있는 악한을 끌어내어 기다리고 있던 형사에게 던져주는 내 모습을 그려보았다.

그런데 공상 속의 스파이가 시믈러가 아니라는 것을 알고 나는 깜짝 놀랐다. 게혜도 아니었다. 레제르브 호텔에 있는 아무도 아니었다. 뒷주머니에 권총을, 소매 속에는 단도를 감추고 있는 흉악한 인상을 한 비열하고 찰거머리 같은 놈이었다. 사악의 덩어리 같은 녀석이었다. 심지어 녀석을 고용하고 있는 사람까지 속으로 경멸하는 음험하고 꺼림칙한 사나이였다.

그렇지만 이런 공상이 얼마나 말도 안 되는지 나는 잘 알고 있었다. 내가 좀 어떻게 되었나보다! 열두 명의 현실적인 용의자 가운데 누군가가 자기 방을 뒤졌다는 생각은 하지 않고 엉뚱한 열세 번째 인물이나 쫓고 있다니 실패해도 싸지 않은가!

나는 소리 내어 말했다.

"이 일을 절대 잊지 않도록 하자. 남자든 여자든, 스파이는 내 사진과 귀중한 카메라를 훔쳐갔다. 창 너머로 도서실에 앉아 있는 어리석은 나를 보고 문을 잠가 가둔 뒤 의자 위에 올려놓은 카메라를 들고 갔다. 그리고는 내 방에 들어와서 옷가지를 뒤지면서 사진을 찾았다. 그는 틀림없이 살아있는 인물이고 이 호텔에 있는 손님 중 한 명이다. 절대 스파이처럼 보이지 않는다. 바보 왕초처럼 흉악한 인상도 하지 않고 뒷주머니에 권총도 숨기지 않는다. 진짜 인간인 것이다. 듀크로 씨 같이 턱수염을 기르고 있는지도 모르고, 루와 같이 눈알이 튀어나왔는지도 모른다. 시믈러같이 헤겔을 인용하는 지도 모르고, 게헤와 같이 항상 졸린 얼굴을 하고 있는지도 모른다. 또는, 그랜든 하드리 부인처럼 잘난 체하는 쌀쌀맞은 여자인지도 모르고 메리 스켈튼같이 젊고 매력적인 처녀인지도 모른다. 혹은 포겔 부인과 같이 바보 웃음을 웃는지도 모르고, 마르땅 양 같이 사랑을 하고 있는지도 모른다. 포겔 씨 같은 뚱뚱보든가 그랜든 하드리 소령 같은 말라깽이든가 워린 스켈튼 같이 검게 탄 청년인지도 모른다. 애국자인지 매국노인지, 악한인지 선한 자인지, 혹은 이런 성질을 조금씩 모두 갖고 있는지도 모른다. 노인일 수도 청년일 수도 있는 것이다. 여자라면 머리털이 검을 수도 금발일 수도 있고, 영리하거나 바보, 또는 부자나 가난뱅이일 수도 있는 법이다. 알겠나, 이 바보 친구야! 그러니 능력도 없는 주제에 멍청히 넋을 놓고 있어서는 아무 일도 안 된다고!"

나는 일어서서 창 밖을 보았다.

스켈튼 남매가 바다에서 올라와 테라스 의자에 막 앉으려던 참이었다. 두 사람의 말소리가 희미하게 들려 왔다. 워린이 갑자기 폭소를 터뜨리더니 나폴레옹처럼 배를 내밀고 뽐냈다. 누이가 절레절레 고개를 내저었다. 나는 두 사람이 도대체 무슨 이야기를 하는가 멍청하게 생각했다. 저들 남매가 오후 내내 바닷가에 있었다면 다른 몇 사람의 알리바이를 알려 줄지도 모른다. 내 방이 수색된 것은, 내가 시믈러와 같이 있던 사이든가 마을에 가서 베건에게 전화를 걸던 사이였을 것이다. 아마 후자겠지. 내가 호텔을 나가는 모습을 보았을 게 틀림없다. 문으로 난 오솔길은 호텔 창 가운데 절반쯤에서, 그리고 도서실에서도 내다보인다. 내가 시믈러의 방을 수색하려고 꾸물거렸을 때, 시믈러 역시 내 방 수색을 계획하고 있었던 것이다. 우스운 이야기다. 시믈러는 내 방 번호를 알고 있었다. 물론 내 옷가방 걸쇠를 두 개 다 채운 것이 시믈러였을 경우지만. 허나 그때라면 시믈러의 머리 속은 〈비극의 탄생〉으로 가득 차 있었는지도 모른다. 그렇다면 방을 뒤진 것은 게헤인지도 모르겠다. 또는 포겔 씨든가 듀크로 씨, 혹은······.

오늘은 벌써 금요일이었다. 앞으로 하루만 지나면, 나는 출발해야 한다. 그러면서도 나는 지금 희망을 가졌다가, 의심하다가, 사람 이름을──게헤, 시믈러, 포겔, 듀크로 등──중얼거리고, 지금껏 여기서 시계 바늘이 움직이는 것을 보면서, 겨우 관측만 하고 있을 뿐이다. 행동해야 한다. 무엇인가 하지 않으면 안 된다. 서둘지 않으면 안 된다.

방에서 나올 때 나는 몹시 주의해서 문을 잠근 다음 열쇠를 호주머니에 넣었다.

근심하는 일이 있으면 유머가 전혀 없어진다.

나는 천천히 걸어서 아래 테라스로 갔다. 스켈튼 남매는 여전히 떠들고 있었다. 내가 가까이 가자 그들은 얼굴을 들었다. 그리고 생각도 못할 만큼 뜨겁게 환영해 주었다.

"당신을 찾고 있는 중입니다."

청년은 다가와서 내 팔을 잡고 내 얼굴을 이모저모 훑어보았다.

"들으셨습니까?"

"듣다니, 무엇을요?"

그는 나를 붙들어 테이블로 끌고 갔다.

"아직 듣지 못했대." 그는 만족한 듯 누이에게 보고했다.

"듣지 못했다구요?"

누이는 오빠 말을 되풀이 하면서 일어서더니 나의 한쪽 팔을 잡았다.

"바다시 씨, 앉아서 들으세요."

"금주의 대사건입니다!" 오빠가 말했다.

"도저히 진짜라고 믿을 수 없을 정도예요."

"네가 말하겠니, 그렇잖으면 내가 할까?"

"오빠부터. 그러나 클라이맥스에 도달하면 내 차례예요."

스켈튼은 내 몸을 의자에 밀어 넣다시피 하고 코끝에다 담뱃갑을 들이밀었다.

"담배는 신경을 진정시킵니다."

"그런데, 대체?"

"성냥은?"

나는 담배불을 붙였다.

처녀가 정색해서 말했다.

"우리들이 돌았다고 생각지 마세요. 그렇지만 오늘 오후 우리들이 목격한 광경은……."

"엄청난 광경이었어요." 오빠가 보충했다. "우리는 누구에게 그 이야기를 하고 싶어서 죽을 지경이었어요. 고마워요, 바다시 씨. 덕분에 살 것 같습니다."

나는 겨우 웃는 시늉을 했다. 어쩐지 가슴이 쿵쿵 뛰었다.

"당신이 우리 얘기를 안 들어 주면 우리 둘 중 하나는 오래 살지 못할 겁니다." 메리가 말했다.

"그럼 시작하지!" 오빠가 소리쳤다.

"바다시 씨, 아침에 요트가 온 것은 알고 있지요?"

"예."

"이탈리아에서 온 배였습니다."

"호오?"

"우리는 오후에 딴 사람들과 함께 바닷가에 나가 있었습니다. 스위스 인 부부와 프랑스 인 아베크, 그리고 흰 수염 난 노인도 있었습니다. 그 조금 뒤에 영국인 소령 부부가 왔습니다."

"빨리 빨리 말해." 메리가 재촉했다.

"덤비지 마! 바다시 씨를 위해서 그때의 상황을 재현하려고 하는 거야. 소령 부부는 딴 사람들보다 좀 늦게 왔습니다. 지독한 더위였지요. 모두 점심으로 닭찜을 먹은 뒤였습니다. 우리는 의자에 기대 조금 졸고 있었습니다. 영국인이 온 것은 소령이 이 의자는 위험하다든가 뭐라고 하는 말을 했을 때였습니다."

"그리고 그분들은," 누이가 옆에서 참견했다. "약간 우측에 앉아 있었어요. 때문에 우리는 바로 곁에서 자세히 보았지요. 그 다음……."

"가만 있어." 오빠가 말했다. "이야기 순서가 바뀌잖아. 아서라, 아서. 곧 교대해 줄 테니까. 그런데 바다시 씨, 지금 말한 대로 이 의자에 앉아 이보다 더한 더위가 있겠는가, 점심을 지나치게 먹은 것이 아닌가 하고 생각하고 있을 때, 스위스 인 부인이 자기 남편에게 무어라 하는 소리가 들렸습니다. 설령 그 나라말은 모른다손치더라도 억양이나 뭐 그런 것으로 느끼지 않습니까? 그래서 저도 눈을 떠보니 스위스 인 부부가 만을 보고 있었습니다. 그 요트에서 보트가 한 척 내려지고, 수부들이 노를 저어서 현문 쪽으로 돌리고 있는 것이 보였습니다. 현문에 닿자 흰 모시옷을 입고 요트모를 쓴 사나이가 내려왔습니다. 꽤 뚱뚱한 사나이였으나 가볍게 보트에 뛰어 내렸습니다. 수부는 사나이를 태우고 모래사장을 향해 왔습니다. 이것을 보고 우리 모두는 원기를 회복했습니다. 아마도 뱃속에 들어 있는 닭찜 같은 것도 잊게 해주었을 테니까요. 모두 일제히 떠들기 시작했습니다." 그는 손가락을 과장되게 흔들어 보였다. "모두에게 어떠한 운명이 기다리고 있는지 몰랐다는 뜻입니다."

메리가 끼어들었다.

"이야기가 벌써 본론에 접어들었다는 걸 이해하시겠어요? 그런데 갑자기 영국인 부부가 떠들기 시작했는데 이상하게도 두 사람은 이탈리아 어로 말하더군요. 더욱 이상한 것은 그랜든 하드리 부인이 거의 혼자 떠들다시피 했다는 사실이에요. 부인은 말하면서 보트를 가리켰습니다. 그러자 소령이 보트를 잠깐 본 다음, 이번에는 자기가 떠들기 시작했습니다. 소령은 부인 말에 찬성하지 않는 듯 고개를 옆으로 흔들고 케이라든가 뭐라고 하는 여자 이름 같은 것을 입 밖에 냈어요. 부인은 그것이 마음에 들지 않는지 또 보트를 가리켰습니다. 그때는 벌써 보트가 모래톱 20야드까지 와 있었고, 모자를 쓴 사나이가 갈고리를 들고 일어서서 바위 위 쇠고리에 걸 준비를 하고 있었습니다. 그때 갑자기 소령 부인이 소리치면서 물가로 뛰어가 그 사나이를 향해서 뭐라고 했습니다."

"동시에 갈고리를 들고 있는 사나이도 부인의 얼굴을 보았죠. 흥분한 끝에 보트에서 떨어질 것 같았습니다." 워린 스켈튼이 이어받았다. "사나이는 '마리아'라고 불렀습니다. 이탈리아 어를 몰라서 두 사람의 대화 내용은 모르지만 물을 사이에 두고 계속 떠들었습니다. 이윽고 사나이가 상륙할 바위 옆에 배를 대자 부인은 날 듯이 달려갔습니다."

"그런 다음," 메리가 말했다. "사나이는 부인을 힘껏 껴안고 두서너 번 키스했습니다. 아무래도 매우 다정한 사이인 것 같았어요. 그렇지만 그런 사나이와 키스하는 건 난 너무 싫어요. 돼지처럼 뚱뚱하고, 모자를 벗었을 때 보인 머리는 더러워진 달걀 같았으니까요. 목살도 뒤룩뒤룩했지만, 아무튼 제일 싫었던 것은 늘어진 턱살이었어요. 그런데 나를 더욱 놀라게 한 것은 그 소령 부인이에요. 지금까지 그 부인이 떠드는 것을 한번도 듣지 못했는데 그때는 마치 학교에서 해방된 어린아이처럼 뛰어다니며, 얼굴에 상처가 생기지 않을까 할 정도로 입을 벌리고 기뻐했어요. 부인은 턱살이 늘어져 있는 남자와 여기서 만날 줄은 꿈에도 생각하지 못했던 것 같았어요. 때문에 정말로 기뻐서 날뛰었어요. 사나이가 요트를 가리키며, '어떻소, 내 것이오'라고 말하듯 자기 가슴을 툭툭 두드리자, 부인은 뒤에 있는 호텔을 가리키며 저곳에 머물고 있다고 말하는 것 같았어요. 그런 다음 두 사람은 포옹하고 키스하고 하여 바닷가에 있는 사람들은 실컷 눈요기를 할 수 있었답니다."

워린 스켈튼이 덧붙였다. "단, 소령을 제외한 모두였습니다. 소령은 불쾌한 표정이 역력해서 험한 얼굴을 하고 있었지요. 그러다 두 번째 포옹이 시작되었을 때는 천천히 의자에서 일어나서 두 사람에게

다가갔습니다. 소령은 그저 말없이 걸었지만, 그 걸음걸이에는 무슨 일이 일어날 것 같은 느낌이 감돌았습니다. 스위스 인 부부가 프랑스 인 아저씨에게 무엇인가 말하려다가 입을 다물고 말았습니다. 파도 소리마저 없었다면 모래사장에 바늘이 떨어져도 들릴 만큼 조용했습니다. 그러나 아무 일도 일어나지 않았습니다. 뒤룩뒤룩한 그 사나이는 소령을 보고 히죽 웃었습니다. 두 사람은 전부터 알고 있었다는 것을 느낄 수 있었고, 또 두 사람이 서로 적대하고 있다는 것도 표가 났습니다. 두 사람은 악수를 했고, 뒤룩뒤룩한 사나이는 여전히 히죽히죽 웃고 있었으나, 소령 부인은 마치 누군가가 소화기라도 내뿜은 듯이 평소의 불쾌한 얼굴로 돌아가 있었습니다. 그래도 세 사람은 조용하게 이야기했습니다. 아마 여기서 대부분의 구경꾼들은 흥미를 잃은 듯했으나 나는 세 사람을 계속 지켜보았습니다. 나도 사람들을 관찰하는 데는 일가견이 있다고 자부하는 편입니다. 그리고 사람을 연구하는 바른 방법은 남자를 관찰하라, 이것이 제 지론입니다."

"부탁이니까 어서 말해." 누이가 가로막았다. "바다시 씨, 오빠가 말하려고 하는 것은, 그 세 사람은 정작 하고 싶은 말은 따로 있었는데 다른 말만 했다, 그런 뜻입니다."

"결국 누군가가 먼저 말할 때까지는 그랬다는 것입니다." 워린이 다시 입을 열었다. "그러니 우리들은 기다려야 했습니다. 그렇지만 사실을 말한다면, 나 역시도 막 흥미를 잃어갈 즈음 두 사나이가 큰 소리를 쳤습니다. 이탈리아 어는 멀리서 들으면 꼭 카뷰레터가 막힌 자동차 소리같이 들리는데 그때 갑자기 누군가가 액셀러레이터를 밟은 듯한 그런 장면이었습니다. 뒤룩뒤룩한 사나이가 물어뜯을 듯한 기세로 무어라 떠들어대면서 소령의 코앞에서 한쪽 손을 휘두르고 있었습니다. 소령의 얼굴은 종잇장처럼 하얗게 질렸습니다. 이윽고 뒤룩뒤룩한 사나이는 떠드는 것을 멈추고 이제 일이 없다는 듯 뒤로 돌아섰습니다. 그러나 갑자기 어떤 비열한 조롱이라도 생각난 듯이 다시 돌아서서 무슨 말을 한 다음 크게 웃었습니다.

다음 순간, 소령이 주먹을 쥐고 팔을 뒤로 젖히는 것이 보였습니다. 누군가의 비명 소리가 들렸습니다. 마르땅 양일 것입니다. 순간 소령이 덤벼들면서 뒤룩뒤룩한 사나이의 명치를 한 방 먹였습니다. 참으로 보여 주고 싶을 만큼 멋이 있었습니다. 그 사나이는 외마디 소리를 지르며 한 발자국 비틀거리다가 파도가 밀려오는 모랫바닥에 주저앉고 말았습니다. 그랜든 하드리 부인은 비명을 지르면서 소령에게 달려들어 이탈리아 어로 고함을 질렀습니다. 그때 어떻게 된 일인지 소령이 심하게 기침을 시작했고 좀처럼 멎을 것 같지 않았습니다. 그때는 이미 우리도 그곳으로 달려가 있었습니다. 보트 안에 있던 수부들도 물을 퉁기며 뛰어 와서 뒤룩뒤룩한 사나이를 안고 있는 루를 도와주었습니다. 그 사이에 나는 포겔과 함께 소령을 단단히 잡고, 스위스 인 부인과 마르땅과 메리는 그랜든 하드리 부인을 뜯어 말렸습니다. 턱수염이 난 듀크로 노인은 무슨 일이냐고 하면서 주위를 뛰어 다녔습니다. 그렇다고 해서 우리들이 한 일이 대단하다는 것은 아닙니다. 아무튼 소령은 기침을 하여 숨을 헐떡거리면서도 '돼지 같은 놈!'이라고 욕만 했고, 소령 부인은 울면서 이상한 영어로 무슨 소리인지 '너무 슬퍼요, 남편은 미친 늑대!'라고 떠들고 있었으니까요. 뚱뚱한 사나이는 수부들의 부축을 받고 보트에 닿자, 주먹을 휘두르면서 이탈리아 어로 고래고래 소리쳤습니다. 이윽고 소령이 기침을 멈추자 부부는 아무 일도 없었던 것처럼 층계를 올라갔습니다. 어떻습니까? 좋은 구경거리를 놓쳤다고 생각하지 않습니까?"

"당신이 있었다면 무엇이 어떻게 되었다는 것을 설명해 주었을 것입니다." 메리가 서운하다는 듯이 말했다.

그러나 나는 거의 건성으로 듣고 있었다. 나는 궁금하던 것부터 물었다.

"대체 몇 시경이었습니까?"

둘 다 약간 시무룩한 표정이었다. 내가 이 이야기의 진가를 모른다고 대뜸 그렇게 판단한 것 같았다.

"글쎄, 자세히는 모르지만," 워린이 중얼거리듯 말했다. "아마 세 시쯤 되었을 것입니다. 그런데 왜요?"

"그렇다면 오후 내내 바닷가에 있었던 사람은 누구였습니까?"

그는 약간 초조한 듯이 어깨를 움츠렸다.

"모르겠습니다. 왔다간 사람이 많았으니까요. 소란이 일단락된 뒤 수영복으로 갈아입으려고 한두 사람 올라갔습니다."

"파이로 번스(반 다인의 미스터리 소설에 나오는 탐정 이름)가 단서를 잡은 모양이군요."

메리가 말했다.

"바다시 씨, 당신의 추리를 들려주세요."

"아니, 아무것도 모릅니다. 나는 단지 마을에 가려고 했을 때, 그랜든 하드리 부부가 일층으로 올라가는 것을 보았을 뿐입니다. 부인은 눈에 손수건을 대고 있었는데 운 것 같았습니다."

"어머, 그랬나요! 나는 또 당신이 이 이야기의 수수께끼를 완전히 풀어 주리라 기대했지요. 도움이 되었어요. 그런데 나는 멋진 해석을 생각해냈어요."

"우리라고 해야지." 워린이 말했다.

"좋아요, 우리들요. 바다시 씨, 우리는 이렇게 생각했어요. 옛날 그랜든 하드리 부인은 천진한 시골 처녀로 남부 이탈리아에서 양친과 함께 살고 있었다. 바로크식 흰 벽을 한 집이 흩어져 있고, 하수도도 없는 가난한 마을이었다. 그때 그녀는 같은 마을에 사는 '턱살'과 결혼 약속을 했다. 물론 젊었을 때는 그도 날씬했다. 그런데 어느 날, 이 마을에 수염을 날리며 찾아온 것이 저 대담무쌍한 나쁜 소령이다. 이런 이야기 들은 일이 있으면 멈춰 주세요. 그런데 그 뒤에 어떻게 되었을까요? 소령은 도시풍의 세련된 솜씨와 화사한 의복으로 시골 처녀를 멍청하게 만들었고 그녀를 꾀어서 도시로 나간 다음 결혼했다는 이야기입니다."

"메리!" 워린이 말했다. "결혼한다는 말은 각본에 없었잖아?"

"그랬어? 그렇지만 결혼해. 결국 그녀도 별로 순진하지 않았는지도 모르니까."

"알았어, 계속해."

"그 뒤 많은 세월이 흘러갔습니다." 메리는 자신만만한 미소를 지었다. "그 사이 분노와 환멸의 괴로움을 맛본 젊은 '턱살'은——그런 얼굴이 된 것도 고생 때문일 것입니다——열심히 일해서 성공했다. 밑바닥에서 출발해서 지금은 이탈리아에서 모르는 사람이 없는 거물 악덕 변호사가 된 것이죠."

"그렇게 되면 모든 게 엉망진창이지. 안 그래? '턱살'이 때리고 소령이 바지를 버린 사람이라면 말이 안 되잖아?" 워린이 말했다.

메리는 생각하는 듯한 얼굴이었다.

"그렇네." 그녀는 이렇게 말하면서 내 얼굴을 보았다. "아마 당신은 우리가 이 사건으로 바보짓을 한다고 생각하겠지요. 그러나 너무도 불유쾌한 일이라 우스갯소리로 만들어 버리지 않으면 우울할 것 같아요."

그러나 뭐라고 대답해야 할지 나는 몰랐다.

"그랬군요. 그런데 요트는 가버린 것 같군요."

나는 입 속으로 중얼거렸다.

"네에, 한 시간 전에 떠났습니다."

워린이 가라앉은 목소리로 말했다.

그때 층계 꼭대기에 포겔 부부가 모습을 나타냈다. 그들은 우리들

테이블 옆에서 발을 멈추었다.

"이 젊은 분들로부터 오늘 오후의 일을 듣고 계신 것 같군요."

포겔 씨는 독일어로 나에게 물었다.

"네에, 그렇습니다."

"불행한 일입니다." 그는 엄숙하게 말했다.

"아내가 그랜든 하드리 부인에게 각성제를 주었지만 별로 효과는 없는 것 같습니다. 가엾은 사나이입니다. 부인 말로는, 소령이 전쟁에서 부상당하면서 뇌를 상한 것 같답니다. 요트로 온 사나이는, 게헤에게 포도주와 얼음을 좀 사려고 했던 모양입니다. 그런데 우연하게 그 사람이 그랜든 하드리 부인의 옛 친구였고 소령은 가엾게도 그것을 오해했던 것입니다."

부부는 호텔로 올라갔다.

"뭐라고 하던가요?" 워린이 호기심이 발동한 듯 내게 물었다.

"뭐, 그랜든 하드리 부인 말로는 소령이 전쟁에서 심한 부상을 당해서, 머리가 좀 이상하다고 했습니다."

남매는 잠시 잠잠했다. 이윽고 메리가 사려 깊게 이마에 주름을 잡았다.

"아니야." 그녀는 오빠와 나를 상관치 않고 말했다. "나로선 그것이 진실이라고 믿을 수 없어."

워린은 초조한 듯 이렇게 말했다.

"자, 아무래도 좋으니까 그런 이야기는 잊어 버려. 바다시 씨, 당신은 무엇을 마시겠습니까? 듀보네(dubonnet, 와인에 키나 껍질을 넣어 숙성시킨 건강주) 세이크요? 좋아요? 그럼 석 잔입니다. 누가 가지러 갈 것인지 동전으로 결정합시다."

내가 졌다.

마실 것을 주문하기 위해서 위로 갔을 때, 듀크로 씨가 흥분해서 게헤에게 말하는 것이 보였다. 듀크로 씨는 마치 게헤의 턱에 강한 어퍼컷이라도 먹일 듯한 기세였다.

9

그랜든 하드리 부부는 저녁 식사에 나오지 않았다.

나는 어느덧 그들 부부에게 흥미를 가졌다. 그렇던가! 그랜든 하드리 부인은 이탈리아 인이었다. 이로써 여러 가지를 이해할 수 있었다. 어젯밤 소령이 나와 이야기했을 때, '아페리티프'라는 말을 사용했던 이유도 알았고, 부인의 딱딱한 침묵도 납득이 갔다. 그녀는 서툰 영어가 부끄러웠던 것이다. '우리 집사람이 약간 신심이 깊다'는 것도 이해할 수 있고, 부인의 태도가 영국인 같지 않은 것도 당연한 이야기였다.

그렇지만 그랜든 하드리 소령이 설마 자기 행동을 책임질 수 없는 신경증 환자일 줄이야! 그렇지, 메리 스켈튼은 그들을 의심하고 있었다. 그럴싸하다. 해안에서 일어난 일이 그들 남매가 말한 대로였다. 나도 의심스러우니까. 그 사건은 단순한 신경증 환자의 발작 이상이라는 말이다. 그러나 내가 나설 일이 아니다. 나는 더욱 중요한 것을 생각하지 않으면 안 된다. 내 입장에서 본다면, 이런 쓸모없는 사건이나 스켈튼 남매는 내게 별로 도움이 될 것 같지 않았다. '왔다 간 사람이 많이' 있었다고 했다. 아마도 내 방을 뒤진 것은 내가 마을에 갔을 때였을 것이다. 이것은 절대적이다.

저녁 식사가 끝날 무렵, 게헤가 테라스에 나와서 정원 나무 아래 탁구대를 준비해 놓았으니까 많이 이용하라고 손님들에게 알렸다. 내가 식사를 끝냈을 때는 벌써 탁구 치는 소리가 들렸다. 나는 탁구대가 있는 곳으로 어정어정 걸어갔다.

탁구대 위 나뭇가지에 걸려 있는 전등 하나가 경기자들 얼굴에 강렬한 빛을 던지고 있었다. 탁구를 치고 있는 것은 워린과 프랑스 인 루였다. 정원석에 앉아서 구경하고 있는 것은 마르땅 양과 메리 스켈튼이었다.

루는 몸을 앞으로 굽히고 진지하게 치고 있었다. 튀어나온 그의 두 눈은 마치 폭발 직전에 있는 폭탄이라도 쳐다보듯 탁구공을 노려보고 있었다. 그는 펄쩍 뛰어올랐다. 한편 스켈튼은 느긋하게 재미로 즐기고 있어서 별로 위협적이지 못했다. 그러나 점수는 일방적으로 스켈튼이 따고 있었다. 마르땅 양은 워린이 포인트를 올릴 때마다 큰 소리로 절망적인 비명을 올렸고, 루가 한 포인트라도 따면 이내 환성으로 응원했다. 메리 스켈튼은 재미있다는 듯 그녀를 보고 있었다.

시합이 끝났다. 마르땅 양은 기분 나쁜 듯이 워린을 본 다음 땀에 젖은 연인의 얼굴을 손수건으로 닦아 주었다. 게임엔 졌지만, 애정에는 아무런 변화가 없다고 그녀는 속삭였다.

"한 번 칠까요?" 워린이 나에게 말했다.

그런데 내가 대답하기도 전에 루가 라켓을 흔들면서 탁구대 저쪽으로 뛰어 가서 복수전을 하겠다고 말했다.

"네? 뭐라고요?" 워린이 낮은 소리로 물었다.

"복수전이 하고 싶다고 말했소."

"그거 좋지요." 그는 한쪽 눈을 찡긋 했다.

"설욕할 기회를 드려야겠지요."

두 사람은 다시 시작했다. 나는 메리 스켈튼 옆에 앉았다.

"저 사람이 하는 말은 한 마디도 알아들을 수가 없어요. 발음이 몹시 이상해요." 그녀가 말했다.

"아마 시골 사람일 것입니다. 지방 사투리는 파리 사람들도 모르는 말이 많으니까요."

"그래요? 이제 마음이 놓였어요. 그렇다 해도 저분, 너무 오래 치다가 눈알이 튀어나오면 어떻게 하지요?"

나는 그녀에게 무어라고 대답했는지 기억나지 않는다. 그것은 루의 발음이 어느 지방 사투리인지 혼자서 생각하고 있었기 때문이었다. 그와 흡사한 발음을 들은 일이 있다. 그것도 최근에 내가 내 이름을 기억하고 있는 것 만큼이나 분명한 사실이다. 그때 마르땅 양이 큰 소리로 환성을 올렸기 때문에 내 의식은 탁구 승부로 되돌아 왔다.

"워린은 마음만 먹으면 그럴싸하게 져 줍니다." 메리가 말했다. "때때로 제게도 져줄 때가 있는데 꼭 내가 잘 쳐서 이긴 것 같다니까요."

워린은 치열한 접전을 전개한 다음 교묘하게 져 주었다. 그러나 시합 도중에 나타난 듀크로 씨가 점수를 관리하겠다고 자청하더니 루와 심한 언쟁이 벌어져서 모두가 나서서 중재해야 했다. 마르땅 양은 기쁘게 루의 귓바퀴에 키스했다.

"저 노인 말이에요." 워린이 속삭였다. "저 턱수염 난 노인한테는 못 당합니다. 러시아식 당구를 칠 때 점수를 속이는 것은 보았습니다마는 설마 남의 탁구 점수까지 속일 줄은 정말 몰랐습니다. 내 계산대로라면 틀림없이 5점차가 나야 하는데 결국 2점차밖에 나지 않았지만, 아마 게임을 계속했더라면 내가 이기고 말았을 겁니다. 정말이지 절도광의 오기라고나 해야겠죠."

"그런데 영국인 소령 부부는 어디 있을까요? 왜 탁구 치러 오지 않을까요? 그 소령이라면 좋은 상대가 될 텐데."

방금 비난의 표적이 된 주인공이 농담처럼 물었다.

"바보 같은 늙은이군!" 메리 스켈튼이 말했다.

듀크로 씨는 멍청히 그녀를 보고 웃었다.

"메리, 말 조심해! 알아들을지도 모르지 않아." 워린이 말했다.

마르땅 양은 두 사람이 영어로 떠들고 있는 것을 가까스로 알아차린 듯, 루를 향해서 "오케이"라든가 "하우 두 유 두?"라고 말한 다음 왈칵 웃어젖혔다. 루가 그녀의 목덜미에 키스했다. 남매의 대화를 아무도 알지 못한 것이 분명했다. 듀크로 씨는 나를 붙잡고 바닷가 사건을 말하기 시작했다.

"그 쌀쌀맞은 군인이 그토록 열렬한 애정을 가슴에 품고 있었다는 것은 누구도 생각하지 못했을 것입니다. 그렇지만 영국 군인이란 그런 것입니다. 외모가 냉정하고 사무적이니까 영국인이라면 언제나 일뿐이라고 생각합니다만, 그들의 가슴에 어떤 정열의 불이 이글거리고 있는지는 아무도 알 수 없는 것입니다." 그는 얼굴을 찡그렸다. "나도 세상 사람들을 많이 상대해 봤지만, 미국인과 영국인은 알 수 없습니다. 그들에게는 어딘가 알 수 없는 점이 있습니다." 그는 턱수염을 어루만졌다. "멋진 일격이었습니다. 그리고 그에 걸맞는 이탈리아인의 비명이었죠. 턱에 명중했고 이탈리아 인은 돌처럼 날아갔습니다."

"맞은 곳은 배라고 들었는데요?"

그는 날카롭게 나를 노려보았다.

"그 다음이 턱입니다. 그 다음이라고요. 두 대째가 멋졌단 말입니다!"

귀를 기울이고 있던 루가 끼어들었다.

"한 번도 때리지는 않았어요." 그는 힘주어 말했다. "영국인 소령은 유도를 사용한 것입니다. 나는 자세히 보았어요. 유도를 잘 알고 있으니까요."

듀크로 씨는 코안경을 쓰고 불쾌한 얼굴을 했다.

"턱에 한 방 맞은 것입니다!" 듀크로 씨가 단호하게 말했다.

루는 이건 억지라고 말하며 두 손을 허리에 올렸다. 눈을 부릅뜨고 얼굴을 찡그렸다.

"당신은 볼 수 없습니다." 그는 거칠게 말한 다음 마르땅 양을 보았다. "그렇지? 당신은 보았지? 당신 눈은 건강해서 이 늙은이처럼 잘 안 보이는 코안경 따위는 걸고 있지 않으니까. 확실히 유도였지, 그렇지?"

"네, 그랬어요." 그녀는 루에게 키스했다.

"그것 봐요, 어떻소!" 루는 조롱했다.

"틀림없이 턱에 한 방이오!"

듀크로 씨의 코안경이 분노로 떨고 있었다.

"흥!" 루는 경멸하듯 말했다. "한번 보시오!"

그는 갑자기 내 왼손을 잡아끌었다. 나는 본능적으로 몸을 당겼다. 그 순간 몸이 쓰러지려고 했다. 루는 다른 한쪽 팔로 내 몸을 받쳤다. 그의 손에는 놀랄만한 힘이 넘쳐흘렀다. 마르기는 했으나 강인한 신체가 긴장되어 굳어지는 것을 알았다. 나는 원상태로 서 있었다.

"어떻소?" 그는 뽐내듯 말했다. "유도였소. 그것도 극히 간단한 기술이었소. 영국 소령이 요트의 사나이에게 하듯 이 사람에게도 할 수 있습니다."

듀크로 씨는 불쾌한 표정으로 가슴을 펴고 나와 정중하게 인사했다.

"재미있는 시범이었습니다. 그러나 무익한 일입니다. 내 눈은 무엇이나 잘 보이고, 분명히 턱에 한 방이었어요."

그는 다시 인사한 다음 지체 없이 호텔로 걸어갔다. 루는 그 뒷모습에 조소를 퍼붓고는 딱 하고 손가락을 튕겼다.

"얼빠진 늙은이 같으니!" 그는 경멸에 찬 말을 했다. "저 자가 거짓말을 할 때 모른 체해줬더니 우릴 영 바보로 알고 있어요."

나는 애매하게 웃었다. 마르땅 양은 논쟁을 해결한 연인의 솜씨를 칭찬했다. 스켈튼 남매는 탁구를 시작했다. 나는 어정거리며 테라스

밑으로 걸어갔다. 나무 사이 깜깜한 어둠 속에서 두 사람의 그림자가 난간에 기대 서 있는 것이 보였다. 소령과 부인이었다. 오솔길을 밟는 발소리가 들리자 소령은 뒤돌아보았다. 부인에게 가만히 말하는 소령의 목소리가 들리고, 이내 두 사람은 자리를 떴다. 나는 잠시 멈춰서서 멀어져 가는 발소리에 귀를 기울였다. 내가 지금까지 그들이 서 있던 곳으로 가려고 할 때, 나무 옆 어둠 속에서 담뱃불이 보였다. 나는 그곳으로 발걸음을 돌렸다.

"안녕하십니까, 하인버거 씨."

"안녕하세요?"

"러시아식 당구라도 치시겠습니까?"

그는 의자 다리에 파이프를 떨었다. 불빛이 튀었다가 꺼졌다.

"사양하겠습니다."

웬일인지 내 심장의 고동이 빨라졌다. 여러 가지 말이 목구멍까지 치밀었다. 나는 지금 이 자리에서 이 사나이에 대한 모든 의혹을 털어 놓고 싶은 주체할 수 없는 욕망을 느꼈다. 지금 이 어둠 속에 앉아 있는, 모습을 드러내지 않는 스파이를 마음껏 비난해 주고 싶었다. 도적놈! 스파이! 라고 욕해 주고 싶었다. 내 몸은 떨고 있었다. 나는 입을 벌려 입술을 축였다. 그때 성냥을 긋는 소리가 나고, 불꽃이 피어올랐다. 노란 불빛 속에 그의 야위고 찌푸린 얼굴이 묘하게 인상적이었다.

그는 성냥을 파이프에 대고 빨아들였다. 성냥불은 두 차례 깜박거리다가 꺼졌다. 둥근 담뱃불이 그의 손짓에 따라 움직였다.

"왜 앉지 않소, 바다시 씨? 의자는 거기 있습니다."

옳은 말이다. 나는 바보처럼 멍청하게 그를 보면서 서 있었던 것이다. 질주하는 자동차를 간신히 피한 듯한 기분, 더욱이 살아날 수 있었던 것은 모두 상대방 운전수가 노련했기 때문인 듯한 그런 기분으로 나는 의자에 앉았다. 무슨 말을 하고 싶어도 화제가 부족했기 때문에 나는 바닷가에서 일어난 영국인 부부의 이야기를 들었느냐고 물었다.

"들었습니다." 그는 짤막하게 대답했다. "그 영국인은 머리가 이상하다더군요."

"사실이라고 생각합니까?"

"아니, 그렇게만 생각할 수는 없을 겁니다. 중요한 것은 그 사나이가 얼마나 충격을 받았느냐는 것입니다. 미친 사람도 자극을 받지 않으면 폭력을 행사하지는 않으니까요." 그는 잠시 멈추었다가 계속했다. "폭력이란 참으로 묘한 것입니다. 정상적인 사람의 마음속에는 폭력에 호소하고픈 마음을 억제하려는 대단히 복잡한 메커니즘이 있습니다. 그러나 그 힘은, 문화에 따라 변화합니다. 아무래도 동양인에 비해서 서양 사람은 그 힘이 부족한 듯합니다. 물론 전쟁에 한정된 얘기가 아닙니다. 전쟁에는 따로 여러 가지 요인이 작용하니까요. 내 말을 입증할 수 있는 좋은 예는 인도입니다. 영국령 인도에서는 영국 장교를 암살하려는 기도가 상당히 많은데도 이상하게 대부분 실패로 돌아가고 맙니다. 이는 인도인들의 사격 솜씨가 좋지 않은 때문이 아니라 결정적인 순간에 폭력을 기피하는 본능으로 암살자의 수족이 마비된 것 같이 움직일 수 없게 되는 것입니다. 나는 이전에 벵골의 공산주의자와 이 문제에 대해서 말한 일이 있는데, 그 사나이는 이렇게 말했습니다. 힌두교도는 증오심에 불타 압제자인 지방 관리를 죽이려고 성능 좋은 권총을 들고 달려나간다. 암살자는 적당한 곳에 비밀리에 몸을 숨긴다. 이윽고 찬스가 도래한다. 목표물이 다가오고 총구는 서서히 올라간다. 그러나 정작 이때가 되면 인도인은 대개 주저하고 만다. 그의 눈에는 증오하던 압제자 대신 한 인간이 보이기 때문이다. 그의 겨냥은 실패로 돌아가고, 그는 호위병들에게 사살된다. 그렇지만 독일이나 프랑스, 영국인들이 그만한 증오심을 갖는다면 가차없이 방아쇠를 당겨 정확하게 명중시킬 것입니다."

"그렇다면 어떤 증오 때문에 소령은 이탈리아 인을 때렸다고 생각합니까?"

"물론," 그는 약간 피로한 듯 말했다. "그 사나이가 마음에 들지 않았기 때문일 것입니다." 그는 일어섰다. "죄송합니다, 급히 써야 할 편지가 있어서 그만 실례하겠습니다."

그는 돌아갔다. 나는 잠시 의자에 앉아 생각했다. 소령이 아니라 시믈러가 말한 인도인에 대해서였다.

'그의 눈에는 증오하던 압제자 대신 한 인간이 보이기 때문이다.'

나는 인도인에게 동정을 느꼈다. 가슴이 아팠다. 그 자신이 호위병들에게 사살되고 마니까. 그 한 마디 속에 모든 것이 포함되어 있지 않은가! 주춤하면 죽음을 당한다. 아니, 머뭇거리든 말든 죽음을 당하는 것인가? 그래, 죽을 것이다. 선이 이기는 것도 악이 이기는 것도 아니다. 선과 악, 이 둘은 서로 파괴하고 새로운 선과 악을 낳는다. 그리고 싸움은 계속되는 것이다. 근본적인 모순이다.

'모순은 모든 운동과 힘의 근원이다.'

아, 이것은 시믈러가 한 말이다. 나는 어둠 속에서 얼굴을 찌푸렸다. 시믈러의 행동에 좀더 주의했더라면, 무엇인가 잡을 수 있었는지도 모르는데…….

나는 호텔로 걸어갔다. 도서실에는 아무도 없었다. 시믈러의 '급히 써야 할 편지'란 어떤 것일까? 응접실을 지나갈 때 시트를 한 아름 안은 게헤 부인과 마주쳤다.

"수고가 많으십니다." 나는 말했다.

"안녕하세요, 혹시 우리집 양반을 만나셨나요? 아니, 만나지 않았나요? 그렇다면 탁구 치러 간 게 틀림없군요. 매일 팔자 좋게 놀고먹는 자가 있는가 하면, 그늘에서 억척같이 일하는 노예 같은 사람도 있군요. 그래도 누군가 일하지 않으면 안 되겠지요. 레제르브 호텔에서는 그것이 여자 일로 되어 있어요."

게헤 부인은 떠들더니 서둘러서 이층으로 올라갔다.

나는 아무도 없는 응접실을 지나 위쪽 테라스로 갔다.

듀크로 씨가 난간 옆 테이블에 앉아서 페르노를 마시면서 담배를 피우고 있었다. 그는 나를 보자 일어나서 머리를 숙였다.

"아! 조금 전에는 무례하게 와 버려 면목 없습니다. 그렇지만 모욕을 받고 그대로 있을 수는 없으니까요."

"네에, 당신 기분은 잘 알고 있습니다."

그는 다시 머리를 숙였다.

"무엇을 좀 마시겠습니까? 나는 페르노를 마시고 있습니다."

"고맙습니다. 그럼 벨모트 시트론을 들겠습니다."

그는 보이를 부르는 벨을 누르면서 내게 담배를 권했다. 나는 그것을 받았다.

"나는 나이는 들었으나," 그는 글라스에 물을 따르면서 말했다. "자존심이 강한 사람입니다. 무섭도록 강하지요." 그는 여기서 입을 다물고, 얼음덩이를 또 하나 넣었다. 나는 나이가 든 것과 자존심이 강한 것이 어째서 모순이 되는지 잘 알 수 없었다. 내가 그 이유를 묻기 전에 그가 말을 계속했다. "나는 나이는 들었으나," 그는 같은 말을 되풀이했다. "루란 사나이를 때려 눕히고 싶었소. 그렇지만 부인들이 있어서 참았습니다. 그렇지 않았다면,"

"가장 품위 있는 행동을 취했습니다."

나는 그를 칭찬해 주었다.

듀크로 씨는 턱수염을 쓰다듬었다.

"당신이 그렇게 생각해 준다니 기쁘군요. 그러나 자존심 강한 사람이 그런 경우에 감정을 억제한다는 것은 어려운 일입니다. 나는 학생 시절에 결투한 일이 있습니다. 토론 끝에 상대를 구타했더니 결투를 요청해 왔습니다. 친구들이 준비해 주어서 우리들은 싸웠습니다."

듀크로 씨는 추억에 젖듯 한숨을 쉬었다. "11월의 몹시 추운 날 아침이었습니다. 손이 파래지고 감각이 없어질 만큼 추웠습니다. 묘한 것은 그런 사소한 일이 머리에 남는다는 것입니다. 어차피 둘 다 돈이 없으니 결투장까지는 걸어가자고 하더군요. 그러나 나는 마차를 빌리자고 고집을 세웠습니다. 만일 내가 죽는다면 무엇이 어떻게 되든 내 알 바가 아니고, 죽지 않는다면 기뻐서 마차 비용 같은 것은 문제도 아닐 테니까요. 결국 우리는 마차로 갔습니다. 그래도 얼어붙은 손만은 어쩔 수가 없었습니다. 두 손을 호주머니에 넣어도 풀리지 않아서 겨드랑 밑에 넣는 것도 생각해 보았습니다만, 그런 일로 등을 굽혀 보이면 무서워서 그런다고 느낄 것 같아서 그럴 수도 없었습니다. 엉덩이 밑에 넣어 보았습니다만, 의자 가죽은 번들번들해서 더 싸늘해지는 것 같았습니다. 왜 그런지 아십니까?"

나는 고개를 흔들었다. 코안경 속에서 그의 눈이 빛났다.

"정확하게 상대를 명중시킬 수 있을까 하는 생각 때문이었지요. 그리고 상대방 손도 나처럼 얼어 있다 해도 운 좋게 나를 명중시킬지도 모른다는 생각 때문이었습니다."

나는 미소 지으며 "그래서 결국은 잘 되었다는 것입니까?"

"그렇습니다. 참으로 잘 되었지요! 둘 다 잘못 쏘았습니다. 그것도 그냥 잘못 쏜 것이 아니라 잘못했으면 입회인이 맞을 뻔했지요."
그는 킥킥 웃었다. "그 후 우리들은 몇 차례나 그 일로 웃었습니다. 그 사나이는 지금 내 공장 옆에서, 딴 공장을 경영하고 있습니다. 종업원이 5백 명이나 되지요. 내 공장엔 7백 30명. 그는 기계를 만들고, 나는 포장 상자를 만들고 있습니다."

보이가 왔다.

"이분에게 벨모트 시트론을."

나는 머리를 갸우뚱했다. 누군가, 스켈튼이 아니면 소령 같은데 듀크로 씨는 통조림 공장을 갖고 있다고 했는데? 아마 내가 잘못 들었겠지.

"요즘은 불경기입니다." 듀크로는 계속 했다. "임금이 오르니 물가가 오르지요. 그러다 물가가 떨어집니다. 그런데도 임금은 계속 올라갈 생각만 하는 거지요. 그러나 나로서는 임금을 내리지 않으면 안 된다오. 그럼 어떻게 되는가? 우리 공장 종업원들은 파업을 한다오. 그들 중에는 오랜 세월 나와 같이 일해 온 자도 있습니다. 나는 이름도 알고 있고, 공장을 순시할 때는 내가 먼저 인사도 합니다. 그러나 공산주의 선동자들이 그들 사이에 끼어들어 나에게 반항하도록 사주했던 것입니다. 결국 종업원들은 파업을 했지요. 그때 나는 어떻게 했겠습니까?"

보이가 내게 마실 것을 가져왔기 때문에 굳이 대답하지 않아도 되었다.

"나는 어떻게 했는가? 앉아서 곰곰이 생각했습니다. 왜 직원들이 나에게 반항하게 되었는가? 왜 그럴까? 대답은 '무지'였습니다. 가엾게도 그들은 몰랐던 것입니다. 그래서 나는 그들을 모아 놓고 간단한 진리를 알려 주었습니다. 내가, 마음씨 좋은 이 듀크로 사장이 설명해 주었습니다. 용기가 필요했습니다. 젊은이들은 나이든 사람같이 나를 이해하고 있는 것도 아니고, 선동자들은 교묘하게 활동하고 있었으니까요."

듀크로 씨는 페르노를 한 모금 마셨다.

"나는 대결했습니다. 공장 층계 위에 서서 그들과 마주 보았습니다. 떠드는 것을 제지하기 위해 한쪽 손을 올렸습니다. 모두 조용해졌습니다. '여러분, 여러분은 임금 인상을 바라고 있습니다.' 이 말을 하자 환성이 터졌습니다. 나는 다시 손을 들고 그들을 진정시킨 다음 말을 계속했습니다. '그러나 여러분, 들어 주시오. 만일, 내가 여러분의 임금을 인상한다면 어떻게 되는지 설명하고 싶습니다. 그 설명을 듣고 여러분이 취할 길을 선택하는 것이 좋을 겁니다.' 일제히 수군거리는 소리가 들리고, 이윽고 조용해졌습니다. 나는 속으로 힘이 솟는 것을 느꼈습니다. 그래서 이야기를 계속했습니다. '물가는 떨어졌고 계속 떨어지고 있습니다. 만일 내가 여러분의 임금을 인상한다면, 듀크로의 제품은 경쟁사보다 가격이 비싸지겠지요. 그렇게 되면 주문이 없을 것입니다. 그로 인해서 여러분 중 많은 사람은 실직하게 될 것입니다. 그래도 좋소?'

이내 '싫소!' 하는 고함소리가 일어났습니다. 몇 사람의 선동자들은 예의 무지함을 드러내며 이윤을 낮추라고 요구했습니다. 그러나 투자에는 이윤이 따르지 않으면 안 된다는 것과, 이윤이 없으면 사업은 걷어치워야 한다는 것을 저능한 그들에게 어떻게 설명하겠습니까? 때문에 그들이 떠드는 것은 무시했습니다. 그리고 내가 얼마나 그들에게 애정을 갖고 있으며 그들의 행복에 책임을 갖고 있는지, 또 얼마나 여러분을 위해서 전력을 쏟고 있는지, 그리고 우리는 프랑스를 위해서 어떻게 협력해야 하는가를 설명했던 것입니다. '우리는 공익을 위해서 희생하지 않으면 안 된다.' 나는 모두에게 용기를 갖고, 지금보다 더 열심히 일해 줄 각오로 임금 인상을 철회해 줄 것을 호소했습니다. 말을 끝내자 나는 갈채를 받았고, 나이든 종업원들이 의견을 모아서 일터로 돌아가기로 되었습니다. 감격적인 순간이었습니다. 나는 나도 모르게 기쁨의 눈물을 흘렸던 것입니다." 코안경 속에서 그의 눈이 반짝거리며 빛났다.

"확실히 감격적인 순간이었을 것입니다." 나는 아낌없이 동감했다. "그렇지만 그렇게 단순한 것일까요? 임금이 낮아지면 소비액이 적어지니까 따라서 물가도 내려가지 않을까요?"

듀크로는 어깨를 으쓱했다.

"그건 말입니다." 그는 애매하게 대답했다.

"일정한 경제 법칙이 있어서 인간이 그것을 변화시키려고 하는 것은 바보짓입니다. 임금이 자연 수준 이상으로 올라가면, 그 공식의 미묘한 균형이 허물어지게 됩니다. 그러나 이런 이야기로 당신을 싫증나게 할 필요는 없겠지요. 공장에서는 기민하고 결단력 있는 유능한 실업가지만, 지금은 휴가 중이니까요. 이 순간은 무거운 책임을 어깨에서 내려놓고 있습니다. 별을 보며 머리의 피곤을 풀 수 있다면 만족하게 생각합니다."

듀크로는 머리를 젖히고 별을 보았다.

"아름답군!" 그는 감탄한 듯 말했다. "멋있소. 정말 별이 많구료! 그저 놀라울 뿐이오."

그는 다시 나를 보았다.

"나는 미에 대해서 몹시 민감합니다." 그는 이렇게 말하고 시선을 자기 글라스로 돌린 다음 얼음을 약간 넣고 단번에 마셨다. 그리고 시계를 보면서 일어났다.

"벌써 열 시 반입니다. 이젠 나이가 들었군요. 덕택에 말을 많이 했습니다. 그만 돌아가서 자야겠습니다. 그럼, 쉬십시오."

그는 인사를 하고 내 손을 잡은 다음 안경을 벗어서 호주머니에 넣고, 약간 비틀거리며 방으로 들어갔다. 그 모습을 보고, 나는 듀크로 씨가 오늘 밤 마신 것은 페르노 한 잔뿐이 아닐 것이라고 생각했다.

그로부터 얼마 동안 나는 응접실에 앉아서 2주 전에 나온 〈그랑골〉지를 읽고 있었다. 얼마 후 그것도 싫증이 나서 미국인 남매를 찾아 정원으로 나갔다.

 탁구대 옆에는 아무도 없었고, 휘황한 전등이 탁구대 위를 비치고 있었다. 두 개의 매트가 십자로 놓여 있고, 그 사이에 흰 공이 보였다. 나는 그 공을 집어 굴려보았다. 공은 깨질 듯한 소리를 냈다. 공을 제자리에 놓았을 때, 가까운 곳에서 발자국 소리가 들려 왔다. 나는 누군가 뒤돌아보았다. 탁구대 주변은 밝은 곳에서 조금만 벗어나도 캄캄했다. 누가 있다 해도 모습이 보일 리 없었다. 나는 귀를 기울였다. 그러나 아무 소리도 들리지 않았다. 누군지 벌써 가버린 것 같았다. 나는 아래 쪽 정자로 가기로 했다.

 숲을 헤치고 오솔길을 나오면 내리막길이었다. 나는 층계 옆에까지 걸어왔다. 삼목나무의 숲 사이로 검푸른 하늘에 별빛이 가늘게 보였다. 그때였다.

 왼쪽 덩굴에서 바삭 하는 소리가 났다. 나는 뒤돌아보려고 했다. 그 순간 무엇인가 내 머리 뒤에 힘있게 명중했다. 진실로 의식을 잃어 버렸다고 생각되지 않았다. 그러나 확실하게 알 수 있는 일은 길에서 반쯤 떨어져 엎어져 넘어졌던 것과, 무엇인가 강한 힘이 두 어깨를 땅 위에 내리누르고 있다는 것뿐이었다. 눈에서 불꽃이 튀어 나오고 귀가 윙윙 울렸다. 그 울림 저쪽에서 누군가의 급한 숨소리가 들려 왔고, 두 개의 손이 황급히 내 호주머니를 뒤지는 것을 느꼈다.

 멍해진 내 머리가 이러한 것들을 깨닫기도 전에 모든 것은 이미 끝나 있었다. 어깨의 압력이 약해지고 오솔길을 밟는 구두 소리가 멀어지면서, 이윽고 정적이 찾아왔다.

 수분 동안 나는 그대로 엎드린 채 두 손으로 얼굴을 감싸고 있었다. 참을 수 없는 심한 통증이 파도처럼 머리 속에 엄습해 왔기 때문이다. 한참 후 두통이 가라앉을 무렵 나는 간신히 일어나서 성냥을 켰다. 내 지갑이 열린 채로 땅 위에 흩어져 있었다. 적지않은 돈이 들어 있었는데 모두 그대로였다.

나는 호텔 쪽으로 걷기 시작했다. 머리가 어지러워서 통증이 멎을 때까지 두 차례나 서 있어야 했다. 나는 아무도 만나지 않고 혼자 힘으로 내 방까지 갔다. 그리고는 한숨을 쉬면서 침대 위에 풀썩 쓰러졌다. 부드러운 베개를 머리에 댈 수 있다는 안도감보다 고통이 더 컸다.

나중에 뇌진탕이라도 일어났는지 피로에 지쳤는지, 어떻든 나는 1분도 지나지 않아 잠이 든 모양이었다. 마지막 기억이 흐릿한 점으로 보아 틀림없이 뇌진탕을 일으켰을 것이다.

"잊어서는 안 돼." 나는 몇 번이고 자신에게 말했다.

"베건에게 그랜든 하드리 부인이 이탈리아 인이라고 알려 주어야 해."

10

그로부터 24시간을 상기한다는 것은 마치 오페라글라스를 거꾸로 들고 무대를 보는 것 같았다. 인물은 움직이고 있으나 너무 작아서 식별할 수 없다. 오페라글라스를 한 바퀴 돌려서 바로 보지 않으면 안 된다. 그러나 그렇게 하고 보니 이번에는 윤곽이 흐려졌다.

때문에 확실하게 보기 위해서는 무대를 일부분씩 볼 수밖에 없다.

나중에 돌이켜보면 지나간 의문쯤 쉽사리 해결되는 것처럼, 그때 나는 평형감각을 완전히 상실해 버렸던 모양이다.

그렇지만 다음날 내가 거의 현실을 잊어버리지 않고 있었던 것은 실로 기적이라 할 만했다. 전혀 과장없이 표현해도 환상적인 하루였는데, 그 최초의 환상을 가져다 준 이는 다름아닌 그랜든 하드리 소령이었다.

내가 꽤 늦게 아침밥을 먹으러 가니 테라스에는 포겔 부부만 남아 있었다. 나의 후두부에는 대포알만한 혹이 솟아 있었다. 통증은 심하지 않았으나 몹시 예민해져서 발꿈치가 땅에 닿을 때마다 쿡쿡 쑤셨다.

나는 몹시 조심스럽게 테라스로 나가 자리에 앉았다. 포겔 부부는 마침 일어서려고 했다. 그는 나를 보고 빙긋 웃으면서 가까이 왔다. 우리들은 아침 인사를 교환했다. 그런 다음 포겔 씨가 그날의 제1탄을 발사했다.

"들으셨습니까? 소령 부부는 출발하는 것 같습니다."

내 머리는 지끈지끈 쑤셨다. "언제?"

"글쎄, 그것은 모르겠습니다. 듀크로 씨로부터 들은 이야기인데, 그분은 훌륭한 소식통입니다. 현명한 일이지요, 어제 사건 이후로 여러 가지 난처한 일이 있을 것이니까요. 그런데 오늘은 바다에 가시는가 보죠?" 그는 윙크를 던졌다. "미국인 처녀는 벌써 나가 있더군요."

나는 서너 마디 애매한 답변을 했고 그들 부부는 곧 자리에서 일어났다. 드디어 내가 두려워하는 일이 일어나고 말았다. 애초에 그랜든 하드리 소령이 스파이라는 가능성은 조금도 없었다. 너무 바보스러우니까. 그렇지만 그랜든 하드리 부인이 이탈리아 인이라는 사실이 있지 않은가! 내 마음 속에는 경찰서장실이 떠올랐다. 베건은 이탈리아 인을 알고 있지 않느냐고 집요하게 따지지 않았던가. 아니, 그럴리는 없다. 그러나……

해야 할 일은 한 가지뿐이다. 곧 베건에게 전화를 거는 것이다. 나는 단숨에 커피를 마신 다음, 응접실과 현관을 지나 차도로 나왔다. 그 길을 절반도 가기 전에 정원과 잇닿는 나무숲에서 나를 향해 가까이 오는 그림자가 있었다. 소령이었다. 그는 나더러 기다려달라고 부지런히 손짓을 하였다.

"바다시 씨, 조금 전부터 찾아다녔습니다."

말소리가 들릴 만한 거리까지 다가온 소령은 그렇게 말하면서 나를 가로막았다. 내가 걸음을 멈추자 그는 바짝 붙어서서 남의 눈을 피하듯 낮은 소리로 말했다.

"지금 바쁜 일이 없다면 조용히 이야기하고 싶은데요."

솔직하게 말한다면, 그때 나는 소령이 드디어 자기가 스파이라는 것을 자백할 계획이라고 어설픈 짐작을 했다. 나는 약간 주저하다가 예의상 고개를 끄덕였다.

"좋습니다, 소령님. 뭣이라도 괜찮습니다."

소령은 아무 말없이 호텔로 돌아와서 도서실로 들어갔다. 그는 의자를 끌어당기면서 변명하듯 말했다. "정말 딱딱한 의자군요. 하긴 응접실보다는 조금 낫지만."

이 말은 진심이 아니었다. 소령이 도서실을 택한 것은 어느 때나 사람이 없기 때문이었을 것이다. 우리는 의자에 앉았다.

"미안합니다. 내가 담배를 피우지 않기 때문에 그것도 권하지 못합니다."

소령은 가엾을 정도로 주저하고 있었다. 나는 내 담배를 꺼내서 불을 붙였다. 그는 의자에서 몸을 내밀 듯이 하고 손을 쥐었다 폈다 했다. 그 눈은 마루를 뚫어지게 보고 있었다.

"바다시 씨." 그는 돌연 입을 열었다.

"내가 당신과 말하고 싶은 것은 특별한 이유가 있기 때문입니다."

그는 입을 다물었다. 나는 담배 끝을 보면서 기다렸다. 침묵이 계속되면서 벽난로 위의 시계가 똑딱거리는 소리가 들렸다.

"어제 오후, 당신은 바닷가에 나오지 않았던 것 같은데요?"

그는 뜻밖의 질문을 했다.

"네."

"역시 그랬군요, 어쩐지 보이지 않았으니까요."

그는 말을 고르듯이 입을 다물었다. "아마 당신도 바닷가에서 일어난 일을 들으셨겠지요? 순간적으로 쿡 치밀었어요, 몹시 불쾌했습니다."

"그 일이라면 약간 들었습니다."

"그러리라 생각했습니다. 소문이 안 날 리가 없으니까요."

그는 또 입을 다물었다.

나는 언제쯤 요점을 말할 것인가 하고 생각해 보았다.

갑자기 소령은 얼굴을 들고 내 눈을 들여다보았다.

"내가 미쳤다고 말했겠지요? 자기 행동에 책임질 수 없는 인간이라고?"

이 질문은 완전히 나의 허점을 찔렀다. 나는 무엇이라고 대답해야 할지 몰랐다. 얼굴이 뜨거워졌다.

"무슨 말씀이신지?"

소령은 희미하게 웃었다.

"갑자기 이런 말을 꺼내서 몹시 미안합니다. 그러나 내 입장을 알려 두려고 했습니다. 대답이 '예스'라는 것은 당신 표정으로 알았습니다. 내가 당신과 말하고 싶은 것은 그 점입니다. 그리고 다소 딴 일도……."

"아, 그렇습니까?" 나는 마치 미친 놈 취급받는 이유를 설명하려는 인간이라면 이미 많이 보기라도 한 것처럼 예사롭게 넘기려고 했다. 그러나 그는 내 대답을 듣고 있지 않았다.

"생판 남에게, 겨우 만났을 뿐인 사람에게 개인적인 사정을 얘기하여 기분 전환을 하려는 것이 예의에 어긋난다는 것은 잘 알고 있습니다만, 나에게는 그만한 이유가 있습니다. 바다시 씨, 이 호텔에서 이야기할 수 있는 사람은 당신뿐입니다."

그는 침울하게 나를 보았다. "부디 불쾌하게 생각지 마십시오."

나는 대체 무슨 일인가 하고 생각하면서 "괜찮습니다"라고 대답했다.

"고맙습니다." 그는 말을 시작했다. "아무튼 그 외국인들이란," 그는 그렇게 말하더니 서툰 대사라고 생각한 듯 입을 다물었다.

"바다시 씨, 실은 우리 집사람 때문입니다."

그런 다음 다시 입을 다물었다.

나는 초조해졌다.

"아무튼 저는 걱정 말고 하고 싶은 말을 털어 놓으십시오. 나는 아직 무슨 말인지 짐작할 수가 없으니까요."

소령은 얼굴을 붉히며 군인다운 자세를 취했다.

"옳습니다. 빙빙 돌려 보았자 쓸모없는 일입니다. 아무 이유가 없다면 여기서 당신 시간을 낭비하게 할 필요는 없겠지요. 좋습니다, 자초지종 모두 말하겠습니다. 그래야 당신도 판단할 수 있고, 어떻든 쓸데없는 오해는 받고 싶지 않으니까요." 그는 주먹을 쥔 한쪽 손을 다른 한손에 대고 가볍게 치기 시작했다. "자초지종을 말하지요." 그는 되풀이했다.

"내가 처음 처를 만난 것은 1918년 로마에서였습니다." 그는 여기까지 말한 다음 입을 다물었다. 다시 주저할 것인가 하고 마음을 조였으나 이내 말을 이었다.

"이탈리아 군이 카포렛에서 모두 무너져 삐아베 강을 넘어 퇴각한 직후였습니다. 나는 사단 참모로서 어떤 장군 밑에 배속되었습니다. 그 무렵, 영국과 프랑스 육군성은 이탈리아 전선에 대단한 관심을 갖고 있었습니다. 물론 대부분의 사람들은 오스트리아 군이 밀라노 주변의 공업 지대를 노릴 것이라고 생각했으나, 한편에서는 이런 소문도 꽤 유력했습니다. 즉 독일과 오스트리아 군 참모 본부가 그 정도의 목적을 위해서, 그만한 대군을 서부 전선에서 빼낼 수는 없다. 진짜 계획은 이탈리아 북부 평야를 경유해서 스위스 전선을 측면에서 포위하며 리용을 공략할 것이라는 겁니다. 일종의 '서부에 이르는 길'인 셈이지요." 그는 더듬거리는 독일어로 말했다.

"어떻든 영국과 프랑스는 이탈리아 전선이 모두 무너지지 않도록 무기와 병력을 투입했습니다. 그래서 소수의 영국 장교가 이탈리아에 파견되어 모든 준비를 하도록 되었습니다. 나는 먼저 피사로 갔습니다. 현지 철도는 몹시 혼란에 빠져 있었습니다. 물론 나에게는 철도에 대한 지식이 조금도 없었습니다마는 나와 동행한 사병 출신 장교는 민간인 시절 영국 철도국에서 얼마동안 일했던 경험이 있었습니다. 우리들은 힘을 모아 잘 처리했습니다. 그 후 1918년에 나는 로마로 전근되었습니다.

겨울에 로마에 간 일이 있습니까? 결코 나쁘지 않습니다. 당시 그곳에는 상당히 큰 영국인 거주지가 있었습니다. 주민의 대부분이 군인으로 이탈리아 인들과 친하게 지내는 것도 우리 임무의 하나였습니다. 그들을 매수해서 감화시키는 것은 뜻 있는 일이었습니다. 아다시피 이탈리아 군 기병 장교 중에는 솜씨 있는 기병수도 있지만 다소 괴팍한 무리들도 있었고 말도 거친 편이었으니까. 어느 날 나는 이런 무리들과 함께 기분 좋게 말을 달렸습니다. 그때 그들은 나 같으면 그랜드 내셔널(영국 리버풀 시에서 매년 봄에 열리는 장애물 경마)의 우승마를 탄다 해도 할 수 없는 점프를 말에게 시켰습니다. 내 말도 이내 그 뒤를 따라 뛰려고 했습니다. 그 순간 나는 말에서 떨어져 한쪽 발과 늑골이 두 대나 부러졌습니다.

그때까지 나는 호텔에서 살고 있었으나 돌봐줄 사람이 없어 병원에 들어가게 되었습니다. 그러나 그 무렵은 북부에서 충돌이 일어나 현지의 야전 병원에서 새로운 희생자를 수용하기 위해 부상자들을 화차에 실어 로마로 후송하고 있었습니다. 그 때문에 내가 수용된 병원도 초만원이 되어 침대조차 부족한 절망적인 사태에 직면했습니다. 그때 나는 안면이 있는 이탈리아 군 참모 장교에게 도움을 청해 로마 교외에서 조금 들어간 곳에 있는 큰 별장으로 옮기게 되었습니다. 그것은 회복기의 장교들을 자진해서 간호하는 어떤 가정이었습니다. 그 일가는 스타렛디라는 이름이었습니다."

소령은 잠깐 나를 보았다. "대체 이 이야기가 어제 오후의 일과 어떤 관계가 있느냐고 생각하겠지요?"

사실 나는 그가 짐작하는 것 이상으로 의아해하고 있었다. 도대체 바닷가 사건이 나와 무슨 관계가 있는가? 그러나 나는 고개만 끄덕였다.

"곧 알게 됩니다."

소령은 이렇게 말한 다음, 손이 가려운지 긁기 시작했다.

"스타렛디가 사람들은 묘한 가족이었습니다. 적어도 나는 그렇게 보았습니다. 어머니는 이미 죽었고, 나이 많은 아버지와 자녀들——마리아와 세라피나라는 두 딸과 바치스타라는 아들——이 있을 뿐이었습니다. 마리아는 25세 정도, 세라피나는 두 살 아래, 바치스타는 32세, 부친인 스타렛디는 텁수룩한 흰 머리의 야윈 사람이었습니다. 나이는 70세. 스타렛디 씨는 로마의 거물 은행가로 부호였습니다. 하지만 자기를 어떻게 생각하는지도 모르고 무작정 낯선 사람집에서 몇 주간이고 계속 지낼 수는 없는 법입니다. 나는 발과 늑골을 붕대로 감은 채 대부분의 시간을 매일 정원에서 보냈습니다. 가족들은 자주 내가 있는 곳으로 와서 이야기를 해 주었습니다. 그러나 스타렛디만은 예외였습니다. 그는 언제나 은행 사무실에 있든가 장관들을 만나야 했으니까요. 당시 로마에서는 대단한 인물이었습니다. 마리아는 자주 와 주었고, 세라피나도 때때로 나타났습니다. 그런데 세라피나는 나를 이 집으로 데려온 이탈리아인 이야기만 했습니다. 두 사람은 결혼하기로 되어 있었습니다. 바치스타도 얼굴을 보이기 시작했습니다.

바치스타는 부친을 미워했고, 부친 역시 그를 그다지 좋아하지 않았습니다. 부자 사이가 좋지 않은 큰 원인은 바치스타에게 심장병이 있어서 군인이 되지 못한 것 때문이었습니다. 노인은 오스트리아 군을 분쇄하는 데 대단히 열중하고 있었습니다. 바치스타는 아버지가 일만 시키고 돈도 여유 있게 주지 않는다고 불평을 늘어놓으면서 유산을 받으면 무엇을 하겠다는 그런 이야기만 했습니다. 때때로 나는 그의 이야기에 조금 짜증이 났습니다. 이 무렵부터 피둥피둥 살까지 찌면서 비열한 그는 더욱 꼴보기 싫게 변해갔지요. 그러나 어쩌겠습니까? 난 그저 경치나 보는 수밖에 달리 도리가 없었어요. 사이프러스 나무만 듬성듬성 서 있을 뿐 밋밋하기 짝이 없는 평탄한 들판만 펼쳐졌지요. 그래도 나는 바치스타에게 한 가지는 탄복한 일이 있습니다. 그는 부친의 사업적인 재능을 이어받아 딴 사람보다 몇 발 앞을 내다보는 지혜를 갖고 있었습니다. 이것은 훗날 더욱 확실히 알게 되었습니다.

결국 이렇게 몇 주가 지났습니다. 마리아와 나는 사이가 매우 좋아졌습니다. 간호사와 환자의 사이가 아니었다는 말입니다. 진짜 간호사는 따로 있었습니다. 마리아는 언제나 방약무인하게 행동하는 이탈리아 장교들을 싫어했습니다. 누이동생과 같은 태도로 그들과 상대할 수 없었던 것입니다. 결국 마리아와 나는 전쟁이 끝나면 내가 이곳으로 와서 결혼하기로 약속했습니다. 우리들은 그 일을 아무에게도 말하지 않았습니다. 그러나 세라피나는 알아차린 것 같았습니다. 마리아가 가톨릭교도여서 결혼 문제가 어렵게 되었고, 준비가 될 때까지는 우리는 기다리기로 했습니다. 이윽고 봄이 되어 나는 다시 프랑스로 파견되었습니다.

8월에는 모든 것이 잘 되어 갔습니다. 그런데 그때 나는 독가스에 맞았습니다. 그러나 1919년 연말쯤 폐를 반쯤 회복하게 되자, 의사로부터 어디든지 따뜻하고 습기 없는 곳에서 살라는 권고를 받고 군대에서 나왔습니다. 나는 곧 로마로 왔습니다. 모두 반갑게 맞아 주었고, 마리아의 기쁨은 더 컸습니다. 2, 3주 후 우리는 약혼을 발표했습니다.

처음에는 모든 것이 멋있게만 생각되었습니다. 스타렛디 노인은 더욱 기뻐했습니다. 그는 내가 전쟁에 나가 고작 독가스나 맞고 팔다리를 하나도 잃지 않은 것이 유감스러운 듯했으나, 우리에게 땅을 주기로 약속했습니다. 결혼식 준비는 착착 진행되었고 그곳의 기후는 내 가슴에 놀랄 만한 효과를 가져다주었습니다. 그런데 그만 문제가 생겼습니다.

그 즈음 바치스타는 부친의 사업에서 꽤 중요한 위치를 차지하고 활동하고 있었는데, 어느 날 내게 와서 한 몫 벌어 보지 않겠느냐고 말했습니다. 그때 나는 더 자세한 말을 듣고 싶다고 했습니다. 이야기는 이탈리아 정부에서 남아도는 기관총을 싸게 사서 배로 시리아에 싣고 가 아랍인에게 6배로 팔아 한 몫 버는 사람들이 있다는 것이었습니다. 필요한 것은 기관총을 살만한 자본만 있으면 된다는 바치스타의 말이었습니다.

물론 나는 뛰어들었습니다. 바치스타는 자기는 달러로 1천 파운드 정도 있는데, 적어도 5천 파운드가 안 되면 곤란하다고 말했습니다. 나는 부족한 4천 파운드를 준비하기로 승낙했습니다. 그 돈은, 연금과 조카가 갖고 있는 토지에 대한 내 상속권을 분리한 것으로, 거의 전 재산이었습니다. 그러나 나는 4천 파운드를 6배로 만드는 생각에 들떠 있었습니다.

나는 장사에 대해서는 아무것도 모릅니다. 무엇이 무엇인지 전연 모릅니다. 나에게는 병정들과 총을 주면서 무엇을 해보라면 할 것입니다. 그러나 궤변을 늘어놓고 거래를 할 만한 재능은 없습니다. 그래서 그런 일은 모두 바치스타에게 맡겼습니다. 그가 현금이 아니면 안 된다고 해서 나는 현금을 준비했습니다. 바치스타가 사소한 일은 맡겠다고 해서 그렇게 하기로 했습니다. 그동안, 그가 이것저것 내놓은 서류에 서명도 했습니다. 나는 바보였는지도 모릅니다만 어차피 내 이탈리아 어 실력은 좋지 않아서 한 번 하기로 결심한 이상 전혀 의심하지 않았습니다.

  얼마 동안은 아무 일도 일어나지 않았습니다. 그러나 마침내 어느 날, 스타렛디 노인이 나를 불렀습니다. 내가 두 명의 사나이——그 이름은 내가 들은 적도 없었습니다——와 시리아로 가는 기관총 선적에 관한 계약을 맺고, 시리아에서 매매 대금의 25퍼센트를 지불한다는 보증서를 그들에게 주기로 했다는 말을 들었는데 어떻게 된 것이냐고 물었습니다. 나는 25퍼센트도 무엇도 모르지만, 기관총 출하는 바치스타와 함께 4천 파운드 투자했다고 말했습니다. 거래에 대해서는 아무것도 모르니까 바치스타에게 물어보라고 말했습니다.

  노인은 그 말을 듣고 몹시 화를 냈습니다. '네가 쓴 보증서가 있지 않느냐? 그것에 서명하지 않았느냐?'고 추궁했습니다. 나는 분명히 서명은 했으나 그것이 무엇인지는 모른다고 말하자, '감추지 말고 똑똑히 설명하라'고 했습니다. 결국 간단히 말한다면, 내가 서명한 서류는 이탈리아 육군성의 기관총 매각 책임자인 두 사나이에게 25퍼센트의 이익을 지불할 것을 보증하는 대단한 보증서였던 것입니다. 그 무렵의 정치 정세는 어수선해서 육군 대신이 몹시 노하여 스타렛디 노인에게 달려들어 '대체 당신 사위가 될 사나이는 무슨 일을 하고 있는가'고 추궁했던 것입니다. 노인에게는 아닌 밤중에 홍두깨 격이었겠지요.

 물론 나는 끝까지 부인했습니다. 그러자 노인은 바치스타를 불렀습니다. 바치스타가 방에 들어오는 순간, 나는 보기 좋게 한 대 얻어맞았다는 것을 알았습니다. 그의 얼굴에는 뻔뻔스러운 비웃음이 나타났습니다. 그것을 본 나는 불현듯 때려눕히고 싶었습니다. 그는 이 문제는 전연 모른다고 주장하고 몹시 놀랐다고 덧붙였습니다."

소령은 손가락의 관절이 하얗게 될 만큼 주먹을 쥐었다.

"이제 덧붙일 것도 얼마 없지만," 그는 겨우 말을 이었다. "스타렛디 노인은 유언에서 재산의 절반을 마리아에게 남겨 주려고 했는데 바치스타는 그것을 방해하기 위해서 그런 일을 했고, 마침내 성공했고, 게다가 내 4천 파운드까지 먹어치웠다는 이야기입니다. 나는 노인과 심한 언쟁을 했습니다. 그는 내가 그의 아들 이름을 더럽혔고 재산을 노리고 딸과 결혼하려고 했다고 비난했습니다. 그리고 '결혼은 파혼이다. 24시간 안에 이탈리아를 떠나라, 그렇지 않으면 너를 체포하도록 하겠다. 마리아와의 염문도 소문내서는 안 된다'고 했습니다. 나는 나왔습니다." 그는 천천히 말했다. "그러나 내 힘으로 감당할 수 없는 바보짓은 끝난 것이 아니었습니다. 왜냐 하면 부친의 말을 거역하고 마리아를 끌고 나왔던 것입니다. 우리들은 바루(스위스의 도시)에서 결혼했습니다."

 그는 입을 다물었다. 나는 아무 말도 하지 않았다. 그는 헛기침을 한 뒤 이야기를 계속했다.

 "여자란 이상한 동물입니다." 그는 우울하게 읊조린 뒤 한숨을 쉬었다. "함께 가겠다고 말했을 때, 집사람은 내게 약간의 돈밖에 없다는 것을 몰랐던 것 같습니다. 싸구려 호텔 생활을 해본 적이 없는 여자였습니다. 우리는 얼마 동안 영국에서 살려고 했으나, 내 가슴 때문에 다시 스페인으로 갔습니다. 그러나 내란이 일어나서 떠나지 않으면 안 되었습니다. 잠시 쥬앙 레판(남부 프랑스의 소도시)에 가 있었으나 휴가철에는 비용이 너무 많이 드는 지방이었습니다. 그래서 이곳으로 옮겨 온 것입니다. 처는 이런 상태로 떠돌아다니는 것을 싫어합니다. 그녀는 이탈리아에 그냥 남아 있어야 했던 여잡니다. 나조차도 그녀에게는 외국인에 지나지 않습니다. 따라서 심지어는 영어로 말하는 것까지 싫어합니다. 때때로 아내가 나를 미워한다고 생각할 때가 있습니다. 신중치 못하게 바치스타에게 그런 짓을 시켰다고 지금도 나를 용서치 않고 있습니다. 그녀는 나를 미친놈이라고 말합니다. 어떤 때는 다른 사람에게 그렇게 말할 때도 있습니다." 그는 몹시 피곤한 듯했다.

"어제 바치스타를 보았을 때 아내의 모습이 어땠는지 보여 주고 싶습니다. 그녀는 바치스타가 내게 한 짓을 잘 알고 있으면서도 그를 만나자 미친 듯 기뻐했습니다. 그 일은 충격적이었습니다. 그러자 바치스타가 싸움을 걸었습니다. 그는 지금 부친의 돈도 손에 넣었습니다. 그는 나를 비웃었습니다. 옛날에 내게 한 짓도 그저 장난이라고 했지요, 장난이라니! 만일 내 손에 권총이 있었다면 당장 사살했을 것입니다. 그러나 실제는 때렸을 뿐입니다. 그것도 히죽히죽 웃는 얼굴이 아니라, 부풀어 오른 배때기를 한 대 쳤을 뿐입니다."

그의 말소리는 높아져 갔다. "돼지 같은 놈!" 그는 기침을 시작했다. 가까스로 기침을 그치고 도전적인 눈으로 나를 쳐다보았다. "아마 당신은 나를 형편없는 바보라고 생각하겠지요, 그렇지요?"

나는 낮은 목소리로 부정했다. 소령은 대단히 불쾌하게 웃었다.

"아니, 그럴 겁니다. 분별이 없다는 더욱 형편없는 꼬리가 붙을 것입니다. 아무튼, 당신에게 부탁하고 싶습니다."

머리가 쿡쿡 쑤셔 왔다. 마침내 본론에 들어갔나 보다. 나는 "뭡니까?" 하고 기다렸다.

소령은 다시 괴로운 듯 어색한 태도가 되었다. 그리고 말 한 마디 한 마디 하는 것이 몹시 힘이 드는 듯 더듬거렸다.

"바다시 씨, 이런 이야기는 절대 하고 싶지 않았지만 당신이 사정을 이해해 주기 바랐지요. 다른 사람에게는 부탁할 수 없는 일이니까요. 어떻든 어제 오후의 사건이 있은 이상 우리 부부는 이곳에 머물 수 없습니다. 모두 쑥덕거리고 있으니 당사자로서는 참을 수 없는 일입니다. 더욱이 기후도 내 몸에 좋지 않습니다. 매주 월요일에 마르세유에서 알제로 가는 배가 있습니다. 우리는 그것을 타고 싶습니다만, 곤란하게도……" 소령은 잠깐 멈추었다. "참으로 이런 일로 당신을 괴롭히고 싶지 않으나, 실은 나는 지금 쉽게 움직일 수가 없습니다. 당초 알제행은 예정하지 않았습니다. 더욱 계혜의 청구서도 상당히 많습니다. 이런 저런 일들로 사정이 좀 구차하게 되었습니다. 구질구질한 얘기지만 나도 구걸 행위는 싫어합니다. 그러나 바다시 씨, 어떻게 하든 2천 프랑쯤 저에게 빌려 줄 수 있다면 대단히 고맙겠습니다. 지금까지 이야기했다시피 사정이 이렇다보니 염치없이……"

나는 어떤 대답을 해야 될지 몰랐다. 입을 열고 대답하려는데, 소령이 선수를 쳤다.

"물론 담보 없이 빌려 달라고는 하지 않습니다. 나는 콕스 은행의 어음을 당신에게 드릴 생각입니다. 파운드라도 상관없다면 말입니다. 물론 프랑스보다 안전할 겁니다." 소령은 억지웃음을 웃었다. 그의 뺨에는 땀방울이 배어 나왔다.

"당신에게 괴로움을 끼친다는 것은 꿈에도 생각지 않았지만 이곳을 떠나지 않으면 안 되게 되어서 몹시 곤란한 입장이 되었습니다. 이해할 것으로 믿습니다. 이런 일을 부탁할 수 있는 사람은 여기서는 당신뿐입니다. 그리고…… 내가 얼마나 감사하다는 것은 새삼스레 말할 필요도 없겠지요."

나는 난처한 표정으로 소령을 보았다. 만일 이때 내 호주머니에 5천 프랑 정도 있어서, 기분 좋게 웃으면서 돈 지갑을 꺼내 소령을 안심시킬 수가 있었다면 이렇게 말했을 것이다. '뭐, 괜찮습니다. 소령님! 왜 좀더 일찍 말씀하시지 않았습니까? 어렵지 않습니다. 이왕이면 5천 프랑 정도 갖고 계시는 편이 훨씬 마음 놓이지 않겠습니까? 더욱이 콕스 은행의 수표라면 잉글랜드 은행에서 발행한 지폐와 다를 바 없으니까요. 제가 마침 도움을 드릴 수 있어 정말 기쁘군요. 어렵게나마 말씀해 주셔서 감사합니다'라고. 그러나 나는 5천 프랑을 갖고 있지 않았다. 파리로 돌아갈 기차표와 레제르브 호텔의 숙박비를 치르면 겨우 일주일 정도 지낼 돈뿐이었다. 나는 겨우 소령의 얼굴을 쳐다보면서 벽난로 위의 시계 소리에 귀를 기울일 뿐이었다. 소령이 얼굴을 들었다.

"죄송합니다." 나는 입을 다물었다가 다시 반복했다. "죄송합니다."

소령은 일어섰다. "아니, 괜찮습니다." 그는 섬뜩할 만큼 냉담한 어조로 말했다. "별로 중요한 건 아니니까요. 당신이라면 할 수 있지 않겠나 하고 생각해서 너무 오래 붙잡아 두었군요. 어처구니없이 무분별한 짓을 했습니다. 돈에 대한 것은 잊어 주십시오. 그러나 긴 이야기를 할 수 있어서 유쾌해졌습니다. 영어를 할 기회가 전연 없었으니까요." 소령은 가슴을 활짝 폈다. "그럼, 짐을 꾸려야 하니까 실례하겠습니다. 내일은 일찍 떠날 예정입니다. 그리고 전보도 취소해야 하지만 아무튼 출발 전에 뵙도록 하겠습니다."

나는 겨우 입을 열었으나 이미 늦었다.

"소령님, 도움이 되지 못해서 무어라고 말씀드릴 수가 없습니다. 그러나 수표를 현금으로 바꾸는 것이 싫은 것이 아닙니다. 내게는 2천 프랑의 돈이 없습니다. 겨우 이곳 계산을 할 정도밖에 없으니까요. 만일 돈이 있다면 기쁘게 빌려 드렸을 것입니다. 나는……." 말을 꺼낸 이상 내 입장을 설명하고, 나를 바보같이 보더라도 상대방의 자존심을 되찾아 주고 싶었다. 그러나 그 기회를 놓쳤다. 내가 말하고 있는 사이에 소령은 방을 한 바퀴 둘러보고 나가 버린 것이다.

그로부터 10분 후 내가 경찰서에 전화를 걸어 서장에게 할 이야기가 있다고 하자, 베건이 퉁명스러운 목소리로 들려왔다.

"어이, 바다시 씨?"

"알리고 싶은 게 있습니다."

"그래?"

"그랜든 하드리 부부는 내일 출발할지도 모릅니다. 소령은 알제까지 가는 뱃삯을 내게 빌리려고 했습니다."

"흠, 그래, 돈을 빌려 주었소?"

"아직 내 고용주가 툴롱의 사진값을 치뤄주지 않았으니까요." 나는 아무렇게나 대답해 주었다. 놀랍게도 이런 고약한 말을 듣고 베건은 킥킥 웃었다.

"또 무엇이 있소?"

나는 더 우롱해 주고 싶은 충동을 받았다.

"아마 당신에게는 대수로운 일이 아니겠지만, 나는 어젯밤 정원에서 누군가에게 얻어맞고 쓰러져서 몸수색을 당했습니다."

나는 이렇게 말하면서도 자신이 참으로 바보짓을 했다는 것을 느꼈다. 그러나 이번 반응은 킬킬거리는 웃음이 아니라 다시 한 번 똑똑히 말하라는 날카로운 명령이었다.

잠시 동안 의미 없는 침묵이 흘렀다. 이윽고

"왜 당신은 쓸데없는 말보다 그 말을 먼저 하지 않았소? 상대를 알 수 있소? 정확하게 말해 봐요."

나는 설명했다. 그 결과 내가 두려워하던 질문이 튀어나왔다.

"당신 방도 수색되었소?"

"그렇다고 생각합니다."

"생각합니다라니, 어떻다는 거요?"

"옷가방에서 필름 두 통이 없어졌습니다."

"언제 일이오?"

"어젭니다."

"그 외에 없어진 것은?" 깊이 있는 질문이었다.

"없습니다."

어쨌든 카메라를 잃어버린 것은 응접실 의자 위지 내 방이 아니다.

다시 침묵이 흘렀다. 마침내 그 카메라는 이상 없느냐고 묻겠지. 그러나 베건은 묻지 않았다. 나는 전화가 끊겼는가 해서 "여보세요!" 하고 말했다. 베건은 좀 기다리라고 했다. 머리가 쿡쿡 쑤시는 것을 참으면서 2분 정도 기다렸다. 낮게 말하는 소리가 아득히 들려왔다. 베건과 서장이 떠드는 소리였다. 그러나 그 뜻은 알 수 없다. 베건이 전화로 돌아왔다.

"바다시 씨!"

"뭡니까?"

"알겠소, 잘 들으시오. 당신은 즉시 호텔로 돌아가서 게헤를 만나시오. 그리고 옷가방이 열려졌고 물건이 몇 가지 없어졌다고 말하시오. 은제담뱃갑과 다이아몬드 넥타이 핀, 금시계줄, 거기에 필름 두 통이 들어 있는 케이스가 없어졌다고 하시오. 그러면서 소란을 피우시오. 딴 손님들에게도 말하고 불평을 늘어놓으시오. 호텔에 있는 모든 사람들이 알도록 하는 것입니다. 단 경찰을 부르지는 마시오."

"그러나……."

"딴 말 말고, 시키는 대로 하시오. 옷가방은 열려 있었소?"

"아닙니다. 하지만……."

"그렇다면 게헤에게 알리기 전에 당신이 열어 놓으시오. 그리고 필름 건은 뒤늦게 발견한 듯이 떠드시오. 무조건 귀중품에만 신경이 쏠린 듯 행동하는 거요, 알겠소?"

"네에, 그렇지만 나는 필름 외에 딴 물건은 갖고 있지 않았습니다."

"물론 가졌을 리 없소, 도둑맞았으니까. 자, 빨리 시작하시오."

"이런 엉뚱한 일은 바보스럽습니다. 이런 일을 억지로 시키다니……."

그러나 베건은 전화를 끊어 버렸다.

나는 살인이라도 할 것 같은 분노를 억제하면서 호텔로 돌아왔다. 이번 사건에 나보다 더한 바보가 있다면 그것은 베건이다. 그렇지만 그는 고작 스파이 하나 놓치는 것으로 그치겠지…….

11

나는 빈틈없이 철저하게 증거를 날조하기 시작했다.

먼저 옷가방을 내놓고 걸쇠를 풀었다. 그런 다음 방안을 둘러보고 걸쇠를 비틀만한 도구를 찾았다. 처음에 손톱깎이로 해 보았다. 걸쇠는 대단치 않았으나 그것으로 열기에는 무리였다. 5분 정도 노력했으나 끝내 한 쪽 칼날만 부러지고 말았다. 좀더 튼튼한 도구를 찾으려고 얼마간을 소비했다. 나는 이내 짜증이 나서 방문에 꽂혀 있는 열쇠를 잡아 빼, 손잡이 쪽을 지렛대삼아 시도해 보았다.

결국 걸쇠는 부서졌으나 열쇠가 구부러져서 바로 잡느라고 시간이 걸렸다.

옷가방 뚜껑을 열고 내용물을 흩어 놓은 다음, 얼굴을 찌푸리고 결백한 인간의 표정을 만들면서 게헤를 찾으러 내려갔다.

게헤는 사무실에 없었다. 그가 간 곳을 물어서 해안까지 갔다. 바닷가에서 수영복 차림의 게헤를 찾았을 때는 나의 결백한 인간다운 표정은 훨씬 누그러져서 어쩐지 비굴해 보이는 불안한 표정으로 변해 있었다. 게헤와 함께 스켈튼 남매, 프랑스 인 아베크, 그리고 듀크로 씨가 있었다. 좀더 좋은 기회를 기다릴까 하는 생각도 머리에 떠올렸으나 이내 털어 버렸다. 절도라는 범죄가 일어났다는 것을 잊지 말자. 자기 방에서 귀중품이 도난당했지 않았나! 그런 경우, 보통 사람이 하는 것과 같이 행동하지 않으면 안 된다. 설령 상대가 수영 팬티 한 장만 입고 있다 하더라도 호텔 지배인인 이상 보고하지 않으면 안 된다. 이왕이면 단정하게 검은 양복을 입고 있는 지배인이 더 좋았겠지만 어쨌든 게헤를 상대로 전력을 쏟지 않으면 안 된다.

나는 층계를 뛰어내려 바닷가로 나가 모래사장을 가로질러 게헤에게 달려갔다. 그러나 이때 예기치 않은 방해물이 나타났다. 스켈튼이 층계를 뛰어내리는 내 발소리를 듣고 비치파라솔에서 얼굴을 내민 것이다.

"바다시 씨!" 그는 소리쳐 불렀다. "아침부터 줄곧 보이지 않더군요. 점심 전에 한 차례 수영하려고 합니까?"

나는 주저했다. 그러나 곧 어쩔 수 없다고 생각하고 내키지 않는 곳으로 걸어갔다. 모래 위에 엎드려 있던 메리 스켈튼이 얼굴을 돌려 내게 윙크해 보였다.

"어머, 바다시 씨, 전혀 볼 수가 없더군요. 괜히 사람을 기대하게 만들다니 너무해요. 어서 수영복으로 갈아입고 와서, 그랜든 하드리 사건이나 설명해 주세요. 우리는 아침 식사 후, 당신이 소령과 도서실에서 말하고 있는 것을 창 너머로 보았어요."

"쳇, 쓸데없는 말을 하는군." 오빠가 불평했다.

"그것은 이제부터 내가 차근차근 물으려고 했는데. 바다시 씨, 도대체 무슨 일입니까?"

"미안하지만," 하고 나는 황급히 말했다. "잠깐 게헤와 이야기해야 하니까 나중에 봐요."

"약속했어요!" 워린은 나를 보고 큰 소리로 외쳤다.

게헤는 루와 듀크로를 상대로 떠들고 있었다. 어젯밤 싸움은 깨끗이 잊어버린 듯했다. 나는 게헤가 그르노블(프랑스 남동부 이제르 강과 드라크 강이 합류하는 도시)이 좋다고 말하는 꼬리를 가로챘다. 나는 일부러 굳은 표정을 했다.

"실례지만, 둘이서만 말하고 싶은 것이 있습니다. 급한 문제니까요."

게헤는 눈썹을 치켜 보이며 두 사람에게 양해를 구했다. 나는 게헤와 조금 떨어진 곳으로 갔다.

"무슨 일이십니까?"

"방해해서 미안하지만 내 방까지 가 주셔야겠습니다. 실은 방금 마을에서 돌아와 보니 내 옷가방의 귀중품이 몇 개 도난당했습니다."

다시 게헤의 눈썹이 치켜졌다. 그는 낮게 휘파람을 불면서 재빨리 내 얼굴을 살펴보았다. 그런 다음 "실례" 하고 중얼거리면서 바닷가로 달려가서 샌들을 주워 들고 다시 나에게로 왔다.

"어서 가 보십시다."

딴 사람들의 호기심에 찬 눈을 뒤로 한 채 우리는 바닷가를 떠났다.

내 방으로 가는 도중 게헤는 분실한 물건을 물었다. 나는 베건이 알려 준 물건을 말하고 예정대로 필름에 대한 것을 거침없이 말했다.

게헤는 끄덕였을 뿐 침묵을 지켰다. 나는 불안해지기 시작했다. 이것이 조작된 사건임을 게헤가 알 수 있는 것은 분명 하나도 없었다. 그래도 일을 저질러 놓고 나니, 나는 안정되지 않았다. 게으르고 어리석게 보이지만 게헤는 결코 바보가 아니다. 더욱이 게헤야말로 필름을 훔쳤을 뿐 아니라 어젯밤 정원에서 나를 때려눕힌 인물일 수도 있다. 만일 그렇다면, 게헤는 내가 거짓말을 한다는 것을 알고 있을 것이다. 그 결과 나에게는 불리해질 것이 명백했다. 나는 다시 한 번 베건을 저주했다.

게헤는 우울한 눈초리로 옷가방에 저질러 놓은 나의 조작을 점검했다. 그는 얼굴을 들고 나를 마주 보았다.

"방을 나간 것이 9시경이라는 말씀이었지요?"

"그렇습니다."

"그때까지 옷가방은 아무 이상 없었고요?"

"그래요. 옷가방을 채워서 침대 밑에 밀어 넣고 이내 방을 나왔으니까요."

게헤는 시계를 보았다.

"지금 11시 20분인데 돌아온 지 얼마나 되었습니까?"

"15분 정도 지났습니다. 그러나 돌아와서 곧 옷가방을 본 것은 아닙니다. 어떻든 이런 상태를 눈치 채고, 곧장 당신에게 달려갔던 것입니다. 면목 없군요." 나는 어울리지 않는 말을 덧붙였다.

게헤는 고개를 끄덕이면서 물끄러미 나를 바라보았다.

"괜찮으시다면 사무실까지 가 주시겠습니까? 없어진 물건을 구체적으로 알고 싶습니다."

"좋습니다. 그러나 지배인, 확실히 말해 두지만," 나는 말을 머뭇머뭇했다. "이 책임은 당신이 져 주어야겠어요. 나는 귀중품을 즉시 찾아 줄 것과 범인의 처벌을 요구합니다."

"물론 당연한 말씀입니다." 그는 정중하게 말했다. "물건은 빠른 시간 내에 찾을 수 있을 것입니다. 조금도 걱정 마십시오."

대사를 잊어버린 풋내기 연극배우 같은 기분으로 나는 게헤를 따라서 사무실로 갔다. 게헤는 조심스레 문을 닫고 의자를 끌어당겨 나에게 권한 다음 펜을 들었다.

"그럼 먼저, 담뱃갑부터 말씀해 주시겠습니까? 분명히 금케이스라고 말씀하셨지요?"

나는 재빨리 게헤를 보았다. 그는 무엇인가 종이에 쓰고 있었다. 나는 당황했다. 바닷가에서 올라오면서 금케이스라고 말했던가? 아무리 궁리해도 생각나지 않았다. 혹시 게헤가 나를 올가미에 걸려고 하는 것은 아닐까? 그때 나는 묘안을 생각해 냈다.

"아니, 은케이스인데 내부 장식은 금입니다. 그리고," 하고 나는 이야기를 꾸미는 것에 열중하면서 말했다. "내 이름을 표시하는 J·V가 한쪽에 새겨져 있고, 기계적인 장식이 들어가 있습니다. 안에 있는 고무 밴드는 떨어져 있고, 담배는 열 개비 들어갑니다."

"네, 그렇습니까. 그러면 다음, 줄은?"

나는 몽파르나스 역 근처 보석상 쇼윈도우에 진열되어 있던 중고품 줄을 생각해 냈다.

"18금으로 굵고 구식이며 무겁습니다. 1901년 브뤼셀 박람회를 기념하는 조그마한 금메달이 달려 있습니다."

게헤는 빠짐없이 열심히 기록했다.

"이번에는 핀입니다."

이것은 쉽게 풀리지 않았다.

"보통 흔한 넥타이 핀입니다. 6센티 정도 되고 위쪽에 직경 3밀리쯤 되는 조그만 다이아몬드가 박혔습니다." 갑자기 나는 기가 죽어서 비굴한 웃음을 웃으며 말했다. "뭐, 다이아몬드는 모조품이니까요."

"그래도 핀 자체는 금이겠지요?"

"도금입니다."

"그리고 그런 물건이 들어 있었던 상자는?"

"양은으로 된 담배 상자지요. 독일제입니다. 상표는 기억이 없습니다. 그리고 필름이 두 통 들어 있었습니다. 콘택스 필름으로 이미 찍은 것이지요."

"콘택스 카메라를 갖고 있었나요?"

"네."

그는 다시 한 번 내 얼굴을 보았다.

"그 카메라는 아무 일 없습니까? 카메라라면 구미가 당겼을 텐데요?"

나는 심장의 고동이 두 번쯤 멎는 것 같은 기분이 들었다. 어처구니없는 실수를 저지른 것이다.

"카메라?" 나는 얼간이처럼 반문했다.

"살펴보지 않았습니다. 서랍 속에 넣어 두었어요."

게헤는 일어섰다.

"그럼 즉시 알아보도록 합시다."

"그럽시다, 물론입니다." 나는 얼굴이 붉어지는 것을 느꼈다.

우리들은 다시 층계를 올라 내 방으로 갔다. 나는 마음속으로 곧 필요한 그럴싸한 낭패와 분노의 외침을 준비했다.

나는 근심스럽게 옷장으로 다가가서 맨 위 서랍을 열고 맹렬하게 뒤졌다. 그리고는 재빠르게 뒤돌아섰다.

"없소!"

나는 험상궂은 표정으로 이어서 말했다.

"이건 너무 합니다. 그 카메라는 5천 프랑이나 합니다. 한시 빨리 도둑을 찾지 않으면 안 됩니다. 지배인, 즉시 손을 써 주십시오."

게혜의 입가에 엷은 웃음이 떠올랐기 때문에 나는 놀라움과 동시에 당황했다.

  "어떻게 하든 꼭 해 보겠습니다만," 침착하게 말했다. "그러나 카메라에 대해서는 어떻게 할 수 없을 것 같습니다." 나는 그가 턱짓으로 가리키는 곳을 보았다. 침대 옆 의자 위에 콘택스 카메라가 케이스에 담겨 올려져 있었던 것이다!

  "틀림없어."
  다시 아래층으로 내려오면서 나는 바보처럼 중얼거렸다. "의자 위에 두고 잊어버린 모양입니다."
  게혜는 끄덕였다.
  "그렇지 않다면 도둑놈이 서랍 속에서 꺼내 놓고 깜박 잊어버렸든지."
  그의 말투 속에 약간 비웃는 느낌이 들어 있었다. 나는 내 속임수 때문이라고 생각했다.
  "어떻든," 나는 마음이 쾌활해진 것을 보이면서 말했다. "카메라는 그대로 있군요."
  "딴 물건도 이렇게 빨리 나왔으면 좋겠습니다."
  게혜는 정직하게 말했다.
  나는 열심히 그의 뜻에 맞추었다. 두 사람은 사무실로 돌아왔다.
  "담배 케이스와 줄은 얼마 정도할까요?" 게혜는 물었다.
  나는 한참 생각하면서 대답했다.
  "글쎄, 얼마라고 말하기는 난처하군요. 케이스가 한 8백 프랑에 줄이 5백 프랑 정도 될 것입니다. 둘 다 선물 받은 것이니까요. 핀은 값싼 것이지만 내게는 대단히 소중한 추억이 담긴 물건입니다. 필름은 없어진 것은 서운하지만, 어차피." 나는 어깨를 움츠렸다.

"그렇구말구요. 그런데 보험은? 케이스와 줄은 들어 있겠지요?"
"아니, 들지 않았습니다."
그는 펜을 놓았다.
"아시리라 믿습니다만, 이런 사건은 우선 혐의를 종업원들에게 돌리지 않을 수 없습니다. 우선 그들을 추궁해 보겠습니다. 나 혼자 해 보겠습니다. 지금 경찰을 부르려는 생각은 하지 말기 바랍니다. 나는 이 문제를 신중하게 처리하겠습니다."
"좋습니다."
"그리고 이 불상사를 다른 손님들에겐 비밀로 해주시면 나로서는 감사하겠습니다."
"물론, 그렇게 하겠습니다."
"감사합니다. 아무튼 이런 좋지 않은 일이 알려지면 우리 같은 작은 호텔은 금방 타격을 받게 됩니다. 그럼 조사하는 대로 알려 드리겠습니다."

나는 몹시 기분이 나빠져서 사무실에서 나왔다. 게헤는 딴 사람들에게 말하지 않기를 부탁하였고, 나로서도 부디 그래줬으면 싶은 마음이 굴뚝 같았다. 그러나 베건은 이 사실을 딴 손님들에게 말할 것을 특히 강조하면서 누차 당부했다. 나는 소란을 피지 않으면 안 된다. 그러나 불쌍한 고용인들도 생각하지 않으면 안 된다. 몹시 난처한 입장이다. 내가 보기에 이런 일은 전연 무의미했다. 무엇인가 내가 모르는 일이 조금이라도 진행되고 있다면 몰라도, 담배 케이스와 줄이 스파이 사건과 어떤 관계가 있는지 나는 이해할 수가 없었다. 베건은 날조된 도난 사건으로 어떻게 스파이를 체포하겠다는 심산일까? 바보! 어디서 증거가 나온다는 말인가? 두 통의 필름은 이미 현상되어 어딘가에 버려졌을 것이고, 담배 케이스나 줄은 애초부터 존재하지 않은 것이다. 문제를 해결하는 현명한 방법은 단 한 가지밖에 없다. 먼저 스파이의 정체를 탐지해서, 내 카메라를 갖고 있는 현장을 덮치는 것이다. 내 카메라!

나는 층계를 몇 계단씩 뛰어 올라 내 방으로 갔다. 내가 두려워했던 것을 확인하는 데는 몇 초밖에 걸리지 않았다. 그것은 내 카메라였다. 유죄의 증거는 정확히, 정중하게 돌아온 것이다.

나는 씁쓸한 기분으로 수영복을 갈아입었다. 물론 베건에게는 거짓말을 할 수 있을 것이다. 모르는 사이에 카메라가 원상태로 뒤바뀌어 있었다고 말하면 된다. 아마 내 방을 뒤졌을 때 한 짓일 것이라고 주장하면 된다. 하루 종일, 매 시간마다 카메라 번호를 확인해야 한다는 바보스런 일은 있을 수 없다. 내가 18시간 동안 그 어떤 카메라도 갖고 있지 않았다는 것을 베건이 알 수는 없다. 그러나 그것도 베건이 스파이를 잡지 못했을 때의 이야기다. 만일 체포한다면 곤란한 일이다. 그러나 베건이 그 자를 체포한다는 것은 있을 수 없는 일이다. 옷가방을 열고 시곗줄을 도난당했다는 날조된 이야기로 스파이를 체포할 전망 따위 조금도 없지 않은가! 어쨌든 그런 일은 베건의 책임이다. 나는 장기의 졸(卒), 톱니바퀴에 끼여든 파리에 지나지 않는다. 나는 셔츠 한 장만 걸친 채 거울 앞에 서서 내 얼굴을 보았다. 가엾은 바보! 얼마나 야윈 얼굴인가…….

나는 옷 갈아입는 것을 끝냈다. 층계를 내려올 때, 시믈러가 게헤 뒤를 따라 사무실로 들어가서 문을 닫는 것이 보였다. 시믈러……, 내 가슴속에 우울한 바람이 소리를 내며 지나갔다. 그러나 그 소리는 다른 의미였다. 오늘은 시믈러의 방을 조사하려고 했던 때문이다.

바닷가에는 포겔 부부와 프랑스 인 아베크가 같이 있었다. 미국인 남매는 벌써 바다에 들어가 있었다. 나는 듀크로 씨에게 가서 그의 곁으로 의자를 당겨 앉았다.

1, 2분간 우리는 잡담을 나누었다. 그런 다음, 나는 일을 착수했

다.

"듀크로 씨, 당신은 세상사에 익숙한 분으로 알고 있습니다. 그래서 약간 곤란한 문제에 대한 의견을 듣고 싶습니다."

듀크로 씨는 얼굴 가득히 기쁜 표정을 떠올렸다. 그리고 위엄 있게 턱수염을 어루만졌다.

"내 경험으로 좋으시다면 언제든지 괜찮습니다." 그는 장난하듯 눈을 껌벅거렸다. "내 의견을 묻는 것은 물론 미국 아가씨 이야기겠지요?"

"무슨 말씀을?"

그는 소탈하게 웃었다.

"기분 나빠할 것 없습니다. 한 마디 한다면 당신이 그 아가씨를 보는 눈은 누구라도 알 수 있습니다. 그런데 그들 남매는 전혀 떨어지지 않고 있소, 어떻습니까? 나도 이런 눈치는 빠릅니다."

그는 목소리를 낮추며 내게 얼굴을 가까이 댔다. "그 아가씨 역시 언제나 당신을 보고 있습니다." 그는 말소리를 더욱 낮추어 내 귀에 대고 속삭이듯 말했다. "당신의 그런 모습을 보니, 몹시 관심을 가진 것이 틀림없습니다." 그는 수염 속에서 또 킬킬거렸다

나는 쌀쌀하게 듀크로 씨를 보았다.

"내가 묻고 싶어 하는 것은 스켈튼 양과는 아무 관계 없습니다."

"없다고?" 듀크로 씨는 실망하는 듯했다.

"지금 내게는 더욱 큰 걱정거리가 있습니다. 실은 내 방에서 귀중품이 서너 개 없어졌습니다."

듀크로 씨의 코안경이 심하게 떨려 밑으로 떨어졌다. 그는 그것을 솜씨 있게 받아 다시 썼다.

"도둑인가요?"

"그런가 봅니다. 내가 아침에 마을로 간 사이에 옷가방이 열리고,

담배 케이스, 금 시곗줄, 다이아몬드 핀, 그리고 필름이 두 통 도난당했습니다. 모두 2천 프랑 이상 됩니다."

"무서운 일입니다."

"놀랐습니다. 더욱이 그 핀은 추억이 깊은 것이니까요."

"지독하군요!"

"그렇습니다! 나는 게헤에게 불평했습니다. 게헤는 지금 종업원들을 추궁하고 있습니다. 그러나 듀크로 씨, 당신의 의견을 듣고 싶은 것은 이런 일입니다. 게헤가 사건을 처리하는 방법에 나는 만족하지 않습니다. 어쩐지 그는 이 문제를 중요시하지 않는 것 같습니다. 그런데 어떻겠습니까? 경찰에 알려도 좋겠습니까?"

"경찰이라고요?"

듀크로 씨는 흥분한 나머지 몸을 움찔했다. "그야 그렇지요. 분명히 경찰에 알려야 합니다. 필요하다면 나도 같이 경찰서로 가지요."

"아니, 그런데," 나는 당황해서 말했다.

"게헤는 경찰에 알리지 않았으면 하는 의견이었습니다. 자기가 직접 종업원을 조사하겠다는 것입니다. 우선은 그 결과를 기다리는 것이 좋지 않을까요?"

"음, 그렇군요. 아마 그 편이 나을지도 모르겠습니다."

그러나 듀크로 씨는 그렇게 간단하게 경찰을 단념할 수 없는 것 같았다. "그러나……."

"고맙습니다." 나는 유창하게 말을 이었다. "조언해 주셔서 감사합니다. 덕분에 나도 방침이 결정되었습니다."

나는 그의 시선이 포겔 부부와 프랑스 인에게 옮겨지는 것을 보았다.

"이 이야기는 비밀이니까, 잘 부탁합니다. 지금 단계로서는 신중하게 행동해야 하니까요."

그는 정중하게 끄덕였다.

"물론입니다. 믿어도 좋습니다."

그는 일단 입을 다물고 내 옷소매를 힘껏 끌어당겼다. "범인은 짐작할 수 있습니까?"

"아니, 전연 할 수 없습니다. 짐작이라는 것은 언제나 애매한 것이니까요."

"그렇군요, 그러나……." 그는 소리를 낮추어 다시 내 귀에 속삭였다. "그 영국인 소령을 생각해 보았습니까? 그가 어떻게 생활하고 있을까요? 그는 흉포한 사나이입니다. 아무 것도 하고 있지 않습니다. 이곳에는 3개월이나 있습니다. 그리고 더 이상한 점이 있습니다. 오늘 아침 식사가 끝난 후 내게 찾아와서 2천 프랑을 빌려 달라고 했습니다. 몹시 돈에 쪼들려 있습니다. 그 사나이는 월 5푼 이자를 주겠다고 했습니다."

"거절하셨습니까?"

"물론입니다. 나는 몹시 화가 났습니다. 알제에 가는데 돈이 필요하다고 했으니까요. 그 사나이가 알제에 가는데 내가 왜 돈을 내야 합니까? 딴 사람처럼 그도 일을 해야 합니다. 그리고 자기 부인 이야기를 좀 했습니다만 나로서는 이해할 수 없었습니다. 그 사나이의 프랑스 어는 전연 통하지 않았습니다. 확실히 조금 돌았습니다."

"그래서 소령이 훔쳤다는 것인가요?"

듀크로 씨는 당황한 듯 애매하게 웃으면서 한 손을 들었다.

"아니, 그렇다고 말할 수는 없습니다. 단지 그럴 수도 있지 않느냐고 말해 본 것뿐입니다." 마치 그는 대단히 까다롭고 미묘한 법률적인 문제를 말하고 있는 듯한 태도였다. "나는 단지 그 사나이가 무직이라는 것과 돈에 쪼들린다는 것, 그리고 정신 상태가 이상하다는 것을 말했을 뿐입니다. 정신 상태가 완전하다면, 월 5푼 이자 같은 이야기를 꺼낼 사람은 없습니다. 기다리는 돈이 오지 않기 때문이라고 합니다만. 그러나 그 소령이 범인이란 말은 아닙니다. 그럴 수도 있지 않겠느냐는 말이지."

나는 미국인 남매가 바다에서 나오는 것을 보았다.

"그럼 실례하겠습니다. 의견은 감사했습니다. 어떻든 신중하게 행동해야 한다는 점을 잊지 말아 주십시오. 뒤에 또 말씀드리겠습니다."

"그래요, 게헤의 예심 결과를 알게 되면 곧."

"그렇게 하겠습니다." 나는 머리를 숙여 정중히 작별 인사를 했다.

내가 모래사장을 가로질러 스켈튼 남매 쪽으로 갔을 때는 벌써 포겔 부부와 프랑스 인 아베크를 상대로 듀크로 씨는 열심히 지껄이고 있었다. 추측할 필요도 없었다. 듀크로 씨가 베건의 지령을 충분히 이행하고 있다는 것을 믿어도 좋았다.

워린은 침실마다 붙어 있는 주의서를 무시하고 호텔 타월로 몸을 닦고 있었다.

"특종기사를 가진 기자님 왕림이시다!"

워린은 인사 대신 이렇게 말했다.

메리는 비치파라솔 밑에 내 자리를 내주었다. "여기 앉으세요, 바다시 씨. 그리고 이젠 게헤와 소곤거리지 마세요. 진실을 말해 주세요, 하나도 빠짐없이."

나는 앉았다.

"조금 전에는 실례가 많았습니다. 약간 귀찮은 일이 생겨서요."

"아니, 또?"

"네, 유감스럽지만. 아침에 내가 마을에 가 있는 사이에 옷가방이 열려졌고 소지품을 너덧 개 도난당했습니다."

스켈튼은 갑자기 다리가 부러지기라도 한 듯 내 옆에 풀썩 주저앉았다.

"엣? 그거 야단났군요. 비싼 것입니까?"

나는 도난 품목을 다시 되풀이했다.

"언제 잊어버렸다는 것인가요?" 메리가 물었다.

"마을에 갔을 때입니다. 대강 아홉 시에서 열시 반 사이."

"그렇지만 당신이 소령과 이야기하는 것을 본 게 아홉 시 반경이었습니다."

"네, 그러나 내가 방을 나온 것은 아홉 시였습니다."

워린이 가만히 몸을 기대왔다.

"소령이 당신을 유인한 다음, 부인이 했다고 생각하지 않습니까?"

"그만두어요, 워린. 이것은 심각한 문제예요. 아마 종업원들의 짓이 아닐까요?"

워린은 어이없다는 듯 콧방귀를 뀌었다.

"왜 그렇다는 거야? 웃기지 마. 물건이 없어지면 늘 반발도 할 수 없는 애꿎은 종업원이나 심부름꾼들만 의심하려고 하지만, 냉정하게 생각한다면 아침에 스위스 인 노인이 복도를 서성거렸다는 것을 어떻게 설명하지?"

"그것은 바다시 씨 방 쪽이 아니야. 몇 호실이지요, 바다시 씨?"

"6호실입니다."

그녀는 팔에 기름을 바르기 시작했다.

"그것 봐! 호텔 반대쪽이라니까. 내 방 다음 다음 방이었어. 내 바로 옆은 게헤 씨 친구 분이 묵고 있는 방이에요."

나는 한 손으로 모래를 움켜쥐고 손가락 사이로 줄줄 흘렸다.

"몇 호실이었습니까?" 나는 무심한 듯 물었다.

"분명히 14호실이에요. 하지만 그 스위스 사람도 달리 무슨 비밀스런 일을 하려는 게 아니라, 복도에 5프랑 동전을 떨어뜨려서 그것을 주우려고 했었어요."

"그런데 게헤 씨는 어떻게 말하고 있어요?"

"글쎄, 종업원들을 의심하는 것 같습니다."

"당연해요." 메리가 힘있게 말했다. "오빠라면, 달리 특별한 태도를 취하는 것을 좋아해요. 범인은 병적인, 도벽이 있는 마음씨 나쁜 돈 많은 노인이 아니면 재미없다고 생각하죠. 그러나 대개는 가엾게도 월급도 제대로 못 받는 하녀들이 마을의 남자 친구에게 담배 케이스를 선물하고 싶은 끝에 그런 일을 저지르곤 하지요."

"그리고 금 시곗줄에 다이아몬드 핀에 필름 두 통까지 곁들여서 말이지?" 워린은 비웃었다.

"보이인지도 몰라."

"어쩌면 듀크로 노인이든가 소령인지도 모르고. 그런데 바다시 씨, 소령 이야기는 무엇이었습니까?"

나는 소령의 신상 이야기로 남매를 기쁘게 하는 일은 하지 않기로 했다.

"어제 여기서 일어난 일을 변명하려고 했습니다. 요트의 사나이는 소령의 처남이랍니다. 전에 무슨 일로 금전을 놓고 싸운 일이 있는데 처남이 그것을 끄집어내서 화가 났답니다. 부인도 마음이 산란했기 때문에 자기를 제정신이 아니라고 말했을 것이라고 변명했습니다."

"그뿐입니까? 그런데 왜, 당신에게 말했을까요?"

"그 일로 기분이 몹시 나빴는데, 마침 그때 현장에 없었던 나를 상대로 이야기하고 싶었을 것입니다."

나는 듀크로 씨도 어제 소령으로부터 간단한 사정 설명과 함께 돈을 빌려달라는 부탁을 받았는데 거절했다는 이야기는 처음부터 할 생각이 없었다.

"어떻든 소령 부부는 출발할 것이고, 또……"

"결국, 워린!" 메리가 끼어들었다. "우리들은 철없는 어린애같이 굴지 말고 자기 머리 위의 파리나 쫓자는 것입니다. 그렇죠, 바다시씨?"

그 말이 옳았다. 그러나 나는 얼굴을 붉히고 항의했다. 워린 스켈튼이 나를 가로막았다.

"술 냄새군! 갑시다. 지금 수영할 수는 없을 겁니다, 곧 점심때니까."

워린이 마실 것을 가지러 간 사이에 나는 테라스까지 메리 스켈튼과 걸어갔다.

"워린의 말을 조금도 불쾌하게 생각지 마세요." 그녀는 미소지으며 말했다. "오빠는 이번이 첫 해외여행이니까요."

"그럼, 아가씨는 전에도?"

그녀는 대답하지 않았다. 나는 듣지 못했다고 생각했다. 그녀는 어떤 중요한 말을 할 때처럼 주저하는 것 같았다. 그녀는 어깨를 추스르고 대답했다.

"네에, 전에요."

우리는 동시에 의자에 앉았다. 그녀가 미소 지었다.

"워린은 당신이 어딘지 신비스러운 점이 있다고 하더군요."

"네?"

"마치 비밀을 감추고 있는 사람같이 보인다는 것입니다. 한 사람이 두세 나라 말을 완벽하게 구사한다는 건 보통 인간이 아니라고 하면서 말이에요. 오빠는 당신의 정체가 좀 더 자극적이라면 좋겠다 싶은가 봐요. 이를 테면 스파이같은……"

나는 다시 얼굴이 붉어지는 것을 느꼈다.

"스파이라고요?"

그녀는 나를 보며 생긋 웃어 보였다.

"오빠 말은 무엇이든 괘념치 말라고 말씀드렸지요?"

영리하게 생긴 눈동자가 생기있는 표정을 하고 테이블 너머로 내 눈을 보고 있었다. 갑자기 나는 무엇이든 그녀에게 털어놓고, 진실로 나는 비밀을 갖고 있는 인간이라는 말을 하고, 그녀의 동정과 협력을 얻고 싶은 기분이었다. 나는 테이블 너머로 몸을 내밀었다.

"실은……," 하고 말을 꺼냈으나 결국 나는 아무 말도 하지 못했고, 무슨 말이 하고 싶었는지 지금은 생각도 나지 않는다. 마침 그때, 그녀의 오빠가 마실 것을 쟁반 위에 받쳐 들고 왔다. 물론 나에게는 다행한 일이었다.

"보이들이 테라스에서 바쁘게 왔다갔다 하길래 내가 갖고 왔습니다."

그는 자기 글라스를 들었다. "그럼 바다시 씨, 하녀의 남자 친구는 당신의 담배 케이스가 마음에 들지 않기를 바라면서!"

"또" 하고 메리가 뒤를 이었다.

"두 통의 필름도 다시 찾기를 바라면서!"

12

점심은 그다지 입맛이 당기지 않았다.

머리가 다시 지끈거렸고, 게헤로부터 소식이 있었기 때문이다. '점심 후 사무실까지 와 주십사' 하는 전언이었다. 좋아! 기꺼이 가주지. 그러나 앞일이 근심스러웠다. 만일 게헤가 '급료도 제대로 받지 못하는 불쌍한 하녀'를 범인이라고 몰면 나는 어떻게 하지? 바보같은 베건은 그런 우발적인 사건 따위는 조금도 생각하지 않는다. 가엾은 하녀는 물론 결백을 주장하겠지.

그때 나는 무엇이라고 말할 수 있을까? 영문도 모르고 죄 없는 사람이 흥분한 게헤로부터 터무니없는 절도죄를 뒤집어쓰는 것을 아무 말 없이 방관해야 하는가? 참으로 난처한 입장이다.

그러나 실제로 그렇게까지는 되지 않았다. 하녀는 전적으로 무사했기 때문이었다.

내가 테라스에서 나올 때 듀크로 씨가 바쁘게 다가왔다.

"경찰을 부르기로 결정했습니까?"

"아직 모릅니다. 지금 게헤를 만나러 가는 참입니다."

상대는 어두운 표정으로 턱수염을 만졌다.

"깊이 생각해 보았습니다만, 주저하면 할수록 그만큼 도둑에게 유리해집니다."

"옳은 말입니다. 그렇지만……"

"실업가로서 말한다면 즉각 행동을 하실 것을 권합니다. 게헤는 강력하게 다루지 않으면 안 됩니다."

그는 턱수염을 힘있게 내밀었다.

"네, 강력하게 하겠습니다. 나는……"

그러나 그 장소를 빠져 나오기도 전에 포겔 부부가 다가와서 내 손을 잡고 도난에 대한 위로의 말을 했다. 듀크로 씨는 배신의 증거를 눈앞에 두고서도 조금도 어색해 하지 않았다.

"포겔 씨도 나와 같은 의견입니다." 그는 말했다. "아무래도 경찰서장을 불러야 합니다."

"5천 프랑이나 되면," 포겔 씨가 자못 신중하게 말했다. "막대한 손해입니다. 루 씨도 같은 의견입니다. 딴 손님의 물건도 생각하지 않으면 안 됩니다. 마르땅 양은 신경질적인 젊은 부인답게 벌써 자기 보석을 걱정하고 쩔쩔매고 있습니다. 루 씨는 그녀를 위로했지만, 도둑이 잡히지 않으면 여기서 떠날 수밖에 없다고 말했습니다. 게헤에게는 좀더 사건을 중요시하라고 말해야 할 것입니다. 5천 프랑이 아닙니까?"

그는 듀크로 씨가 보태서 말한 손해 금액을 다시 강조했다. "중요한 문제입니다."

"정말이에요!" 포겔 부인도 동조했다.

"보십시오." 듀크로 씨는 자랑스럽게 뽐내보였다. "경찰을 부르지 않으면 안 됩니다."

"그러나 바다시 씨." 포겔 씨가 속삭였다. "당신이 의심을 갖고 있는 문제에 관해서는 지금 경찰에 말하지 않는 것이 좋다고 생각합니다."

"내가 의심한다는 것이란?"

나는 듀크로 씨를 쏘아보았다. 그는 가까스로 내 시선을 피하며 어색하게 코안경을 만졌다.

포겔 씨는 억지로 웃었다. "네, 잘 압니다. 비밀리에 영국 국적을 가진 남자를 가리키고 있다는 것을." 그는 재빠르게 주위를 살핀 다음 말소리를 낮추었다. "함부로 말하지 않는 게 좋겠지요?" 그는 눈을 깜박거렸다. "이런 문제는 신중하게 다루어야 하니까요."

"아무렴, 그렇구말구요!" 포겔 부인도 쾌활하게 맞장구를 쳤다.

나는 아무도 의심하지 않는다는 말을 중얼거리면서 그곳을 도망쳐 나왔다. 이로써 듀크로 씨가 얼마나 무서운 광고업자인지 충분히 깨달았다.

게헤는 사무실에서 나를 기다리고 있었다.

"아, 바다시 씨, 어서 들어오십시오."

그는 내 뒤의 문을 닫았다. "의자에 앉으십시오. 그럼 바로 본론으로 들어가겠습니다."

나는 연극을 했다.

"지배인, 만족한 대답을 해주시겠지요? 이런 상태가 오래 간다면 견딜 수 없습니다."

게헤의 표정은 더없이 진지했다.

"참으로 유감스러운 일입니다만, 내가 조사한 바로는 아무 수확이 없습니다."

나는 얼굴을 찡그렸다.

"답답한 노릇이군요."

"그렇습니다. 참으로 답답한 일입니다!"

그는 자기 앞에 놓인 종이쪽지를 보면서 손가락 끝으로 그것을 두서너 번 뒤적인 다음, 내 얼굴을 올려다보았다.

"나는 정원사까지 포함해서 전 종업원을 조사했습니다. 어떻든 무엇인가 사건 해결의 단서가 될 만한 것이 있으리라고 생각했으니까요." 그는 잠깐 입을 다물었다가 침착하게 계속했다. "솔직하게 말씀드리면, 도난 사건에 대해 아무것도 모른다고 하는 그들의 말에 거짓이 있다고는 조금도 생각하지 않습니다."

"그렇다면 범인은 손님 중에 있다는 것인가요?"

그는 대답을 하지 않았다. 나는 왠지 불안을 느꼈다. 한참 후에 게헤는 천천히 고개를 흔들었다.

"아니, 손님 중에 있다고도 생각지 않습니다."

"그럼 누군가 외부 사람이?"

"그것도 아닐 것입니다."

"그렇다면?"

게헤는 몸을 내밀었다.

"나는 이 사건을 경찰에 맡기기로 했습니다."

드디어 귀찮은 일로 번져 갔다. 베건은 경찰을 부르지 말라고 당부하지 않았는가.

"그러나 그것은 마지막 수단이 아닙니까? 당신도 호텔의 평판을 걱정해야 할 테니."

그는 입을 굳게 다물었다. 그 얼굴은 지금까지 본 일이 없는 게헤였다. 갑자기 사무실 공기는 불길한 긴장감에 싸였다.

"공교롭게도 호텔의 평판은 벌써 나빠졌습니다."

그는 날카로운 어조로 말했다.

"손님들은 소문을 듣고 제멋대로 떠들고 있습니다. 뿐만 아니라 그들 중 한 사람은 다른 사람들로부터 범인이 아닌가 주목받고 있습니다."

"유감스럽군요. 하지만······."

그러나 게헤는 내 말을 들으려고 하지 않았다.

"바다시 씨, 나는 분명히 내가 이 사건을 해결할 때까지 침묵해 줄 것을 당신에게 부탁했습니다. 그런데 어떻게 되었습니까? 침묵은 고사하고 가장 심한 방법으로 딴 사람에게 사건이야기를 떠들고 다녔습니다."

"나는 단지 경찰에 알릴 것인가에 대한 의견을 듣고 싶어서, 듀크로 씨 한 분에게 말했을 뿐입니다. 듀크로 씨가 경솔한 행동을 했다면 유감스러운 일입니다."

게헤는 비웃었다.

"그래, 듀크로 씨의 의견은 어떠했습니까?"

"경찰을 불러야 한다고 했습니다. 그러나 당신과 한 약속도 있고 해서······."

"그렇다면 이제 완전히 의견이 일치된 것입니다. 잘 되었군요." 그는 전화기에 손을 얹었다. "빨리 경찰을 부릅시다."

"기다려요, 게헤 씨."

전화기를 잡은 그의 손이 잠깐 멈췄다.

"나는 듀크로 씨의 의견을 전했을 뿐입니다. 나로서는 경찰을 부를 필요까진 없다고 생각합니다."

그가 전화에서 손을 뗐기 때문에 나는 한숨을 돌렸다. 게헤는 천천히 되돌아서서 내 얼굴을 뚫어지게 보았다.

"그렇게 하고 싶지 않은 거군요?" 그는 의미심장하게 되물었다.

나는 가능한 한 인상 좋게 보이려 노력했다.

"경찰보다는 당신이 훨씬 능률적으로 사건을 해결할 수 있다고 봅니다. 나는 사람들을 괴롭히고 싶은 생각은 없습니다. 도난당한 물건이 돌아오면 그것으로 만족하니까요. 돌아오지 않는다면, 뭐 그것도 할 수 없지요. 어떻든 경찰은 도움이 되기보다 귀찮으니까요."

"참으로 옳은 말입니다."

이번에는 드러내놓고 비웃는 투였다.

"정말이지 당신에게는 경찰이 귀찮을 것입니다."

"무슨 뜻입니까?"

"모르신다고요?" 게헤는 기분 나쁘게 웃었다.

"알겠습니까? 나는 오랜 세월 호텔업을 하고 있습니다. 전에도 몇 번이나 당한 일이 있어서 매사를 주의 깊게 한다는 것을 배웠습니다. 당신은 도난 사건을 알리러 왔을 때, 담배 케이스를 도난당했다고 말했습니다. 그러나 내가 금 케이스였지요? 하고 물었을 때, 당신은 잠깐 주저하다가 금과 은을 다 사용했다고 위기를 모면했습니다. 너무도 잘 하셨습니다. 그 다음, 나는 당신의 방에 갔을 때 옷가방 옆 마루 위에 손톱깎이가 부러져 있는 것을 보았고, 조각은 침대 위에 있었습니다. 당신은 두 차례나 그것을 보고도 아무 말도 하지 않았습니다. 왜 그랬을까요? 손톱깎이가 옷가방을 여는 도구로 사용되었다는 것은 누가 보아도 명백합니다. 중요한 증거입니다. 그러나 당신은 그것을 무시했습니다. 왜 당신은 손톱깎이의 중요성을 아예 무시했을까요? 그것은 옷가방을 무리하게 열었던 이유를 당신이 알고 있기 때문입니다. 당신이 옷가방을 열었기 때문이지요."

"바보 같은! 나는……."

"그 다음, 당신은 카메라 이야기가 나오자 처음으로 진실로 걱정하는 것 같았습니다. 내가 의자 위에 있다는 것을 알려 주었을 때 흥분한 모습도 진짜였습니다. 그때는 진짜로 무엇이 없어지지 않았나 걱정하더군요."

"나는,"

"또 한 가지 실수한 것은 담배 케이스를 설명하는 방법이었습니다. 당신이 설명한 물건이라면 적어도 1천 5백 프랑은 될 것입니다. 그럴싸하게 선물 받은 것이라고 했으나, 그렇다 하더라도 절반이나 과소평가하는 일은 흔한 일이 아닙니다. 그런 경우 사람들은 언제나 실제보다 높게 말하니까요."

"나는 결코……."

"단지 내가 뚜렷이 알 수 없는 것은 당신의 동기입니다. 보통 도난 피해를 입은 손님이란——부인들에게 있는 경우입니다만——경찰의 소란과 다른 손님의 낭패를 이용해서 호텔을 위협하고 변상을 받으려고 생각합니다. 그런 우연한 사고에 대비해서 호텔이 보험을 들고 있는 것은 잘 알려져 있으니까요. 그러나 당신은 딴 동기가 있는 건지 이내 다른 손님에게 말해 버렸습니다. 대체 진짜 동기가 무엇인지 말씀해 주시겠습니까?"

나는 어느새 일어서 있었다. 마음속으로부터 분노가 치밀어 올랐다.

"어림없는 소리! 이런 모욕을 받은 것은 처음이오."

분노의 정도가 지나쳐서 혀가 굳어졌다.

"나는…… 나는……."

"경찰을 부를까요?" 게헤는 눈치를 살피듯 말했다. "전화는 여기 있습니다. 아니면 부르고 싶지 않습니까?"

나는 가능한 한 위엄 있는 태도를 취하려 했다.

"이 따위 쓸모없는 말을 언제까지 계속하고 싶지 않소."

"그게 현명할 것입니다." 그는 의자를 기울였다.

"바다시 씨, 나는 목요일 당신이 경찰에 불려 가서 오랫동안 돌아오지 않아 괴이하다고 생각했습니다. 프랑스 경찰은 뚜렷하게 이상이 없는 한 타인의 방을 수색하지는 않습니다. 여권이 어떻다는 말은 어쩐지 서툰 수작이었습니다. 이 이상 경찰과 접촉하고 싶지 않다는 것도 알 만 합니다. 그리고 이런 상태를 언제까지 계속하고 싶지 않다는 것도 찬성합니다. 그래서 당신의 계산서를 써 놓았습니다. 이런 조치를 취한다 해서 내가 당신을 동정한다고는 생각지 마십시오. 나는 깨끗이 경찰에 넘길 것인가, 아니면 한 시간 내에 나가라고 하고 싶으니까요. 그러나 집사람은 그렇게 하면 손님들의 소란을 한층 더하게 할 뿐이라는 것입니다. 그녀는 나보다 실질적이니까요. 그녀의 판단에 따르기로 했습니다. 어떻든 내일 아침 일찍 호텔에서 나가 주십시오. 그때 경찰에 알릴 것인가는 당신 태도에 달려 있습니다. 딴 손님들에게는 이렇게 말하십시오. 도둑 소동은 사실 무근으로 단지 내가 물건을 놓아 둔 곳을 잊어버렸다. 옷가방이 부서진 것은 나도 모르게 딴 열쇠를 사용했기 때문이다. 당신은 충분히 그들을 납득시킬 수 있을 것입니다. 아시겠지요?"

나는 온 힘을 다해서 조금이나마 남아 있는 냉정을 긁어 모으려고 했다.

"잘 알았소, 지배인. 이런 모욕을 당하고 이곳에 더 있을 마음은 없소."

"다행입니다. 여기 청구서가 있습니다."

나는 어떤 착오라도 발견하려는 듯 청구서를 세밀히 훑어보았다. 어린애 같은 행동이었지만, 나는 이때 어린애가 되어 있었다. 상대는 잠자코 기다려 주었다. 청구서는 틀림없었다. 나는 겨우 계산할 만한 돈을 갖고 있었다. 게혜는 돈을 받으면서도 전부 계산하리라고는 생각지 않았던 것 같았다.

그가 영수증을 쓰고 있는 동안, 나는 사무실 벽에 핀으로 꽂아 놓은 이탈리아 코스럿지 기선회사의 운행표를 보았다. 게혜가 영수증을 줄 때까지 나는 그 시간표를 두 번이나 읽었다.

"고맙습니다. 또 레제르브 호텔에 오시라는 말을 못해서 유감입니다."

나는 사무실에서 나왔다.

내 방에 왔을 때는 온 몸이 떨리고 있었다. 침구를 제외한 호텔 물품을 모두 방에서 치워 버린 것을 알았을 때, 분노로 인해 내 몸은 더욱 떨렸다. 나는 세면대로 가서 물을 마시고, 담배에 불을 붙여 창가 의자에 앉았다.

나는 냉정하고 신랄한 말을 게혜에게 해 주어야겠다고 생각하면서 이것저것 궁리했다. 그렇다. 이것은 베건의 실수다. 내 책임은 없다. 이런 어린애 장난같은 계획이 실패하리라는 것은 그도 잘 알고 있을 것이다. 물론 실수를 한 것은 나의 부주의와 무능 때문이겠지만, 애초부터 나는 직업적인 사기꾼같이 행동할 수는 없는 것이다. 정당한 분노가 내 가슴에 밀려들었다. 베건은 어떤 권리가 있어서 이런 비겁한 일까지 나에게 시키는 것인가? 만일 나의 권리를 지켜 줄 영사가 내 뒤에 버티고 있다면 이런 일을 시키지는 않았겠지. 도대체 이따위

짓을 하는 것이 어떤 의미가 있을까? 아니면, 내 속을 들여다 볼 계획이라도 있는 것일까? 나는 결과도 모르는 실험을 받는 모르모트와 같은 것일까? 그럴지도 모른다. 그러나 그런 것은 아무래도 좋았다. 중요한 것은 베건이 나서지 않는 한, 나는 내일 아침 호텔에서 떠나지 않으면 안 되는 사실이다. 그렇게 되면 어떻게 될까? 아마 다시 경찰서 유치장이겠지. 물론, 지금 경찰에 전화해서 베건에게 사태를 설명해야 하지만······.

그러나 이 생각이 떠올랐을 때도, 나는 그렇게 할 수 없다는 것을 잘 알고 있었다. 베건이 무서웠던 것이다. 게헤에게 질책 받는 것이 두려웠던 것이다. 그리고 무엇보다도 다시 경찰서에 끌려가서 그 음산한 독방에 처박히는 것이 싫었던 것이다.

나는 창 밖을 보았다. 바다는 따뜻한 햇빛 아래 미풍에 흔들리는 푸른 초원같이 넓게 넓게 펼쳐져 있었다. 더없이 평화로웠다. 저 차가운 바다 속 심연에 있다면 공포, 의혹, 불안 같은 것은 사라지겠지. 바다에 들어가 만 멀리까지 헤엄쳐 가는 것이 좋겠다. 팔에 힘이 빠져서 되돌아올 수 없을 때까지 헤엄치는 것이 좋겠다. 물을 헤치는 팔에 차츰 힘이 빠지고 피로가 덮치겠지. 이윽고 내 몸은 동작을 멈추고 빠져들기 시작한다. 바닷물이 왈칵 폐 속으로 흘러 들어온다. 갑자기 삶의 욕망이 폭발한다. 어떤 일을 해서라도 살고 싶다! 그러나 이젠 돌아갈 수 없어졌다. 하지만 겨우 순간적인 고민으로 나는 망각의 피안으로 떨어져 간다. 그런 다음 어떻게 되는가? '어제 생가티앙에서 요셉 바다시(어차피 이름의 표기는 틀릴 것이다)라는 유고슬라비아 인이 수영 중 익사. 목격자들이 구조하려 했으나 결국 실패했다. 시체는 아직 발견되지 않았다' 그 외에는? 없다, 아무것도 없다. 그뿐이다. 결국 시체가 부패할 뿐이다.

담뱃불이 꺼져 있었다. 나는 창 밖으로 꽁초를 버린 다음, 옷장 앞에서 거울에 비치는 자신의 모습을 보았다.

"참 지리멸렬한 놈이군!" 나는 중얼거렸다.

"용기를 내. 방금 자살을 생각하더니 어느새 잠꼬대를 하는 건가. 자, 해보는 거야. 축 늘어져 있어서야 아무것도 안 돼. 괜히 거들먹거릴 필요도 없어. 역도 시합에 나갈 것도 아니니 근육 따윈 필요없다고. 그저 머리만 조금 쓰면 돼. 아마 이 사건은 네가 생각한 것 같이 그렇게 심각한 것은 아니야. 자, 알겠지. 잘 생각해 둬.

지금 시각은 세 시다. 지금부터 오늘 밤 안으로 너는 이 호텔에서 콘택스 카메라를 갖고 있는 인간을 찾지 않으면 안 돼. 그뿐이야. 어떤가? 별로 어렵지 않잖아? 그들의 방을 잠깐 훔쳐보면 된다. 그럼, 시믈러부터 시작하자. 그자가 제일 의심스러우니까. 가명을 쓰고 있고, 진짜 독일인이면서 스위스 인이라고 말하고 시종 무엇인가 고민하고 있으니까. 게헤가 비밀의 열쇠를 쥐고 있다는 것도 잊어서는 안 된다. 어쩌면 경찰을 부르지 않고 너를 내쫓으려는 수작인지도 몰라. 너는 아직 지지 않았다. 그러나 주의하고, 머리를 써라. 첫 번은 쉽게 당했다. 그러나 두 번 다시 되풀이하지 말아라. 만일 시믈러가 목표물이라면, 실수 없이 현장을 잡지 않으면 안 돼. 상대는 위험한 자다. 어젯밤 네 머리를 한 대 쳐서 고통을 준 놈이다. 자, 그자의 방 번호는 알고 있겠지? 그 미국인 아가씨가 알려 주었다. 14호실. 건물 반대쪽에 있는 방이다. 그러나 무엇보다 먼저 그자가 지금 어디 있는지 알아내야 한다. 주의 깊게 하지 않으면 안 된다. 자, 덤벼라."

나는 거울 앞을 떠났다. 그렇다, 시작하지 않으면 안 된다. 먼저 시믈러가 있는 곳부터 확인해야 한다. 그자는 언제나 테라스에 혼자 앉아 있다. 곧장 그곳을 찾아가 보자.

나는 아무도 만나지 않고 응접실 가까이 가서 살며시 창가로 다가

갔다. 역시 그는 그곳에 있었다. 여전히 파이프를 입에 물고 독서에 열중해 있었다. 나는 잠시 그를 지켜보았다. 훌륭한 얼굴이었다. 이 사나이가 스파이라고는 도저히 생각할 수 없었다.

그러나 지금의 내 마음은 완고했다. 자, 덤벼! 누구도 스파이로는 보이지 않는 법이다. 정체가 분명히 드러나기까진 자유를 빼앗기는 것은 나 아니면 그, 둘 중의 하나다. 어떻든 시믈러는 수상한 인물이 아닌가? 자, 결심해라!

나는 다시 이층으로 갔다. 내 방 앞에서 잠깐 멈췄다. 필요한 것은 없는가? 무기는? 바보같이! 이것은 그런 종류의 일이 아니다. 슬며시 방을 조사할 뿐이다. 그뿐이다. 나는 심장이 강하게 뛰는 것을 느끼면서 내 방 앞을 지나서 복도로 나갔다. 그때 갑자기 새로운 공포가 일어났다. 누구를 만나면 어떻게 할까? 스켈튼 남매든가 포겔 부부를 만난다면? 내가 이런 곳에 있다는 것을 어떻게 설명할 것인가? 무엇을 한다고 생각할까? 그때 '사우나'라고 적힌 방이 눈에 띄었다. 나는 그 앞을 지나갔다. 그렇다, 아차하면 이곳에 뛰어 들면 된다. 그러나 아무도 만나지 않았다. 이윽고 나는 14호실 앞까지 오고 말았다.

사고와 행동 사이의 심연에 다리를 놓는 것은 몹시 힘든 일이다. 누군가 타인의 방을 수색하려고 생각하는 것은 쉬운 일이다——거울 앞에 서 있던 나는 아무런 불안도 느끼지 않았었다——그러나 일단 실행 단계에서 실제로 타인의 방에 들어가려고 하는 것은 결코 쉬운 일이 아니었다. 꼬리를 빼는 것은 단지 들키는 게 두려워서 만은 아니었다. 거기에는 타인의 자존심을 짓밟는다는 죄의식이 있는 것이다. 눈앞에 처음 보는 문이 있고 낯선 손잡이가 있다. 그리고 그 뒤에 타인의 생활의 일부가 있다. 그 문을 연다는 것은 연인들의 모습을 훔쳐보는 것 같은 용서받지 못할 침입 행위로 생각된다.

나는 잠시 멈춰 서서 이러한 죄의식을 털어 버릴 온갖 구실을 갖다 붙이기에 급급했다. 어쩌면 메리 스켈튼이 착오를 일으킨 것은 아닐까? 여기는 시믈러의 방이 아닐지도 모른다. 이것은 시간 낭비다. 시믈러는 이미 카메라를 감춰 버렸겠지. 문에 열쇠가 채워지지 않았을까? 그리고 내가 문을 열려고 할 때 누가 올지도 모른다. 자칫하면 누군가에게……

이 문제를 해결하는 길은 한 가지뿐이었다. 몰래 들어가지 않으면 된다. 만일 방에 사람이 있든가 누군가에게 들키면, 잘못 알았다고 하면 되니까. 사우나에 갈 생각이라면 스켈튼이 함께 가자고 해서…… 오, 방이 틀렸습니까? 이런! 죄송합니다. 이렇게 말하고 물러나오면 된다. 상대가 스켈튼 남매가 아니라면 이것으로 족하다. 그러나 언제까지 이렇게 방 앞에 서 있다가는 사람들 눈에 띄게 마련이다. 나는 크게 숨을 쉰 다음, 문을 노크하고 핸들을 잡았다. 열쇠는 채워 있지 않았다. 나는 입구에 선 채 문을 활짝 밀어 제쳤다. 아무도 없었다. 나는 잠깐 사이를 둔 다음, 방으로 들어가 문을 잠갔다. 결국 실행한 것이다.

나는 주위를 둘러보았다. 내 방보다 작고, 창 밖으로는 요리실이 있는 별채 건물이 보였다. 창 옆의 사이프러스 가지가 방으로 들어오는 햇빛을 막고 있었다. 나는 되도록 창에서 물러서려고 마음 쓰면서 시믈러의 옷가방을 찾았다. 그러나 이내 그런 것이 없다는 것을 알았다. 아마도 물건을 옷장 서랍에 넣고, 가방은 보관실에 맡긴 것 같았다. 나는 서랍을 뒤져 보았다. 제일 윗서랍 외에는 텅 비어 있었다. 그곳에는 세탁한 흰 와이셔츠, 회색 넥타이, 휴대용 빗, 뒤꿈치에 구멍이 난 양말 한 켤레, 더럽지는 않으나 구겨진 내의 한 벌, 박하 비누 한 개, 프랑스제 담배 한 통 뿐이었다. 카메라는 없었다. 나는 넥타이의 상표를 보았다. 베를린의 제조 회사 이름이 주소와 같이 표시

되어 있었다. 내의는 체코슬로바키아 제품, 와이셔츠는 프랑스제였다. 세면대로 갔다. 면도칼, 세면 비누, 칫솔, 치약 등도 프랑스제다. 나는 벽장으로 갔다.

벽장은 폭이 넓었고, 덧문도 달렸으며 레일에는 양복 고리가 일렬로 걸려 있었다. 양복 한 벌과 회색 레인코트 하나뿐이었다. 그 외에는 아무것도 없었다. 양복은 짙은 회색으로 바지 가랑이가 좁았고, 레인코트의 소매는 ㄱ자형으로 찢어져 있었다.

그렇다면 이 옷 두 벌과 서랍 속의 물건이 하인버거 씨의 소지품 전부란 말인가! 실로 기묘했다. 레제르브 호텔에 체재할 정도라면 이보다는 의복이 많아야 하지 않을까?

그러나 그런 것은 관계없었다. 나는 카메라를 찾아야 했다. 매트리스 밑을 살펴보았으나, 튀어나온 스프링 끝에 손에 상처만 입었을 뿐 아무것도 나오지 않았다. 차츰 방 자체가 내 신경을 산란하게 만들었다. 일부러 숨어 들어왔는데, 목적물인 카메라는 보이지 않았다. 이제 돌아가지 않으면 안 된다. 그러나 해야 할 일이 또 한 가지 있었다.

나는 벽장으로 가서 양복 호주머니를 조사했다. 처음 손을 집어넣은 곳에서는 아무것도 없었다. 안쪽 호주머니를 뒤져 보니 얇은 종이 같은 것이 손끝에 닿았다. 나는 그것을 집어냈다. 수첩이 두 권으로, 어느 것이나 여권이었다. 하나는 독일, 또 하나는 체코슬로바키아의 것이었다.

먼저 독일 여권을 보았다. 1899년 에센 태생의 저널리스트 에밀 시믈러에게 1931년 교부된 것이다. 이것만으로도 놀랄 일이다. 나는 시믈러의 나이를 마흔 조금 넘게 보았었다. 나는 페이지를 넘겼다. 대부분이 공백이었다. 그러나 1931년 프랑스에서 2회, 1932년 소련에서 비자를 받은 적이 있었다. 소련에는 2개월 체재했었다. 또한 작년 12월에는 스위스, 같은 해 5월에는 프랑스에서 비자를 받았다. 나는 체코 여권으로 눈을 옮겼다.

첨부된 사진은 틀림없이 시믈러였으나, 여권의 명의는 1895년 브르노 태생의 회사원 폴 티사르로 되어 있었다. 발행 일자는 1934년 8월 10일로, 독일과 체코의 사증 스탬프가 수없이 찍혀 있었다. 어떻든 티사르 씨는 베를린과 프라하 간을 자주 다녔던 것 같았다. 나는 간신히 최근에 찍은 스탬프를 읽을 수 있었다. 금년 1월 20일——약 8개월 전이었다.

의미 깊은 이런 발견에 정신이 팔려 발소리가 내 귀에 들렸을 때는 벌써 문 앞까지 다다른 듯했다. 설사 발소리가 다가오는 것을 들었다 해도 과연 내가 그 이상의 일을 할 수 있었는지는 의심스러운 일이지만. 어쨌든 나는 여권을 양복 주머니에 집어넣고, 그것을 벽장 구석에 집어 던지는 일밖에 할 수 없었다. 그때 도어의 손잡이가 천천히 돌아갔다.

그러는 사이 내 육체와 정신은 마비된 것 같았다. 나는 우뚝 선 채로 바보같이 입을 벌리고 문을 바라보고 있었다. 큰 소리를 지르고 싶었다. 벽장 속으로 숨고 싶었다. 창 밖으로 뛰어 내리고 싶었다. 침대 밑으로 기어들고 싶었다. 그러나 나는 아무 짓도 하지 않았다. 입만 벌리고 서 있었을 뿐이다.

마침내 문이 열리고 시믈러가 방으로 들어왔다.

13

시믈러는 처음에 내 모습을 보지 못했다. 그는 방으로 들어오자, 침대 위에 책을 내던지고 벽장으로 걸어갔다.

순간 두 사람의 눈이 마주쳤다.

그는 흠칫 놀랐다. 그리고 천천히 벽장으로 걸어가서 담배통을 꺼냈다. 그리고는 파이프에 담배를 재우기 시작했다.

참을 수 없는 침묵이었다. 무엇인가 엄청나게 무거운 것이 내 가슴을 짓눌러서 질식시킬 것만 같았다.

머리 속에서 피가 격렬하게 맥박 쳤다. 나는 멀거니 서서 파이프에 담배를 재우는 그의 침착한 손놀림만 지켜보고 있었다.

이윽고 시믈러가 입을 열었다. 여느 때와 다를 바 없는 자연스런 말투였다.

"유감이지만, 돈이 될 만한 것은 없을 것이오."

"나는 아무것도……."

내가 기어드는 목소리로 말하자, 그는 파이프를 쥔 손으로 조용하라는 신호를 했다.

"변명은 필요 없소. 사실 당신을 동정하고 있소. 당신 장사는 위험을 동반하지 않으면 안 되니까. 그렇게 위험한 다리를 건넜는데도 아무 효과가 없을 때는 참으로 허전한 마음일 게 틀림없을 것이오. 더욱이," 그는 담뱃불을 붙이면서 말했다. "교도소에 처박힐 위험일 때는 더하겠지요."

그는 연기를 내뿜었다.

"그럼, 지배인을 이곳으로 부를까요, 아니면 사무실까지 같이 갈까요?"

"지배인을 만나고 싶지는 않습니다. 나는 아무것도 훔치지 않았습니다."

"그것은 알고 있소. 훔칠 물건이 없으니까. 그러나 당신은 불청객이고 내 방에 있었소."

흩어진 사고력이 차츰 회복되기 시작했다.

"실은……."

나는 다시 말을 꺼냈으나 그 다음 말을 잇기도 전에 가로막히고 말았다.

"흠, 그렇게 나올 줄 알았소. '실은'이라는 말로 시작되는 이야기는 대개 언제나 거짓말로 정해져 있소. 그러나 이야기해 보시오. 당신의 '실은'은 무엇이오?"

나는 노여움으로 얼굴이 붉어졌다.

"실은, 오늘 아침에 내 옷가방에서 물건을 몇 가지 도난당했소. 나는 당신이 훔치지 않았나 생각했습니다. 게혜 씨가 사건을 성심껏 취급하지 않았기 때문에 직접 조사하기로 결심한 것입니다."

시믈러는 기분 나쁜 미소를 띠었다.

"그럴싸하군. 최선의 방어는 공격이다. 내가 당신을 위협하면, 당신도 나를 위협한다는 것인가요? 그러나 불행한 일이지만 게혜에게 이미 당신 얘기를 들었소." 그는 의미 있게 입을 다물었다. "호텔 계산을 끝냈더군요."

"불만스럽지만 나가렵니다."

"그래, 이곳에 몰래 들어 온 것도 그런 뜻인가요?"

"해석은 당신 자유입니다. 그러나 내가 오해했다는 것은 알았습니다. 범인은 당신이 아니오. 허락 없이 방을 뒤진 것을 사과하고 물러가겠습니다."

나는 문 쪽으로 걸어갔다.

그는 다가와서 가로막았다. "유감이지만," 하고 엄숙하게 말했다. "그렇게는 안 됩니다. 이곳에 그대로 있어 주고, 게혜 씨를 부르는 편이 좋겠군요." 그는 벨을 눌렀다. 나는 왈칵 화가 치밀었다.

"나는 아무것도 훔치지 않았소. 아무 손해도 끼치지 않았단 말이오. 비난받을 만한 일은 아니지 않습니까?" 내 소리는 높아졌다.

"여보, 바다시 씨." 그는 짜증난 듯 말했다. "당신 얼굴은 경찰도 알고 있소. 그것으로 충분하지 않소? 도망칠 구멍이 있다면 말해 봐요. 그러나 그것은 경찰서장에게 들려주는 것이 좋을 거요. 어떻든 당신은 무엇인가 훔치기 위해서 이 방에 들어왔고, 변명은 형사 앞에서 얼마든지 할 수 있어요."

나는 필사적이었다. 어떻게 하든 도망칠 구멍을 찾으려고 머리를 짰다. 지금 이곳에 게헤가 나타난다면 30분 후에는 경찰서로 보내지고 만다. 지금 내가 말할 수 있는 것은 한 가지밖에 없다.

"그러나, 대체," 나는 이빨을 갈듯 말했다.

"나를 고발하려는 것은 누구입니까? 하인버거 씨입니까, 베를린의 에밀 시믈러 씨입니까? 아니면 브로노의 폴 티사르 씨입니까?"

어떤 반응이 있으리라고 생각했지만, 그것이 너무도 컸기 때문에 나는 깜짝 놀랐다. 그는 천천히 뒤돌아서서 나를 똑바로 쏘아 보았다. 야윈 얼굴은 새파랗게 되었고, 비웃던 눈은 분노로 돌변했다. 그는 내게로 다가왔다. 나는 무의식중에 한 발 뒤로 물러섰다. 그는 내 앞에서 멈춰 섰다.

"그렇다면 당신은, 호텔을 소란스럽게 하는 좀도둑이 아니군요?"

그 말투는 조용하면서도, 어딘지 사람의 마음속을 꿰뚫어 보는 듯했다. 나는 두려움을 느꼈다.

"그래서 도둑이 아니라 했지 않습니까?" 나는 기세 있게 말했다.

그는 갑자기 한 발 내밀면서 내 목덜미를 잡고 자기 앞으로 힘껏 끌어당겼다. 두 사람의 얼굴 사이는 불과 몇 센티미터에 불과했다. 나는 놀란 끝에 반항하는 것도 잊어버렸다. 그는 천천히 내 몸을 앞뒤로 흔들면서 말했다.

"그래, 도둑이 아니야. 단순한 좀도둑이 아니야. 너는 증오스런 더러운 스파이다. 약삭빠른 스파이라고."

그는 경멸하듯 입술을 떨었다. "내성적이고 얌전한 어학 교사로 탈바꿈해서 낭만적인 풍채로 화가도 속일 듯한 마자르(헝가리의 주요

민족) 인 같은 슬픈 눈매로 세상을 조롱하겠다는 건가? 자, 언제부터 이 일을 하고 있었나? 응? 물론 딴 이름도 있겠지? 너는 어떤 일을 맡았어? 설마 수용소에 끌려갈 것을 애걸해서 전향한 것은 아니겠지?"

나는 세차게 떠밀려 비틀거리면서 뒤쪽 벽에 부딪쳤다. 그는 주먹을 쥐고 달려들려고 했다. 그때 노크 소리가 났다.

순간 두 사람은 말없이 흘겨보았다. 그는 어깨를 쭉 펴고 걸어가서 문을 열었다. 노크한 것은 보이였다.

"부르셨습니까?" 보이의 말이 들렸다.

시믈러는 잠시 주저하다가 말했다.

"아니, 미안하군. 벨을 잘못 눌렀소. 아무 일도 없어요."

그는 문을 닫고 그대로 기댄 채 나를 노려보았다.

"운 좋게 살아났군. 내가 이처럼 화가 난 것은 몇 년 내 없었고, 너를 죽일 작정이었으니까."

나는 말소리가 떨리는 것을 억제하면서 입을 열었다.

"이제 가라앉았으니까 차분하게 이야기할 수 있겠지요? 당신은 조금 전에 최선의 방어는 공격이라고 했습니다만, 나를 스파이라고 부르는 것은 너무 유치합니다. 그렇게 생각지 않습니까?"

시믈러는 아무 말도 없었다. 나는 냉정을 되찾았다. 생각한 것보다 간단하게 될 것 같았다. 지금 제일 중요한 것은, 그가 카메라를 어떻게 했는가 추궁하는 것이었다. 그런 다음, 보이를 불러서 베건에게 전화를 걸도록 하자.

"당신 때문에 내가 얼마나 혼이 났는지 안다면 아마 동정하게 될 것입니다. 어젯밤 당신에게 얻어맞은 머리는 지금도 쑤시고 아픕니다. 자, 두 통의 필름이 무사하다면, 경찰이 오기 전에 돌려주십시오. 경찰은 사건이 매듭지어지지 않는 한 나를 파리에 보내지는 않을 테니까요. 그러나 이것으로 처리될 것 같으니까 당신도 깨끗하게 시인하는 것이 좋겠습니다. 그리고 카메라는 어떻게 했습니까?"

"무슨 서툰 농담을 하는 거요?"

"아니라는 것은 당신이 잘 알 것입니다."

어쩐지 사태가 잘 처리되지 않는 것 같아서 나는 어리벙벙해졌다.

"경찰을 부를까요, 괜찮겠지요?"

"경찰이라? 아니, 좋소, 꼭 불러 주시오."

허세를 부리는 건지도 몰랐다. 그러나 나는 불안해졌다. 카메라라는 증거가 없는 한 나는 어떻게도 할 수 없지 않는가! 나는 작전을 바꾸기로 했다. 1, 2초 상대를 뚫어지게 본 다음, 실망한 듯 피식 웃었다.

몹시 부끄러운 듯 나는 말했다.

"유감스럽게도 엉뚱한 오해를 한 것 같습니다."

상대는 주의 깊게 내 눈을 응시했다.

"그러리라고 믿고 있소."

나는 한숨을 쉬었다.

"참으로 이런 행동을 해서 미안합니다. 나는 대단한 바보라고 생각합니다. 듀크로 씨가 듣는다면 몹시 재미있어 할 것입니다."

"누구라고?" 권총 탄알이 날아오는듯한 질문이었다.

"듀크로 씨입니다. 재미있는 노인이지요. 말이 많은 것은 사실이지만 생각이 깊은 점도 있습니다."

시믈러는 초조한 심정을 억제하느라 고심하고 있었다. 그는 나에게 다가왔다. 그리고 기분 나쁜 낮은 소리로 물었다.

"당신은 누구요? 무엇을 바라오? 경찰에서 왔소?"

"경찰과 관계있습니다."

이것은 꽤 멋있는 대사라고 나는 생각했다. "내 이름은 아시겠지요? 내가 바라는 것은 단 한 가지, 약간의 정보입니다. 카메라를 어떻게 했습니까?"

"흠, 변함없이 무슨 말인지 모른다고 대답한다면?"

"당신을 경찰에 의뢰해서 조사하도록 하겠습니다. 그 대신," 나는 재빨리 그의 표정을 훔쳐보았다. "당신이 몹시 비밀로 하고 있는 것, 즉, 당신 이름이 하인버거가 아닌 것도 밝히겠습니다. 그리고……."

"경찰에선 이미 알고 있소."

"그건 알고 있습니다. 그러나 나는 유감스럽게도 지방 경찰의 정보 활동 같은 것은 조금도 신용하지 않습니다. 자, 무슨 말인지 아시겠지요?"

"모르겠는데."

나는 미소를 띠며 그의 곁을 지나 문으로 가려고 했다. 그러자 그는 내 한쪽 팔을 붙들어 되돌아서게 했다.

"잘 들어, 얼간이!"

그는 난폭하게 말했다.

"당신이 대체 어떻게 했다는 것인지 나는 모른다. 당신은 내 일에 대해서 무엇인가 제멋대로 망상을 하고 있는 것 같군. 그것이 무엇이든, 내가 신원을 숨기려는 사실로 자기 생각이 옳다는 것을 다소라도 증명할 수 있다고 생각하는 것 같군, 그렇지?"

"아마 그렇다고 봅니다."

"좋아, 그렇다면 말하지. 내가 하인버거라는 이름을 쓰고 있는 것은 당신과는 관계없어. 게헤는 그 이유를 알고 있고, 경찰도 내 본명을 알고 있다. 그런데 당신은 그 이유를 조금도 모르면서, 내가 알지도 못하는 정보를 말하지 않는다면 엉뚱하게 분별없이 폭로하겠다는 말을 한다. 이것도 틀림없겠지?"

"만약 당신이 정보를 갖고 있지 않다고 하면 말입니다."

그는 내 말을 무시하고 침대 끝에 앉았다.

"당신은 어떻게 알아냈는지는 모르겠지만 아마도 이곳 경찰에서 말을 듣고, 벽장 속의 여권을 보고 알았겠지. 어떻든 간에 나로서는 이 일이 더 이상 타인의 귀에 퍼지는 것을 막지 않으면 안 돼. 나는 솔직하게 털어놓겠네! 왜냐? 당신을 말려야 하니까. 내가 할 수 있는 유일한 방법은 그 이유를 설명하는 것이겠지. 그렇다고 무슨 대단한 이유도 아니야. 나 같은 처지가 그리 드물지도 않을 테니까."

그는 입을 다물고 파이프에 다시 불을 붙였다. 파이프불 너머로 그의 시선이 내 눈을 보고 있었다. 그의 눈에 비웃는 듯한 표정이 되살아났다.

"바다시 씨, 당신은 무슨 말을 해도 믿지 않겠다는 표정을 하고 있군."

"그렇게 보입니까?"

그는 성냥불을 입김으로 껐다.

"좋소, 어차피 곧 알게 될 테니까. 그러나 한 가지는 다짐해 두겠소, 그것은 내가 당신을 믿는다는 것이오, 물론 나로서는 그럴 수밖에 없소, 나를 믿으라고 당신을 설득할 수는 없는 일이니까."

그렇게 말하고 입을 다문 그의 침묵 속에서는 아련하게 무엇인가를 묻고 있는 듯한 느낌이 들었다. 잠시 내 마음이 흐려졌다. 그러나 그것도 순간이었다.

"나는 누구도 믿지 않습니다."

그는 한숨을 쉬었다.

"좋소, 그럼 시작할까요. 그러나 이것은 긴 이야기요. 사건의 시작은 1933년, 나는 베를린의 사회 민주당계의 신문〈텔레그래프 브래드〉편집인으로 일했었소." 그는 어깨를 움츠렸다. "지금은 없어졌지만 나쁜 신문은 아니었소. 내 밑에는 머리 좋은 기자가 몇 사람 있었지요. 사장은 동프러시아에서 제재 공장을 경영하던 훌륭한 인물로 19세기 영국의 자유주의자 고드윈, 존 스튜어트 밀 같은 경향의 개혁가였지요. 슈트레제만(독일 자유주의 정치가.
1878~1929)이 죽었을 때는 상복을 입었고, 인간의 우애며 노사간의 투쟁, 그리고 그리스도의 가르침을 바탕으로 협동 정신을 길러야 한다는 필요성을 주제로 한 논문을 때때로 내게 보내주곤 했소. 그는 자기 공장 종업원들과 사이가 좋았어요. 그러나 그의 공장은 적자가 계속되었고, 그러는 사이 1933년이 되었소.

전후 독일 사회 민주주의의 고민은, 한 손이 싸우려는 것을 또 다른 손은 저지했던 것이었지요. 사람들은 노동자를 착취하는 자본가의 자유도 믿었고, 노동조합을 조직해서 자본가와 싸우는 노동자의 자유도 믿었지요. 그들의 커다란 환상은 타협의 무한한 가능성을 믿는 것이었소. 바이마르 헌법 속에서 유토피아를 구축할 수 있는 최고의 정치 구상의 오직 한 길은 개혁뿐이고, 세계의 불필요한 경제 기구는 상층부의 인적 요소에 의해 토대를 지탱할 수 있다고 생각했던 것이지요. 무엇보다 나빴던 것은 힘에는 선으로 대하면 된다는, 즉 미친개를 만나면 머리를 쓰다듬어 주면 된다는 생각이었지요. 그래서 1933년 독일의 사회 민주주의는 미친개에 물려 한스럽게 죽고 말았지요.

〈텔레그래프 브래드〉신문은 맨 처음에 무너진 신문이었소. 우리는 두 차례 습격당했는데, 두 번째 습격 때 인쇄실이 수류탄으로 파괴되고 말았소. 그래도 우리는 살아 있었지요. 운 좋게도 신문을 인쇄해 주겠다는 인쇄소가 나타났던 것입니다. 그러나 8주일 뒤에 그 인쇄소 역시 인쇄를 거절했어요. 경찰이 달려왔던 거요. 같은 날 경영주에게서 전보가 왔어요. 사업이 실패했기 때문에 신문사를 팔아야 한다는 것입니다. 산 사람은 나치의 관리였으나, 그 대금이 디트로이트 은행의 수표였다는 것이 내 귀에까지 들어왔다오. 다음 날 밤, 나는 집에서 체포되어 경찰서 유치장에 갇히게 되었소.

무려 3개월 간 유치되어 있었으나 송치되지는 않은 채, 그저 고려 중이라는 말만 들려 왔지요. 처음 1개월, 유치 생활에 익숙해질 때까지가 최악의 기간이었소. 경찰들은 그렇게 나쁜 사람들만은 아니었어요. 내가 쓴 글을 읽었다는 사나이도 있었으니까. 그러나 3개월 가까이 되어 나는 하노버 근처의 수용소로 옮겨지고 말았습니다.″

그의 말은 처음보다 정중해졌다. 나는 창가 의자에 앉았다.

″수용소 이야기는 당신도 아마 들었겠지요?″ 그는 말을 계속했다. ″많은 사람들이 알고 있지만, 그들이 생각하고 있는 것은 대부분 잘못 전해진 이야기입니다. 누군가의 이야기를 듣고, 죄수들은 하루 종일 고무 몽둥이로 이빨을 얻어맞든가, 배를 채이든가, 개머리판으로 손가락이 부러진다고 상상하고 있지요. 그러나 그렇지 않습니다. 적어도 내가 있던 수용소는 그렇지 않았어요. 나치의 잔인성은 그보다도 더 비인간적이었어요. 그들이 노리는 것은 정신입니다. 혹시 당신이 2주 정도 캄캄한 독방에서 지낸 사람을 본다면 내가 말하는 뜻을 알 것입니다. 이론상으로는, 수용소 생활도 보통 교도소에서처럼 불편한 것은 다름없다고 말할 수 있지요. 이론상으로는 말입니다. 그러나 그러한 수용소 생활을 보낸 사람은 하나도 없으리라고 생각됩니다. 그곳 규칙은 참 색다른 곳이었으니까요. 예를 들자면, 일을 하라고 합니다. 삽으로 돌무더기를 딴 곳으로 옮겼다가, 그것이 끝나면 다시 원위치로 옮기는 일이지요. 만일 일하는 손을 쉬기라도 한다면, 잠시 허리를 펴는 일까지도 명령을 거역했다는 이유로 채찍을 얻어맞

고 일 주일 간 독방에 감금됩니다. 그자들은 한 순간도 내버려 두지 않아요. 감시가 소홀해지지 않도록 감시원은 자주 교체됩니다. 수용소 안을 걷고 있으면 언제나 기관총이 겨냥하고 있었습니다. 식사는 멀건 양배추 국물에 음식찌꺼기를 만 것인데, 그것을 먹는 사이에도 기관총이 겨냥하고 있습니다. 어떤 사나이들은 기관총을 의식한 나머지 먹은 것을 이내 토해 버립니다. 서 있을 수도 없이 쇠약해진 사람도 있지요. 인간의 정신을 조직적으로 파괴하는 일을 착수하는 것입니다. 정기적인 채찍질과 장시간의 독방 감금은, 얼마 있으면 곧 목적을 달성하여 줍니다. 버티고 있는 사이에 조금씩 자기의 맑은 정신이 사라져 가는 것을 자각하게 됩니다. 나는 완전히 얼빠진 꼴을 가장하고 있었는데 그것도 쉬운 일이 아니었어요. 그자들은 죄수들 눈만 보고도 금세 알아내니까요. 무심히 그들과 눈이 마주쳐 자기 마음이 아직 인간답게 활동하고 있고, 동물같이 되지 않은 것을 들키게 되면 그것으로 끝장이지요. 때문에 언제나 시선은 밑을 보고, 그들이 말을 걸어 와도 감시원의 얼굴을 보아서는 안 됩니다. 나는 이런 일에 숙련되었습니다. 너무 숙련되었기 때문에 어떻게 보면 이것은 나의 착각일 뿐이고 실은 나 역시 딴 사람들과 조금도 다르지 않는 동물적인 상태가 아닌가 하고 의심할 정도였지요. 이렇게 하여 그 수용소에서 2년 지났습니다."

파이프의 불은 꺼져 있었다. 그는 한참 생각하면서 파이프 머리를 손바닥에 툭툭 쳤다.

"어느 날 나는 수용소 사령관실로 끌려갔지요. 만일 내가 독일 시민권을 포기하고 두 번 다시 독일에 돌아오지 않겠다고 서명하고 약속한다면, 이곳에서 내보내 주겠다는 말이 나왔지요. 처음에는 내 마음을 떠보기 위한 책략이 아닌가 생각했어요. 그러나 책략은 아니었습니다. 그들이 자랑하는 그 잘난 인민재판에서도 나를 유죄로 할 이유를 발견하지 못한 것입니다. 나는 서류에 서명했어요. 수용소를 나올 수만 있다면 무엇에라도 서명했을 것입니다. 출소 허가가 나올 때까지 3일을 기다려야 했습니다. 그때 나는 딴 죄수들과 격리되었지요. 그들과 같이 일을 하지 않고 변소 청소를 맡았습니다. 그러나 밤에는 그들과 같이 공동 침실로 돌아갔지요. 그런데 그 사이 이상한 일이 일어났습니다. 죄수들은 대화가 금지되고 있었고 그 규칙은 용서 없이 강요되었기 때문에, 죄수들이 대화할 수 있는 방법은 예의 죄수와 감시원이 말을 할 때 '시선을 아래로 뜨는' 방법이 그대로 이용되었지요. 따라서 상대의 얼굴을 바라보면 무슨 이야기를 하고 싶다는 뜻이 되므로, 보통 발이나 어깨를 보는 습관이 익숙해졌지요. 나의 수용소 생활의 마지막 밤, 모두가 공동 침실에 들어가 있는데 옆에 있는 사나이가 끈질기게 내 시선을 잡으려는 걸 알고 흠칫 놀랐습니다. 그 사나이는 40세 정도의 회색빛 얼굴을 한, 다소 엉큼한 느낌이 드는 사나이였어요. 수용소에 온 지 6개월밖에 되지 않았는데 언제나 혼자 끌려가서 채찍으로 구타당하는 것으로 보아 공산주의자라는 것은 전부터 짐작하고 있었지요. 우리들 가까이에 감시원이 있었기 때문에 나는 출소 허가가 취소라도 되면 어떡하나 해서 마음속으로 두려워했습니다. 때문에 나는 되도록 일찍 자려고 했습니다. 옆으로 누워서 죽은 듯이 있었지요.

죄수들이 잠결에 무서운 꿈을 꾸고 소리를 지르는 일은 흔했습니다. 뜻 모르는 잠꼬대를 하는가 하면, 자면서 큰 소리로 떠들거나 비명을 지르기도 합니다. 누가 그렇게 소란을 피우기라도 하면, 감시원이 물을 들고 달려와서 헛소리하는 사나이에게 물을 붓는 것이었어요. 나는 그곳에서 깊이 잠들 수 없었는데, 그 밤따라 더욱 심했습니다. 내일 나가는 일만 생각하고 있었지요. 어둠 속에 누워

두 시간 쯤 지났을 때, 예의 옆 자리의 사나이가 잠꼬대를 시작했어요. 곧 감시원이 달려왔으나 사나이의 잠꼬대는 이미 멈춰 있었습니다. 감시원이 가 버리자 다시 시작했습니다. 이번에는 조금 전보다 좀더 정확하게 말했기 때문에 무슨 소린지 들을 수 있었지요. 사나이는 내게 잠을 깼느냐고 물었어요.

나는 가볍게 헛기침을 하고 꿈틀꿈틀 몸을 뒤치면서 한숨을 쉬어, 깼다는 것을 알려 주었습니다. 그러자 그는 다시 중얼중얼 말을 시작했습니다. 프라하의 어떤 주소를 알려 주면서 그곳에 가도록 부탁했어요. 사나이가 다시 되풀이할 시간이 없었어요. 감시원이 달려와서 의심했기 때문입니다. 사나이는 갑자기 몸을 뒤척이고 두 손을 휘저으면서 '도와줘' 하고 부르짖었어요. 감시원은 사나이를 걷어찼고, 그가 겨우 정신을 차린 듯하자 떠들면 물을 끼얹겠다고 위협했습니다. 그 뒤에 사나이는 아무 말도 하지 않았어요. 다음날 출소 허가가 나왔고, 나는 벨기에로 가는 기차를 탔습니다.

다시금 자유의 몸이 되는 기분이 어떤 것이라는 것을 당신에게 말하려는 것이 아닙니다. 처음 나는 당황했어요. 아무리 해도 수용소 냄새가 몸에 배어 지워지지 않았고, 낮에도 틈만 있으면 잠이 들어 그때마다 수용소에 끌려가는 꿈을 꾸었습니다. 그러나 얼마 안 가서 그런 상태에서 벗어나 다시 인간다운 생각을 가지게 됐습니다. 1, 2개월은 파리에서 지내면서 신문 일을 좀 했으나 언어 장벽으로 잘 되지 않았어요. 자기가 쓴 것을 정확히 번역하는 데는 아무래도 돈이 들었습니다. 그래서 프라하로 갈 것을 결심했지요. 그때는 수용소의 사나이가 말한 곳으로 가려는 생각은 없었습니다. 그 일은 모두 깨끗이 잊어버리고 있었으니까요. 그러나 프라하에서 만난 독일인과 무슨 이야기 도중, 그 장소를 확인해 보고 싶은 마음이 생겼습니다. 조사해 본 결과, 그곳은 독일 공산당 지하 선전

본부였어요."

그는 잠깐 입을 다물고 파이프에 불을 붙인 다음, 다시 계속했다. "얼마 있다가 나는 신용을 얻어 지하 조직을 위해 일하게 되었습니다. 그것은 독일 국내에 진실한 뉴스를 흘려보내는 일이었습니다. 우리는 신문을 발행했지요. 이름은 아무래도 좋았습니다. 그것을 국경 넘어 독일 내로 조금씩 들여보냈습니다. 신문은 굉장히 얇은 인디언 페이퍼(사전에서 쉽게 볼 수 있는 얇고 튼튼한 종이. 영국에서 처음 만들어졌다)에 인쇄되어 손 안에 쏙 들어갈 정도로 한 장 한 장 조그맣게 접혀 있었지요. 수송 방법은 여러 가지였는데, 그 가운데에는 아주 교묘한 방법도 있었습니다. 차곡차곡 접은 신문을 기름이 스며들지 않는 봉투에 넣어서 프라하와 베를린을 오가는 기차 기름통에 집어넣은 일도 있었지요. 이것을 종착역인 베를린에서 차량 검사원인 당원이 회수하기로 되어 있었으나, 그 당원이 게슈타포에 붙들렸기 때문에 딴 방법을 생각해 내야 했습니다. 그때 한 당원이 어떻게 하든 체코의 여권을 손에 넣어서 세일즈맨으로 위장하여 상품 견본과 함께 운반하자는 제안을 했습니다. 이 일을 내게 맡겨 달라고 했습니다. 약간 고생은 했으나 일은 잘 되었지요.

그때 나는 일년에 평균 30회 이상 독일에 들어갔어요. 그렇게 모험적인 일도 아니지만, 두 가지 위험은 있었습니다. 하나는 내 정체가 드러나 밀고되거나 신문을 건네 받아 배포하는 남자가 의심을 받아 수사가 진행되는 경우였습니다. 그런데 진짜로 그 사나이가 의심을 받기 시작한 것입니다. 그들은 사나이를 이내 체포하지 않고 감시하고 있었어요. 우리는 언제나 교외에 있는 역 대합실에서 만나 같이 기차를 타기로 했습니다. 그런 다음 내가 하차할 때에 신문 뭉치를 선반 위에 놓고 내리면 그 사나이가 그것을 가져갔던 것이죠. 그러던 어느 날, 기차가 역을 출발하는가 싶더니 곧 정차

해서 히틀러 친위대원들이 선로에서 올라탔습니다. 그들의 목표가 우리인지 몰랐기 때문에, 우리는 서로 떨어져서 조용히 앉아 있었습니다. 이윽고 그자가 체포되는 소동이 일어났기 때문에 다음은 내 차례라고 각오하고 있었습니다. 그런데 검은 셔츠의 친위대는 내 여권을 본 다음 그대로 차에서 빠져 나갔습니다. 다음 날 겨우 프라하로 돌아왔을 때 나는 미행당한 것을 알아챘습니다. 다행히 나는 본부에 돌아가지 않을 정도의 분별력은 갖고 있었습니다. 나로서는 다행이라고 할 수 없었어요. 그들은, 내가 안내를 하지 않는다는 것을 알게 되자 나를 독일로 끌고 가서, 설득력 있는 수단에 호소하여 정보를 캐내는 것이 제일 좋은 방법이라고 생각했던 것입니다. 알겠어요? 우리 신문은 그들에게 골치 아픈 일이었으니까요. 그런데 내가 그 신문과 관계있는 유일한 인물이었던 것입니다. 독일 내에 있는 것은 단순히 신문을 배포하는 말단 조직에 불과했던 것이지요. 그들이 쫓고 있는 것은 모든 지휘를 하는 수뇌급이었지요. 나는 도망치지 않으면 안 되었어요. 그것도 체코슬로바키아 국외로 나가지 않으면 안 되었어요. 왜냐하면 내가 실은 절도범으로 수배중인 독일인으로 폴 티사르라는 이름으로 가짜 여권을 손에 넣은 것이라고 그들이 통고했던 것입니다. 스위스에서 그들은 나를 납치하려고 했지요. 콘스턴스 호반에 체재 중일 때, 휴가를 얻어 낚시하러 왔다는 두 사나이와 친해졌지요. 어느 날 그들이 같이 외출하자고 왔습니다. 나는 심심하던 차라 같이 가겠다고 했습니다. 그런데 우연한 순간에 그들이 스위스 인이 아니라 독일인이고, 그들의 보트는 호수 건너편 독일령에서 빌렸다는 것을 알았습니다. 그 뒤 나는 취리히로 갔지요. 그들이 내 뒤를 쫓겠지만, 이 정도로 국경에게 멀리 떨어져 있으면 납치는 어렵다는 것을 알았기 때문입니다. 어느 날 아침 프라하에서 편지가 왔고, 내 이름이 시

물러라는 것을 게슈타포가 알았다는 경고를 받았습니다. 물론 그들은 폴 티사르가 체코 인이 아니고 독일인이라는 것을 알고 있었지요. 내 본명을 안 이상 나를 독일로 데려가는 데 납치할 필요는 없었지요. 그 후로 나는 도망 다니고 있는 겁니다. 스위스에는 게슈타포의 밀정들이 들끓고 있어요. 그래서 나는 프랑스로 오기로 했고, 프라하의 친구들은 나를 게헤에게 보낸 것입니다. 게헤도 동지의 한 사람입니다.

게헤는 놀라운 우정을 쏟아 주었습니다. 나는 돈 한 푼 없이 이곳에 왔지만, 그는 옷을 주었고 도착 이후 지금까지 무료로 머무르게 하고 있습니다. 나는 이 이상 도망할 수도 없어요. 나는 한 푼도 없고, 게헤는 나에게 돈을 줄 처지가 못됩니다. 이 호텔은 그의 부인 것이기 때문에 그로서는 내가 머물 수 있도록 설득하는 일이 고작입니다. 나는 일을 하겠다고 했으나 부인은 거절했습니다. 그 부인은 질투심도 강하고 자기주장도 강한 드센 여자이니 나도 곧 떠나야 합니다. 이제는 이곳도 위태롭게 되었어요. 이삼 주 전에 게슈타포의 밀정이 프랑스에 파견되었다고 들었습니다. 그들의 탐색법은 참으로 놀랄 정도니까요. 마치 흰 촉체비 같습니다. 그러나 인간이라는 것은 쫓겨 다니다 보면 묘한 감각이 발달합니다. 위험이 닥치면 그런 감각이 움직입니다. 나는 내 모습을 아주 바꿔 놓았지만 아마 탄로 난 것 같아요. 그리고 밀파된 밀정 역시 짐작하였을 것으로 봅니다. 그러나 그들은 확신을 가질 때까지는 행동을 하지 않으니까, 나의 유일한 찬스는 상대를 속여서 떨어 버리는 것입니다. 당신에게는 참으로 불의의 일격을 받았소. 조금 전에는 상대를 잘못 본 게 아닌가 하고 생각했었소. 게헤는 당신을 마음씨 나쁜 사기꾼으로 보았으니까요."

그는 어깨를 움츠렸다.

"바다시 씨, 나는 당신의 정체를 모릅니다. 그러나 지금까지 이야기한 것은 사실입니다. 자, 어떻게 하겠소?"

나는 그의 얼굴을 지켜보며 말했다.

"솔직히, 모르겠습니다. 지금 말은 신용할 만하지만, 한 가지 마음에 걸리는 것이 있습니다. 시믈러라는 이름이 확인된 것이 왜 당신의 입장을 악화시키는 것인지 그 이야기를 듣지 못했습니다. 당신이 티사르라면 귀국시킬 수가 없는데, 본명을 알면 어떻게 그 일이 가능합니까?"

그의 시선이 나에게 못 박은 듯 쏠려 왔다. 입 언저리가 경련하듯 움직였다. 감정을 자극하는 것은 그것뿐이었다. 대답은 솔직했고, 간단했다.

"극히 간단한 일이지요." 그는 천천히 말했다. "내 아내와 아이들이 아직 독일에 있기 때문이오, 알겠소?"

그는 잠깐 사이를 두었다가 다시 말했다.

"독일에서 추방될 때, 그들은 가족과 만나게 하지 않았어요. 나는 2년 이상 가족의 얼굴을 보지 못했소. 수용소에 끌려가서 전에 아내는 어린애를 데리고 베를린 교외의 친정으로 갔다는 소식만 들었지요. 나는 벨기에와 파리에서 아내에게 편지하여 내가 영국이나 프랑스에 정착하면 모두 함께 살자고 했어요. 그러나 파리에서는 혼자 살기에도 힘에 부쳤고, 런던에 간다 해도 사정은 마찬가지라는 사실을 깨달았어요. 고작 독일인 망명객만 한 사람 더 증가할 뿐이지요. 그런데 프랑스에서 만난 어떤 남자로부터, 공산주의자들은 들키지 않고 독일에 들어가는 여러 가지 방법을 알고 있다는 말을 들었지요. 나는 어떻게 하든 아내를 만나 이야기를 하고 싶었고, 아이들도 만나야겠다는 열망이 가득 차 있었던 것입니다. 내가 집으로 가기로 한 것은 수용소에서 들었던 이런 희망 때문이었습니다. 물론 독일에 자유로이 출입할 수 있다는 것은 소문에 불과했습니다. 그것은 곧 알 수 있었습니다. 그러나 일단 기회가 왔을 때, 나는 그것을 잡았습니다. 체코 여권으로 여행할 때 비밀리에 세 차례 아내와 만났지요.

아내는 아이들과 함께 프라하로 데려가 줄 것을 희망했으나 나는 거절했습니다. 나에게 생계의 길이 없는 이유도 있었지만, 장인 집에서 편안히 살면서 아이들이 학교에 갈 수 있다면 그보다 더 좋은 일은 없다고 생각했기 때문입니다.

최초의 위기에 직면했을 때, 내가 택한 길이 현명했다고 만족해 했습니다. 어때, 게슈타포들? 나를 조국으로 끌어갈 수 있다면 해 보라! 그러나, 알겠소? 그들이 나를 붙들었다 해도 그들에게 이익이 되지는 않았을 것입니다. 당에서는 아무리 충실한 당원이라 해도 최후에는 그들의 고문에 입을 열고 만다는 것을 알고 있으니까요. 내가 미행당해서 프라하로 돌아왔을 때, 당은 이미 옮기고 없었어요. 지금은 어디 있는지 나도 모릅니다. 연락처는 프라하의 우체국으로 할 뿐입니다.

게슈타포들은 정말 집요하답니다. 그들은 나를 귀국시키려고 했어요. 그런데 나는 그들을 대수롭지 않게 본 것입니다. 체코 여권이 위험해져 사용할 수 없게 되었을 때, 나는 아내가 숨겨 가지고 있다가 재회 때 갖다 준 옛날 독일 여권을 사용하기로 했지요. 그 자들이 내 신원을 알게 된 것은 내가 그 여권을 사용했기 때문일 것입니다.

이야기를 들었을 때 흠칫했지요. 그들은 내 처자를 인질로 할 수 있겠구나. 나는 돌아가서 아내가 내 대신 감금되어 있는지 확인해 봐야겠다고 생각했습니다. 나는 사태를 면밀히 생각했습니다. 그들이 최후 통첩을 해 올 때까지는 아내가 무사하겠지. 물론 감시는 받고 있겠지만 무사하겠지. 그렇다면 내가 할 일은 한가지뿐이다. 아내의 소식을 알 때까지 숨어 있는 일이다. 처자가 무사하고, 그리고 장인과 같이 살고 있다면 다시 숨어서 그들이 나를 찾는 것을 단념하도록 하는 수밖에 없다. 그때까지는 아내를 데려올 별도의 여권을 준비할 수 있겠지."

그는 손에 들고 있는 낡은 파이프를 한참 보았다.

"그로부터 벌써 4개월을 기다리고 있으나 아무 소식도 없소. 독일의 검열이 두려워서 나는 편지도 쓸 수 없어요. 게헤는 툴롱에 우편 사서함을 가지고 있으니까 그리로 편지하자고 말하지만, 아직 이른 상태입니다. 나는 기다리는 것 외에는 아무 일도 할 수 없습니다. 이곳에 있는 것을 들킨다 해도 어쩔 도리가 없습니다. 어차피 가까운 시일 내에 아내에게서 연락이 없다면, 나는 결국 귀국할 수밖에 없어요. 내가 취할 수 있는 길은 그것뿐입니다."

잠깐 동안 침묵이 흘렀다. 이윽고 그는 나를 보면서 엷게 웃어 보였다.

"당신을 믿어도 좋겠소, 바다시 씨?"

"물론입니다."

나는 더 말을 하려고 했으나 할 수 없었다.

그는 고개를 끄덕여 사의를 표했다. 나는 일어서서 문으로 갔다.

"당신의 스파이는 어떻게 된 거지요?"

그는 어깨 너머로 뒤돌아보며 물었다.

나는 잠깐 주저하다가 말했다.

"딴 곳을 찾아보겠습니다, 하인버거 씨."

등 뒤로 문을 닫았을 때, 그가 천천히 두 손으로 얼굴을 감싸는 것이 보였다. 나는 서둘러서 걸어갔다. 그때 가까이에서 다른 문이 닫히는 소리가 들렸다. 나는 조금도 개의치 않았다. 하인버거의 방에서 나오는 것을 사람들이 봐도, 두려울 이유는 아무것도 없었다. 방으로 돌아온 나는, 베건이 준 명단을 꺼내서 뚫어지게 보았다. 그리고 세 사람의 이름 위에 줄을 그었다. 알베르 게혜, 슈잔느 게혜, 그리고 에밀 시믈러.

14

8월 18일 오후 4시 30분, 나는 호텔용 편지를 한 장 놓고 앉아서 어떤 문제를 풀고 있었다.

오랫동안 나는 흰 종이를 응시했다. 그런 다음 한 장을 뜯어내어 밝은 빛에 비춰 찬찬히 살펴 보았다.

이윽고 나는 종이 위에 또박또박 다음과 같이 썼다.

'만일 어떤 사람이 세 사람의 용의자를 제외하는 데 3일 걸렸다고 하면, 다른 요인은 변화 없는 것으로 보고 여덟 명의 용의자를 제외하는 데는 며칠 걸릴까?'

나는 잠깐 생각하다가 그 밑에 '답—8일'이라고 쓰고 밑줄을 그었다.

그리고는 교수대를 그리고, 시체를 매달았다. 시체에는 '스파이'라는 글자를 넣었다. 거기에 뒤룩뒤룩한 아랫배를 덧붙이고 연필로 땀 방울도 그려넣은 뒤 '베건'이라고 적어보았다. 그러다 다시 배를 지우고 머리를 덥수룩하게 바꾸고 눈가를 거뭇거뭇하게 칠한 뒤 '바다시'라고 적었다. 나는 심드렁하게 교수형 집행인이 되어 스케치를 계속했다.

8일이라! 나에게는 여덟 시간도 없는 처지인데! 물론 게혜가 여기에 있게 하지 않는 한 그렇다. 시믈러는 그의 친구다. 만일 시믈러가 내가 나쁜 사람이 아니라고 게혜에게 말해 준다면……. 그런데 시믈러에게는 내가 나쁜 사람이 아니라는 확신을 주었는가? 다시 그의 방으로 돌아가서 이해하도록 설명할까? 그러나 그것이 어떤 도움이 된다는 것인가? 나는 지금 빈털털이나 다름없다. 게헤가 더 있으라고 해도 이 호텔에 머무를 자금이 없지 않는가. 이 역시 베건이 준비를 태만히 한 예기치 못한 사태다. 베건! 그자의 무모와 바보스러움은 말로 표현할 수도 없다.

낙서하던 종이를 찢어버리고 새 종이를 꺼냈을 때는 벌써 다섯 시였다. 나는 창 밖을 보았다. 해는 상당히 기울어 있었고, 바다는 마치 금빛으로 빛나는 액체 같다. 만 저쪽 언덕에 비스듬히 깔려 있는 녹색 나무 위에서 하늘이 진홍으로 불타기 시작했다.

지금쯤 파리에 있으면 좋을 텐데, 하고 나는 생각했다. 거리의 무더위는 이미 사라졌겠지? 내가 지금 마리오네트(marionette, 인형극 종류) 극장 옆 뤽상부르 공원 나무 그늘에 앉아 있는 것이라면 얼마나 좋을까! 지금쯤 그곳은 조용하겠지. 학생들이 몇 사람 책을 읽을 뿐, 방해하는 사람은 하나도 없겠지. 그곳이면 악착같이 일하는 인간의 괴로움이며 파멸을 향해 달려가는 문명에 대한 것도 생각할 필요 없이, 속삭이는 나뭇잎 소리에 귀를 기울일 수 있겠지. 그곳이라면, 이 놋쇠 빛 같은 바다와 핏빛 붉은 땅의 세계에서 멀리 떨어진 그곳이라면, 20세기의 비극을 냉정하게 관찰할 수 있겠지. 물론 의식 밑에서 흘러나오는 원시적 진흙탕 속에서 빠져나오려 발버둥치는 인류에 대해 다소 연민은 느끼겠지만.

그러나 이곳은 파리가 아닌 생 가티앙이었다. 뤽상부르 공원이 아닌 레제르브 호텔이었다. 그리고 나는 관람객이 아니라 배우였다. 게다가 아주 뛰어나게 머리가 좋든가 어떤 행운을 만나지 않는 한, 나는 얼마 안 가서 사라져버리고 말 것이다. 나는 다시 일을 시작했다.

스켈튼 남매, 포겔 부부, 루와 마르땅, 그랜든 하드리 부부, 그리고 듀크로. 나는 측은한 기분으로 명단을 훑어보았다. 자, 그럼 스켈튼 남매부터 시작하자. 대체 이들 남매에 대해서는 무엇을 알고 있는가? 아무것도 없다. 단지 그들의 양친이 다음 주 꽁떼 드 사보이어 호로 이곳에 도착한다는 것뿐이다. 그리고 이곳에 온 것이 그들에게 최초의 해외 여행이라고 한다. 물론 이들 두 사람은 곧 제외할 수 있을 것이다. 잠깐! 왜 '물론'인가? 이렇게 하는 것이 손에 들어오는 사실을 냉정하고 공평하게 음미한다고 할 수 있는가? 아니다. 이건 아니다. 나는 그들 남매에 대해서 그들이 하는 말 말고는 아무 것도 모르지 않는가? 그렇다면 시믈러와 게헤를 제외한 것도 성급한지 모른다. 그러나 그 경우는, 시믈러의 말을 입증하는 여권과 훔쳐 들은 게헤의 이야기가 있다. 그러나 스켈튼 남매에 대해서는 그들의 말을 뒷받침할 것이 아무것도 없다. 남매는 조사해야 한다.

포겔 부부는 어떤가? 이들 부부도 제외하고 싶은 생각이다. 포겔같이 교활한 느낌이 드는, 스파이답지 않은 스파이는 없을 것이다. 그러나 신중하게 다루어야 한다.

루와 마르땅은? 루가 서툰 프랑스 어로 말하는 것과, 여자가 지나치게 경솔한 것을 제외한다면 특별히 주목할 것은 하나도 없다. 그래도 조사해 봐야 한다.

그랜든 하드리 부부에게는 흥미로운 점이 있다. 이들 두 사람에 대해서는 여러 가지 일이 알려져 있다. 물론 무엇 하나 뒷받침할 수 있는 것은 없지만 예사롭지 않다는 사실만은 변함없다. 거기에 굉장히 암시적인 사실도 있다. 소령은 돈에 곤란을 받고 있다. 그는 두 차례 돈을 빌리려고 했다. 듀크로의 말로는, 기다리던 돈이 오지 않았다는 점이다. 그 사진에 대한 보수가 아닐까? 분명히 가능성은 있다. 소령이 거의 죽기살기로 애원했다고 듀크로는 말했다. 그럴 수도 있다. 게다가 소령 부인은 이탈리아 인이고 모든 것이 앞뒤가 맞아 들지 않는가!

그러나 듀크로 노인도 별로 신용할만한 증인이 못 된다. 그의 상상력이란 나도 잘 알고 있지만 지나치게 풍부하다. 그래도 그를 용의자로 본다는 것은 어려운 일이다. 너무 볼품없는 인간이니까. 아니다, 이래서야 해결이 되지 않는다. 나는 듀크로에 대해서 무엇을 알고 있는가? 소문을 좋아하고, 친목이 목적인 경기까지도 속이려 하는 시골의 공장주라는 것(혹은 그런 것 같다는 말)뿐이다. 그것으로 무엇을 아는가? 아무것도 알 수 없다.

그때 나는, 나로서는 대발견이라 할 수 있는 일을 생각해 냈다. 실제로 구원받을 수 없는 얼간이가 아닌 이상 좀더 빨리 알았어야 했을 일이다. 나는 이러한 판단을 내렸다. 즉, 이 리스트에 올라 있는 인간들이 지금까지 보여준 말과 행동을 액면 그대로 받아들여서는 안 된다는 사실이었다. 만약 그렇게 했다가는 연극도 이렇게 쉬운 연극은 없을 테니까. 나는 그들이 한결같은 거짓말쟁이라는 가정 아래 행동해서, 싫더라도 본심을 토로하도록 해야 한다. 그들과 사이좋게 지내지 않으면 안 된다. 그들이 스스로에 대해서 말한 것을 그대로 받아들이지 말고, 의문을 갖고 분석해야 한다. 지금까지는 무엇이나 겉만 보았다. 이제는 공세로 나갈 때이다.

그런데 이런 상태에서 어떻게 공세를 전개할 수 있을까? 굶주린 미친 개처럼 호텔 뜰을 어정거리면서 만나는 사람마다 모조리 물어뜯어야 하는 것일까? 아니, 안 된다. 중요한 것은 질문을 퍼부어 가만히 살피는 것이다. 만약 일상적인 예의의 한계에 다다른다면 그것도 뛰어 넘어야 한다. 애교 있는 말투로 계산된 실언을 퍼부어 자기도 모르게 진심을 나타낼 때까지 상대의 감정을 자극해야 한다. 그런 다음…… 그렇다, 목표하는 스파이에게 매처럼 달려들어야 한다.

5시 25분. 나는 아홉 명의 이름을 종이에 쓴 다음, 눈을 감고 쥐고 있던 연필을 핑그르르 돌려 탁 세웠다. 눈을 떠 보니 최초의 목표는 포겔 부부였다. 나는 머리를 매만지고, 그들 부부를 찾아 아래층으로 내려갔다.

부부는 늘 그랬던 것처럼 듀크로, 스켈튼 남매, 프랑스 인 연인과 같이 바닷가에 있었다. 내가 모습을 나타내자, 듀크로 씨가 의자에서 튀어 일어나 서둘러 나를 맞으러 나왔다. 나는 그들을 보자 잃어버린 물건의 회수에 대해서 그럴싸한 설명을 준비하지 못했다는 것을 깨달았다.

나는 나도 모르게 발을 돌려 도망치고 싶었다. 듀크로는 곧 바로 달려왔다. 친절하게 끄덕여 주려고 했으나, 그가 곧 내 옆으로 돌아왔기 때문에 함께 어깨를 나란히 하고 걷게 되었다.

"아까부터 기다리고 있었습니다."

그는 숨을 멈추면서 말했다. "경찰을 불렀나요?"

나는 머리를 흔들었다.

"다행스럽게도 그럴 필요가 없게 되었습니다."

"물건을 찾았나요?"

"네."

그는 뉴스를 발표하기 위해서 앞서 달려갔다.

"도둑을 찾았습니다! 귀중품이 나왔답니다."

이렇게 전하는 소리가 들렸다.

내가 도착했을 때, 흥분한 그들은 내 주위로 몰려 질문을 퍼부었다.

"고용인이었습니까?"

"역시 영국인 소령이?"

"정원사?"

"보이?"

"좀 조용히!"

나는 한 손을 들어 그들을 제지했다.

"아무도 죄를 범하지 않았습니다. 물건은 도둑맞은 게 아니었습니다."

일동은 아연했다.

"아무것도," 나는 쾌활하게 말했다. "몹시 바보스런 착오였습니다." 나는 필사적으로 머리를 짜서 괴로운 환경에서 탈출하려고 했다. "방을 청소할 때, 물건을 넣어 둔 상자가 침대 밑으로 들어가버려서 보이지 않았던 것입니다." 무어라 표현할 수 없는 약한 소리였다.

루가 포겔 부부를 헤치고 나왔다.

"그렇다면 대체, 옷가방의 걸쇠가 부서졌다는 것은 어떻게 된 건가요?" 그는 잘난 체 물었다.

"음, 그렇군." 포겔 씨가 말했다.

"정말 그래요!" 그의 부인이 말했다.

"뭐라고 합니까, 저 사람들은?" 스켈튼이 물었다.

시간을 벌기 위해서 나는 그것을 통역했다. 그리고 "나는 무슨 뜻인지 모르겠습니다만" 하고 덧붙였다.

스켈튼은 당황한 것 같았다.

"당신의 옷가방은 걸쇠가 부서지지 않았습니까? 분명히 그렇게 말했는데요?"

나는 천천히 고개를 흔들었다. 그때 어떤 생각이 떠올랐다.

루가 나와서 스켈튼의 이야기를 유심히 듣고 있었던 것이다. 나는 그를 보았다.

"나는 지금 당신이 오해하고 있다고 설명했습니다. 어디서 그런 말을 들었는지 모르겠습니다만, 내 옷가방이 억지로 열린 사실은 없습니다. 나는 이 문제에 대해서 여기 있는 듀크로 씨에게 은밀히 말했지만 걸쇠에 대한 것은 한 마디도 하지 않았습니다." 나는 날카로운 어조로 말했다. "누군가 진상을 모르는 사람 입에서 제멋대로 소문이 퍼졌다면, 참으로 불행한 일이 일어날 것입니다. 포겔 씨, 당신도 걸쇠가 부서져 있다고 생각합니까?"

포겔은 당황해서 고개를 옆으로 흔들었다.

"아닙니다. 터무니없는 말입니다!" 포겔 부인이 덧붙였다.

"루 씨." 나는 준열하게 추궁했다. "틀림없이 당신이?"

그러나 루는 내 말을 가로챘다.

"무슨 바보 같은 소릴 하는 거요!"

그는 화가 나서 소리치면서 듀크로 씨를 가리켰다.

"우리들에게 말한 것은 저 늙은이였소."

시선이 듀크로에게 집중되었다. 그는 가슴을 쭉 폈다.

"여러분, 나는 경험이 풍부한 실업가입니다." 그는 그럴 듯하게 말했다. "사람들의 믿음을 배신하는 짓은 하지 않습니다."

루가 불쾌한 듯 크게 웃었다.

"당신은 포겔 씨와 나에게 도둑 이야기를 하면서 걸쇠가 부서졌다고 말한 것을 부정하려고 합니까?"

"그것은 비밀로 한 말이오, 비밀이란 말이오!"

"흥!"

루는 비웃으면서 마르땅을 보았다.

"비밀이었다는데, 당신도 들었소?"

"네, 물론이죠."

"드디어 인정하는군. 물론 비밀이겠지! 게다가 걸쇠에 대해 거짓말했다는 사실까지 포함해서 말이오."

듀크로 씨도 분연히 말했다.

"너무하지 않소!"

루는 웃으면서 혀를 모욕적으로 내밀었다. 나는 듀크로 씨가 딱하게 되었다고 생각했다. 누가 뭐라고 해도 걸쇠가 부서졌다는 말은 내가 그에게 했던 것이다. 그러나 그는 자기 방어를 위해 재빠르게 정력을 집중해서 사나운 기세로 턱수염을 앞으로 내밀었다.

"내가 젊다면 당신을 때려 주겠소!"

포겔 씨가 걱정스러운지 둘 사이에 끼어들었다.

"좀더 냉정하게 말해야 좋지 않겠습니까?"

그는 바지의 멜빵을 잡아당기면서 한 손을 루의 어깨에 걸쳤다. 그러나 그 손은 사납게 떨렸다.

"이 따위 노망난 늙은이와 말해서 무엇이 되겠소?"

듀크로 씨는 크게 한숨을 쉬고 침착하게 말했다.

"당신은 거짓말쟁이오! 바다시 씨의 귀중품을 훔친 것은 당신이오, 그렇지 않다면 어떻게 옷가방이 부서진 것을 알 수 있겠소? 이 도둑놈, 거짓말쟁이!"

순간 흥분된 공기는 정적에 싸였다. 그러나 곧 스켈튼과 포겔이 분노에 들떠 달려들려는 루의 두 팔을 제지했다.

"놓아요!"

루는 거칠게 떠들었다. "죽여 놓고 말 테다!"

스켈튼과 포겔은 루에게 달라붙었다. 듀크로 씨는 조용히 턱수염을 만지면서 미쳐 날뛰는 루를 재미있다는 듯이 보고 있었다.

"도둑놈, 거짓말쟁이!"

그는 마치 우리들이 처음 말을 듣지 못한 것을 일깨워 주듯 다시 반복했다.

루는 고함을 지르면서 듀크로 씨에게 침을 뱉었다.

"이봐요, 듀크로 씨!"

나는 그에게 말했다.

"위로 올라가는 편이 좋지 않습니까?"

그는 점잖을 빼면서 대답했다.

"아닙니다, 내가 이곳을 떠나는 것은 루가 사죄한 다음 이야기입니다."

사죄를 문제 삼는다면 사과를 받아야 할 사람은 루 쪽이라고 내가 말하려 할 때, 그때까지 사람들 뒤에서 신경질을 부리고 있던 마르땅 양이 갑자기 사람들을 밀어제치고 루의 목덜미에 매달리면서 늙은이를 죽이라고 앙탈을 부렸다. 포젤 부인과 메리 스켈튼이 얼굴에 눈물 투성이가 되어 울고 있는 그녀를 루에게서 떼어 놓았다. 그러나 이때쯤은 루도 말문이 터진 듯 모욕적인 말을 누구라고 할 것 없이 휘잡아서 퍼부었다.

"원숭이 같은 놈!"

듀크로 씨의 침착함이 사라졌다. 그는 대뜸 화살의 정면에 나와서 소리쳤다. "성질 나쁜 고자 녀석!"

마르땅 양이 비명을 울렸다. 왈칵 화가 치민 루는 본래의 적에 집중했다.

"찌그러져 형편없는 낙타 같은 놈!" 그는 고함쳤다.

"애비 없는 후레자식!"

루는 입술을 축이며, 괴로운 듯 목젖을 꿀꺽 울렸다. 나는 순간 그가 항복한다고 생각했다. 그러나 곧 그가 참았던 일격을 가하기 위해 힘을 집중하는 것임을 알았다. 입술이 움직이고 크게 숨을 들이쉬었다. 그리고 잠시 정지하는가 싶더니 폐를 쥐어짜듯 큰소리를 듀크로 씨의 얼굴에 퍼부었다.

"공산당 놈!"

각박한 상황 아래서는 정치나 종교적 신조를 나타내는 말은 무엇이나 대개 모욕의 뜻을 가지게 된다. 마호멧 교의 고승들이 회의하는 장소에서 '그리스도교 신자'라는 말을 사용하면 틀림없이 파괴적인 효과를 나타낼 것이다. 마찬가지로 중년의 백계 러시아 인(白系露人. 1917년 10월 혁명 후 소비에트 정권에 반대하여 해외로 망명한 러시아 사람)의 집회라면 '공산당원'이라는 말은 아마 악의에 찬 비난의 말로 들릴 것이다. 그러나 지금 이곳에 모인 사람은 백계 러시아 인이 아니었다.

순간 주위가 조용해졌다. 이윽고 누군가가 킬킬 웃었다. 메리 스켈튼인 것 같았다. 그것으로 충분했다. 우리는 일제히 웃어 버렸다. 듀크로 씨는 약간 의아한 얼굴로 우리를 돌아보다가는 웃음 속으로 끌려 들어왔다. 루와 마르땅 양만이 웃지 않았다. 루는 순간 험한 눈초리로 일동을 흘겨보다가 포겔과 스켈튼의 손을 뿌리치고 모래사장을 가로질러 층계 쪽으로 걸어갔다. 마르땅 양이 뒤쫓아 갔다. 루는 가다가 뒤돌아보고 주먹을 휘둘러 보였다.

"도대체 뭐가 뭔지 통 모르겠지만 이 호텔에 있으면 인생공부가 많이 되겠군요." 워린이 말했다.

듀크로 씨는 트로이를 함락한 율리시즈같이 기세가 등등해서 몸을 가다듬었다. 그런 다음 주위 사람들과 차례차례 악수했다.

"저런 사람은 아주 위험하지요." 그는 루를 평했다.

"깡패같군." 포겔 씨가 독특한 발음으로 말했다.

"정말 그래요."

다행히 사람들은 논쟁의 이유는 잊어버린 것 같았다. 그러나 스켈튼 남매는 그렇지 않았다.

"나는 좀 전의 프랑스 어를 조금은 알아들었어요." 메리가 말했다. "저 프랑스 인 노인의 말과 같지 않았나요? 확실히 당신은 걸쇠가 부서져 있었다고 말했어요, 그렇지요?"

그녀는 이상하다는 듯이 내 얼굴을 보았다.

나는 얼굴이 뜨거워지는 것을 느꼈다.

"아니, 당신이 잘못 생각하시는 겁니다."

"다시 말해," 워린이 느릿느릿 말했다. "범인은 손님 중에 있다는 것이군요?"

"무슨 말입니까?"

"오케이, 알았습니다." 그는 피식 웃었다.

"물건만 돌아오면 된다, 더 이상 이러쿵저러쿵 말할 필요 없다, 그런 뜻이지요?"

"워린은 자기 멋대로예요. 그렇지요, 바다시 씨? 살짝 말해 주세요. 고용인인가요? 틀렸나요?"

나는 맥없이 고개를 흔들었다. 참으로 난처하게 되었다.

"설마 손님 중 누가 그런 것은 아니겠지요?"

"아닙니다."

"무슨 말씀이신지 더욱더 모르겠네요, 바다시 씨."

하긴 그럴 것이다. 그때 다행하게도 듀크로 씨가 또렷한 목소리로 이제부터 지배인에게 정식으로 항의하러 가겠다고 발표했다.

나는 스켈튼 남매의 양해를 구한 다음 듀크로 씨를 근처로 끌고 갔다.

"이제 이 문제에 대해선 더 이상 말하지 않는다면 고맙겠습니다. 참으로 불유쾌한 일이었지만 어떤 의미에서 책임은 내게도 있습니다. 때문에 될 수 있으면 빨리 잊어버리고 싶습니다. 이 불행한 사건을 모른 체해 준다면 나로서는 더없이 감사하겠습니다."

그는 턱수염을 만지면서 코안경 위로 나를 물끄러미 보았다.

"그 사나이는 공중 앞에서 나를 모욕했습니다."

"그렇습니다. 그러나 우리는 모두 당신이 그 사나이에게 어떻게 했는지 잘 지켜보았습니다. 그는 잘한 것이 전연 없습니다. 이 이상 이 문제를 들고 나간다면 당신의 체면을 손상시키지 않는다고 볼 수 없습니다. 그런 성질의 사나이는 무시하는 것이 상책입니다."

그는 내 말을 듣고 생각에 잠겼다.

"당신 말이 옳을지도 모릅니다. 그러나 걸쇠가 부서져 있다고 그 사나이가 말할 이유는 없었던 것입니다. 아무튼 당신은 그런 말을 한 적이 없었으니까."

그의 눈은 눈썹 하나 움직이지 않고 내 눈을 들여다보았다.

이처럼 변화하기 쉬운 정신에 대해서, 머리를 숙일 수밖에 없었다.

"그 사나이의 태도를 보아도 자기에게 잘못이 있다는 것을 잘 알고 있는 것 같았습니다." 나 역시 동의하듯 말했다.

"그렇습니다, 좋습니다. 당신 뜻에 따라 이 문제는 그만 접어두기로 하겠습니다. 내 명예가 훼손되지 않았다는 당신의 보증을 믿겠습니다."

우리는 인사를 나누었다. 그는 다른 사람을 보았다.

"바다시 씨의 뜻에 따라," 그는 무겁게 성명을 발표했다. "이 문제는 이 이상 거론 않기로 했습니다. 사건은 종결되었습니다."

"현명한 처사입니다." 포겔이 정중하게 말하면서 나를 보았.

"정말 그래요!"

"그러나 루라는 사나이는 주의해야 합니다."

듀크로 씨는 가라앉은 목소리로 말했다.

"나도 이 이상의 모욕은 참을 수 없으니까요. 비열한 사나이입니다. 무시할 가치도 없습니다. 아시는 바와 같이 그는 그 여자와 결혼도 하지 않았습니다. 불쌍하게도 그 따위 사나이의 꾐에 빠져서 타락하다니!"

"그렇지요, 그렇구말구요," 포겔 씨는 그렇게 말하고 바지의 멜빵을 치켜 올린 다음 내게 눈으로 인사하고 자리를 떴다. 듀크로 씨가 그를 따랐다.

"비열한 놈이야!"

또다시 말하는 노인의 목소리가 들렸다.

"참으로 비열한 놈이다."

스켈튼 남매는 서로 몸에다 일광욕 기름을 발라 주었다.

나는 모래 위에 누워서 루에 대해 생각했다.

그는 성미가 까다로운 기분 나쁜 사나이다. 그런데도 그 여자가 그에게 매력을 느끼고 있는 이유를 알 것 같았다. 그의 몸놀림에는 어떤 유연함과 정확성 같은 것이 있다. 남성적인 활동성과 함께 여성적인 섬세함을 겸하고 있는 것이다. 아마 연인으로서는 좋을 것이다. 그리고 쥐와 같은 교활함과 단순성도 겸비하고 있는 것 같았다. 치밀하고 빈틈없으며 언제나 위험을 대비하고 있는 듯했다. 행동하는 것을 보면 항상 그렇다. 위험한 사나이인 것은 틀림없다. 신체 역시 뛰어나 있다. 마르기는 했으나 놀라울 만큼 강인한 육체다. 마치 흰 족제비처럼……

흰 족제비! 이것은 시믈러의 말이다. ──흰 족제비 같은 탐색법──시믈러의 말소리가 귓전에 울려 왔다. 게슈타포의 밀정이 프랑스에 파견되었다. 바보 같은 놈! 그자를 좀더 빨리 생각했어야 했다. 게슈타포의 밀정, 한 사람의 독일인을 귀국시키기 위해서 프랑스에 파견된 사나이, 시믈러가 누군가를 알아차린 사나이, 자기의 먹이를 확인할 때까지 행동을 취하려고 하지 않는 사나이──루다! 명명백백한 일이 아닌가.

나는 눈을 감고 혼자 싱긋 웃었다.

"무엇이 우스워요, 바다시 씨?" 메리 스켈튼의 목소리였다.

나는 눈을 떴다.

"별로, 그냥 생각하고 있었을 뿐입니다."

"그랬나요? 그래도 제가 볼 땐 몹시 재미있어 보였어요."

확실히 재미있기는 하다. 나는 다시 새로운 계획을 생각해 냈던 것이다.

15

 바닷가에는 어느 때보다 일찍 사람 그림자가 끊어졌다. 으스스 찬 바람이 불어왔다. 나는 파리를 떠난 후 처음으로 짙은 구름이 깔린 하늘을 보았다. 바다는 거뭇거뭇한 회색으로 변해 있었고 붉은 바위들도 빛을 잃었다. 태양이 져버리자 해안의 생명까지도 꺼져버린 듯했다.

 좀더 따뜻한 옷을 입으려고 계단을 올라가니 보이들이 일층 식당에서 식탁 준비를 하고 있었다. 내 방에 들어섰을 때는 창 밖에서 덩굴풀잎을 때리는 빗소리가 들렸다.

 나는 옷을 갈아입고 벨을 눌러 하녀를 불렀다.

 "루 씨와 마르땅 양의 방은 몇 호실이지요?"

 "9호실입니다."

 "고맙소, 그뿐이오."

 문이 닫히고 하녀는 돌아갔다. 나는 담뱃불을 붙이고 자리에 앉아 어떻게 행동할 것인지 면밀하게 계획을 짜면서, 실행에 옮기기 전에 모든 일을 빈틈없이 머릿속에 넣어 두고자 했다.

 이 계획이라면 절대로 실수할 리가 없다. 나는 스스로에게 말했다. 여기 시믈러를 열심히 추적하는 게슈타포 사나이가 있다. 게다가 그가 성공할 가능성은 아주 높다. 즉, 그는 틀림없이 이 레제르브 호텔에 묵고 있는 손님들의 정보를 거의 손에 넣었을 거라는 이야기다. 따라서 만일 내가 그로부터 그 정보를 끄집어 낼 수 있다면, 다시 말해 그와 얘기할 수 있다면, 아마 내가 필요로 하는 단서를 잡을 수 있겠지. 이야말로 진짜 기회다. 그러나 주의 깊게 하지 않으면 안 된다. 루에게 의문을 품도록 해서는 안 된다. 이쪽이 탐색하는 눈치를 보여서는 안 된다. 아무 일 없는 듯 꾀어서 정보를 알아내야 한다. 마치 마지못해 듣는 것 같이 보이면서 빈틈없이 정보를 알아내야 하는 것이다. 이번에 실수해서는 안 된다.

나는 일어서서 9호실 앞까지 걸어갔다. 안에서 소곤거리는 소리가 들려 왔다. 나는 노크했다. 순간 이야기가 그쳤다. 마루를 밟는 발소리가 들렸다. 옷장 문이 닫히는 소리가 났다. 그런 다음 "들어 오세요" 하는 여자 목소리가 들렸다. 나는 문을 열었다.

마르땅 양은 반투명의 얇은 푸른색 가운을 입고 침대에 앉아서 손에 매니큐어를 칠하고 있었다. 입고 있는 가운은 방금 옷장에서 꺼내 입은 것 같았다. 루는 세면대 앞에 서서 면도를 하고 있었다. 둘 다 의심하는 눈초리로 나를 보았다. 나는 갑자기 찾아온 것을 사과하려고 했으나 루에게 선수를 뺏겼다.

"무슨 일이오?" 그는 큰 소리로 물었다.

"이렇게 방해해서 할 말이 없습니다. 실은 사과하기 위해서 왔습니다."

루의 눈이 의혹에 차서 나를 지켜보았다.

"무엇 때문에?"

"혹시 오늘 오후 듀크로 씨가 당신을 모욕한 일이 나에게 책임이 있다고 생각하지 않나 해서 입니다."

그는 비누 거품을 닦아 냈다.

"당신에게 무슨 책임이 있겠습니까?"

"뭐라 해도 언쟁을 일으키게 한 원인은 제 잘못이까요."

그는 타월을 침대 위에 내던지면서 여자에게 말했다.

"내가 바닷가에서 돌아온 후, 한 마디라도 이 사람 말을 했던가?"

"안 했어요."

그는 돌아서서 나에게 말했다.

"들으신 바와 같이."
나는 그대로 버티었다.
"그래도 어느 정도 책임을 느낍니다. 내가 그렇게 얼빠지지 않았다면 그런 일이 일어나지 않았을 것이니까요."
"벌써 끝난 일입니다." 그는 쌀쌀하게 말했다.
"아니 다행히," 나는 그의 허영심을 자극하기 위해서 있는 힘을 다했다. "당신은 위엄을 잃지 않고 잘 참아 주었다고 생각합니다."
"만일 팔을 붙들지 않았다면 그자를 목 졸라 죽이려고 했지요."
"많이 분개했지요?"
"물론이오."
이렇게 나가다가는 아무것도 안 될 것 같았다.
나는 다시 한 번 시도했다.
"이곳에 오래 계셨습니까?"
그는 의혹에 찬 눈으로 나를 힐끗 보았다.
"왜 그런 것을 묻소?"
"뭐, 별로 이유 같은 건 없습니다. 단지 러시아식 당구라도 같이 했으면 해서요. 우리 사이에 어떤 오해도 없다는 표시로."
"당신은 잘 치는가요?"
"뭐, 대단치는 않습니다."
"당구라면 내가 꼭 이길 것입니다. 나는 꽤 잘 치니까요. 그 미국인도 해치웠어요. 그 청년은 서툴러요. 나는 나보다 못 치는 사람과는 하고 싶지 않습니다. 그 미국인은 틀렸어요."
"그렇지만 유쾌한 청년이지요."
"그럴지도 모릅니다."
나는 계속 버티었다. "그 여동생도 예쁘고……."
"나는 싫소. 너무 살쪘어요. 나는 야윈 여자가 좋소. 그렇지?"

마르땅 양은 천한 웃음소리를 냈다. 루는 침대에 앉아 상체를 내밀면서 여자를 끌어당겼다. 두 사람은 열렬한 키스를 했다. 여자는 자랑스러운 듯 나에게 미소를 지으며 머리를 매만진 다음 다시 매니큐어를 시작했다.

"어떻소, 맞았지요?" 루가 말했다.

"나는 이런 여자가 좋단 말입니다."

나는 반응을 살피면서 의자의 팔걸이에 앉았다.

"마르땅 양은 아주 미인이지요."

"물론이오."

그는 이 정도의 여자를 자기 것으로 한 것이 만족스럽다는 태도로 가늘게 만 검은 담배에 불을 붙인 다음, 내 쪽으로 연기를 내뿜었다. 그가 갑자기 말했다.

"당신은 왜 여기에 왔소?"

나는 깜짝 놀랐다.

"물론 사과하기 위해서입니다. 조금 전에 말한 대로……."

그는 짜증스럽게 고개를 흔들었다.

"내가 묻는 것은 왜 여기에, 이 호텔에 왔느냐는 것입니다."

"휴가입니다. 니스에서 며칠 보낸 다음 이곳에 왔지요."

"여기에선 유쾌하게 지냈겠지요?"

"물론입니다. 앞으로도 그럴 것입니다."

"언제 돌아갈 계획인가요?"

"아직 결정하지 않았습니다."

눈 위로 두터운 눈꺼풀이 늘어졌다.

"당신은 영국 소령을 어떻게 봅니까?"

"별로, 평범한 영국인이니까요."

"그 사나이에게 돈을 빌려 주었나요?"

"아니, 빌려 주지 않았습니다. 당신에게도 빌리러 왔던가요?"

그는 어이없는 듯 웃었다. "그래요, 빌리러 왔었지요."

"그래서 빌려 주었나요?"

"그런 얼간이로 보이는가요?"

"그럼 왜 소령 일을 묻는 것입니까?"

"그는 내일 아침 일찍 호텔을 떠납니다. 마르세유에서 알제로 가는 선실 예약을 지배인에게 부탁하는 것을 들었지요. 어떻든 돈을 빌려 줄 바보를 찾아낸 것 같습니다."

"그게 누굴까요?"

"그걸 안다면 당신에게 묻지 않지요. 나는 어쩐지 그런 일이 마음에 걸리거든요." 그는 입에 물고 있는 담배를 집어 들고 침을 묻혔다. "또 하나 구질구질하게 마음에 걸리는 것이 있소. 저 하인버거라는 자는 뭐하는 놈이오?"

그의 말은 특별히 강조하는 것 같지는 않았다. 내키지 않는 대화를 하고 있을 때, 무엇인가 재미있는 화제를 찾기 위해서 막연하게 생각해 낸 질문으로밖에 생각되지 않았다.

나는 이유 없이 등이 오싹하는 것을 느꼈다.

"하인버거?" 나는 큰소리로 되물었다.

"그래요, 하인버거요. 왜 그자는 항상 혼자 있는 거요? 왜 바다엔 들어가지 않는 것일까요? 당신은 그 사나이와 이야기하지 않았소?"

"그 사람에 대한 것은 아무것도 모릅니다. 스위스 인이겠지요?"

"나도 모르오, 당신에게 묻고 있지 않소?"

"그렇다면 유감이지만 나도 모릅니다."

"그 사나이와는 무슨 이야기를 했소?"

"생각나지 않습니다. 아마 날씨 정도겠지요."

"왜 필요 없이 시간을 보내지요? 나는 타인과 말할 때면 여러 가지를 알고 싶어합니다. 상대의 말과 생각의 차이를 알려고 합니다."

"그렇군요! 그래서 늘 무슨 차이점을 발견합니까?"

"물론이오. 남자는 모두 거짓말쟁이오. 여자는 때에 따라 진실을 말하기도 하지만 남자는 절대 그렇지 않습니다. 그렇지?"

"그래요."

"그래요!" 그는 장난하듯 흉내를 냈다. "이 친구는 내게 거짓말을 했다가는 목이 부러진다는 것을 알고 있소. 알겠소? 남자란 모두 겁쟁이오. 진실이 싫은 거요. 진실의 날카로운 칼날에 상처입지 않도록 거짓과 감상으로 쌓아 두지 않으면 안 되기 때문입니다. 만일 사나이가 진실을 말한다면, 그자는 틀림없는 수다쟁이입니다."

"그렇게 사물을 보면 피곤하지 않습니까?"

"아니, 나는 재미있다고 생각하고 있소. 인간이란 참으로 흥미 있는 동물이지요. 예를 든다면 당신 같은 사람입니다. 나는 당신이 재미있소. 당신은 어학 교사를 자칭하고 있소. 그리고 유고슬라비아의 여권을 갖고 있는 헝가리 인이오."

"그런데 난 당신에게 그런 말 한 적이 없는데?"

나는 부러 능청을 떨었다.

"나는 귓구멍을 잘 열어 놓고 있습니다. 지배인이 포겔에게 말했어요. 포겔은 호기심이 가득 차 있으니까요."

"그렇군요. 참 간단합니다."

"조금도 간단하지 않소. 실은 전혀 이유를 몰라 혼자 머리를 쥐어짜고 있는 중이라오. 왜 유고슬라비아 여권을 갖고 있는 헝가리 인이 프랑스에서 살고 있을까? 매일 아침 마을에 가는 것은 무슨 이유일까? 라구요."

"대단한 관심이군요! 나는 프랑스에서 일하기 때문에 프랑스에서 살고 있을 뿐입니다. 또 마을에 가는 것도 조금도 이상할 것이 없소. 우체국에 가서 파리의 약혼자에게 전화를 걸 뿐이니까요."

"오호, 그래요? 전화도 서비스가 좋아졌나 보군요. 보통 같으면 파리와 연결하는 데 한 시간은 걸리는데." 그는 어깨를 으쓱했다. "뭐, 그런 것은 아무래도 좋소. 더욱 알 수 없는 일이 있으니까요." 그는 담뱃재를 불어서 떨어뜨렸다. "예를 든다면 요셉 바다시의 옷가방은 아침에는 걸쇠가 부서져 있었는데, 왜 오후에는 그렇지 않다는 것인가요?"

"그것도 극히 간단하지요. 그것은 듀크로 씨의 기억력이 나쁘기 때문입니다."

그의 시선은 담배 끝 너머로 내 얼굴에 집중되어 있었다.

"그럴 겁니다. 기억력이 나쁜 거요. 그자는 들은 것을 정확히 기억하지 못했던 것입니다. 서튼 거짓말쟁이는 언제나 정확히 기억을 못합니다. 그런 자들은 자기의 거짓말로 머리가 꽉 차 있지요. 그렇다 해도 알고 싶군요. 당신의 옷가방은 진짜 망가져 있었소?"

"그 이야기는 이제 끝났어요. 아닙니다, 망가져 있지 않았습니다."

"물론 그렇겠지요. 자, 한 대 피우십시오. 나는 혼자 담배 피우는 것이 싫습니다. 마르땅 양도 피웁니다. 한 대 피우세요, 바다시 씨."

나는 호주머니에서 담뱃갑을 꺼냈다. 그는 눈썹을 치켰다.

"케이스를 사용하지 않나요? 잘못 생각했군요. 나는 당신이 케이스를 호주머니에 넣고 있다고 생각했지요. 지금쯤은 그 하인버거든가 영국의 소령이 담배 케이스를 훔치는 중인지도 모릅니다."

그는 크게 숨을 내쉬었다.

"자, 마르땅, 당신은 안 피우겠어? 나 혼자 피우는 것은 싫어한다는 것을 알고 있겠지? 이는 더러워지지 않는다니까. 이 여자의 이를 보았소? 깨끗하지요?"

그는 갑자기 침대 위로 몸을 굽혀 여자를 뒤로 젖혀놓고 윗입술을 엄지손가락으로 밀어 올렸다. 여자는 조금도 저항하려고 하지 않았다.

"깨끗하지요, 바다시 씨?"

"네, 참으로."

"이 여자는 말할 수 없이 예쁜이를 가진 야윈 금발 미녀입니다."

그는 여자를 놓았다. 그녀는 일어나서 사나이의 귓바퀴에 키스를 하고 내 담배를 한 개비 뽑았다. 루가 성냥을 그어 주었다. 그는 성냥불을 입으로 끄면서 다시 내 얼굴을 보았다.

"당신은 일전에 하룻동안 경찰서에 갔던 일이 있지요?"

"여러 사람의 소문을 들은 것 같군요." 나는 솔직하게 말했다. "내 여권이 이상하다고 생각한 모양입니다."

"여권이 어떻다는 것이지요?"

"갱신할 것을 잊어버렸어요."

"그렇다면 어떻게 프랑스에 들어왔지요?"

나는 웃었다.

"또 경찰서에 와 있는 듯한 기분이 듭니다."

"나는 인간에게 흥미가 있다고 말했지요."

그는 한쪽 발에다 체중을 실으며 비스듬히 섰다.

"내가 잘 아는 것이 하나 있소. 거짓말쟁이든 아니든 모든 인간은 공통된 점이 한 가지 있소. 무엇인지 알고 있나요?"

"모릅니다."

그는 갑자기 몸을 앞으로 내밀면서 한쪽 손을 잡고 손가락으로 내 손바닥을 만지기 시작했다.

"돈을 좋아한다는 것입니다."
그는 조용히 그런 말을 하고 내 손을 놓았다.
"바다시 씨, 당신은 운이 좋습니다. 당신은 가난뱅이고, 돈은 당신에게 달콤한 것입니다. 당신은 마음이 혼란해지는 정치적인 의견을 아무것도 갖고 있지 않군요. 당신에게는 돈을 벌 수 있는 기회가 있습니다. 그런데 왜 그 기회를 붙들지 않는가요?"
"무슨 말인지 모르겠습니다."
참으로 나는 그의 말이 무슨 뜻인지 몰랐다.
"기회라니, 대체 무슨 말입니까?"
잠깐 동안 그는 입을 다물었다. 여자는 손톱을 다듬던 손을 멈추고 줄을 손가락 위에 올려놓은 채 귀를 기울이고 있었다. 이윽고 그가 말을 꺼냈다.
"오늘은 무슨 요일이오, 바다시 씨?"
"오늘? 물론 토요일입니다."
그는 천천히 고개를 옆으로 흔들었다.
"아니, 틀립니다. 바다시 씨, 금요일입니다."
나는 어이없는 웃음을 웃었다.
"틀림없는 토요일입니다."
그는 다시 고개를 흔들었다.
"금요일이오, 바다시 씨."
그는 눈을 가늘게 뜨고 몸을 내밀었다.
"바다시 씨, 당신은 나에게 어떤 정보를 제공할 수 있을 것이오. 만일 그렇게 해 준다면, 나는 오늘이 금요일이라는 쪽에 5천 프랑을 걸겠습니다."
"그러면 당신은 집니다."
"그렇소, 나는 당신에게 5천 프랑을 뺏기게 됩니다. 그러나 그 대신에 약간의 정보를 얻게 되지요."

가까스로 요점을 알았다. 나는 뇌물을 제시받고 있는 것이다. 시믈러의 말이 머릿속에 스치고 지나갔다. '그자는 확실하다는 것을 확인할 때 까지는 행동하지 않을 것이다' 이 사나이는 내가 시믈러와 이야기한 것을 본 것이다. 나는 문득 내가 14호실을 나올 때 어디에선가 문 닫히는 소리가 들렸던 것을 기억해 냈다. 이 사나이는 내가 분명히 하인버거의 비밀을 알고 있다고 생각하는 것이다. 그래서 하인버거의 신원을 돈으로 사려고 하는 것이다. 나는 멍청한 표정으로 그의 얼굴을 보고 있었다.

"나로서는 도저히 5천 프랑이란 돈과 맞먹는 정보를 갖고 있는 것 같지 않습니다."

"그런가요? 정말입니까?"

"그렇습니다."

나는 일어섰다.

"어떻든 나는 내가 알고 있는 일에 돈 같은 것을 걸지는 않으니까요. 정말이지 잠시나마 당신이 진심으로 말하는 줄 알았습니다."

그는 미소를 지었다.

"확실하게 말했다고 보는데요, 바다시 씨? 나는 절대로 농담은 하지 않는다오. 그럼 당신은 이곳을 떠나면 어디로 갑니까?"

"파리로 갑니다."

"파리? 왜요?"

"파리에 살고 있으니까요."

나는 그의 눈을 뚫어지게 보았다.

"당신은 독일에 돌아갑니까?"

"바다시 씨, 당신은 왜 내가 프랑스 인이 아니라고 생각하지요?"
그의 목소리는 낮아졌다. 얼굴에는 미소가 떠 있었으나 몹시 괴로운 표정이었다. 그의 다리는 지금이라도 달려들 듯 근육이 긴장돼 있었다.

"당신의 말에는 약간의 사투리가 있습니다. 그래서 독일 사람이라고 생각했습니다."

그는 고개를 저었다.

"나는 프랑스 인이오, 바다시 씨. 알겠소? 잘 기억해 두시오, 당신 같은 외국인이 아무리 잘 안다 해도 프랑스 어의 사투리를 알리가 없소. 바보 취급 마시오."

살찐 그의 눈꺼풀이 눈을 덮어 눈동자가 거의 보이지 않게 되었다.

"그건 참으로 미안합니다. 양해를 바랍니다. 서서히 아페리티프를 마실 때가 되어 가는데, 두 분 같이 가시겠습니까?"

"아니, 당신과는 마시지 않겠소."

"마음을 상하게 했습니까?"

"아니. 아니, 그렇지는 않소. 당신과 이야기할 수 있어서 즐거웠어요. 대단히 유쾌했어요."

그 말은 과장된 인사같이 달갑지 않게 들렸다.

"그렇게 말씀해 주셔서 고맙습니다." 나는 문을 열었다. "그럼 또 뵙겠습니다. 무슈, 마담."

그는 일어나지 않았다. "그럼, 무슈" 하고 조롱하듯 말했다.

나는 문을 닫았다. 그리고 복도를 걷기 시작했을 때, 루의 불쾌한 웃음소리가 등 뒤에서 높이 퍼졌다.

나는 아래층으로 내려가면서, 나는 도대체 뭘하는 바보인가 하고 내심 이를 갈았다. 유도 신문을 하려고 했는데 내 쪽이 유도되고 말았다. 교묘하게 귀중한 정보를 끄집어내기는커녕 방어하는 데 쫓겨서 증언대라도 된 듯이 숨김없이 상대에게 대답하고 말았다. 그리고 끝내는 매수하려는 말까지 듣게 되었다. 그 사나이는 분명히 내가 도둑

맞았다고 날조한 것을 알아차리고 있었다. 그는 게헤처럼 나야말로 도둑 같은 인간이라고 생각하고 있는 것이다. 만만히 볼 수 없는 몹쓸 녀석이다! 가엾지만 시믈러로서는 녀석을 물리칠 가능성은 거의 없어 보였다. 이번에도 나는 루에게 퍼붓고 싶은 지독한 말들을 이것저것 궁리해 보았다. 하지만 유감스럽게도 난 머리 회전이 늦은 편이다. 느림보 얼간이다.

응접실로 내려오자 보이가 나를 불렀다.

"아, 무슈! 파리에서 전화입니다."

"나에게? 전화?"

"네, 확실합니다."

나는 사무실로 들어가서 문을 닫았다.

"여보세요!"

"오호, 바다시 씨요?"

"누구십니까?"

"경찰서장이오."

"보이는 파리라고 했는데요."

"내가 교환에게 그렇게 말하도록 했소. 전화 옆에 아무도 없나요?"

"네."

"누군가, 오늘 호텔을 떠난다는 사람이 있다는 소식을 들었소?"

"영국인 부부가 내일 아침 떠납니다."

"다른 사람은?"

"또 있습니다. 나도 내일 떠납니다."

"뭐라고? 당신은 떠나라고 할 때까지 떠날 수 없소. 베건으로부터 지시받았지요?"

"떠나라고 했습니다."

"누구에게서?"

"게헤에게서입니다."

오늘 하루 동안 헤아릴 수 없이 일어난 갖가지 재난이 새삼 비통한 울분이 되어 왈칵 치밀어 올라왔다. 나는 오늘 아침 베건의 지시에 따른 결과를 짤막하게 가시 돋친 말로 설명했다.

서장은 잠자코 듣고 있었다.

"영국인 외에는 아무도 떠나지 않는다는 것은 확실하겠지요?"

"누군가 있는지도 모릅니다. 그렇다 해도 나는 듣지 못했습니다."

서장은 다시 침묵했다.

"좋소, 지금은 이것뿐입니다."

"그런데 나는 어떻게 합니까?"

"다시 지시하겠소."

서장은 전화를 끊었다.

나는 아쉬운 마음으로 전화기에서 눈을 떼지 못했다. 다시 지시하겠소? 흥! 다시 지시해도 이제 나는 아무것도 할 수 없단 말이오, 완전히 손들었다고.

16

시계가 9시를 쳤다. 가늘고 높은, 몹시 부드러운 소리였다.

나는 지금도 그때의 정경을 확실하게 되새길 수 있다. 기억도 또렷하고, 내용도 전혀 혼동될 것이 없다. 마치 쌍안경으로 그 방과 그곳에 있는 사람들의 천연색 복사 사진을 보고 있는 것처럼 선명히.

비는 이미 그쳐 있었고, 부드럽고 따뜻한 바람이 불어 왔다. 응접실은 덥고 습기가 차 있어서 창을 활짝 열어 놓았다. 비에 젖은 창 밖의 덩굴잎은 벽에 붙어 있는 로코코식 전등 불빛을 받아 반짝반짝 빛나고 있었다. 테라스의 돌난간 너머로 은행나무 숲을 헤치고 달이 떠올랐다.

 나는 스켈튼 남매와 같이 창가에 앉아 있었다.

 우리들 앞 낮은 테이프블 위에는 마시다 만 커피 잔이 놓여 있었다. 응접실의 건너편에서는 루 마르땅 양이 러시아식 당구를 치고 있었다. 사나이는 여자 위에 올라탈 듯한 자세로 큐 잡는 법을 가르쳐 주고 있었다. 여인은 자기 몸을 사나이에게 밀어 붙이고 누가 보지 않았나 재빨리 주위를 살폈다. 응접실과 통하는 문 옆 한쪽 구석엔 두 무리가 있었다. 듀크로 씨는 코안경을 쓰고 턱수염을 만지면서, 열심히 듣고 있는 포겔 부인에게 프랑스 어로 이야기하고 있었다. 포겔 씨는 더듬거리는 이탈리아 어로 그랜든 하드리 부인, 평소와는 달리 갑자기 생기발랄해진 소령 부인에게 무엇인가 말하고 있었다. 그 사이에서 소령은 입가에 엷은 웃음을 머금고 귀를 기울이고 있었다. 시믈러와 게헤만 없을 뿐이었다.

 스켈튼이 서로 상대를 무시하고 있는 듯한 태도를 보이는 루와 듀크로에 대해 무슨 말을 한 것을 기억하고 있다. 그러나 나는 그의 말을 듣고 있지 않았다. 대신 주위를 돌아보고 사람들의 얼굴을 훑어보았다. 전부 아홉 사람. 나는 한 사람도 빠짐없이 이야기를 했고, 감시했으며, 상대방의 이야기를 귀담아 들었다. 그러나 그들에 대해서 알고 있는 것은 그날과 마찬가지였다. 몇 년이나 지난 것 같은 기분이지만 레제르브 호텔에 도착한 바로 그날 말이다. 조금도? 아니 그렇게 말하는 것은 정확하지 않다. 그들 중의 몇 사람에 대해서는 인생의 한 단면을 알았다. 그러나 생각에 따라 가면의 뒤에서 활동하고 있는 그들의 마음에 대해서는 무엇을 알았다는 것일까? 인간이 자기 자신을 설명하는 것은 습관적으로 얼굴에 나타내는 표정과 같이 어떤 한 가지 태도의 표현에 지나지 않는다. 입방체의 네 개의 면을 한눈에 볼 수 없는 것과 같이 한 인간의 모든 면을 동시에 볼 수는 없다.

사람의 마음은 수많은 차원을 가지고 있어서 끊임없이 움직이는 불가사의한 수수께끼의 유동체인 것이다.

소령은 아직도 엷은 미소를 띠고 있었다. 그의 부인은 포겔에게 무슨 말을 하면서 두 손을 가볍게 움직이고, 처음으로 쾌활한 태도를 보이고 있었다. 틀림없이 누군가가 저 두 사람에게 돈을 빌려준 것이다. 그게 누굴까? 아무리 생각해도 그럴싸한 추측을 내릴 수가 없다.

듀크로는 코안경을 밀어 올리고 지당하다는 태도로 머리를 끄덕이면서 포겔 부인의 목소리에 잘 어울리는 프랑스 어를 듣고 있었다. 루는 생기 없는 눈으로 공을 보면서 큐를 잡고 있었다. 나는 무엇에 홀린 듯한 아연한 태도로 이들을 지켜보고 있었다. 마치 닫혀진 창 밖에서 음악이 들리지 않는 춤을 보고 있는 것 같았다. 그들의 연극 같은 거동에는 마치 광기 같은 엄숙함마저 있었다.

갑자기 스켈튼 남매가 웃기 시작했다. 나는 깜짝 놀라 뒤돌아보았다.

"오호, 미안합니다." 워린이 말했다.

"실은 바다시 씨, 아까부터 당신 얼굴을 보고 있었는데. 점점 슬픈 표정으로 변해서 금방이라도 우는 것은 아닐까 걱정했습니다."

"나는 우리들 인간이 얼마나 타인과 맺어질 수 있는지, 또 얼마나 고립된 존재인가 하는 것을 생각하고 있었습니다. 나는 내일 아침 출발합니다."

두 사람의 실망하는 태도가 너무도 역력했기 때문에, 나는 갑자기 이들 남매가 진심으로 나와 헤어지는 것을 섭섭하게 여긴다고 생각했다. 격렬한 감동의 파도가 가슴 밑바닥에서 밀려 왔다. 물론 자기 연민이었다. 나는 애써 그것을 털어 버렸다.

"나 역시 떠나는 것이 섭섭합니다. 당신들은 더 오래 머무르겠지요?"

위린은 대답하기 전에 거의 알 수 없을 만큼 주저하는 빛을 보였다. 누이가 재빨리 오빠를 지켜보았다.

"네." 오빠가 무심하게 말했다. "물론 좀더 있을 것입니다."

그러자 메리가 몸을 내밀면서 말했다.

"정확하게 말해서 3개월입니다."

그녀는 다시 오빠를 보았다. "바다시 씨에게 말해서 안 될 이유는 없어. 어떻든 이런 연극은 이젠 짜증이 나니까."

"이봐, 메리……."

스켈튼은 경고하듯이 말했다.

나는 갑자기 기분이 나빠졌다.

"어떻든 결국 마찬가지잖아."

그녀는 내게 웃어 보였다. "바다시 씨, 우리는 사실 진짜 남매가 아니에요. 사촌 남매간으로 법률이 허용하지 않는 관계입니다."

"저런! 축하합니다."

나는 그녀에게 말했다. 여전히 기분은 나빴으나 약간의 변화가 있었다. 질투 때문이었다. 그녀는 다시 미소를 띠었다.

"그러면 가짜 남매의 정체를 밝히는 것이 좋겠군."

그녀의 연인은 우울한 듯 말했다. "프랑스에서는 우리처럼 남매 행세를 하고 돌아다닌다는 것이 대단히 이상할 터이니까."

그녀는 어깨를 움츠렸다.

"참으로 바보스런 일이에요. 우리가 처음 이곳에 왔을 때는 방을 따로따로 얻었습니다. 그런데 여권의 이름과 여러 가지 서류와 수속으로 인해 남매로 취급받았습니다. 그런데 그 사이에 한 방을 사용해도 괜찮겠다고 생각할 무렵, 다른 호텔로 옮길 것인가 이대로 남을까 하는 문제가 생겼습니다."

"정확하게는 근친상간이라고 생각하지 않을까 하는 문제지요."
워린이 쑥스러운 듯 말했다.
"그래서 우리는 이곳에 그대로 있기로 했습니다. 우리는 앞으로 3개월 뒤가 아니면 결혼할 입장이 못 됩니다. 왜냐하면 워린은 만 21세가 되기 전에 결혼하면 조부로부터 5만 달러를 받을 수 없게 되어 있어요. 너무 바보스럽지요?"
"그렇군요."
두 사람은 서로 마주보고 있었다. 나는 그제야 그들을 그처럼 매력적으로 보이게 했던 정체를 알아냈다. 두 사람은 서로 사랑하고 있었던 것이다.
"참으로 바보스런 이야기입니다." 워린이 웃으며 말했다.
그때 포겔 부인을 잊었는지 잃었는지, 듀크로 씨가 불쑥 내 앞에 나타났다.
"참으로 매력적이군요, 미국인 두 분은."
"네, 참으로 매혹적입니다."
"방금 포겔 부인과 이런 이야기를 하고 있었지요. 부인은 몹시 지성적입니다. 포겔 씨는 스위스 국립 전력회사의 중역이랍니다. 대단한 실력자입니다. 물론 나는 그 사람에 대해서는 전부터 듣고 있었습니다. 베른에 있는 그의 사무실은 시의 명소 중의 하나이니까요."
"그 분은 콘스턴스에서 왔다고 생각했는데요?"
그는 주의 깊게 코안경을 고쳤다.
"콘스턴스에도 커다란 별장을 갖고 있습니다. 대단히 멋지지요. 그가 별장으로 나를 초대해 주었습니다."
"기분 좋으시겠습니다."
"네에, 물론. 우리는 사업에 대해 많이 의논할 것입니다."

"당연하겠지요."

"사업가는 놀면서 잡담을 해도 필경은 사업 이야기가 되고 맙니다."

"그렇겠지요."

"서로를 위해서 도움이 될지도 모르는 일이니까요. 협력입니다. 아시겠습니까? 이거야말로 사업에선 매우 중요한 일입니다. 우리 공장 간부들에게 항상 이야기해 온 것입니다. 그들이 나에게 협력해 준다면 나도 그들에게 협력한다. 그러나 그들이 먼저 협력해 주지 않으면 아무것도 되지 않습니다. 협력은 한쪽만으로는 성립되지 않으니까요."

"물론 그렇습니다."

"이분은 무슨 말을 하고 있습니까?" 워린이 물었다. "협력이라는 말을 하는 것 같은데요?"

"어떤 일이나 협력이 중요하다는 것입니다."

"그렇고말고요."

"그리고," 듀크로 씨는 이야기를 계속했다. "그랜든 하드리 부부가 내일 떠난다는 것을 알고 있습니까?"

"네."

"누군가 돈을 빌려 준 사람이 있는 것이 틀림없습니다. 이상한 일입니다. 나같으면 절대로 그들에게 돈을 빌려 주지는 않을 텐데. 나에게 1만 프랑 빌려 달라고 했어요. 얼마 안 되는 돈입니다. 그 정도는 아깝지 않습니다. 그러나 나는 사업가니까요."

"소령이 빌리려고 했던 돈은 2천 프랑이었는데요?"

"금액을 불려 왔습니다." 그는 부드럽게 말했다. "의심할 여지없는 범죄형입니다."

"나는 아무리 봐도 그런 생각이 안 듭니다."

"사업가란 범죄자를 식별하는 눈을 가지고 있지 않으면 안 됩니다. 다행히 영국의 범죄자는 단순한 것으로 정평이 나 있습니다."

"그래요?"

"꽤 유명한 이야기입니다. 프랑스의 범죄자는 뱀, 미국의 범죄자는 이리, 영국의 범죄자는 쥐. 뱀과 이리와 쥐라는 뜻입니다. 쥐는 참으로 단순한 동물입니다. 자기가 궁지에 몰리지 않는 한 싸우려고 하지 않습니다. 언제나 여기 저기 긁고 다닐 뿐이지."

"그래서 정말 그랜든 하드리 소령을 영국의 범죄자라고 생각합니까?"

듀크로 씨는 몹시 침착하게 코안경을 내린 다음 그것으로 내 어깨를 가볍게 쳤다.

"그 사나이의 얼굴을 잘 보세요," 그는 말을 계속했다. "쥐라는 것을 알 수 있습니다. 그리고," 그는 뽐내듯 덧붙였다. "자기 입으로도 그렇게 말했습니다."

터무니없는 말이었다.

듀크로 씨의 빠른 프랑스 말에 싫증을 느낀 스켈튼 남매는 〈L' ILLUSTRATION〉지에 나온 그림에 연필로 수염을 그려 넣고 있었다. 듀크로 씨의 상대는 나뿐이었다. 듀크로 씨는 의자를 당겨서 내 곁으로 다가앉았다.

그는 확인하듯 말했다.

"물론 당신이니까 하는 얘깁니다만, 그 영국인 소령은 자기 정체가 폭로되는 것을 두려워하고 있습니다."

"어떤 정체입니까?"

"모르나요?"

"네에."

"아, 그래요!" 그는 턱수염을 만졌다. "그렇다면 더 이상 말하지 않는 것이 좋겠소. 그는 내 입이 무겁기를 기대하고 있으니까요."

듀크로 씨는 일어서서 의미 있는 눈으로 나를 힐끔 쳐다보고 내 곁을 떠났다. 게헤가 시믈러와 같이 응접실로 들어왔다. 듀크로 씨는 재빠르게 실내를 가로질러 두 사람 앞에 섰다. 비가 그쳤다고 말하는 듀크로 씨의 소리가 들렸다. 게헤는 정중한 태도로 마주 섰으나, 시믈러는 두 사람을 지나 내게로 왔다. 얼굴색이 몹시 나빴다.

"바다시 씨, 내일 이곳을 떠난다고 들었는데?"
"네에, 이야기는 그것뿐입니까?"
그는 고개를 흔들었다.
"아니, 당신에게 말하면 도움이 되지 않을까 해서. 실은 게헤는 자기가 모르는 어떤 일이 지금 호텔 내에서 일어나고 있다고 걱정하고 있어요. 몹시 염려하고 있소. 어쩐지 당신이라면 확실한 것을 이야기해줄 수 있다고 생각하는데요?"
"유감입니다만 안 되겠습니다. 하지만 게헤 씨가 직접 경찰에 묻고 싶다면……."
"알았소! 당신은 경찰에서 나왔군요."
"경찰에서 온 것은 확실합니다만 경찰은 아닙니다. 그런데 하인버거 씨, 너무 오랫동안 나하고 말하지 않는 편이 좋을 것입니다. 오늘 오후 내가 당신 방에서 나오는 것을 누군가 보았습니다. 어떤 신사에게 그 일을 질문 받았습니다."
그는 기분 나쁜 웃음을 지으며 내 눈을 들여다보았다.
"그래서 대답했나요?"
"그럴싸하게 거짓말을 했다고 보는데요?"
"고마운 일입니다." 그는 조용히 말했다. 그리고 나와 워린에게 인사한 후 게헤에게 걸어갔다.
"저 사람, 당장이라도 무너질 것 같은 모습을 하고 있군요."

워린이 말했다.

그 말은 왜 그런지 나를 초조하게 했다.

"언젠가," 하고 나는 경솔하게 말했다. "언젠가 저 사람의 이야기를 들려주겠습니다."

"지금 들려주세요, 바다시 씨."

"유감입니다만 안 됩니다."

"말한 것이나 다름없잖아요. 말하는 편이 후련한 법이에요. 저것 봐요, 루가 당구를 그만 치는군요. 한 판 하지 않겠어요? 어떻습니까, 바다시 씨?"

"좋습니다, 어서 치십시오."

두 사람은 일어서서 당구대로 갔다. 나는 혼자 남아서 깊은 생각에 잠겼다.

아마 이것이 내 추억의 마지막 밤이 될 것이다. 나는 자신에게 말해 주었다. 언젠가는 이 사람들을 생각하겠지. 지금 이 정경을 머릿속에 떠올리겠지. 포겔 부부와 그랜든 하드리 부부가 함께 어울려 이야기하고 있었다. 그 옆에서 듀크로 씨는 수염을 쓰다듬으며 귀를 기울이고 말할 기회를 노리고 있었다. 게헤는 루와 오데트 마르땅에게 말하고 있었다. 시믈러는 혼자 앉아 신문을 뒤적이고 있었다. 스켈튼 남매는 당구대에 붙어 있었다. 이 사람들과 같이 있는 것은 따뜻하고 향기로운 밤과 테라스에 떨어지는 물방울 소리, 바위를 두드리는 파도의 출렁거림, 그리고 무리진 별과 나무 사이로 비치는 달빛이었다. 무엇이나 모두 평화롭게 보였다. 그러나 그것이 진실은 아니었다. 호텔 정원에서는 곤충의 무리들이 젖은 나뭇가지나 풀줄기를 오르내리며 먹이를 찾고 있었다. 잠시도 방심하지 않고 번뜩이며, 정신없이 먹든가 먹히든가 하고 있었다. 어둠 속에서도 드라마는 계속 되고 있는 것이다. 휴식하거나 정지하고 있는 것은 하나도 없었다. 밤은 수

많은 비극을 안은 채 흘러가고 있었다. 그런데 응접실에서는······.

실내 한구석이 소란스러워졌다. 포겔 부인이 일어서서 두려운 얼굴로 주위 사람들에게 웃어 보이고 있다.

그녀의 남편은 부인에게 무엇인가 재촉하는 듯했다. 게헤가 루와의 대화를 중지하고 부인에게 다가갔다.

"모두들 기뻐할 것입니다"라고 말하는 게헤의 소리가 들렸다.

부인은 불안스럽게 끄덕였다. 게헤는 부인을 창가 피아노 앞으로 안내해서 뚜껑을 열어 주었다. 부인은 조용히 앉아 갸름한 손가락을 건반 위에 올렸다. 스켈튼 남매가 놀란 얼굴로 뒤돌아보았다. 시믈러는 신문에서 눈을 떼었다. 루는 약간 초조한 듯이 의자에 앉아 마르땅 양을 무릎 위로 끌어당겼다. 포겔은 뽐내듯 방 안을 둘러보았다. 듀크로 씨는 침을 삼키며 코안경을 벗었다.

포겔 부인은 쇼팽의 발라드를 치기 시작했다.

시믈러가 몸을 내밀었다. 그는 묘한 표정으로 포겔 부인의 통통한 뒷모습과, 손과 어깨의 움직임에 따라 흔들리고 있는 피아노 커버의 레이스를 지켜보고 있었다.

분명히 포겔 부인은 지난날 대단한 실력의 피아니스트였던 것이 틀림없었다. 그녀의 연주에는 빛바랜 기묘한 광택이, 오랜 옛날 깊숙이 넣어둔 무용복에서 발견된 버클과 같이 녹슬지 않은 광택이 있었다.

이윽고 나는 포겔 부인에 대한 생각을 잊어버리고 음악에만 귀를 기울였다.

부인의 연주가 끝나자 일순 방 안은 조용했고, 곧 이어서 박수가 일어났다. 부인은 의자에 앉은 채 반쯤 뒤돌아보며 얼굴을 붉히고, 신경질적으로 게헤 쪽을 힐끗 보았다. 그녀는 일어났으나 남편이 다시 연주하라고 말하자 그대로 의자에 앉았다. 그녀는 조금 생각하다가 건반 위에 손을 올렸다. 바하의 〈희망과 기쁨의 주님〉이 조용하게 실내를 흐르기 시작했다.

 나는 때때로 하루 일이 끝난 다음 집으로 돌아오면 방에 불을 켜지 않고 안락의자에 앉아 피로와 함께 온몸에 전해오는 부드럽고 감미로운 아픔을 맛볼 때가 있다. 그날 밤 포겔 부인의 피아노에 귀를 기울이고 있는 동안, 나는 그때와 같은 기분이 되었다. 그러나 감사의 기분으로 위로를 받은 것은 육체가 아니라 내 정신이었다. 부드럽게 전신을 엄습하는 기분 좋은 전율이 사지로 퍼져나가는 대신 성가 전주곡의 멜로디가 내 의식 속으로 파고들었다. 나는 눈을 감았다. 이 상태가 언제까지나 계속되기를 바랐다. 언제까지나 계속해서…… 이것이 언제까지…….

 연주가 중단되었을 때, 나는 그 까닭을 알지 못했다. 응접실에서 수군대는 사람들의 소리가 들렸다. 누군가 조용히 하라고 쉿! 하고 주의를 주었다. 의자를 끄는 소리가 요란하게 났다. 내가 눈을 떴을 때는, 마침 게헤가 급히 출입문을 나가면서 뒤로 문을 닫고 모습을 감추고 있었다. 그러나 곧 큰소리를 내면서 문이 다시 열렸.

 모든 것은 극히 순간적인 일이었다. 내가 처음으로 이상하다고 느낀 것은, 포겔 부인이 어느 소절인가 연주하는 중간에 손을 멈춘 것이었다. 본능적으로 나는 먼저 부인 쪽을 보았다. 부인은 건반 위에 두 손을 올려놓은 채 마치 유령이라도 보는 듯한 표정으로 피아노 건너편을 똑바로 응시하고 있었다. 그녀의 두 손이 부드럽게 건반 위에서 떨어지고 불협화음이 울렸다. 내 눈은 문으로 옮겨졌다. 출입문 입구에 두 명의 제복 경관이 서 있었다.

 두 명의 경관은 위협적인 눈초리로 방 안을 둘러보았다. 그 중 한 사람이 한걸음 앞으로 나왔다.

 "누가 요셉 바다시 씨요?"

 나는 느릿느릿 일어섰다. 멍청해져서 입이 열리지 않았다.

경관들은 거친 발소리로 내 옆으로 걸어왔다.
"너를 체포한다. 경찰서로 가자."
포겔 부인이 조그맣게 소리쳤다.
"그렇지만······."
"떠들지 마시오, 이리 와."
경관들은 내 두 팔을 잡았다.
듀크로 씨가 뛰어 나왔다.
"무슨 혐의입니까?"
"당신에겐 관계없는 일이오."
경관은 퉁명스럽게 말하고, 내 몸을 문득 힘껏 떠밀었다.
듀크로 씨의 코안경이 떨렸다.
"나는 프랑스 공화국 시민입니다. 알 권리가 있다고 봅니다."
그는 거칠게 항의했다.
경관은 재빨리 주위를 둘러보았다.
"알고 싶소?"
그는 히죽 웃었다.
"좋소, 알려 주겠소, 스파이 용의요. 당신들 사이에 위험한 사나이가 섞여 있었다는 말입니다. 자, 바다시, 걸어!"
스켈튼 남매, 포겔 부부, 루, 마르땅 양, 그랜든 하드리 부부, 시믈러, 듀크로, 게헤——순간 새파랗게 질린, 움직임을 잃어버린 그들의 얼굴이 일제히 나에게 쏠리는 것을 보았다.
나는 출입문을 빠져 나왔다.
등 뒤에서 포겔 부인인 듯한 신경질적인 금속성 비명소리가 들렸다.
서장이 다시 하겠다던 지령은 바로 이것이었다.

17

나는 제3의 사나이가 운전하는 자동차에 실려 경찰서로 연행되었다. 이것은 놀라운 일이었다. 보통 때 같으면 5백 미터도 되지 않는 경찰서까지 자동차로 호송되는 호강은 없었을 테니까. 그러나 나는 놀라지 않았다. 생 가티앙 마을 전체가 공식적인 환영이라도 하지 않는 한, 나를 놀라게 할 일은 더 이상 아무것도 없었던 것이다.

결국 닥친 것이다. 처음부터 곧 일어나리라고 생각했던 일이 기어코 일어나고 만 것이다. 나는 다시 체포된 것이다. 가석방은 취소되고 말았다. 이것으로 끝장이다. 참으로 이렇게 레제르브 호텔을 나오리라고는 꿈에도 생각하지 않았다. 그러나 모든 것을 종합해 볼 때, 어쩌면 이 편이 나을 것이다. 적어도 또 하룻밤을 불안 속에서 지내는 일은 하지 않아도 되니까. 이제는 나 혼자 생각할 필요도 없는 것이다. 마티스 씨의 빈정거리는 말에 굽신거리지 않아도 되는 것이다. 그저 잠자코 시키는 대로만 하면 된다고 생각하니 안도에 가까운 느낌마저 든다.

대체 워린과 메리는 나를 어떻게 볼까? 그들은 틀림없이 쇼크를 받았을 것이다. 듀크로는 물론 흥분해서, 나에 대한 것은 처음부터 알고 있었다고 딴 사람들에게 떠들고 있을 것이다. 시믈러는 어떨까? 그 생각은 좀 마음이 내키지 않았다. 그에게는 진실을 알려 주고 싶었다. 그 외의 사람들은…… 게헤는 놀라지 않을 것이다. 그러나 소령은 놀라겠지. 그는 총살당할 것이라고 주장하리라. 루는 물론 불쾌하게 웃고 있겠지. 포겔 부부는 혀를 차면서 찡그린 얼굴을 하고, 그러나 그들 중의 한 사람은 열심히 생각하고 있을 것이다. 그자야말로 도서실 문을 갑자기 잠근 사나이, 나를 습격하여 구타하고 호주머니를 뒤졌던 사나이다. 내가 감옥에서 시들어가는 동안 그는 완전한 자유를 누릴 것이다. 그는 어떤 생각을 하고 있을까? 득의만만

해 있을까? 그러나 그것이 무슨 상관인가? 그들 중 누가 어떤 생각을 하든 그것이 어떻다는 말인가? 어떻든 아무 상관없는 일이다. 그래도 그들 중 누가 스파이인지 알 수 있다면 좋을 텐데. 참으로 흥미로우니까. 아무튼 좋다. 앞으로 생각할 시간은 얼마든지 있으니까.

타이어가 미끄러지는 소리가 나면서 자동차가 경찰서 앞마당에 멎었다. 나는 긴 나무의자가 몇 개 놓여 있는 대기실로 끌려갔다. 전날과 같이 경관 한 사람이 내 옆에 대기했다. 나는 아무 말도 하지 않았다. 그대로 기다리고 있었다.

대기실의 괘종시계가 10시 30분을 가리켰을 때 문이 열리고 베건이 들어왔다.

베건은 사흘 전과 마찬가지로 명주옷을 입고 있었다. 손에 들고 있는 구겨진 손수건도 같았다. 그리고 여전히 땀을 흘리고 있었다. 한 가지만은 의외였다. 베건은 내가 생각했던 것보다 작게 보였다. 나는 처음에 그를 굉장한 거물로 생각했다. 내 상상 속의 베건은 어느새 아무런 죄도 없는 사람을 미끼로 하는 식인귀나 증오스럽고 비인도적인 악마로까지 부풀어 올랐던 것이었다. 그러나 지금 눈앞에 있는 것은 뚱뚱하고 땀이 범벅된 단순한 한 인간에 지나지 않았다.

잠깐 동안 두꺼운 눈꺼풀 아래서 그의 조그만 눈은 내가 누구인지 생각나지 않는 듯 내려다보고 있었다. 그런 다음 베건은 경관에게 고개를 끄덕여 보였다. 경관은 경례를 하고 밖으로 나가 문을 닫았다.

"자, 바다시 씨, 당신의 짧은 휴가는 재미있었소?"

또 한번 그의 높은 소리가 내게 선수를 쳤다. 나는 쌀쌀하게 그를 노려보았다.

"어찌되었든, 내가 다른 사람의 죄를 떠맡게 된다는 말인가요?"

베건은 허리를 굽혀서 창가에 있는 긴 의자를 하나 끌어당겨 나와 마주 보고 앉았다. 그의 체중으로 의자가 기우뚱했다. 그는 두 손을 손수건으로 닦았다.

"몹시 덥지요?"

그렇게 말하면서 베건은 내 얼굴을 쳐다보았다.

"당신이 체포될 때, 사람들은 어떻든가요?"

"누구 말입니까? 경관인가요?"

"아니."

"아무렇지 않았습니다."

나는 내 소리가 차츰 흥분되는 것을 느꼈다.

"아무렇지도 않았습니다." 나는 되풀이했다.

"대체 그 사람들이 어떨 거라고 생각했습니까? 듀크로는 무슨 혐의인가 알려고 했습니다. 포겔 부인은 비명을 질렀습니다. 딴 사람들은 그저 보기만 했습니다. 모두 체포당하는 것을 많이 보지 않았을 것입니다." 나의 분노는 폭발했다. "그 사람들도 생 가티앙에 좀더 체재하고 있으면 익숙해지겠지요. 이번엔 어부가 술 취해서 여편네를 때리기라도 한다면, 당신은 포겔을 체포할지도 모르겠군요. 그래도 그것은 위험하겠지요? 스위스 영사가 항의해 오나요? 아마 항의할 것입니다. 그런데 해군 정보부는 이런 것을 분별할 지혜도 갖고 있지 않습니까? 베건 씨, 3일 전 그 독방에서 당신의 말을 들었을 때, 나는 사실 당신이 약한 자를 괴롭히는 불량 경관인지는 모르지만 다소 분별력은 있다고 생각했습니다. 위협을 하든가 바보스런 질문을 한다 해도, 적어도 자기가 하는 일은 마음속으로 지키고 있다고 생각했습니다. 그러나 나는 내가 잘못 보았다는 것을 곧 알았습니다.

당신은 분별력도 없고, 자기가 하는 일의 의의도 모르는 사람입니다. 당신은 바보입니다. 당신의 실수는 너무 많아서 헤아릴 수조차 없습니다. 만일 내가 약간의 분별로 당신의 지시를 나 나름대로 해석하지 않았다면, 당신의……."

그때까지 조용하게 귀를 기울이던 베건은 갑자기 일어나서 마치 나를 때릴 듯한 자세로 주먹을 뒤로 젖혔다.

"만일 당신이 어떻게 하지 않았다면이라고?"

그는 큰소리로 외쳤다.

나는 물러서지 않았다. 아무것도 보이지 않았고 복수심만 이글거렸다.

"알고 있습니다. 당신은 진실이 마음에 들지 않는 것입니다. 내가 말하는 것은, 만일 내가 당신의 지시를 내 나름대로 해석하지 않았다면 당신이 찾고 있는 스파이는 거품을 물고 도망쳤을 것이라는 겁니다. 당신은 나에게 호텔 손님에게 카메라에 대한 것을 질문하라고 했습니다. 그것이 어림없는 잘못이라는 것은 미친놈이라도 알 수 있을 것입니다."

베건은 다시 자리에 앉았다.

"그렇다면 당신은 어떻게 했다는 거요?" 그는 얼굴을 찌푸리고 말했다. "내게 한 보고도 거짓이었소?"

"아닙니다, 약간의 지혜를 발휘했을 뿐입니다. 아무튼," 나는 표독스럽게 말했다. "모두 인정 많은 사람들이라 스파이의 정체를 알았다 해도 체포할 기회를 놓치지 않고 당신이 원하는 정보를 손에 넣을 수 있다면, 경찰도 나를 특별히 생각해 줄 것으로 믿었던 것입니다. 만일 당신이 이따위로 행동할 줄 알았다면 그렇게 성심껏 했을지 의심스럽습니다. 그래도 나는 나의 두 눈을 사용하는 간단한 방법으로 카메라의 정보를 입수했습니다. 또 날조된 도난 사건이 당연한 일이지만 날조된 것이라고 폭로되었을 때도, 사람들의 머리를 혼란시켜 모두에게——대부분의 사람들에게——잘못 생각했다고 이해시켜 가까스로 위기를 모면했던 것입니다. 그러나 이젠 그만입니다. 그대로 지나갈 것 같지 않습니다. 나는 더 이상 당신이 실수한 뒤치다꺼리나

하는 일은 하고 싶지 않습니다. 어떻든 그랜든 하드리 부부는 내일 아침 출발하게 되고, 다른 사람들도 이렇게 된 이상 더 체재하려고 하지 않을 것입니다. 당신은 용의자를 모두 도망치게 한 것입니다. 그렇다해도," 나는 어깨를 으쓱했다. "당신은 태연하겠지요, 서장도 만족하겠지요, 어쨌거나 당신들이 유죄로 만들 인간을 붙들어 놓았다고 자위하겠지요? 경찰이 생각하는 것은 고작 그것뿐이겠지요? 네, 그렇지요?" 나는 일어섰다. "이제 이것으로 끝장입니다. 나는 내 자신을 실컷 두들겨 패주고 싶습니다. 좋으시다면, 싱글벙글 웃는 것이 끝났으면, 나를 이제 그만 돼지우리에 처넣으십시오. 이 방은 너무 통풍이 나쁘고 어젯밤은 한잠도 자지 못했으니까요. 두통도 심하고 나는 이제 지쳤습니다."

베건은 담뱃갑을 꺼냈다.

"피우지 않겠소, 바다시 씨?"

나는 비웃었다.

"무엇인가 비열한 계획을 궁리하고 있다고 일전에 말했지요. 이번에는 무엇을 원합니까? 진술서입니까? 원한다 해도 하지 않겠습니다. 절대로 거절하겠습니다. 아시겠습니까? 절대로 거절하겠습니다."

"담배를 피워요, 바다시 씨. 당신은 아직 갈 수 없소."

"아, 그래요? 알았소! 고문하겠다는 건가요? 네?"

"얼간이!" 베건은 소리를 꽥 질렀다.

"담배를 피워!"

나는 담배 한 개비를 집어 들었다. 베건은 자기 담배에 불을 붙인 다음 성냥을 나에게 던졌다.

"잘 들으시오!" 그는 담배 연기를 둥글게 내뱉으면서 말했다.

"당신에게 사과할 것이 한 가지 있소."

"흐응?" 나는 이 한 마디에 가능한 한 많은 비웃음을 담았다.

"그렇소, 사과요. 나는 실수를 했소. 당신의 머리를 과대평가도 했고, 또 과소평가도 했소. 두 가지 다요."

"저런, 저런! 그래서 나를 어떻게 하겠다는 건가요, 베건 씨? 왈칵 울어 제치고 진술서에 서명할까요?"

베건은 얼굴을 찌푸렸다.

"내 이야기를 들으시오."

"듣고말고요. 아무 소리 없이."

그는 손수건으로 목덜미의 땀을 닦았다.

"바다시 씨, 그 따위 말투를 계속하면 당장 혼이 날거요. 당신은 체포된 사람이 유치장에 처박히지 않고 이렇게 앉아 있다는 것을 이상하다고 생각하지 않소?"

"생각했지요, 때문에 어디에 올가미가 있는가 찾고 있습니다."

"올가미 같은 게 아니라니까, 이 바보야!"

그는 화를 내고 소리소리 쳤다. "알겠소? 무엇보다 먼저 당신이 알아야 할 것은, 당신에게 내린 지시는 어느 것이나 단 한 가지 목적——스파이가 레제르브 호텔을 떠나도록 한다는 목적을 갖고 있었던 거요. 카메라를 그들에게 묻고 돌아다니라고 한 것은 그 때문이었소. 우리는 상대에게 경고를 했던 것이오. 그 방법이 실패로 돌아가서——왜 실패했는지 지금 알았지만——이번엔 도둑 소동을 일으키라고 지시했던 거요. 상대는 당신 방을 수색했고, 당신의 호주머니를 뒤졌으니까. 경고를 한다 해도 상대를 갑자기 도망치게 한다는 것은 아니었소. 우리들이 직접 호텔에 가지 않은 것은 그 때문이었소. 즉, 우물쭈물하고 있으면 위험하다는 것을 상대가 알면 충분하다고 보았지요. 그러나 또 실패했소. 최초의 실패는 그런 방법으로 당신이, 자신이 알고 있는 사실에서 당신 나름대로 해 나갈 것이라는 것을 조금도 고려하지 않은 데 있었소. 내 실책이었소. 나는 당신이 아무것도 모른다는 것을 알지 못했던 것입니다. 두 번째 실패는 당신의 서툰 솜씨를 생각 못했기 때문이오. 게헤에게 폭로된 것이 너무도 빨랐소."

"그러나," 하고 나는 이의를 달았다. "대체 그런 짓을 해서 어떻게 스파이를 잡는다는 것입니까? 맨 먼저 짐을 꾸려 호텔을 떠나는 사람을 체포한다는 것입니까? 그렇다면 그랜든 하드리 소령을 체포하면 될 것입니다. 소령은 내일 아침 출발하니까요. 그 정도로 스파이가 붙들린다면 프랑스도 끝났군요."

놀랍게도 베건의 입 언저리가 홀쭉해졌다. 그는 담배를 입에 물고 힘껏 빨아들인 다음 연기를 코로 조금씩 내뿜었다.

"그러나 바다시 씨!" 그는 인상 좋게 말했다.

"당신은 모든 사실을 알지 못했소. 특히 가장 중요한 한 가지를 알지 못하고 있었소. 그것은 3일 전, 당신이 여기를 나가기 전에 우리는 이미 스파이가 누구라는 것과 결국 체포하려면 언제든지 체포할 수 있었던 것이오."

그 말뜻을 이해하는 데는 약간의 시간이 필요했다. 이어서 내 머릿속에서는 희망과 절망이 쫓고 쫓기는 경기를 시작했다. 나는 베건을 지켜보았다.

"그럼, 스파이는 누굽니까?"

그는 상체를 뒤로 젖히고 재미있다는 듯 나를 주시했다. 그리고 한 손을 의젓하게 흔들었다. "음, 그것은 나중에 알게 됩니다."

나는 침을 삼켰다.

"이것도 올가미입니까?"

"아니 바다시 씨, 그렇지 않소."

"그렇다면," 나는 다시 배알이 꼴렸다.

"대체 어떤, 어떤 뜻으로 나를 이렇게 괴롭히고 있는지 설명하지 않습니까? 지난 사흘 간 내가 얼마나 고생했는지 당신이 안다면 설마 그렇게 농담 삼아 히죽거리면서 살찐 민달팽이 같이 만족스럽게 사라지지는 않겠지요. 대체 당신은 나에게 어떤 짓을 시켰는지 알고 있습니까? 네? 당신은, 당신은……."
베건은 내 무릎을 두드렸다.
"자, 자, 바다시 씨! 이런 이야기는 시간 낭비요. 나는 내가 살찐 것은 알고 있으나 절대 몸은 사리지 않소. 그리고 민달팽이도 아닙니다. 내가 하게 했던 것은, 하지 않으면 안 되는 일이었소. 그렇게 화내지 말고 내 설명을 들으면 당신도 이해할 것입니다."
"그렇다면 왜 나를 체포했소? 왜 이곳에 붙들어 놓는 거요?"
베건은 그렇지 않다는 듯 고개를 흔들었다.
"침착해요, 바다시 씨. 말을 들어봐요. 호오, 당신은 지나치게 흥분해서 담배를 쭈글탱이로 만들어 놓았군. 다시 한 대 피워요."
"담배 같은 건 필요 없습니다."
나는 마음속으로 증오의 불을 태우면서 베건을 쏘아보았다. 그때 그는 두 개비 째의 담배에 불을 붙였다. 그는 잠깐 동안 성냥불을 물끄러미 바라보았다.
"내가 당신에게 사과한 것은 진심이었소."
그는 어렵게 말을 꺼냈다. "나에게는 하지 않으면 안 될 일이 있었소. 이야기를 들으면 당신도 알 수 있을 거요."
나는 말을 하려고 했으나, 그는 손을 들어 나를 제지했다.
"9개월쯤 전의 일이오. 이탈리아에 있는 우리 정보원이 보내온 보고 중에, 이탈리아 비밀첩보부가 툴롱에 새로운 근거지를 구축했다는 소문이 있다는 정보였소. 그러나 우리들 일에는 항상 많은 소문이 따르게 마련이어서 나는 당시 이 정보에 그다지 주의를 쏟지 않았소. 훨씬 뒤에서야 그 정보를 중요하게 생각하게 되었지요. 우리

나라의 이곳 해안선 방어에 관한 정보가 놀랄 만큼 정확하게 이탈리아로 흘러 들어가고 있었으니까요. 예를 들어 스페치아에 있는 우리 측 정보원의 보고에 의하면, 마르세유에서 가까운 어느 섬에서 비밀리에 요새의 시설을 변경했는데 그 공사가 완료된 사흘 후에는 이탈리아 해군 장교들이 그 구체적인 내용을 토론하더라는 것입니다. 더욱 곤란한 것은 우리로서는 정보의 출처를 확인할 단서조차 찾지 못한 것이지요. 우리는 몹시 신경을 썼습니다. 때문에 약국 주인이 그 필름을 갖고 왔을 때는 두 손 들어 환영했고, 그 기회를 살리도록 했던 것이지요."

베건은 연극을 하듯 포동포동하게 살찐 두 손을 벌리고 마치 무엇을 붙들 듯한 몸짓을 했다.

"당연히 당신에게 혐의를 두었었소. 그러나 일이 분명해지고 카메라가 뒤바뀐 것을 안 뒤로는 당신은 문제가 되지 않았소. 더 정직하게 말하면 그때 당신을 석방하려고 했지요. 그런데 다행하게도," 그는 몹시 부드러운 어조로 덧붙였다.

"카메라에 관한 보고를 받을 때까지 좀더 기다리기로 결정했던 것입니다."

"카메라에 관한 보고?"

"그렇소, 이것도 당신은 모르는 일이지요. 우리들은 카메라가 뒤바뀐 것을 안 다음, 즉시 제조회사에 전화해서 그 번호의 카메라를 산 사람을 찾았던 것입니다. 대답은 에크스(프랑스 동남부 마르세유 근방의 소도시)의 어느 소매점에 보냈다는 것이었어요. 에크스의 소매점에서는 그 카메라를 잘 기억하고 있었습니다. 아주 작은 가게라 2년 동안 그처럼 고급 카메라는 단 한 대밖에 팔지 못했기 때문이죠. 가게에서는 특별히 그 카메라를 배달까지 해주었기 때문에 사 간 사람을 우리에게 알려 줄 수 있었어요. 그 이름이 레제르브 호텔의 숙박객 중의 한 사람과 같았던 것입니다.

한편, 그 사진은 전문가들로 하여금 조사하도록 했지요. 그 결과, 그늘의 각도로 판단할 때 촬영은 아침 6시 30분 어떤 일정한 각도에서 망원렌즈를 사용했다는 보고를 받을 수 있었습니다. 지도를 참조하고, 몇 장의 사진 속에 나뭇잎이 약간 촬영된 사실로 미루어볼 때, 촬영자의 위치로 생각되는 장소는 단 한 곳뿐이라는 것을 알았지요. 그 장소는 좁고 높은 곳의 끝단으로, 바다로 돌아가지 않는 한 근접할 수 없는 곳이었어요.

우리는 항구의 어부들에게 탐문 수사를 폈습니다. 과연 문제의 사나이는 전날 아침 게헤의 보트를 타고 바다에 나갔더군요. 낚시하러 갔다는 이야기였지요. 한 어부가 이 일을 자세하게 기억하고 있었습니다. 이 어부는 언제나 같이 나가서 낚싯밥을 달아 주든지 엔진을 보아 주었기 때문입니다. 그런데 그날 그 손님은 혼자 가겠다고 했다는 것입니다.

이와 같이 해서 우리는 범인을 확인한 것이지요. 체포할 수도 있었어요. 서장은 체포하자고 했지요. 그러나 우리는 체포하지 않았습니다. 왜 그랬을까요? 그래요, 당신도 기억하고 있을 겁니다. 독방에서 당신과 이야기할 때, 나는 스파이에게는 흥미가 없다, 목표는 스파이를 고용하고 있는 자라고 말했을 겁니다. 그것입니다. 나는 그 사나이에겐 흥미가 없었어요. 그 사나이에 대한 것은 전에도 듣고 있었지요. 기록에 의하면 그는 언제나 누군가에게 고용되어 움직이는 사나이였어요. 나의 목표는 툴롱에 있는 상대의 본거지였습니다. 그 사나이는 언제든지 정확한 기회에 체포할 수 있으니까요. 그러나 그 전에 사나이의 안내를 받고 그의 상층부가 있는 곳을 알고 싶었던 것입니다. 그것을 실현하기 위해서는 어떻게 하든 이 사나이를 레제르브 호텔에서 떠나도록 하고, 특히 본인에게는 자신은 조금도 의심받고 있지 않다고 믿게 하는 것이 중요했습니다."

"그래서 나를 이용했군요?"

"그렇소. 만일 당신이 카메라에 대한 것을 묻고 다닌다면 상대는 자기 사진이 어떻게 되었는가 알 것이고, 또 당신이 의심을 품을 것이니까 경찰에 신고하기 전에 돌아가려고 할 것입니다. 그 뒤를 우리는 미행하려고 했지요. 이 계획의 난점은 이런 비밀을 당신에게 알려 주지 않고 극히 자연스럽게 일을 하도록 하는 것이었습니다. 그런데 우리에게는 행운이 찾아왔지요. 당신의 여권은 문제가 많았고, 더욱이 국적마저 없었으니까요. 이렇게 되면 문제는 간단하니까요."

"참으로 간단했지요." 나는 분한 표정으로 말했다.

"그러나 누가 스파이라는 정도는 알려 주어야 했지 않습니까?"

"그것은 불가능합니다. 첫째, 그렇게 되면 당신에 대한 우리의 혐의가 가벼운 것으로 볼 것이나 당신을 다루기가 훨씬 어려워집니다. 둘째는 당신의 사고력과 분별력을 기대할 수 없었습니다. 당신은 누군가 다른 사람에게 비밀을 누설할지도 모르고, 상대에게 한 태도가 부자연스러울지도 모릅니다. 당신은 자신을 위한 생각 끝에 행동했으나, 지시를 따르지 않은 것은 지극히 유감스러웠습니다. 그러나 지시를 이행하지 않은 것보다 더욱 우리를 괴롭혔던 것은, 첫째로 당신의 방이 수색 당했다는 사실, 둘째는 전날 밤 당신이 습격당했다는 것입니다. 이것은 상대인 사나이가 쉽사리 겁을 먹지 않는다는 것을 나타냅니다. 우리들은 그렇게 생각했습니다. 물론 상대는 카메라가 바뀌었다는 것을 알아차렸을 것입니다. 그리고 자기 카메라를 갖고 있는 것이 당신이라는 것도 알고 있었을 것입니다. 어쩌면 당신이 같은 카메라를 갖고 있는 것을 보았을지도 모르지요. 당신이 그 사진에 대해 아무것도 모르고 있다고 상대는 생각했던 것입니다. 그보다도," 그는 날카로운 눈초리로 나를 힐끗 보았다. "당신은 내가 모르는 일을 했던가요?"

나는 주저했다. 나의 머릿속에는 도서실에 앉아 있는 내 모습이 떠올랐다. 시계 소리에 귀를 기울이면서 거울 속을 들여다보고 있을 때, 갑자기 문이 쿵 하면서 닫히면서 열쇠가 돌아갔다. 나는 베건의 눈을 보았다.

"당신이 모르는 중요한 일이란 아무것도 없습니다."

베건은 크게 숨을 내쉬었다.

"뭐, 그런 것은 아무래도 좋소. 이미 지난 일이니까. 그럼 다음은 도둑 소동이오. 이봐요, 바다시 씨. 당신에게는 몹시 안 된 일을 시켰다고 생각합니다. 그런 일을 하게 되어 몹시 불쾌했겠지요. 그러나 어쩔 수 없었소. 당신 방을 뒤져서 두 통의 필름을 훔쳐간 사나이는 자기가 그 외에 아무것도 훔치지 않은 것을 알고 있을 것입니다. 그런데 당신이 귀중품을 잊어버렸다고 한다면 당황하겠지요. 의심하기 시작할 것입니다. 그러나 사태는 너무도 빨리 악화됐지요. 우리들은 좀더 대담한 행동을 취해야 했습니다. 그래서 오늘 밤 당신을 체포하기에 이른 것입니다."

"결국 나는 진짜 체포된 것은 아니군요?"

"바다시 씨, 진짜로 체포되었다면, 조금 전에도 말했지만 이런 곳에 앉아서 나와 이야기할 수 없습니다. 알겠소? 우리는 그자에게 무리하게 자극하지 않으면 안 되었어요. 당신을 체포한 경관은, 모든 사람들 앞에서 당신을 체포한 이유를 확실하게 말하도록 지령 받은 것입니다. 설사 듀크로가 묻지 않았다 해도, 그 경관은 당신이 스파이 용의자라는 것을 발표했을 것입니다. 그럼, 여기서 그 스파이의 입장에서 한번 생각해봐요. 당신은 우연한 일로 자기가 촬영한 사진이 타인의 손에 들어간 것을 알게 되었소. 어떻게 하겠소? 찾으려고 할 거요. 그러나 그것은 실패했고, 더구나 상대가 무엇인가 꾀하고 있는 것 같은 기분이 들어서 잠시 동태를 살피기로 결정했소. 그런데 그 상대가 스파이 용의자로 경찰에 체포되고 말았어요. 자, 어떻게 생각하겠소? 어떤 생각이 머리에 떠오르는가요? 첫째로 그런 사진을 촬영했다는 것을 경찰이 알아 버린 점, 둘째는 체포된 사나이가 자기 몸을 지키기 위하여 경찰의 주의를 다른 곳으로 돌리게 할지도 모른다는 것입니다. 따라서 이젠 떠나야 할 때다. 한시도 주저해서는 안 된다. 알 만한가요?"

"네에, 알겠습니다. 그러나 상대가 출발하지 않는다면? 그렇게 되면 어떻게 됩니까?"

"그런 질문은 필요 없습니다. 상대는 벌써 출발했으니까요."

"뭐라구요?"

그는 벽시계를 힐끗 보았다.

"10시 25분이라. 그자는 10분 전에 호텔을 떠났소. 마을 차고에서 자동차를 빌려 툴롱으로 향하고 있소. 이제 삼사 분 기다리기로 합시다. 우리는 자동차로 미행시켰소. 곧 보고가 올 것입니다." 베건은 세 개비 째의 담배에 불을 붙이고, 성냥을 방 저쪽까지 튕겼다. "그 사이에 당신에게 지시해 둘 것이 약간 있소."

"또요?"

"그렇소. 그자를 스파이 용의자로 체포한다는 것은 현재로서는 달갑지 않은 뚜렷한 이유가 있습니다. 신문에 떠들썩하게 하고 싶지 않습니다. 그래서 나는 절도 용의로 체포하기로 했소. 4천 5백 프랑 상당의 차이스 콘택스 카메라를 훔쳤다는 이유지요. 알겠소?"

"그래서 내게 카메라를 확인하라는 것입니까?"

"그렇소."

그는 나를 뚫어지게 보았다. "할 수 있겠지요?"

나는 주저했다. 그러나 이제는 어쩔 도리가 없었다. 베건에게는 진실을 말하지 않을 수 없었다.

"어떻게 되었소?" 그는 재촉하듯 말했다.

"확인할 수는 있는데요." 나는 얼굴이 붉어지는 것을 느꼈다. "한 가지 곤란한 점이 있습니다. 지금 호텔 내 방에 있는 카메라는 진짜 내 것입니다. 카메라는 또 한 번 바뀌었습니다."

놀랍게도 베건은 조용히 고개를 끄덕이며 말했다.

"그건 언제 일이었소?"

나는 모든 것을 말했다. 다시 그의 입 언저리에 주름이 잡히고 엷은 미소가 떠올랐다.

"그러리라고 생각했소."

"뭐라구요?"

"이봐요, 바다시 씨! 나는 바보가 아니고, 당신 역시 사물을 숨기지 못하는 인간이오. 아침 전화 때 당신은 일부러 카메라에 대한 것을 말하려 하지 않았으나, 너무도 속이 들여다보였어요."

"나는 조금도……."

"물론 그렇소. 그러나 당신도 이미 알고 있는 바와 같이 두 개의 카메라는 똑같소. 그러니까 앞으로 툴롱에서 보게 될 카메라를 당신이 자기 것이라고 우긴다 해도 잘못은 조금도 없지 않겠소, 안 그래요?"

나는 서둘러 동의했다.

"그럼, 뒤에 잘못이 나타났다 해도 물론 적당히 변명해 주겠지요?"

"그야 물론."

"됐소, 이제 결정됐군요." 베건은 일어섰다.

"그리고," 그는 명랑하게 말했다. "모든 것이 잘 된다면, 당신이 월요일 날 까다로운 마티스 씨를 만나기 위해 내일 파리로 떠나지 못할 이유도 없을 것 같습니다."

순간, 나는 그가 무슨 말을 하는지 알 수 없었다. 이윽고 그 뜻이 머릿속에 되살아나자 알 수 없는 감사의 말을 입 속으로 중얼거렸다. 마치 꿈에서 깨어난 기분이었다. 악몽과 안도와 공포가 뒤범벅이 되어 저항하듯 소용돌이쳤다. 결국은 악몽에 지나지 않았다는 안도감과, 공포가 진짜고 눈을 떴다는 것이 꿈이 아닌가 하는 악몽의 단편들이 아직도 눌어붙어서 쉽사리 떠나려고 하지 않았다. 나는 두려웠다. 자신의 사고력을 믿는다는 것이 무서웠다. 이것 역시 베건의 책략의 하나, 올가미, 나를 믿도록 하는 어떤 비열한 수단은 아닐까? 감사하는 말이 입가에서 사라졌다. 베건은 의아하게 나를 지켜보고 있었다.

"만일 당신이 진실을 말하고 있다면," 나는 날카로운 어조로 말했다. "만일 당신이 진심으로 그런 말을 하고 있다면, 왜 지금 나를 석방하지 않습니까? 왜 나는 내일이 되지 않으면 출발할 수 없습니까? 나에게 아무 혐의도 없다면 이곳에 잡아 둘 이유도 없을 것입니다. 그럴 권리는 없을 것입니다."

베건은 진저리난 듯 한숨을 토했다.

"그래요, 권리 같은 건 아무것도 없어요. 그러나 아까 말한 대로 확인 때문에 당신의 도움이 필요합니다."

"내가 거절한다면?"

베건은 어깨를 으쓱했다.

"강요할 수는 없습니다. 우리는 당신의 도움 없이 해야 하겠지요. 그러나 물론," 그는 생각 깊게 덧붙였다. "따로 고려해야 할 문제가 있습니다. 당신은 분명히 프랑스 시민권을 신청하고 있다고 말했지요. 이 사건에 대한 당신의 태도가 그 신청 가부에 크게 영향을 줄지도 모릅니다. 아무튼 프랑스 시민은 경찰이 협력을 구하면 거기에 응해야 하니까요. 그 협력에 거부하는 시민은 책임감이 결핍된 인간이고……."

"알겠습니다. 또 협박이군요!"

베건의 통통한 손이 내 어깨 위에 올라갔다.

"바다시 씨, 나는 당신같이 말이 많은 사람은 만난 일이 없소."

베건은 내 어깨에 올려놓았던 손을 내려 안주머니에서 봉투 한 장을 꺼냈다. "알겠소! 당신은 우리의 요구로 경찰을 돕기 위해 3일간 레제르브 호텔에 체재했소. 우리는 공정하게 처리하고 싶소. 자, 여기 5백 프랑 있소." 그는 봉투를 내 손에 밀어 넣었다. "이것으로 당신의 과외 지출은 충분히 메울 수 있을 것이오. 그리고 어떻소? 앞으로 한 시간 동안 이곳에 남아서 당신을 괴롭힌 장본인을 체포하는 데 힘을 빌려 주시겠습니까? 무리한 부탁일까요?"

나는 그의 눈을 보았다.

"조금 전에 당신은 내 질문을 피했지요. 다시 한 번 묻겠습니다. 스파이는 누구입니까?"

베건은 늘어진 턱을 쓰다듬으면서 곁눈질로 나를 힐끗 보았다.

"유감이지만," 그는 천천히 말했다. "당신에게 알리는 것은 일부러 피했던 것입니다. 지금도 아직 알리고 싶은 마음은 없소."

"그렇군요, 참으로 빈틈없습니다. 나는 아무래도 당신과 같이 가서 내 눈으로 확인해야 한다는 뜻이군요. 그리고 덤으로 카메라를 허위 확인해 달라, 그런 것이지요?"

그러나 베건이 대답하기 전에 문을 노크하는 소리가 났다. 경관이 들어와서 베건을 향해 의미 있게 고개를 숙여 보이고 이내 나갔다.

"지금 온 사람은 범인이 다리를 통과했다는 신호요. 자, 출동할 시간입니다."

베건은 문 앞으로 걸어가서 뒤돌아보았다. "가겠소, 바다시 씨?"

나는 봉투를 호주머니에 쑤셔 넣은 다음 일어섰다.

"가지요." 나는 베건의 뒤를 따라 방을 나갔다.

18

그날 밤 10시 45분, 대형 르노르 한 대가 경찰서를 나와 넓은 해안 도로로 접어들더니 동쪽으로 쏜살같이 달려갔다.

자동차 안에는 베건과 나 외에 두 명의 사복형사가 타고 있었다. 자동차는 그 중 한 형사가 운전했다. 또 한 사람이 뒷좌석 내 옆에 앉았을 때, 나는 그가 누군지를 알았다. 나를 감시하여 낯이 익은 탄산 레모네이드 형사였다.

그는 내 얼굴 같은 건 벌써 잊어버린 듯한 표정을 하고 있었다.

구름 한 점 없는 밤하늘이었다. 하늘 높이 걸린 달이 헤드라이트 불빛을 푸르스름하게 물들였다. 생 가티앙의 교외를 지나면서 엔진소리는 한층 높아졌고, 레제브르 호텔이 있는 곳을 넘어 S자 커브를 돌 때는 젖은 노면 위에서 타이어가 요란한 마찰음을 내면서 미끄러져 갔다.

나는 쿠션에 기대 앉아 혼란해진 머릿속을 정리하려고 했다.

여기에 나, 요셉 바다시가 있다. 두 시간 전에는 직업과 자유와 희망을 잃어 버렸다고 체념했던 사나이가, 지금은 이렇게 스파이를 체포하러 가는 프랑스 경찰차 뒷좌석에 침착하게 앉아 있다!

침착하게? 아니, 그것은 정확한 표현이라 할 수 없었다. 침착하다는 말로는 어림도 없었다. 노래라도 부르고 싶었다. 그러나 무엇을 부르겠다는 것인지 나도 몰랐다. 내일, 아마 지금부터 24시간 뒤에는 파리로 가는 기차 속에 앉아 있으리라는 것을 노래하고 싶다는 것인가? 아니면, 드디어 오늘 밤에 종이와 연필도 없이 내 의문의 수수께끼가 풀린다는 것을 찬미하고 싶은 것인가? 나는 이 두 가지 중 어느 것을 선택할 것인가 고민했다.

이런 것은 모두 지난 5일간의 긴장에 대한 육체적 반응의 하나라고 생각한다. 이 판단이 옳다는 것을 뒷받침할 증거는 얼마든지 있다. 나의 뱃속은 끊임없이 끓어오르고 무섭도록 목이 탔다. 또 담배에 불을 붙인 다음, 제대로 피우지도 않고 창 밖에 던져 버렸다. 그리고 굉장히 의미 깊은 일인데, 무엇인가 잊어버린 것 같은, 무엇인가 꼭 필요한 것을 생 가티앙에 두고 온 듯한 묘한 기분에 빠졌다. 참으로 근거없는 바보스런 생각이었다. 그러나 그날 밤을 툴롱에서 보낸다 한들 내가 생 가티앙에 빠뜨리고 온 것은 아무것도 없었다.

자동차는 달빛이 휘황한 가로수 길을 빠져나갔다. 이윽고 나무숲이 없어지자 주위가 환히 펼쳐졌다. 올리브 밭이 보이고, 헤드라이트 불빛을 받은 나뭇잎들이 은빛으로 빛났다. 자그마한 마을들을 순식간에 지나서 어느 작은 도시에 들어섰다. 광장에 있는 사나이의 옆을 스치듯 차가 질주하자, 성난 고함 소리가 들려 왔다. '이제 곧 툴롱이군' 하고 나는 생각했다. 갑자기 누군가와 말하고 싶어졌다. 나는 옆에 있는 사나이 쪽으로 얼굴을 돌렸다.

"지금 이 도시는?"

사나이는 입에서 파이프를 뺐다. "라 카디엘."

"누구를 체포하러 가는지 아십니까?"

"아뇨." 사나이는 파이프를 다시 물고 똑바로 앞을 보았다.

"레모네이드 문제로 실례했습니다."

"무슨 말인지 모르겠습니다."

나는 이야기를 단념했다. 차는 우측으로 커브를 꺾어 속력을 내면서 직선 도로를 질주했다. 나는 눈부신 헤드라이트 불빛 속에 떠 있는 베건의 머리와 어깨를 지켜보았다. 베건은 담배에 불을 붙였다. 그리고는 어깨를 반쯤 돌렸다.

"앙리에게 들으려고 해도 안 됩니다. 입이 무겁기로는 누구에게도 지지 않는 사나이니까요."

"네, 알고 있습니다."

베건은 창 밖으로 성냥개비를 던졌다.

"바다시 씨, 당신은 그 호텔에 4일간이나 있었어요. 누구를 체포하러 가는지 전혀 짐작할 수 없소?"

"전연."

베건은 숨을 삼키고 입 속으로 웃었다.

"추측도 할 수 없소?"

"모르겠습니다."

앙리가 몸을 움직이면서 거들었다.

"아무래도 형사는 될 수 없겠습니다."

"될 수 없어서 다행입니다." 나는 솔직하게 말했다.

앙리는 불만스러운 듯 투덜거렸다. 베건이 다시 입 속으로 웃었다.

"조심해요, 앙리. 이 지독한 독설가 선생은 경찰을 못마땅하게 생각하고 있으니까."

그는 운전기사 쪽을 보았다. "오리우르 경찰서 앞에서 세워 주시오."

잠시 후 오리우르 광장 옆 조그만 건물 앞에 자동차가 멈췄다. 제복 경관 하나가 입구에서 기다리고 있었다. 경관은 걸어와서 경례한 다음, 몸을 굽혀 자동차 안을 들여다보았다.

"베건 씨입니까?"

"그렇소."

"주 도로와 사브렛드 가도 교차점에서 대기하고 있습니다. 생 가티앙에서 온 자동차는 5분전에 돌아갔습니다."

"잘 알았소."

자동차는 다시 달리기 시작했다. 6분쯤 지나자 전방에 서 있는 자동차 불빛이 눈에 들어왔다. 차는 속도를 줄이고 앞차 뒤에 붙어 섰다. 베건이 차에서 내렸다.

키가 크고 마른 사나이가 자동차 옆에 서 있었다. 사나이는 베건 쪽으로 걸어와서 악수를 교환했다. 두 사람은 잠시 서서 이야기를 나누고, 사나이는 자기 차로 돌아갔다. 베건도 다시 차로 돌아왔다.

"저 사람이 항만 경찰서 포르니에 경감이오."

베건이 자동차에 올라타면서 내게 말했다.

"지금부터 그의 관할 구역에 들어가는 것이오."

그는 문을 쾅 닫고 운전기사에게 말했다.

"경감의 자동차를 따라가시오."

우리들은 다시 달렸다. 오리우르에서 계속 되던 가로수도 사라지고, 공장이 하나둘 서 있는 앞을 지나 중앙에 전차 궤도가 보이고 카페가 줄지어 서 있는 밝은 거리로 나왔다. 길모퉁이 건물에 '스트라스블 거리'라는 표지판이 걸려 있었다. 툴롱의 거리였다. 어느 카페나 사람들이 가득했다. 프랑스 해군들이 떼를 지어 거리를 누비고 있었다. 젊은 여자들도 많았다. 깃이 달린 모자를 쓰고, 몸에 착 붙는 검은 드레스를 입은 아름다운 흑인 처녀가 느린 걸음으로 우리 차 앞을 가로질렀기 때문에 운전을 하던 형사가 급브레이크를 걸고 소리를 질렀다. 노인 하나가 만돌린을 키면서 하수구 옆에서 서성거리고 있었다. 거무스레한 얼굴을 한 뚱뚱한 사나이가 군인을 불러 세워 무슨 말을 했으나, 곧 걸어채어서 아이스크림 쟁반을 들고 있는 여인과 부딪치고 말았다. 차가 좀더 앞으로 나가자 해군 순찰대가 보였다. 그들은 카페를 들락거리면서 보트로 돌아갈 시간이라고 수병들에게 경고하고 있었다. 이윽고 사람들의 통행이 뜸해질 무렵, 앞 차는 속도를 늦추고 우측으로 돌았다. 그때부터 자동차는 주택과 강철 셔터를 내린 상가의 어둡고 좁은 그물같은 길을 주의 깊게 누벼 나갔다. 앞으로 나갈수록 민가는 점점 적어지고, 어느 거리나 창고의 높은 벽만이 줄지어 서 있었다. 자동차가 멈춘 곳은 그런 거리의 한 곳이었다.

"여기서 내려야 합니다." 베건이 말했다. 따뜻한 밤이었으나, 물기 젖은 돌이 깔린 보도에 내려선 나는 몸이 떨려 왔다. 흥분한 탓인지도 모르지만 아마 공포 때문이었을 것이다. 높은 창고 벽 뒤에는 무엇이 있을 것 같은 기분 나쁜 느낌이 들었다.

베건은 내 팔에 손을 걸었다.

"바다시 씨, 조금만 걸으면 됩니다."

앞에는 경감 외에도 세 사나이가 대기하고 있었다.

"너무 조용하군요." 나는 말했다.

베건은 중얼중얼 불평을 늘어놓았다.

"밤에, 더욱이 이런 시간에 창고만 줄지어 선 곳이 조용하지 않다면 오히려 이상하지 않소? 앙리와 같이 뒤따라 와요, 소리 내지 말고."

베건은 경감과 어깨를 나란히 해 걸었고, 그 뒤를 세 사나이가 따랐다. 앙리와 나는 맨 뒤에서 따라갔다. 운전기사만 자동차에 남았다.

벽 끝까지 가서 우리는 다른 길로 굽어들었다. 몇 미터 앞에서부터 굽어져 있어 전연 앞을 볼 수가 없었다. 우측에 우리가 차를 대놓은 창고 벽이 있고, 좌측에는 오래된 고목이 줄지어 있었다. 군데군데 닫아 놓은 창틈에선 희미한 불빛이 새어 나왔다. 그만그만한 3층 건물들이 어둠 속에 묻혀 있었다. 달빛이 벽 곳곳에 희미한 그림자를 만들고, 위층 어느 방에서는 라디오 소리가 들려 왔다. 잡음이 섞인

탱고 곡이었다.

"어떤 일이 일어납니까?" 나는 조그맣게 물어 보았다.

"인사하러 가야죠." 앙리가 속삭이듯 대답했다. "아주 정중하게요. 말은 하지 마십시오. 아니면 내가 좀 곤란해집니다. 거의 코앞까지 왔으니까."

길은 한층 더 좁아졌다. 커브를 돌자 자갈이 깔린 내리막길이 시작되었다. 양쪽은 다시 밋밋하게 높은 벽이 어둠 속에 뿌옇게 떠올랐다. 벽은 콘크리트 지주로 받쳐져 있었다. 갑자기 콘크리트 지주 뒤에서 무언가 움직이는 것이 보였다.

순간 심장이 멈추었다. 나는 앙리의 팔을 붙들었다.

"저기 누군가가!"

"조용!" 하고 앙리는 작은 소리로 주의를 주었다. "동료들이오. 이 일대를 포위하고 있습니다."

몇 미터 더 나가자 길은 다시 평탄해졌다. 우측 벽 사이에 간격이 있는 것이 보였다. 창고의 입구나 트럭의 통용문 같았다. 앞에 가던 사나이들이 어둠 속으로 사라졌다. 그 뒤를 쫓아갔을 때, 나는 발밑의 둥근 돌들이 석탄재로 변한 것을 알았다. 나는 불안에 싸여 그 자리에 멈춰 섰다.

"한쪽으로 붙으시오" 하고 앙리가 속삭였다.

"좌측으로."

나는 조심스레 지시에 따랐다. 내민 손이 벽에 닿았다. 앞에 간 사람들의 모습은 보이지 않았다. 나는 위를 보았다. 깊은 골짜기에서 위를 올려다 보았을 때같이 우뚝 솟아 쐐기모양으로 갈라진 벽 사이로 총총한 밤하늘이 보였다. 그때 손전등의 불빛이 눈앞의 어둠을 갈라놓았다. 다른 사람들이 좌측 벽에 붙은 나무문의 입구에서 기다리는 것이 보였다. 나는 앞으로 나갔다. 손전등 불빛은 문을 더듬고 있었다. 문에는 페인트로 다음과 같은 글씨가 씌어 있었다.

해운업 F.P 메트로

베건이 손잡이를 조용하게 돌렸다. 문은 안으로 열렸다. 앙리가 내 등을 두드리면서 재촉했다. 나는 그들을 따라 앞으로 나갔다.

짧은 복도가 가파른 나무 층계까지 이어졌다. 층계참에 있는 작은 전구가 군데군데 칠이 벗겨진 벽을 싸늘하게 비추고 있었다. 사업은 그다지 번창하지 않는 것 같았다.

베건이 천천히 계단을 올라가자 층계가 조금씩 삐걱거렸다. 나는 그 뒤를 따르면서, 등 뒤의 앙리가 호주머니에서 권총을 꺼내는 것을 알아챘다. 어떻든 지금 이 방문은 앙리가 말한 '정중한' 것은 아닌 것 같았다. 심장의 고동은 격렬해졌다. 낡고 악취가 밴 이 불길한 건물의 어느 구석에 내가 아는 어떤 사나이가 있는 것이다. 30분도 채 되기 전에 그 사나이는 이 층계를, 지금 내가 밟고 있는 이 층계를 올라갔던 것이다. 그리고 이제 곧 그 사나이와 만나게 되는 것이다. 나를 이처럼 두렵게 하는 것은 바로 그 점이었다. 상대가 나에게 위협을 줄 염려는 없었으나, 그래도 나는 떨렸다. 나는 갑자기 가면을 쓰고 얼굴을 가리는 편이 좋았다고 생각했다. 확실히 바보 같은 생각이었다. 대체 누구일지 나는 궁금했다. 내가 '체포'될 때 나를 지켜보고 서 있던 얼굴들을 상기해 보았다. 무서워서 옷깃을 여미고 있는 얼굴들뿐이지만 그들 가운데 한 사람은……

앙리는 내 등을 밀면서 앞 사람을 따라가라고 신호했다.

층계 끝에서 마주친 둔중한 나무문 앞에 베건은 멈춰 서서 손잡이를 돌렸다. 문은 쉽게 열렸고, 불빛이 가득한 방 안이 보였다.

마루 위에는 천장에서 벗겨진 석회가 가득히 떨어져 있었다. 베건은 숨을 돌리고 얼굴과 목덜미의 땀을 닦은 다음 다시 층계를 오르기 시작했다.

두 번째 층계를 오르기 전에 베건은 손짓으로 기다리라고 신호했다. 그는 경감과 계단 끝까지 올라가서 모습을 감추었다.

정적 속에서 나는 내 앞에 서 있는 사나이의 손목시계 소리를 들었다. 주위가 더욱 조용해지면서 희미하게 사나이의 말소리가 들려 왔다. 나는 숨을 죽였다. 잠시 후 경감의 머리와 어깨가 난간 위에 나타나서 올라오라고 신호했다.

그 층계도 아래와 똑같았다. 그러나 불은 켜 있지 않았다. 우리는 발소리를 죽이고 문 앞에 일렬로 늘어섰다. 나는 문 옆 벽에 몸을 붙였다. 방 안의 말소리는 조금 전보다 약간 높아졌다. 명확하지 않아서 들을 수는 없었으나 말하고 있는 사람——사나이였다——은 이탈리아 어를 사용하고 있었다.

베건의 한쪽 손이 문 손잡이로 뻗어 나가는 것이 보였다. 그 손은 잠시 주저하는 듯했으나 이내 힘있게 손잡이를 돌렸다.

문은 채워져 있었다. 그러나 손잡이가 돌아가는 소리가 들렸던 모양이다. 말소리가 뚝 그쳤다. 베건은 속으로 뭐라고 욕을 하며 문을 세차게 두드렸다. 방 안은 죽은 듯 조용했다. 베건은 잠깐 귀를 기울이면서 재빠르게 앙리를 돌아보았다. 앙리는 쥐고 있던 권총을 앞으로 내밀었다. 베건이 권총을 받아 들었다. 그는 문 쪽으로 돌아서서 엄지손가락으로 공이치기를 세운 다음 총구를 엇비슷하게 열쇠 구멍에 겨누고 방아쇠를 당겼다.

고막을 찢을 듯한 총성이 울려 퍼졌다. 문은 아무렇지 않은 것 같았다. 두 사람의 형사가 몸으로 부딪치자 큰 소리를 내며 문은 안으로 열렸다. 나는 귓속에서 울림이 계속되는 것을 느끼면서 비틀거리며 안으로 들어갔다.

사무실처럼 꾸며진 작은 방 한쪽 구석에는 철제 침대가 놓여 있었다. 사람은 그림자도 없었다. 건너편에 또 하나의 문이 보였다. 경감이 소리를 치며 달려가 그 문을 열어 젖혔다.

건넌방은 어두웠으나, 사잇문이 열리면서 이쪽 방 천장에 매달린 불빛이 맞은편 창까지 비쳤다. 어둠 속에서 여자의 비명 소리가 들려 왔다. 그때 한 사나이가 창가로 달려가서 창을 밀어 젖히고 문지방 위에 한 발을 올렸다.

모든 것은 순간적이었다. 문을 밀어 젖힌 프르니에 경감이 몸의 중심을 잡기도 전에 사나이는 벌써 창에 뛰어 오르고 있었다. 내 옆에서 급히 권총을 겨냥하는 베건의 모습이 보였다. 그와 동시에 사나이가 얼굴을 획 돌리고 한쪽 손을 불쑥 내밀었다. 섬광과 굉음. 베건이 쏘는 것보다 빠르게 사나이의 권총이 경감의 어깨를 명중시켰다. 유리 깨지는 소리가 나면서 방 안의 여자가 다시 비명을 질렀다. 순간 문이 요란하게 닫혔다. 그러나 나는 사나이가 뒤돌아보고 발포하는 순간에 그 얼굴을 보았다.

루였다.

경감은 문 옆 기둥에 몸을 의지하고 고통으로 얼굴을 찡그리고 있었다. 나는 일행의 뒤를 따라 옆방으로 뛰어 들어갔다.

새파랗게 질린 얼굴로 흐느끼면서 방 한구석에 웅크리고 있는 것은 마르땅 양이었다. 그 옆엔, 날씬한 체격에 머리가 벗겨진 사나이가 두 손을 올리고 서 있었다. 그는 분명히 빠른 이탈리아 어로 항의를 하고 있었다. 나는 착실한 실업가로 프랑스 인의 친구다. 죄가 될 만한 일은 아무것도 하지 않았으니까 경찰이 짓밟을 권리는 없다…….

베건은 곧바로 창가로 달려들었다. 그가 쏜 총알이 유리창을 깨뜨렸다. 그러나 루의 모습은 어디에도 보이지 않았다. 앙리의 어깨 너머로 2미터 쯤 낮은 옆집 지붕이 내 눈앞에 보였다.

베건이 재빨리 뒤돌아보았다.

"지붕 위로 도망쳤소. 듀프레, 마레샬, 두 사람은 이곳을 감시하시오. 몰티에, 당신은 거리로 나가서 발견되는 대로 쏘라고 말하시오. 그리고 돌아와서 포르니에 경감을 도우시오. 부상당했어요. 앙리, 나를 따라오시오! 바다시, 당신도, 무슨 도움이 되겠지."

베건은 땀투성이가 되어 지시를 내린 후, 창을 넘어 아래 지붕으로 뛰어 내렸다. 그 뒤를 앙리와 내가 뛰어 내릴 때, 포리니에 경감이 몰티에 형사를 향해 바보처럼 서 있지 말고 빨리 내려가라고 꾸짖는 소리가 들려 왔다.

우리가 내려선 곳은 평평한 지붕을 빙 돌아가며 쳐놓은 난간 위였는데, 지붕 한가운데는 오이를 심어놓은 온실처럼 채광창이 달려 있었다. 창고 건물의 하얀 벽들이 사방을 에워싸고 있었다. 달빛에 가린 검은 그림자에는 그 어디도 출구는 없어 보였다. 루의 모습은 감쪽같이 사라져 버렸다.

"손전등은?" 베건이 앙리에게 소리 질렀다.

"네, 갖고 있습니다."

"그럼, 꾸물거리지 말고 채광창이 있는 곳에 가서 열 수 있는지 없는지 조사하시오. 알겠소? 빨리하시오."

앙리는 명령에 따라 함석지붕 위로 뛰어 내렸고, 베건은 지붕 주변을 걸어갔다. 그는 걸어가면서도 연신 중얼중얼 울분을 늘어놓았다. 이윽고 나는 그가 무엇을 목표로 걷고 있는지 알았다. 짙게 그림자가 드리운 지붕 저쪽 구석에 벽과 벽이 이어지는 모서리엔 좁은 틈이 있었다.

베건이 그곳에다 손전등을 비쳤을 때, 앙리가 천창에서는 도망칠 수 없습니다, 라고 외치는 큰소리가 들렸다. 다음 순간, 눈앞 어둠 속에서 붉은 섬광이 일면서 총성이 울렸다. 탄알은 기분 나쁜 소리를 내면서 내 등 뒤 벽에 박혔다.

베건은 무릎을 꿇고 함석 위에 내려섰다. 나도 그 뒤를 따랐다. 앙리가 몸을 굽히고 어둠 속에서 뛰어나와 우리 쪽으로 달려왔다.

"저쪽 구석입니다. 벽 틈새에 있습니다."

"바보, 알고 있어. 엎드려! 바다시 씨, 가만히 있으시오. 앙리, 저 벽으로 가시오. 숨어서 다가가는 거요. 그 자를 보면 손전등으로 비쳐요. 이젠 몰렸으니까."

앙리가 급히 달려가자, 베건은 권총을 겨냥하고 지붕을 따라 신중하게 틈을 향해 나아갔다. 순간 작은 구름이 달빛을 가려서 나는 베건의 모습을 잃어버렸다. 그때 손전등이 환히 비치고 총성이 두 발 연달아 울렸다. 붉은 섬광이 보인 곳은 틈새의 한쪽 모퉁이였다. 총성의 울림이 잠잠해지자 더 이상 접근하지 말라고 하는 베건의 목소리가 들려 왔다.

나는 더 이상 가만히 있을 수 없어서 베건이 있는 곳으로 쫓아갔다. 하마터면 나는 구석에서 베건과 부딪칠 뻔했다. 그는 벽 사이의 캄캄한 틈새를 주의 깊게 내려다보고 있었다.

"모습이 보입니까?" 나는 그에게 속삭였다.

"아니, 내가 들켰소. 물러나 있는 편이 좋을 거요, 바다시 씨."

"괜찮다면 여기 있고 싶습니다."

"그럼 맞아도 불평 말아요. 놈은 지금 이 모퉁이를 돌아 벽을 따라 20미터 쯤 떨어진 곳에 있는 비상용 사다리 위에 있소. 우리가 왔던 길과 평행으로 난 길에 있는 창고 뒤쪽 벽에 해당되지요. 앙리, 당신은 물러가서 거기에 남은 사람들 중 누구에게 창고 지붕 위로 올라가라고 하시오. 경비원이 자고 있더라도 상관 말고 밀어제치라고 하시오. 그 놈의 뒤를 덮쳐 주기 바랍니다. 빨리 하라고 하시오."

앙리는 소리없이 물러갔다. 우리는 말없이 기다렸다. 멀리서 기차 차량을 교환하는 소리와 큰길을 달리는 자동차 소리가 들려 왔다. 그러나 우리 주위는 죽은 듯 고요했다.

"만일 그전에 도망친다면……" 나는 참지 못하고 입을 열었다.

베건은 내 팔을 잡아끌었다. "떠들지 말고 들어!"

나는 귀를 기울였다. 처음에는 아무것도 들리지 않았으나, 이윽고 무엇인가 스치는 소리가 들렸다. 어쩐지 공허한 느낌을 주는 금속 같은 소리였다. 베건은 크게 숨을 들이마시고 살금살금 벽으로 다가갔다. 나는 몸을 굽히고 앞으로 나가 건너편 난간이 보이는 곳으로 갔다. 그때 베건의 손전등이 어둠을 가르고 빛을 쏟았다. 불빛은 벽 사이로 보이는 건너편 콘크리트의 표면을 훑어 내리다가 이윽고 멈췄다. 불빛 속에 비상용 사다리가 보였다.

루는 사다리 꼭대기에 가까워지고 있었다. 불빛이 비치자 재빨리 뒤돌아보고 한쪽 손에 든 권총을 올렸다. 그 얼굴은 새파랗게 질려 있었고, 밝은 불빛을 받아 눈을 껌벅거렸다. 순간 베건의 권총이 불을 뿜었다. 탄환은 비상 사다리에 맞고 높은 금속성 소리를 내며 허공으로 사라졌다. 루는 올렸던 권총을 내리고 다시 사다리를 오르기 시작했다. 베건은 또 한 방 쏘았다. 그는 두 벽 사이에 있는 물받이 통을 따라 비상 사다리 밑으로 향했다. 나는 잠시 주저하다가 그의 뒤를 따랐다. 내가 비상 사다리에 도착했을 때 베건은 벌써 사다리의 중간까지 올라가고 있었다. 그의 큰 몸집이 밤하늘에 떠올랐다. 그의 검은 그림자가 벽에 달라붙어서 천천히 움직였다. 나는 그를 쫓아 오르기 시작했다.

그러나 이내 후회했다. 하늘을 뒤로 하고 사다리 꼭대기에서 사람 그림자가 어른거렸기 때문이었다.

베건이 올라가다 말고 밑에 있는 나에게 돌아가라고 소리쳤다. 그 순간 루가 쏜 총알이 내 발 밑 비상 사다리 발판에 맞고 튀었다. 베건이 응사했다. 그러나 루의 모습은 벌써 보이지 않았다. 베건의 뚱뚱한 몸이 마지막 몇 계단을 서둘러 올라갔다. 내가 쫓아갔을 때, 베건은 지붕 처마의 그늘에서 주의 깊게 머리를 내밀고 있었다. 그는 낮게 꾸짖었다.

"도망쳤습니까?"

내 질문에 대답도 하지 않고 베건은 훌쩍 지붕 위로 올라섰다.

길고 좁은 평평한 지붕이었다. 바로 가까이에 저수탱크가 있었다. 저 끝에 삼각형 건물이 있고, 아래층으로 통하는 문이 달려 있었다. 그곳까지는 네모진 강철제 환기통이 솟아 있었다. 베건은 나를 끌고 탱크 그늘로 들어갔다.

"지원이 올 때까지 기다려야겠소. 이렇게 환기통이 늘어선 곳에서는 발견할 수 없으니까요. 한다 하더라도 얻어맞기 일쑤지."

"그러나 기다리는 사이에 도망칠지도 모르지 않습니까?"

"아니, 이젠 잡은 거나 다름없소. 이 지붕에서 도망갈 길은 두 개뿐이오. 비상 사다리와 저기 있는 문. 아마 발포하면서 필사적으로 도망치려고 할 것이오. 모두 도착하면 이곳에 꼼짝 말고 있는 편이 좋을 거요."

그러나 지붕에서 도망치는 길은 또 하나 있었다. 루는 그것을 선택했다.

우리는 그리 오래 기다릴 필요가 없었다. 베건이 말하는 것과 거의 동시에 소총을 든 기동대원들이 속속 창을 통해서 지붕 위로 나왔다. 베건은 그들에게 흩어져서 이곳으로 오라고 소리쳤다. 그들은 민첩하게 명령을 따랐다. 기동대 대열은 이쪽으로 움직이기 시작했다. 나는 숨을 죽이고 기다렸다.

그때 무슨 일이 일어나는 것인지 나는 잘 알지 못했으나, 실제로 일어난 것은 생각할 수 없는 엄청난 일이었다.

기동대 대열이 제일 끝에 있는 환기통까지 가까워졌다. 나는 루가 그를 쫓는 사람들을 보기 좋게 속였다고 생각했다. 그때 갑자기 환기통 그늘에서 사람이 튀어나와 우리와 반대편 처마로 돌진해 갔다. 한 기동대원이 고함치면서 추적했다. 베건도 뛰어갔다. 루는 처마 위에 뛰어올라 급히 몸을 붙이고 정지했다.

나는 곧 알 수 있었다. 우리가 있는 지붕과 옆 창고 지붕 사이에는 3미터 정도의 틈이 있었다. 루는 그것을 뛰어 넘으려고 하는 것이다.

루가 뛰려고 몸을 웅크렸다. 제일 가까이 있는 경관과의 거리는 20미터 정도였다. 경관은 뛰어가면서 소총의 노리쇠를 조작했다. 베건은 아직도 꽤 떨어진 곳에 있었다. 그는 멈춰 서서 권총을 겨냥했다.

루가 몸을 일으키는 순간, 베건이 쏘았다. 탄환은 루의 오른쪽 팔을 꿰뚫었다. 순간 그의 몸이 균형을 잃고 흐트러졌다.

무서운 광경이었다. 루는 잠깐 몸을 세우려고 안간힘을 썼다. 그는 자기가 떨어지고 있다는 것을 알자 고함을 쳤다.

고함 소리가 비명으로 변했을 때, 그의 모습이 눈앞에서 사라졌다. 그러나 그 비명도 콘크리트 바닥에 몸이 부딪치는 무서운 소리와 함께 마침내 멎었다.

베건이 처마 끝으로 걸어가서 밑을 내려다보았다. 24시간 동안 두 번째 겪는 일이지만 나는 몹시 속이 울렁거렸다. 경관들이 다가갔을 때는 루는 이미 죽어 있었다.

"이 사나이의 본명은 베르라고 합니다." 베건이 말했다. "알세느 마리 베르지요. 몇 년 전부터 이 자에 대한 것은 알고 있었습니다. 프랑스 인이었으나 모친은 이탈리아 인입니다. 이탈리아 국경에 가까운 브리앙송 태생으로 1924년 육군에서 탈영했습니다. 그 뒤, 곧 자그레브에서 이탈리아의 스파이로 활동한다는 이야기가 들렸습니다.

또 한때는 루마니아 육군 정보부를 위해서도 일했습니다. 그리고는 어딘가 다른 나라의——물론 또 이탈리아였지만——스파이가 되어 독일로 갔습니다. 프랑스에는 위조 여권으로 입국했지요. 또 더 알고 싶은 게 있나요?"

우리는 메트로의 사무실로 돌아왔다. 포르니에 경감은 벌써 구급차로 실려 나갔다. 형사들은 바쁘게 사무실의 서류와 서류철, 장부 등을 대기하고 있는 운반차에 나르고 있었다. 의자의 쿠션을 뜯어 그 안에 숨겨 놓은 것을 꺼내는 자도 있었고, 마루 판자를 뜯는 자도 있었다.

"마르땅 양은 어떻게 됩니까?"

베건은 어깨를 한 번 으쓱 움츠렸다. "그 자의 정부일 뿐입니다. 물론 사나이가 하는 일은 알고 있었지요. 기절한 채로 경찰서로 실려 갔습니다. 뒤에 신문할 계획이지만 어차피 석방하게 되겠지요. 내가 기쁜 것은 마레티, 즉 메트로라고 자칭하는 자를 체포한 것입니다. 이 사건의 흑막은 바로 이 사나이니까. 루 같은 건 고용되었으니까 문제도 되지 않습니다. 남아 있는 무리들도 곧 잡힐 것입니다. 정보는 완벽히 구비되어 있으니까."

베건은 마루 판자를 뜯고 있는 사나이에게로 가까이 가 밑에서 나온 서류를 조사하기 시작했다. 나는 혼자 남겨졌다.

그래, 루였던가! 나는 그제야 그의 악센트를 들은 것 같은 기억을 생각해 냈다. 마티스 어학교의 나의 친구, 로슈라고 하는 이탈리아인의 발음과 비슷했다. 나는 루가 약간의 정보를 준다면 5천 프랑 주겠다는 것이 무엇인지를 알았다. 그가 요구한 것은 사진을 숨겨 놓은 장소였던 것이다. 나는 비로소 누가 내 방을 수색했고, 누가 나를 습격했으며, 누가 도서실 문을 닫고 자물쇠를 채웠는가 자세하게 알았다. 그러나 그 사실을 알았다는 것은 아무래도 좋았다. 내 귀에는 괴로워하는 단말마의 비명이 아직도 남아 있었다. 나의 눈 깊숙한 곳에는 러시아식 당구대에 붙어 있는 마르땅 양과 죽은 스파이의 모습이 눌어붙어 있었다. 여인은 사나이에게 몸을 밀어 붙이고 있었다. 그러나…… 루같은 건 문제 안 된다……. 고용되었을 뿐이다……. 그녀는 그 자의 정부였을 뿐이다. 물론 그럴 것이다. 두 사람의 행동을 생각하면 납득할 수 있는 일이다.

한 경관이 손에 꾸러미를 들고 들어왔다. 베건은 서류를 놓고 그것을 풀었다. 차이스 콘택스 카메라와 대형 망원렌즈가 나왔다. 베건은 나를 가리키며 손짓했다.

"그 자가 갖고 있었소. 번호를 조사해 보겠습니까?"

나는 베건의 손에 들린 카메라를 보았다. 렌즈와 셔터 장치가 부서져서 굽어져 있었다.

나는 고개를 흔들었다.

"당신의 말을 믿습니다, 베건 씨."

그는 고개를 끄덕였다.

"이것으로 당신이 이곳에 남아 있을 이유는 하나도 없습니다. 앙리가 밑에 있습니다. 자동차로 생 가티앙까지 바래다 줄 것입니다."

베건은 다시 서류를 조사하기 시작했다.

나는 주저하면서 말했다.

"베건 씨, 한 가지만 더 물어보고 싶습니다. 왜 루는 호텔에서 우물거리면서 꼭 필름을 찾으려고 했을까요?"

베건은 약간 초조한 듯 얼굴을 들었다. 그리고 어깨를 으쓱하며 말했다. "잘은 모르지만 아마 일이 끝나야 돈을 받기로 했던 것 같습니다. 그 자는 돈이 필요했던 것입니다. 그럼 잘, 가시오, 바다시 씨."

나는 계단을 내려와 거리로 나섰다.

"그 자는 돈이 필요했던 것이다."

그 말은 마치 묘비명 같았다.

19

내가 레제르브 호텔로 돌아왔을 때는 어느새 밤 1시 30분이 되었다.

지칠대로 지쳐 터벅터벅 차도를 걷다 보니 사무실에 아직 불이 밝혀 있는 것이 보였다. 나는 힘이 빠졌다. 생 가티앙 경찰이 게헤에게 사정을 설명하여 내가 돌아가도 좋도록 준비해 놓았다고 베건은 말했다. 그러나 누구를 불문하고 이 사건을 이야기하는 것은 달갑지 않았다. 나는 가만히 사무실 앞을 지나 층계로 향했다. 내가 층계 난간에 손을 댔을 때, 사무실에서 인기척이 들렸다.

나는 뒤돌아보았다. 게헤가 문 앞에 서서 잠이 가득한 눈으로 나를 보고 웃고 있었다.

"자지 않고 기다리고 있었습니다. 얼마 전에 서장이 왔었습니다. 여러 가지 말을 듣고 당신이 돌아온다는 것을 알았습니다."

"알고 있소, 나는 몹시 피곤합니다."

"물론 그럴 것입니다. 스파이 사냥은 몹시 힘드는 운동과 같으니까요."

그는 다시 웃었다. "샌드위치와 포도주를 약간 드시는 것이 좋을 것 같아서 사무실에 준비해 놓았습니다."

그때 나는, 샌드위치와 포도주야말로 지금 내가 원하는 것이라는 사실을 깨달았다. 나는 게헤에게 눈으로 인사를 하고 함께 사무실로 들어갔다.

게헤는 포도주 병을 따면서 말했다.

"서장은 애매하게 무언가 굉장히 강조하시더군요. 아마 짐작하건대, 루에 대해서는 절대 소문이 나서는 안 된다는 이야기인 것 같았습니다. 물론 왜 바다시 씨가 스파이 용의자로 체포되었는지, 또 오늘은 아무 일 없었다는 듯이 돌아왔는가 하는 이유도 들었습니다."

샌드위치를 집어먹노라니 내 마음도 가라앉았다.

"서장이 골머리를 앓는 것도 바로 그 때문이지요."

"그렇겠지요."

게헤는 내 글라스에 포도주를 따른 다음 자기 잔에도 채웠다. "그렇더라도," 그는 말을 이었다. "내일 아침엔 당신도 여러 가지 질문에 대답해야 할 것입니다."

그러나 나는 살짝 피해갔다.

"물론 그렇겠지요. 그러나 어쨌든 내일 아침의 일입니다. 지금 내가 생각할 수 있는 것은 자는 것뿐이지요."

"당연한 일입니다. 몹시 피곤할 것입니다."

게헤는 갑자기 히죽 웃었다.

"오늘 오후에 당신과 나눈 이야기는 잊어 주시겠지요?"

"이미 잊어버렸어요. 어떻든 당신의 책임이라고는 말할 수 없으니까요. 나는 경찰의 명령대로 따르지 않을 수 없었어요. 당신도 상상할 수 있겠지만, 나는 절대 그런 짓은 하고 싶지 않았습니다. 그러나 달리 어떻게 할 수도 없었지요. 국외로 추방하겠다고 위협했으니까요."

"오호, 그랬던가요? 서장은 그런 것은 설명하지 않았습니다."

"물론 하지 않았겠지요."

게헤는 내 앞에 놓여 있는 샌드위치를 한 조각 입에 넣고 한참 동안 말없이 우물거리다가 이윽고 심각하게 말했다.

"나는 요 며칠간 바짝 정신을 차렸습니다."

"왜요?"

"나는 이전에 파리의 큰 호텔에서 부지배인으로 일했던 경험이 있습니다. 지배인은 피레우스키라는 러시아 인이었습니다. 이 사람에 대해서는 당신도 들었는지는 모르겠습니다만, 이 방면에서는 천재라고 할 만한 사람입니다. 때문에 그와 함께 일한다는 것이 나로서는 즐거웠고 또 여러 가지 많이 배웠습니다. 호텔업자로 성공하려면 자기 손님들을 잘 알아야 한다——그는 언제나 이렇게 말했습니다. 손님이 지금 무엇을 하고 있는가, 무엇을 생각하고 있는가, 실제로 얼마나 만족하고 있는가, 여러 가지로 마음 쓰지 않으면 안된다. 그리고 조금이라도 살피는 듯한 눈치를 보여서도 안 된다. 나는 그 말을 가슴 깊이 새겨 두었습니다. 덕분에 그런 일은 본능적으로 알게 되었습니다. 그런데 요 이삼 일 동안은 호텔 안에서 내가 모르는 어떤 일이 일어나고 있는 것 같아 골치를 앓았습니다. 내 말뜻을 아시겠습니까? 나의 직업적 감각이 고장나버렸다는 말입니다. 누군가 등 뒤에 숨어 있는 듯한 기분이었지요. 처음에는 그 영국인일지도 모른다고 생각했습니다. 무엇보다 바닷가 소동도 있었고, 오늘 아침에는 손님들로부터 돈을 빌리고 한다는 것을 알았으니까요."

"그런데 쉽게 빌렸더군요?"

"네에, 그렇습니다. 그 젊은 미국인이 2천 프랑 빌려 주었습니다."

"워린이?"

"그렇습니다. 워린입니다. 여유 있는 분이라면 좋겠는데, 아무래도 못 받을 것 같거든요."

게헤는 잠깐 사이를 둔 다음 덧붙였다.

"그 다음은 듀크로 씨였습니다."

나는 웃었다.

"실은 나도 한때 듀크로 씨가 스파이가 아닌가 하고 의심했습니다.

수상쩍은 괴짜 노인이니까요. 허풍도 세고 소문도 많이 만들어냈지요. 실업가로 성공한 것도 그 덕분일 겁니다."

게헤는 눈썹을 치켜떴다.

"실업가라고요? 그렇게 말하던가요?"

"네, 공장을 몇 개 갖고 있다고 했지요."

게헤는 침착하게 말했다.

"듀크로 씨는, 낭트에서 가까운 작은 도시의 위생과에 근무하고 있는 서기입니다. 수입은 월 2천 프랑, 매년 2주간의 휴가를 얻어 이곳에 옵니다. 2, 3년 전엔 정신 병원에 반년쯤 있었다는 말을 들었습니다. 아마 곧 다시 그곳으로 돌아가지 않겠습니까? 작년에 비하면 올해는 더욱 심해졌습니다. 지금까지 없었던 증세도 나타났습니다. 전혀 근거도 없는 말을 지어냅니다. 수일 전부터 영국 소령을 수갑 채우라고 나를 괴롭혔습니다. 소령은 이름난 범죄자라는 것입니다. 도저히 당해낼 수 없습니다."

그러나 나는 이제 웬만한 것에는 놀라지 않게 되었다. 샌드위치의 마지막 조각을 입에 넣고 나는 일어섰다.

"그럼 게헤 씨, 샌드위치와 포도주를 주어서 감사합니다. 그만 쉬십시오, 이러다가는 여기서 밤을 샐 것 같습니다."

게헤는 히죽이 웃었다.

"더욱이 여러 사람의 질문에서 빠져나갈 수 없겠지요."

"여러 사람?"

"다른 손님들 말입니다." 그는 진지한 태도로 몸을 내밀었다. "물론 아시겠지요? 당신은 지금 지쳐 있으니까 귀찮아서 말하려고 하지 않습니다만, 내일 아침 여러 손님에게 무어라고 말할 것인가 생각하셨습니까?"

나는 짜증스럽게 고개를 흔들었다.

"전혀 생각하지 않았습니다. 아마 진실을 말하겠지요."
"서장은······."
"서장 같은 건 필요 없소!" 나는 크게 외쳤다. "경찰이 뿌린 씨니까 마땅히 자기들이 거두겠지요."
게헤는 일어섰다.
"잠깐 기다리십시오. 귀담아 두는 것이 좋다고 생각하는 것이 있으니까요."
"또 놀라게 하려는 것은 아니겠지요?"
"물론입니다. 오늘 밤 서장이 왔을 때, 영국인 부부와 미국인 남매, 그리고 듀크로 씨가 응접실에 남아서 당신이 체포된 이야기를 하고 있었습니다. 서장이 돌아간 후, 나는 당신이 체포 사건에 대해 훌륭하게 설명할 수 있는 변명을 나름대로 만들어 보았습니다. 그것은 당신이 어떤 범죄 행위를 범한 것 같은 의심을 완전히 제거하고, 그들의 호기심을 만족시켜 줄 수 있는 것입니다. 나는 그들에게 극비라고 전제하면서 이렇게 말했습니다. 바다시 씨는 사실 제2정보부 대간첩 스파이과 직원으로 체포는 단순한 모략에 지나지 않았으며, 경찰 역시 확실히 알지 못하는 특별 계획의 일부이다······."
나는 깜짝 놀라 입을 벌렸다.
"그런데 당신은 그런 속임수를 모두 진실하게 믿고 있다고 생각합니까?"
나는 가까스로 그렇게 물었다.
게헤는 미소를 지었다.
"그렇게 생각해도 관계없겠지요. 그 사람들은 당신의 담배 케이스나 넥타이핀이 도난당했다는 것도 믿었으니까요."
"그건 문제가 다릅니다."

"물론입니다. 그렇다 해도 사람들은 그 이야기를 믿었고, 이번 이야기도 믿었습니다. 그 미국인 남매는 당신을 좋아하고 있기 때문에 당신이 범죄자나 스파이라고 생각하려고 하지 않았습니다. 그 두 사람이 그 말을 믿자 모두 납득하고 말았습니다."

"듀크로 씨는 어떻던가요?"

"그런 것은 처음부터 알고 있었고, 당신으로부터 들었다고 말했습니다."

"그럴 것입니다. 그렇게 말하는 것이 정해져 있지요. 그러나," 나는 정면으로 게헤의 얼굴을 보았다. "당신은 무슨 목적으로 그런 말을 했지요? 당신이 노리는 것을 나는 알 수 없군요."

그는 부드럽게 말했다.

"나는 단지 당신을 귀찮은 일로부터 구해 주려는 것입니다. 아시겠지요?" 그는 강조하듯 말을 이었다. "만일 당신이 오늘 밤 푹 쉬고, 내일 아침엔 방에 그대로 있으면서 모든 것을 나에게 맡겨 준다면, 질문에 대답하거나 설명할 필요가 없다는 것을 보증할 수 있습니다. 다른 사람들과는 얼굴도 보지 않고 끝내게 하겠습니다."

"그거 좋군요!"

"물론," 그는 재빨리 말을 받았다. "당신의 허락 없이 그 사람들에게 이런 이야기를 한 것은 참으로 죄송합니다. 그러나 사정이 이래서야,"

"이런 사정이라니요?" 나는 불쾌해서 그의 말을 가로막았다. "불과 하루 사이에 도난, 체포, 변사가 계속된다면 장사에도 지장이 있겠지요. 그래서 당신은 내가 대간첩 스파이과의 밀정이라는 황당무계한 이야기를 했군요. 루의 존재는 황공하게도 잊어버렸고, 경찰은 만족하겠지요. 그런데도 나는 그 틈에 끼어서 이러쿵저러쿵 말을 듣게 되었군요. 여전히 거짓말을 늘어놓는 유명한 대간첩 스파이과의 밀정이 레제르브 호텔에서 활약했다는 이야기를 듣든지, 아무도 몰래 도망치든지 둘 중에 하나를 택하라는 뜻인가요? 멋있는 일입니다!"

게헤는 어깨를 으쓱했다.

"그렇게 볼 수도 있겠지요. 그러나 한 가지 묻고 싶습니다. 그럼 당신이 설명할 길을 생각하겠습니까?"

"진실을 말하는 편이 좋을 것입니다."

"그러나 경찰이."

"경찰이 어떻다는 거요?"

"네, 그렇겠지요." 그는 일부러 기침을 했다.

"어떻든 말씀을 드려야겠습니다만, 서장은 당신에게 메시지를 남겨 놓고 갔습니다."

"어디 있소?"

"전언입니다. 프랑스 시민은 필요하다면 언제든지 자진해서 경찰에 협력하지 않으면 안 된다는 것을 당신에게 당부하여 두라고 말했습니다. 그리고 가까운 시일 내에 귀화국과 연락을 취하겠다고 말했습니다."

나는 깊은 한숨을 내쉬며 조용히 말했다.

"아까의 이야기를 혹시 서장과 함께 만들지 않았나요?"

게헤는 얼굴을 붉혔다.

"말이 나온김에 그런 얘기까지 했지만……"

"그렇군. 당신들 두 사람이 짜냈군요. 당신들은……"

나는 입을 다물었다. 갑자기 피로감이 나를 엄습했다. 이젠 지칠대로 지쳐서 또 이런 일로 떠든다는 것이 죽도록 싫었다. 손발이 쑤시고, 머리는 둘로 쪼개지는 것 같았다.

"이젠 자야겠소." 나는 단호하게 말했다.

"그럼 보이들에게 무어라고 해 둘까요?"

"보이들?"

"당신을 어떻게 부르도록 하느냐입니다. 현재는 이렇게 일러 두었습니다. 당신은 공식적으로 이곳에 있지 않는 것으로 되어 있으니까, 아침 식사도 방에서 남모르게 들도록 할 것. 파리행 열차에 댈 수 있게 툴롱까지 바래다 줄 자동차가 오면 딴 손님들의 눈에 띄지 않게 조심해서 전송할 것. 어떻습니까, 변경할까요?"

잠시 나는 그대로 서 있었다. 그렇군! 무엇이나 준비는 다 되어 있었다. 공식적으로 나는 이미 레제르브 호텔에 없는 것으로 되어 있다. 그런가? 하긴 그렇다고 해도 상관없었다. 내 머릿속에는 다음 날 아침 테라스를 걷는 내 모습이 떠올랐다. 경악의 소리, 질문, 감탄하는 외침, 설명, 또 질문, 또 설명, 거짓말, 또 거짓말…… 한없는 바보 소동이 들려오는 것 같았다. 그렇다. 이 편이 훨씬 간단하다. 물론 게헤는 그것을 바라고 있다. 그가 말한 대로다. 내가 틀린 것이다. 아아! 나는 모든 것이 귀찮다!

그는 내 얼굴을 지켜보고 있었다.

"어떻게 하겠습니까?" 그는 또다시 물었다.

"알았소, 그러나 아침 식사는 너무 빨리 보내지 마십시오."

그는 미소를 지었다.

"그것은 염려 마십시오. 그럼 편히 쉬십시오."

"게헤 씨도, 아, 잠깐!" 나는 문 입구에서 뒤돌아서서 호주머니에서 봉투를 꺼냈다.

"이것은 경찰이 준 것입니다. 2, 3일간 나의 숙박비인 셈이지요. 5백 프랑 들어 있습니다. 그러나 나는 별로 필요가 없습니다. 이 봉투를 하인버거 씨에게 전해 주지 않겠소? 그분에게는 도움이 된다고 생각합니다."

게헤는 나를 뚫어지게 보았다. 나는 순간 가면을 벗어 버린 배우

──지금까지 호텔의 지배인 역을 맡아온 배우──를 보고 있는 것 같은 기묘한 느낌을 받았다. 게헤는 천천히 고개를 흔들었다.

"당신은 참으로 관대한 분입니다. 고맙습니다, 바다시 씨." 그는 이제 '무슈'라는 타인들 간의 예의를 벗어 던졌다. "당신이 에밀과 이야기했다는 것은 그에게 들었습니다. 나는 야단났다고 걱정했습니다만, 지금 나의 잘못을 깨달았습니다. 그러나 그는 이미 돈이 필요 없게 되었습니다."

"그렇지만."

"몇 시간 전이라면 기쁘게 받았을 것입니다. 그러나 실은, 내일 아침이면 그는 독일로 갈 것입니다. 얼마 전에 그들은 내일 아침 9시 기차로 툴롱을 출발하기로 결정했습니다."

"그들이란?"

"포겔 부부가 함께 갑니다."

나는 침묵을 지켰다. 무엇인가 말하고 싶었으나 할 말이 없었다. 나는 테이블 위의 봉투를 집어 들고 호주머니에 다시 넣었다. 게헤는 방심한 얼굴로 자기 글라스에 남아 있는 포도주를 불빛에 비쳐 보고 나를 힐끗 쳐다보았다.

"에밀은 언제나 그들 부부가 지나치게 웃는다고 말했습니다. 나는 어제 그들 부부의 정체를 알았습니다. 편지 한 통이 왔습니다. 그들은 스위스에서 왔다고 했지만 우표는 독일 것이었습니다. 그들이 방을 비운 사이에 나는 편지를 읽어보았습니다. 참으로 간단한 내용으로, 돈이 더 필요하다면 그가 있다는 직접적인 증거를 보이라고 씌어 있었습니다. 그들은 그 증거를 나타냈던 것입니다. 에밀이 말한 대로였습니다. 그들 부부는 늘 소리높여 웃고 있어서 이상했지만, 아무도 그들이 비천한 인간이라고는 생각하지 않습니다. 그것은 그 여자 때문이었습니다."

그는 포도주를 다 마신 다음 글라스를 소리 나게 놓았다. "몇 년 전에 나는 베를린에서 포겔 부인의 독주회를 들은 일이 있습니다. 당시 그녀의 이름은 푸르데 클레머였습니다. 오늘 밤 피아노를 치기 전까진, 나는 그녀라고 생각하지 못했습니다. 푸르데 클레머는 어떻게 되었을까 하고 때때로 생각은 해보았지요, 겨우 알았습니다. 포겔과 결혼했던 것입니다. 참으로 이상한 이야기가 아닌가요?"

그는 한쪽 손을 내밀었다.

"그럼, 편히 쉬세요, 바다시 씨."

우리들은 악수를 교환했다.

"또 레제르브 호텔에 오고 싶소."

내가 말했다.

게헤는 머리를 숙였다.

"레제르브 호텔이라면 언제나 이곳에 있습니다."

"그렇다면 당신은 이제 호텔에 없단 말인가요?"

"비밀입니다만, 다음 달 프라하로 떠나려고 생각합니다."

"그것도 오늘 밤 결정했나요?"

게헤는 고개를 끄덕였다.

"그렇습니다."

내가 방을 향해 천천히 계단을 올라갈 때 도서실 시계가 2시를 쳤다. 50분 후에는 나는 이미 깊은 잠 속에 빠져 있었다.

정오가 되어서야 눈을 뜬 나는 아침에 남은 커피를 마시면서 옷가방을 싸놓은 뒤, 창가에 앉아서 차를 기다렸다.

좋은 날씨였다. 햇빛은 넘치도록 빛나고, 돌로 된 창틀 위에서는 가물가물 아지랑이가 피어나고 있었다. 바다는 미풍을 타고 잔잔하게 물결치고, 붉은 바위는 화려하게 빛났다. 뜰에는 매미 소리가 충만하고, 바닷가 대형 비치파라솔 그늘 밑으로 햇빛에 그을은 두 쌍의 발이 나와 있었다. 테라스에서는 방금 도착하여 아직 여장도 풀지 않은 중년 부부에게 듀크로 씨가 말을 걸고 있었다. 그는 떠들면서 턱수염을 쓰다듬고 코안경을 고쳐 썼다. 중년 부부는 열심히 귀를 기울이고 있었다.

문을 노크하는 소리가 들렸다. 밖에는 보이가 와 있었다.

"자동차가 도착했습니다. 출발하실 시간입니다."

나는 출발했다. 그로부터 얼마 후, 나는 기차에 앉아 차창으로 힐끗 레제르브 호텔의 지붕을 보았다. 나무숲에 에워싸인 그 호텔이 실로 조그맣게 보이는 데 나는 놀랐다.

앰블러의 노트

 미스터리소설이 19세기나 되어서야 나타난 사실에 대해서는 평론가 하워드 헤이크래프트 씨가 만족할 만한 설명을 해주고 있다——탐정이 실제로 존재하게 된 뒤에야 미스터리소설도 나오게 되었다. 그리고 그 모든 상황들은 19세기가 되어서야 비로소 만들어진 것이라고.

 그러나 미스터리소설보다 더 늦게 출현한 스파이소설에 대해 언급하자면 설명은 좀 어려워진다.

 스파이라고 하는 직업은 그 역사가 아주 짧은 것만은 아니다. 모세가 가나안 땅에 다수의 스파이를 풀고(여호와의 계시에 의한 것임을 우리는 잊어서는 안 된다), 헤브라이의 예언자 호세아가 보낸 스파이가 예리고(팔레스타인의 오래된 도시)에 숨어들 때보다도 훨씬 오랜 옛날, 즉 전통적인 아담시대를 거슬러 올라가고도 한참 전인 B.C. 1000년경에 메소포타미아의 수메르 인 지배자들은 적군을 악마에게 바치려고 비밀 공작원을 잠행시킨 적이 있었을 정도이다. 사실 기록에 남아 있는 역사 가운데 정치적으로나 군사적으로 스파이가 큰 역할을 수행하지 않았던 시대가 있다고는 도저히 상상도 할 수 없는 것이다. 그런데도 과거에 쓰여진 유명한 스파이소설을 되돌아보면 그러한 상상은 감히 꿈도 꾸기 어려워진다. 또는 19세기말에 있었던 드레퓌스 사건(Dreyfus Affair, 프랑스에서 유대인 사관 드레퓌스의 간첩혐의를 둘러싸고 정치적으로 큰 파문을 일으켰다.)이 우리들을 자극하기 전이라고 바꿔 말해도 상관없을 것이다.

미스터리소설은 에드거 앨런 포와 윌키 콜린즈의 작품을 통하여 문학적으로도 훌륭한 선구적 업적을 남겼다고 지적할 수 있다. 또 공포소설조차도 호레스 월폴이나 미세스 래드크리프의 고딕적 몽상과 슈리던 레 파뉴의 환상적 작품들로 존경을 획득했다. 그럼에도 스파이소설만은 여전히 악평을 면치 못한다. 스파이소설에서는 하찮은 작품들이 많다는 단순한 이유 때문만은 절대 아니다. 이를테면 《비밀첩보원(Secret Agent)》이 조제프 콘래드의 최고 작품이라고 단언하는 비평가도 여러 사람 있지만, 시험삼아 《영국문학 작가사전(1938년)》을 펼쳐보면 콘래드 저작목록에는 아예 이 작품이 들어 있지도 않은 것이 현실인 것이다. 스파이소설에 대한 많은 문학자들의 태도는 기묘하게도 스파이에 대한 많은 장군들과 정치가들의 태도와 그야말로 흡사하다. 나폴레옹은 유효하게 활약하는 한 명의 스파이는 전장에 있는 2만 병사와 맞먹는다고 말한 적이 있다. 놀랄 만한 용기와 수완과 충성심을 가진 자신의 스파이 슈르마이스터를 가리키며 그렇게 말한 것이다. 그런데 그 슈르마이스터의 공로를 상 주려는 사람들이 레지옹도뇌르 훈장에 그를 추천하자, 이 나폴레옹조차도 스파이에게 상응하는 보상은 오로지 돈뿐이라고 단언했던 것이다.

스파이 노릇을 하거나 스파이를 보내는 행위를 떠올리면 대개의 인간들은 정신의 가장 깊은 곳에 있는 예민한 공상조직이 자극을 받게 된다. 따라서 20세기 초 스파이소설들이 현실에서는 유리되어 영국과 독일의 항쟁이라고 하는 단순하면서도 확실한 무대를 사용한 것은 그리 놀랄 만한 일이 아니다. 눈에 익은 망토와 판에 박힌 단검——즉, 검은 빌로드 드레스를 입은 요부(妖婦)라든지, 감각도 없고 느낌도 없는 영국 첩보부원, 또는 전능한 스파이 대장 등은 주로 이 시기에 윌리엄 르 큐와 그의 모방자들에 의해 만들어졌고, E. 필립 오펜하임은 이들보다 한 수 더 높은 작가였다. 외교계의 살롱, 국제 호텔, 화려하고 세련된 음모 등, 그만의 독특한 세계는 한층 더 매력적이었던 것이다. 그러나 뛰어난 스파이소설은 무엇이냐? 라는 질문을 받게 되면 그 수는 턱없이 줄어든다. 아스킨 칠더의 《해변의 비밀》(1903년에 출판되었는데 단순히 뛰어난 스파이소설이라기보다는 작은 범선을 주제로 한 모든 작품 가운데서 가장 뛰어난 소설이다), 콘래드의 《비밀 첩보원(1907년)》, 존 버컨의 《39계단(1915년)》, 그리고 W. 서머셋 몸의 《비밀 첩보원(1928년)》 등은 결코 비슷하지는 않지만 이 장르에 있어서 최고의 가능성을 시사해 주는 작품들이다. 물론 애독자들 가운데에는 W.F. 모리스의 《브리서튼》을 이 리스트에 더하고 싶은 사람이 있을지도 모르겠다.

나는 《어느 스파이의 묘비명》을 1937년에 집필했다. 굳이 말하자면 리얼리즘에 대한 가벼운 시험작 비슷한 작품이었다. 중심 인물은 무국적자이고(당시는 상당히 드문 존재였다) 천성적으로 악한 사람은 등장하지 않는다. 그리고 소설에 나오는 유일한 영국인은 말할 수 없이 옹고집인데, 나는 지금도 그 인물에 대해서는 다소 애착을 느끼고 있다.

이 책의 영국판이 나왔을 때 〈도전〉이라는 정기 간행물은 흥분해서 다음과 같이 평했다.

'이제 우리는 외국 스파이들에 대한 인식을 달리 해야 한다.' 서평가는 떨리는 몸으로 이렇게 써내려갔다. '윤기 있는 턱수염이라든지 곁눈질, 또는 호탕한 웃음이나 박장대소와 스파이는 더 이상 관계가 없다고 앰블러 씨는 주장하고 있다. 스파이들은 우리와 함께 걸어다니고, 함께 일하고, 우리가 잘 아는 낯익은 골목길 어귀에서 우리들을 노리고 있는 것이다. 그들은 돈을 받고 우리를 적에게 팔아넘기는 인간들인 것이다. 그들을 찾아내어, 소련연방이 스파이를 처벌하듯 우리도 처벌해야만 한다. 물론 살인에는 살인이라는 식의 대응이 아니다. 그렇지만 살인범에게는 극형이 마땅하다는 찬성론이 때론 살인의 예방책도 되는 법이다.'

그러나 이 비평도 어디까지나 1938년도 이야기임을 부디 잊지 마시길.

1951년 런던에서
에릭 앰블러

THE CASE OF THE EMERALD SKY
에메랄드빛 하늘의 비밀
에릭 앰블러

에메랄드빛 하늘의 비밀

런던 경찰국 부국장 머서는 플레커 경사가 그의 앞에 갖다 놓은 명함을 말없이 바라보고 있었다.

주소도 없는 단순한 명함이었다.

얀 치사르 박사
전 프라하 경찰

거부감을 주는 명함은 아니다.

치사르 박사가 프라하 경찰국 소속 범죄수사반 요원으로서 화려한 경력을 지닌 체코인 망명자라는 사실을 알고 있는 사람이라면, 혈색 좋은 부국장의 얼굴에 서서히 번지는 혐오스러운 표정을 보고 놀라지 않을 수 없을 것이다.

그러나 머서가 치사르 박사를 만나게 된 경위를 아는 사람이라면 머서의 이런 표정을 이해할 수 있을 것이다. 치사르 박사가 내무부의 실력자인 허버트 경이 써준 소개서를 들고 머서 앞에 갑자기 나타난 것은 겨우 일주일 전의 일이었다. 머서는 치사르 박사와 뜻하지 않게 만난 일로 아직도 기분이 언짢았다.

표정을 보고 머서의 심정을 이해했는지 플래커 경사가 이렇게 물었다.

"부국장님, 돌려보낼까요?"

"아니, 하지만 지금은 너무 바쁘잖소." 머서가 경사를 날카롭게 올려다보며 퉁명스럽게 대꾸했다.

30분쯤 지난 뒤 머서의 전화벨이 울렸다.

"부국장님, 내무부 허버트 경입니다." 교환이 전화를 연결하자 허버트 경의 목소리가 들렸다. "머서, 자넨가?" 허버트 경은 대답을 기다리지도 않고 계속 말을 이었다.

"치사르 박사의 면담 요청을 거절했다고 들었는데 어떻게 된 일인가?"

머서는 펄쩍 뛰었으나 정신을 가다듬으며 침착하게 대답했.

"만나지 않겠다고 한 적은 없습니다. 조금 전에는 너무 바빠서 만날 수 없는 상황이라고 알려드렸습니다."

허버트 경이 못마땅하다는 듯이 말을 이었다.

"머서, 내 말을 잘 듣게. 지난번에 자네가 담당했던 시본 살해 사건의 범인을 찾아준 사람이 치사르 박사였다는 사실을 나도 우연히 알게 됐네. 개인적으로 자네를 탓하려는 건 물론 아닐세. 국장에게 얘기할 생각도 없고, 런던 경찰국만한 기관이 없다는 것은 모두가 아는 사실이지만 항상 자네가 옳을 수는 없지 않은가? 머서, 난 자네들이 외국인 전문가에게 한두 가지 배워 두는 것도 괜찮을 거라고 생각하네. 자네도 알다시피 치사르 박사는 정말 능력 있는 친구야. 이름이 알려지는 것을 원치 않으니 자네 영역을 침범할 염려도 없어. 단지 이 나라에 대한 감사의 표시로 도움을 주고 싶어 할 뿐인데 굳이 마다할 필요는 없지 않은가? 나는 자네가 직업적인 질투심 때문에 일을 망치지 않길 바라네."

이를 악물고도 상대가 알아들을 수 있는 발음으로 얘기를 계속할 수 있었다면 머서는 아마 그렇게 했을 것이다.

"영역을 침범한다거나 직업적인 질투심을 갖는다거나 하는 문제가 아닙니다. 치사르 박사에게 알려드린 것처럼 박사님이 방문했을 때 제가 무척 바빴던 것뿐입니다. 앞으로는 미리 서면으로 면담을 신청하면 기꺼이 만나뵙도록 하겠습니다."

"역시 자네답군." 허버트 경의 목소리가 한결 밝아졌다. "그렇지만 우리는 서면으로 약속을 한다든가 하는 복잡한 절차를 밟고 싶진 않네. 치사르 박사가 지금 내 방에 계시니 곧 그리로 보내겠네. 치사르 박사가 브록 파크 사건에 관해 자네에게 특별히 할 얘기가 있다고 해서 말이야. 그리 오래 걸리지는 않을 걸세. 그럼 이만 끊겠네."

머서는 조심스럽게 수화기를 내려놓았다. 감정대로 수화기를 내려놓았다가는 틀림없이 전화기가 부서져 산산조각 날 것 같았기 때문이다. 머서는 잠시 동안 가만히 앉아 있다가 갑자기 수화기를 다시 집어들었다.

"클리트 경감 좀 대 주시오." 전화가 연결되자 머서가 말했다.

"클리트, 자넨가? 국장님은 자리에 계신가? 알겠네. 국장님 들어오시면 잠깐만 나한테 시간 좀 내 달라고 부탁드려 주게. 급한 일이라서."

전화를 끊고 나니 기분이 약간 좋아지는 것 같았다.

'허버트 경, 국장님께 할 말이 있다고. 할 테면 하라지. 설마 국장님이 되잖은 말만 늘어놓는 정치가들한테 자기 부하가 모욕당하는 것을 지켜보고만 있겠어? 뭐, 직업적 질투심이라고? 말도 안 돼. 그리고 그 고귀하신 치사르 박사님께서 브록 파크 사건에 대해 할 얘기가 있으시다? 그래, 해보라지, 마무리 지어 놓은 사건수사 결과를 어떻게 뒤집겠나? 그 사건은 완벽하게 해결됐어.'

머서는 자기 책상 위에 놓여 있던 그 사건 기록 서류철을 집어들며 생각했다. '정말 완벽해.'

부인을 잃고 이미 성인이 된 두 자녀와 살고 있던 예순 살 토머스 메들리는 3년 전 마흔두 살인 여인과 재혼을 했다. 그후 네 사람은 런던 교외 브록 파크에서 줄곧 함께 살아왔다. 상당한 재산을 모은 메들리는 재혼하기 얼마 전에 은퇴하여 자신의 취미인 정원 가꾸는 일에 대부분의 시간을 보냈다.

그와 재혼한 헬레나 멀린은 풍경화를 그리는 화가였는데, 브록 파크에는 그녀의 작품이 고가에 거래된다는 소문이 돌았다. 이웃 사람들은 유행에 맞춰 세련되고 멋지게 차려 입고 다니는 그녀를 별로 좋아하지 않았다. 스물다섯 살인 아들 해럴드 메들리는 런던 병원에서 실습중인 의대생이었다. 해럴드보다 세 살 아래인 여동생 재닛은 새엄마와는 대조적으로 항상 촌스런 모습이었다.

그해 10월 초, 토머스 메들리는 과식을 한 탓으로 담즙 과다 분비 증세를 일으켜 병상에 눕게 되었다. 그러나 간장이 비대해져 평소에도 소화불량에 시달리고 있던 터라 토머스에게는 그다지 특별한 일이 아니었다.

그의 주치의는 평소와 같은 처방을 내려 주었다. 병상에 누운 지 사흘째 되는 날, 그의 병세는 상당히 호전되는 기미를 보였다. 그러나 나흘째 되던 날 오후 네 시경, 갑자기 격렬한 복통이 시작되더니 계속적인 구토 증세에다 다리 근육에 심한 경련까지 일어났다.

토머스 메들리는 사흘간 이런 증상에 시달리다가 마지막 날 온몸에 심한 경련을 일으키더니 증세가 악화돼 사망하고 말았다. 주치의는 그의 사망 원인이 위장염이라는 진단을 내렸다. 토머스 메들리가 남긴 재산은 무려 11만 파운드에 달했다. 그 유산의 반은 아내인 헬레나의 몫이었고 나머지 반은 토머스의 아들과 딸에게 똑같이 나눠졌다.

그런데 장례식 일주일 뒤, 토머스 메들리가 독살되었다는 익명의 편지 한 통이 경찰에 날아들었다. 곧 같은 내용의 편지 두 통이 연이어 배달됐다. 경찰은 브록 파크에 사는 몇몇 주민에게도 비슷한 내용의 편지가 날아들었고, 마을에 토머스 메들리가 독살되었다는 소문이 퍼지고 있다는 정보를 입수했다. 얼마 후 경찰은 메들리의 주치의를 찾아갔다. 그는 메들리의 사망 원인이 위장염이라는 것을 재확인시켜 주었을 뿐이다.

그러나 주치의는 의도적으로 독극물을 투여해도 그 같은 증상이 나타날 수 있긴 하지만 솔직히 토머스가 사망했을 때는 그러한 가능성에 대해서는 미처 생각하지 못했다고 털어 놓았다. 내무장관의 허가를 받아 메들리의 무덤을 파고 시신을 꺼내 부검했다. 위에는 독극물의 흔적이 전혀 없었지만 간장, 신장, 비장에서는 총 1.751그램의 비소가 검출되었다.

수사 과정에서 메들리는 음독 증상이 나타난 바로 그날, 닭고기 가슴살과 통조림된 시금치 그리고 감자 한 개로 가볍게 점심 식사를 한 것으로 밝혀졌다. 그러나 같은 캔에서 덜어낸 시금치를 먹은 요리사가 이상 증세를 보이지 않은 것으로 보아 시금치에는 전혀 문제가 없는 걸로 밝혀졌다. 점심을 먹고 난 뒤, 메들리는 주치의가 조제해준 약을 먹었는데, 그 약은 아들 해럴드가 물에 타서 준 것이었다.

메들리의 집에서 일하는 한 하인은 메들리가 죽기 2주 전에 해럴드가 경마에서 진 빚을 청산하기 위해 아버지에게 100파운드를 달라고 했지만 딱 잘라 거절했다고 진술했다. 그러나 사건 진상을 조사하는 과정에서 해럴드가 거짓말을 한 것으로 드러났다. 해럴드는 꽤 오랫동안 비밀리에 결혼 생활을 해왔고 아버지에게 요구했던 돈은 빚을 갚기 위해서가 아니라 해산이 가까운 아내의 입원비 때문이었다.

해럴드가 꼼짝없이 혐의자로 몰릴 수밖에 없는 사건이었다. 그는 돈이 절실하게 필요한 상황이었고, 그 때문에 아버지와 불화가 끊이지 않았다. 그는 자신이 아버지 재산의 사분의 일을 소유할 수 있는 재산 상속인이라는 사실을 알고 있었고, 병원에서 실습중인 의대생이었기 때문에 비소를 쉽게 구할 수 있었던 것도 사실이었다. 메들리의 중독상태로 보아 메들리가 약을 복용한 시간 전후에 틀림없이 비소가 투여된 것 같았고 해럴드가 자기 아버지에게 약을 준비해 준 것은 그 때가 처음이었다.

검시 배심원들은 증거 불충분으로 해럴드의 기소 평결을 내리기를 꺼려했지만 결국 그는 나중에 구속 수감되었다. 그후 병원 측은 그가 비소가 포함된 약품에 접근할 수 있었다는 증거들을 제시했고 결국 그는 기소될 수밖에 없었다. 머서는 의자 등받이에 몸을 기대고 앉아 있었다. 너무나 분명한 사건이었다.

국장에게 할 이야기의 내용이 머서의 머리 속에 떠오르기 시작했다.

'국장님, 치사르 박사는 시간이나 허비하고 다니는 괴상한 사람일 뿐입니다. 망명객인데 여러 모로 어려움을 겪다보니 머리가 좀 이상해진 것 같습니다. 그래서 얘긴데 혹시 허버트 경에게 그 문제를 거론할 기회가 있으시면 그런 쪽으로 납득을 시켜주시면……'

그날 오후 치사르 박사의 두 번째 방문을 알리는 전갈이 왔다.

머서는 화가 잔뜩 나 있었지만 치사르 박사가 방안으로 들어오자 야릇한 친근감을 느꼈다. 그것은 곧 처치해야 할 적수에게 느끼는 그런 종류의 감정이 아니었다. 머서는 치사르 박사의 인상이 험상궂으리라고 상상하고 있었던 것이다.

그러나 두꺼운 안경 너머 온화한 눈빛과 둥글고 창백한 얼굴에 짙은 갈색의 레인코트를 걸치고 접은 우산을 든 치사르 박사의 모습은 가련한 느낌마저 들게 했다. 문 바로 앞에서 치사르 박사가 마치 소총인 양 우산을 옆에 탁 붙이며 "얀 치사르, 전 프라하 경찰. 근무 대기중!"이라고 신고라도 하듯 인사를 했을 때 머서는 하마터면 웃음을 터뜨릴 뻔했다.

그러나 머서는 웃음을 참으며 말했다. "앉으시죠. 아까는 죄송했습니다. 너무 바빠서 만나뵐 수가 없었습니다."

"이렇게 시간을 내주시다니……."

치사르 박사가 고마움을 표하며 진지하게 말을 꺼냈다.

"천만에요, 박사님. 참, 저희가 브록 파크 사건을 해결한 걸 아시고 축하해 주고 싶다고 하셨다면서요?"

머서의 말에 눈만 껌벅이고 있던 치사르 박사가 걱정스러운 표정으로 말했다. "부국장님, 그게 아니라…… 물론 저도 축하드리고 싶지만 아직은 이른 것 같습니다. 외람된 말씀입니다만……."

머서는 만족스러운 듯 미소를 지었다.

"박사님, 그거라면 걱정 마십시오. 범인은 분명히 유죄 판결을 받게 될 겁니다."

치사르 박사의 걱정하는 표정은 보기가 안쓰러울 정도였다.

"그렇지만 걱정이 되는군요." 박사는 머뭇거리며 아까와는 다른 태도로 말을 이어갔다. "해럴드는 범인이 아닙니다."

머서는 그의 말에 미소를 짓고 있었다. 그는 기뻐하는 자신의 속마음이 표정에 드러나지 않기를 바라면서 부드러운 말투로 물었다.

"박사님, 그에 대한 범행 증거에 대해서는 이미 다 알고 계시겠지요?"

머서의 질문에 치사르 박사가 침울한 표정으로 대답했다.

"저도 검시 때 참관했습니다만 병원에서 더 많은 증거들이 나왔다죠. 물론 피살자의 아들인 해럴드 군이 일개 연대 병력을 독살하기에 충분한 비소를 감쪽같이 훔쳐낼 수 있다는 식의 정황 증거뿐이지만요."

치사르 박사의 입에서 이런 말들이 나왔다는 사실에 머서는 별로 개의치 않았다. 머서는 고개를 끄덕이며 말했다. "잘 아시는군요."

박사의 입술 전체에 엷은 미소가 번졌다. 그는 안경을 고쳐 쓰고 나서 목청을 가다듬고는 침을 삼켰다. 그러고는 뭔가 중요한 얘기를 시작하려는 듯 몸을 앞으로 구부렸다.

"제 말 좀 들어보세요."

박사가 날카롭게 말했다.

왠지 모르게 머서는 이제까지의 자신감이 갑작스럽게 사라져 버리는 기분을 느꼈다. 머서는 지난번에도 이 같은 박사의 행동을 본 적이 있었다. 그때도 박사는 어설프게 행동하다가 결국엔 거만한 어투로 자기의 말에 귀를 기울여 달라고 했고, 박사의 그런 일련의 행동들은 모욕의 서곡이었던 것이다. 머서는 정신을 가다듬으며 생각했다.

'브록 파크 사건은 완벽하게 해결됐어. 치사르 박사는 지금 터무니없는 소리를 늘어놓고 있을 뿐이야.'

"말씀해 보십시오." 머서가 재촉했다.

치사르 박사는 손가락 하나를 흔들며 진지하게 말했다.

"좋습니다. 검시에서 밝혀진 의학적 증거에 따르면 간장과 신장 그리고 비장에서 비소가 검출되었습니다. 그렇죠?"

머서는 확실하다는 듯 고개를 끄덕였다.

"1.75그램이었습니다. 치사량보다도 훨씬 더 많은 양의 비소가 투여되었다는 사실을 알 수 있지요."

치사르 박사의 눈이 빛났다.

"그래요, 훨씬 더 많은 양입니다. 그런데 그 많은 양의 비소가 신장에서 검출되었다는 사실이 이상하지 않으십니까?"

"이상하게 여길 이유가 없지 않습니까?"

"그럼 이 문제는 잠깐 접어두기로 합시다. 부국장님, 비소에 대한 부검이라고 하면 비소염이 아니라 비소 성분만 검출하는 거지요?"

머서가 얼굴을 찡그렸다.

"그렇습니다만 그런 건 중요하지 않아요. 모든 비소염은 치명적인 독약이라고 할 수 있죠. 게다가 비소는 인체에 흡수되면 황화물로 변하게 됩니다. 그런데 그게 뭐 어떻다는 말씀입니까?"

"부국장님, 제 얘기는 오랜 시간이 경과된 후에 시체를 부검하는 것으로는 어떤 형태의 비소가 인체에서 독으로 작용했는지 밝혀내기가 어렵다는 겁니다. 그렇지요? 말하자면 그것은 비소 산화물일 수도 있고, 비산염이나 아비산염 아니면 동아비산염일 가능성도 있습니다. 물론 클로라이드나 비소의 유기적 화합물일 수도 있겠고."

"맞습니다."

"그런데, 해럴드 메들리가 근무하는 병원에서 구할 수 있는 비소는 어떤 종류지요?" 치사르 박사가 물었다.

머서는 입을 오므렸다가 뭔가 결심한 듯 대답했다.

"박사님이니까 말씀드려도 괜찮을 것 같군요. 해럴드 메들리는 살바르산이나 네오살바르산을 손쉽게 구할 수 있었을 겁니다. 모두 효력이 있는 약품이니까요."

"네, 맞습니다. 0.1그램 정도만 사용하면 충분한 효력을 낼 수 있지요. 그렇지만 그 이상은 아주 위험합니다." 치사르 박사는 천장을 응시하며 말했다. "그런데 부국장님, 혹시 헬레나 멀린의 그림을 보신 적 있으십니까?"

갑작스럽게 화제가 바뀌어서 머서는 잠시 머뭇거리다가 대답했다.

"아, 메들리 부인 말씀이시군요. 아니요, 전 그 부인의 작품을 본 적이 없습니다만."

"아주 세련되고 매력적인 부인이더군요. 사체 부검에 참석했다가 부인을 보았는데, 꼭 그녀의 작품을 봐야겠다는 생각이 들었습니다. 본드 거리 주변에 있는 화랑에서 부인의 작품 몇 점을 볼 수 있었습니다." 박사는 한숨을 내쉬었다. "풍경화를 그린다기에 대단한 솜씨를 기대했었습니다만 사실 좀 실망했습니다. 부인은 실제의 풍경이 아니라 자신의 생각을 그리더군요."

"그래요? 그런데 박사님, 이만 저는……."

그러나 치사르 박사는 크게 뜬 눈으로 머서를 바라보며 이야기를 계속했다.

"부인의 그림을 감상하다 보니 이상하게도 들판이 파란색이고 하늘이 에메랄드빛 녹색이더군요."

"현대적인 작품인가보군요." 머서는 짧게 대꾸했다. "저도 그런 풍을 그다지 좋아하지 않습니다. 박사님, 이제 말씀이 끝났으면 저는 그만 일어서야……."

치사르 박사가 친절하게 말을 이었다.

"아니요, 아직 끝나지 않았습니다. 부국장님, 저는 녹색 하늘을 배경으로 한 풍경화를 그린 부인이 이상하기도 하지만 참 흥미롭다는 생각이 들더군요. 그렇지 않습니까? 그래서 화랑에서 일하는 그 신사분께 메들리 부인에 대해 몇 가지 물어보았지요. 부인은 1년에 여섯 점 정도 풍경화를 그린다고 하더군요. 화랑 측에서는 그녀의 작품 한 점을 15기니에 팔겠다고 내게 제안하더군요. 그런 가격으로 따져 보니 부인은 작품을 팔아 1년에 100파운드를 버는 셈이더군요. 그 수입으로 그렇게 비싼 옷들을 사 입다니 놀랍지 않으세요?"

"남편이 부자니까요."

"물론 그럴 수도 있겠지요. 하지만 좀 이상한 가족이라고 생각지 않으세요? 딸 재닛은 특히나 이상해요. 부검 결과를 보고 당황하고 괴로워 하는 재닛의 모습은 정말 안쓰러웠습니다."

"자기 오빠가 살인범이라는 생각이 든다면 그럴 수도 있지요." 머서는 퉁명스런 반응을 보였다.

"그렇다고 자기 자신이 살인범이라고 그토록 강력하게 주장을 하다니, 이상한 일 아닙니까?"

"히스테리 증세일 뿐입니다. 살인 사건에서 흔히 볼 수 있는 일 아닙니까?"

머서는 이렇게 말하면서 일어나서 작별 인사를 나누려고 박사에게 손을 내밀었다.

"죄송스런 말씀이지만 박사님도 이번 브록 파크 사건에 대해서는 이의를 제기하실 수 없으실 겁니다. 나가시면서 경사에게 주소를 남겨 주시면 이번 사건 재판에 참석하실 수 있도록 조처해 놓겠습니다."

재미있다는 투로 머서가 말했다.

그러나 치사르 박사는 요지부동이었다.

"그럼 그 젊은이를 기어코 기소하겠다는 말씀입니까?"

박사는 천천히 말을 이어갔다.

"제가 말씀드린 견해를 이해하지 못하시는군요."

머서가 씩 웃었다.

"박사님, 저희는 견해보다 더 나은 증거들을 확보하고 있습니다. 메들리를 살인 혐의로 기소할 수 있는 일급의 상황 증거들 말입니다. 범행 동기와 시간, 그리고 독극물을 투여한 방식과 그 출처 등에 대한 구체적인 증거들이지요. 배심원들은 구체적인 것을 좋아합니다. 박사님께서 해럴드 메들리가 살인범이 아니라는 증거를 하나라도 제시하실 수 있다면 기꺼이 박사님 말씀을 들어 보겠습니다."

등을 쭉 펴고 앉은 치사르 박사의 황소 같은 눈이 빛나기 시작했다. 박사는 날카롭게 말을 꺼냈다.

"저 역시 바쁩니다. 법의학에 관한 일로 약속이 있거든요. 전 단지 정의가 지켜지길 바랄 뿐입니다. 물론 영국 법 체제 아래서 부국장님이 갖고 있는 증거만으로 그 젊은이가 유죄 선고를 받을 것이라고는 생각지 않습니다. 그러나 기소된다는 사실 하나만으로도 의사로서 그의 경력은 큰 손상을 입을 수 있지요. 게다가 진범으로 추정되는 사람이 있습니다. 내가 부국장님에게 호의를 갖고 있기 때문에 해럴드 메들리의 변호인 측이 아니라 이렇게 부국장님을 찾아온 것입니다. 제 판단을 뒷받침하는 증거들을 말씀드리지요."

머서는 다시 앉았다. 매우 화가 난 상태였지만 자제하여 말문을 열었다.

"네, 말씀하십시오. 그러나 만일 당신이……."

치사르 박사는 뭔가를 설명하려는 듯 손가락을 든 자세로 이야기를 시작했다. "부국장님, 잘 들어 보십시오. 피살자의 신장에서 비소가 검출됐죠. 피살자의 아들인 해럴드 메들리가 비소 성분이 함유된 매독 치료제로 아버지를 독살했다고 했는데 거기엔 모순이 있어요. 백색 비소 같은 무기 염류의 대부분은 물에 녹지 않기 때문에 그런 종류의 염류를 일정량 투여하게 되면 신장에서 그 성분이 쉽게 검출되겠지만, 해럴드가 사용한 것으로 추정되는 매독 치료제는 물에 잘 녹는 비소 합성물이기 때문에 신장에 그 성분이 남아 있을 수 없습니다."

치사르 박사는 잠시 말을 중단했다. 그러나 머서가 아무런 대꾸도 하지 않자 다시 말문을 열었다.

"그렇다면 어떤 형태의 비소 성분이 피살자에게 투여됐을까요? 화학적인 약물 검사로는 비소의 원소가 체내에 남아 있다는 것 이상은 알 수가 없지요. 그럼 범행에 사용되었을 가능성이 있는 무기염료들을 한번 살펴봅시다. 우선 백색 비소가 있습니다. 이것은 비소 산화물로 양을 목욕시킬 때 사용하는데 브록 파크에서는 찾아볼 수 없습니다."

"메들리 씨가 정원 가꾸는 것을 소일거리로 삼았다고 하니 제초제로 사용되는 아비산나트륨도 생각할 수 있겠군요. 하지만 검시 때 들은 바로는 제초제는 오직 잡초에만 유해하다더군요. 그밖에 동아비산이 있는데 이 동아비산의 다량 투여로 메들리 씨가 독살되었다는 것이 제 생각입니다."

"무슨 근거로 그렇게 생각하시는 겁니까?"

"메들리 씨의 집에는 동아비산이 있습니다. 지금은 치워서 없을 수도 있겠지만."

치사르 박사는 천장을 물끄러미 쳐다보았다.

"부검이 있던 날, 메들리 부인은 모피코트를 입고 있었습니다. 그 후 부인을 봤을 때도 역시 다른 종류의 모피코트를 입고 있더군요. 그런 코트는 400기니를 호가하지요. 이 사건의 진상을 밝혀 보려고 브록 파크 사람들에게 물어보았더니 메들리 씨가 부자인 것은 사실이었지만 아주 인색하고 까탈스러운 사람이었다고 하더군요. 심리 때 해럴드의 진술을 들어 보니 자신의 결혼 생활을 비밀로 한 것도, 아버지가 결혼 사실을 알게 되면 학비를 대주지 않거나 의학 공부를 중단시킬까 봐 걱정되었기 때문이었답니다.

헬레나 메들리는 그야말로 사치스런 취미를 가진 여인이지요. 메들리 씨와 결혼한 것도 그녀의 사치스런 취미를 만족시키기 위한 방편이었습니다. 하지만 정작 메들리 씨는 그녀를 만족시킬 만큼 돈을 잘 쓰는 사람이 아니었어요. 부국장님, 부인이 입고 있던 코트는 외상으로 구입한 것이었습니다. 조사해 보시면 알겠지만, 메들리 부인이 지고 있던 빚은 그뿐만이 아니었습니다.

살해 당시 빚쟁이들 중 한 사람은 부인이 여기저기에 빚을 지고 있다는 사실을 메들리 씨에게 모두 알리겠다는 협박까지 하고 있었습니다. 게다가 자기에 비해 훨씬 나이가 많은 노인에게 싫증이 났을 수도 있지요. 돈도 마음대로 쓰게 놔두지 않았으니 남편으로서 가치가 떨어지는 것은 당연한 일일 테니까요. 그래서 남편을 독살한 겁니다. 의심할 여지가 없습니다."

"머서 부국장님, 국장님께서 전화로 찾으십니다." 교환의 목소리였다.

"알았어. 여보세요……. 여보세요. 아, 국장님 급히 말씀드릴 일이 생겨 연락드릴 참이었습니다. 브록 파크 살해 사건의 혐의자인 해럴드를 석방시켜야 할 것 같습니다. 새로운 의학 증거가 나와서요……. 예, 예, 알고 있습니다. 죄송합니다……. 괜찮습니다. 잠시 후에 뵙겠습니다."

머서는 수화기를 내려놓고 얘기를 계속했다.

"메들리 부인이 빚을 지고 있다는 사실은 이미 알고 있습니다. 우리도 허수아비는 아니니까요. 하지만 빚을 지고 있는 많은 여자들이 모두 살인을 하지는 않습니다. 빚 때문에 사람까지 죽인다는 것은 말도 안 되는 소리입니다."

"살인이란 건 한결같이 터무니없는 거지요. 특히나 지능적인 살인범의 경우엔 더욱 그렇죠."

치사르 박사가 진지하게 머서의 말을 받았다.

"하지만 어떻게 그런 일이……."

머서에게 부드러운 미소를 지어 보이며 치사르 박사가 말했다.

"음독 증상이 나타나기 전에 피살자가 점심 식사로 시금치를 먹었다는 것부터가 이상했습니다. 제철도 아닌데 왜 시금치를 주었을까 의문이 생긴 거지요. 게다가 보통 위장 장애 환자에게는 통조림된 채소를 먹이지 않거든요.

그러다가 메들리 부인의 그림을 보게 되었고 바로 그 에메랄드빛 하늘에서 해답을 찾아낸 거지요. 에메랄드빛은 동아비산을 써야만 얻을 수 있는 색이거든요. 메들리 부인이 자주 가는 화구상에 가시면 그녀가 동아비산을 구입했는지 알 수 있을 겁니다. 서몬스 화랑에 있는 그녀의 작품을 가져다가 하늘 부분을 조금 떼어내 동아비산이 함유되어 있는지 성분 조사를 해보십시오.

그리고 또 하나, 시금치를 준비해 남편의 침실로 가지고 간 장본인이 바로 메들리 부인이었다는 사실도 곧 밝혀질 겁니다. 시금치는 녹색에 약간 쓴 맛이 나지요. 동아비산도 그렇거든요." 박사는 말을 중단하고 한숨을 쉬었다. "그 익명의 편지가 없었더라면……."

머서가 갑작스레 대꾸했다. "아! 그 익명의 편지 말이군요. 그럼 혹시 누가 보낸 편지라는 것도……?"

"물론 알고 있습니다." 치사르 박사가 짧게 답변했다.

"메들리 씨의 딸 재닛이 쓴 겁니다. 정말 가엾은 아이지요. 재닛은 교활하고 건방진 새엄마가 싫었던 겁니다. 그래서 계모에게 원한을 품고 익명의 편지를 쓴 거지요. 하지만 자신의 소행이 결국 오빠의 목에 올가미를 씌운 셈이 됐으니 재닛의 심정이 어땠겠습니까? 자기가 살인범이라고 우기는 것도 당연하지요."

박사는 시계를 보았다.

"그나저나 너무 늦었군요. 박물관의 도서관이 문을 닫기 전에 가

봐야 하는데."

박사는 일어서더니 이 사무실에 처음 들어섰을 때처럼 우산을 옆에 탁 붙이고 발 뒤꿈치를 맞부딪치며 큰소리로 인사를 했다.

"얀 치사르, 전 프라하 경찰. 근무 대기중!"

THE SAILING CLUB
세일링 클럽
데이비드 일리

세일링 클럽

  시내에 있는 콧대 높은 사교 클럽 중에서도 회원 가입 조건이 가장 까다로운 이 클럽은 제삼자로서는 도무지 그 정체를 알 수 없는 곳이었다. 이 클럽은 유서 깊은 전통을 가진 소규모 클럽이었지만, 제대로 된 기구를 갖추고 있지 않았다. 게다가 공식적으로 정해진 명칭조차 없었다. 그렇지만 대부분 사람들에게는 '세일링 클럽'이라고 불리고 있었는데, 그것은 이 클럽의 행사 중 유일하게 눈에 띄는 활동이 매년 여름에 열리는 크루징(순항행 요트로 하는 항해)이었기 때문이다. 회합도 없고 연회도 없고 행사라고 할 만한 것은 아무것도 없었다. 게다가 사무실조차 없으니 이것을 클럽이라고 말할 수 있는지 의문이 들 정도였다.

  그럼에도 불구하고 이 세일링 클럽이, 크게 성공한 사업가들의 사회적 명예욕을 자극하는 상징적인 존재로 군림할 수 있었던 까닭은, 회원 중 몇 명이 시에서 가장 유력한 명사였기 때문이었다. 이 클럽에 가입할 기회를 얻을 수만 있다면 그 대가로 고생 끝에 얻은 업적들을 모두 포기할 일류 회사의 경영자들도 많을 것이다. 그들이 만일 클럽으로부터 회원으로 가입하라는 초대를 받기라도 한다면, 요트에 아무 흥미도 없는 사람들조차 길고 괴로운 훈련 기간을 기꺼이 참고 이마에 땀을 흘리며 항진법을 배우려고 노력할 것이다. 하지만 초대된 자들은 거의 없었다. 클럽 소유의 요트인 스쿠너를 조종하는 데 필요한 최소한의 인원수로 회원을 제한하고 있었기 때문에, 회원의 사망이라든가 체력적인 면에서 실격 등의 일로 빈 자리가 생기지 않는 한 새로운 회원의 가입은 허용되지 않았다.

이렇게 입회 조건이 까다로운 클럽의 멤버들은 어떤 사람들일까? 그것을 자세하게 밝히는 것은 거의 불가능하다.

그 이유의 하나는 이 클럽이 법적인 존재가 아니었으므로, 회원들은 외부의 각계 명사에 대한 기록이나 그 외의 신상록에 자신이 속한 클럽에 대한 일을 기재하지 않았다. 게다가 그들은 남들 앞에서 클럽에 관해서 한마디도 하지 않았다. 때때로 여러 모임에서 클럽이 화제가 되는 일이 있어도 정작 클럽의 이름을 들먹이는 사람들은 회원이 아닌 것 같았고, 아울러 그런 화제를 신중히 피하곤 했던 명사들이 회원이지 아닌지의 여부 또한 아무도 알 수가 없었다. 실제로 그들이 회원일 수도 있다. 그러나 회원으로 보이고 싶은 기분에서 일부러 무관함을 가장하고 있었던 것인지도 모른다.

이렇게 세일링 클럽에 비밀스러운 분위기가 더해짐에 따라 언젠가 회원으로 받아들여질 날을 손꼽아 기다리고 있는, 한창 상승일로에 있는 사업가에게 이 클럽은 당연히 호기심에 찬 목표가 되었다. 그들은 그러한 목표가 손에 닿지 않는 먼 곳에 있다는 것을 알면서도, 저마다 마음속으로는 자신들의 투쟁과 성공을 세일링 클럽이라는 이 최대의 장식으로 마무리짓고 싶어 남몰래 희망을 간직하고 있었던 것이다.

사업가의 한 사람인 존 고퍼스는 자신이야말로 클럽의 회원으로 뽑힐 자격이 있다고 자부했는데, 그것이 괜한 자만심만은 아니었다. 우선 그는 사업가로서 크게 성공한 인물이었다. 쉰에 가까운 나이에도 불구하고, 그가 직접 나서서 멋지게 성사시킨 일련의 회사 합병을 통해 몇몇 분야에서 발군의 존재로 인정받는 유력한 주식회사의 사장이었다. 이 회사는 그의 야심만만한 지휘 아래 해마다 새로운 영역으로 진출해 경쟁상대에게 거침없는 도전장을 던졌다. 이 도전적인 회사 때문에 다른 회사들은 생존을 위한 전쟁을 치러야 했다.

고퍼스도 창업 당시에는 조심성이 많고 소심하기까지 했지만, 그의 자신감은 해마다 점점 커져서 지금은 어떠한 일에도 물러서는 법이 없었다. 예를 들면, 중대한 판단상의 실수로 대규모 기업이 도산할 만한 일대 위기가 닥쳐도 오히려 그는 상황을 즐기는 편이었다. 그는 일단의 일들은 부하의 손에 넘겨주고, 자신은 이처럼 배짱과 수완이 더욱더 요구되는 커다란 문제를 흥미진진한 가슴으로 대면하곤 했다. 언제부턴가 그는 자신이 단순히 성공한 인물일 뿐만 아니라 명사로서 어딘가의 클럽에 들어갈 정도가 되었음을 알았다. 명사 클럽에 가입하게 되면 배가 지나간 뒤에 생기는 물결처럼 자신이 가는 길마다 뭇사람들의 부러움이 따르게 될 것이라고 생각했다. 그것이야말로 그가 바라는 인생이고 그런 인생이 자기 것이 될 수 있는 바에는, 위세당당한 사교 클럽인 이 세일링 클럽에서 회원 자격을 얻는 게 마땅하다고 믿고 있었다. 게다가 그에게는 반평생에 걸쳐 계속 품어온 바다와 요트에 대한 애착이라는, 유리하다면 유리하다고 할 만한 조건이 있었다.

그는 어렸을 때 넓은 바다를 마주한 해안에 서서 암초 저편으로 멀어지는 흰 돛을 황홀하게 바라보며, 자신이 큰 배의 선장이 된 모습을 상상했었다. 그럴 때면, 손에 들고 있던 장난감 물통은 기다란 망원경이나 해적의 단검이 되었고, 바람에 흔들리는 한 줄기 갈대는 멋진 삼각기나 해골과 뼈가 그려진 검고 흉악한 해적기로 변하곤 했었다.

 열 살 때 온 가족이 여름을 보낸 해안 별장에서 그는 요트를 다루는 법을 배웠다. 좀 자라자 아버지의 요트를 혼자서 타고 나가는 것이 허락되었고, 그후 대학에 갈 나이가 되었을 때는 규모가 큰 레이스에 참가하는 요트부의 선수로 뽑히기도 했다. 그 무렵 그에게 위험스러운 바다는 그에게 한층 더 매력적인 호적수였다. 그 위험이란 것은 이성적으로는 이해하기 어려운 것인데, 매년 적어도 요트 한 척은 먼 바다로 나가 돌아오지 않았다는 사실이었다.

 이제 중년이 된 존 고퍼스는 바다가 육체적으로 도전해 볼 만한 호적수 이상의 것이라는 것을 알게 되었다. 물론 지금도 육체적으로도 도전해 볼 만한 호적수이긴 했지만, 동시에 그는 자신에겐 바다가 젊음의 활력을 되찾아 주는 원천이기도 하다는 것을 깨달았던 것이다. 바다 바람에 날리는 물보라가 살을 때리는 순간, 몸과 마음엔 새로운 생기가 솟았고, 작은 요트를 제멋대로 뒤흔드는 파도의 충격이야말로 숨어 있는 정열에 불을 당기는 것이었다. 그런 순간순간은 사업의 위기 정점에 이른 순간 같은 긴장감으로 자신을 고양시켰다. 그런 순간이면 그는 바다와 고독을 벗삼아 바람과 태양과 하늘과 격렬하고도 숨가쁜 일체감을 느낄 수 있었으며, 동시에 절대적 신을 경험한 듯한 기분을 맛볼 수 있었다.

 시간이 지남에 따라 세일링 클럽 회원이 되는 일만이 고퍼스가 획득해야 하는 유일한 명예가 되었다. 그는 자신이 회원이 아닐 뿐만 아니라 아직은 될 수 없다는 것, 그리고 그 자격을 얻어내려고 최대한 노력을 해도 그것이 그렇게 쉽게 되지 않으리라는 것을 알고 있었다. 그는 그 사실을 잊고 싶었다. 하지만 회원 가입에 실패하더라도 호기심을 만족시키기 위해서 세일링 클럽에 대해 좀 자세히 알아보고자 결심했다.

물론 그건 쉬운 일이 아니었다. 그러나 그는 대단한 각오로 이 일에 매달렸기 때문에, 얼마 지나지 않아서 세일링 클럽 회원들의 실태에 대해 꽤 정확한 정보를 얻을 수 있었다. 회원 모두는 사업계나 재계의 거물들이었다. 그런데 이상하게도 그들의 전력이나 업적에 뭔가 한 가지는 있을 법한 공통점이 보이지 않았다. 그들 대부분이 대학 출신이었는데, 그렇지 않은 사람도 2, 3명 있었다. 그들 사이에는 갖가지 인종적인 긴장이 뚜렷했다. 몇 명은 외국 태생이고, 한두 사람은 아직도 외국 국적을 갖고 있었다. 또 오랫동안 요트와 친했던 사람들이 있는가 하면 바다에 대해 흥미가 없는 사람도 있었다.

고퍼스는 고개를 갸우뚱하며 그 조사를 거의 포기하고 결국 세일링 클럽 회원들 사이에 무언가 공통된 요소는 없다는 판단을 했다. 그러나 바로 그때, 그는 어떤 분석하기 어렵고 미묘한 요소가 이 클럽에 내재해 있다는 것을 깨달았다. 그것은 정말로 이 클럽이 존재하기는 하는 것일까, 단지 상상에 지나지 않는 것이 아닐까 하는 의문을 불러일으킬 만한 것이었다.

고퍼스는 회원이라고 여겨지는 사람들의 특색을 보다 자세히 관찰해 보았다. 그들은 정말 종잡을 수가 없었고, 왠지 모든 일에 초연하며 심지어는 따분해 하는 것도 같았다. 하지만 그런데도 그들 사이에는 뭔가 별다른 것, 뭔가 뒤에 숨어 있는 것이 있었다. 예컨대 그들이 쓸데없는 농담을 주고받으며 희희낙락하는 듯이 보여도 그 속에서는 뭔가 감춰진 흥분의 빛이 엿보이는 듯했던 것이다.

클럽 회원에 대해서 이것저것 관찰을 계속하는 동안에 고퍼스는 지금까지와는 전혀 다른 어떤 느낌을 갖게 되었다. 확실하게 알 수는 없지만 그들에 대해 몰래 조사하고 있자니 그쪽에서도 자신을 주시하고 있는 듯한 기분이 들었던 것이다.

그것을 가장 확실히 느끼게 된 것은 최근에 친해진 마셜이라는 노인 때문이었다. 이 노인도 어느 큰 회사의 경영자였는데, 두 사람 간의 교제는 이 노인의 노력으로 적어도 일주일에 한 번은 점심을 같이 하는 사이까지 되었다. 그들의 화제는 극히 흔한 것이었다. 대개는 사업에 대한 얘기였는데 때로는 바다를 사랑하는 사람들이니만큼 요트 레이스에 대해 얘기 하기도 했다. 그러나 그때마다 고퍼스는 세일링 클럽 가입에 관련된 일로 은밀하게 타진을 받고 있다는 느낌을 받았다.

그는 흥분을 가라앉히려고 애썼다. 하지만 어느 사이에 손은 땀으로 젖어 있기 십상이었다. 손을 닦으면서, 이건 마치 꼭 들어가고 싶은 대학생 교우 클럽의 리더로부터 구두 테스트를 받고 있는 신입생 꼴이 아닌가 하고 자기의 신경과민을 스스로 타일렀다.

그는 자기 성격을 고치려 했다. 업무에 임할 때의 공격적인 태도로는 클럽 회원들의 분위기에 어울리지 못하리라는 것을 느꼈기 때문이다. 하지만 그것은 그에게는 고통스럽기까지 한 일이었다. 그는 생각했다.

'내 성격에 맞지도 않는 일을 성격을 고쳐가면서까지 할 필요가 있을까? 클럽이 나를 회원으로 뽑을지 여부는 어차피 그쪽에서 결정할 일이 아닌가?'

그 얼마 후 마셜을 만났을 때, 그는 짐짓 자신이 얼마나 전투적인 자세로 자신의 사업을 즐기고 있는가를 고백했다. 마셜의 비웃는 듯한, 혹은 즐기고 있는 듯한 모습에 초조해진 고퍼스는 자기가 필요 이상으로 열변을 토하고 있음을 발견했다.

마셜은 입가에 쓴 웃음을 머금었다.

"자네는 사업가의 정신없이 바쁜 생활을 즐겁고도 통쾌한 것이라고 생각하는군?"

"그렇습니다."

고퍼스는 '당신은 그렇지 않습니까?' 하고 덧붙이고 싶었다. 만일 세일링 클럽이 단순히 인생과 자기 자신을 따분하게 여기는 사람들의 도피처에 지나지 않는다면, 그런 곳에 들어갈 이유가 어디 있겠는가.

세일링 클럽이 자기 같은 사고방식의 사람에게는 어쩌면 무가치한 대상일지도 모르지만, 아무튼 자신의 손이 미치지 않는 곳에 있다고는 생각하고 싶진 않았다.

마셜과 지지부진한 이야기만 하다 헤어진 뒤, 고퍼스는 요트 선착장으로 이어진 좁은 길을 걸어갔다. 먼 바다에서 불어오는 바람에 불쾌한 기분을 떨쳐 버리고 싶었다. 해변으로 나와 보니 마침 거대한 정기 여객선이 지나가며 남긴 어마어마한 물결 위를 세관의 작은 증기선이 흔들흔들 건너가고 있었다. 물기를 머금은 바람이 부드럽게 불어왔다. 그는 그 짜디짠 해변의 냄새가 다시 옛날과 같은 안도감을 느끼게 해주기를 절실히 기대했다. 그러나 웬일인지 바다를 향하니 얼굴이 찌푸려질 뿐이었다.

'아니야, 내가 기대했던 것은 이런 게 아니었어.'

그해 겨울, 고퍼스는 뜻하지 않게 병을 앓게 되었다. 유행성 감기로 중병은 아니었지만 회복하기까지 기간이 너무 길어져 봄이 돼서도 아무 일을 할 수가 없었다.

툭하면 만사가 걱정되는 것도 그 병이 원인임에 틀림없다. 그는 혼자 생각했다. 사업상의 걱정이 아니었다. 그에게는 유능한 경영진이 있어서 잠시 그가 없다고 해서 회사가 곤경에 빠지지는 않았다.

처음에는 가벼운 우울증이 한동안 계속되었다. 이것은 의사가 병후의 증상으로 예고하고 있었던 것이었다. 그후엔 간헐적인 자각 증상에 의해 우울증이 멈추더니 이번에는 뭐라 말할 수 없는 권태감이 밀려왔다. 예를 들면 부사장이 자기 직무를 너무도 훌륭하게 해내고 있다는 것을 알면서도, 거기에 대해 자기가 아무런 감정도 느끼지 못하고 있다는 것을 깨달았다. 불안해졌다. 예전 같으면 당장이라도 사장의 의자로 돌아가 자신이 여전히 건재하다는 것을 사원들에게 과시해야만 직성이 풀렸을 것이다.

그러나 고퍼스는 아무런 감정도 느끼지 못했다. 그를 곤혹케 하는 것은 그것이었다. 이것은 다만 뒤늦게 나타난 병후의 증상에 지나지 않는가? 아니면, 병이 몰고 온 필연적인 노화 현상인가?

그는 스스로를 시험해 보았다. 우선 경제 고문 중 한 사람이 작성한 주식 매매 계획안을 분석했다. 그는 그것을 멋지게 해치웠다. 그가 일하는 모습은 그전과 다름없었다.

'그래, 나는 아직 늙지 않았어. 벌써 그럴 리는 없지. 이 우울한 기분은 결코 고칠 수 없는 것이 아니야.'

그해 여름을 그는 가족들과 함께 해변에 있는 별장에서 지냈다. 그는 요트를 타고 싶은 기분이 아니었기 때문에 해변에 누워 사람들이 요트를 몰고 다니는 것을 지켜보았다. 그는 자신의 이러한 반응에 조금 놀랐다. 그들이 조금도 부럽게 느껴지지 않았던 것이다.

가을이 되자 그는 조심스럽게 의사의 조언과 아내의 말에 따라 느슨한 스케줄로 일을 시작했다. 그리고 러시아워의 전차를 피해 늦게 출근하고 빨리 퇴근했으며 한 달에 두세 번은 집으로 돌아와 쉬기로 했다.

그전 같으면 답답해서 참지 못했을 것이다. 하지만 지금은 스스로가 현명하게까지 느껴졌다. 일이라 해도 모두 단순한 것들뿐이라서 부하 직원들에게 넘겨주고 나면 자기가 할 일은 거의 없었다.

겨울도 끝나갈 무렵 주식 매매 결과가 나왔는데, 중요한 문제를 부하 직원에게 맡겨둔 것이 생각났다. 확실히 그 문제는 잘 처리되고 있었고 자신도 완전히 무관심한 것은 아니었지만, 그전 같으면 자신이 직접 그 일을 맡고 있었을 터였다.

'휴, 이제 사장 자리에서 물러날 때가 온 것일까?'

그런 불안에 사로잡혀 있을 때 그는 우연히 마셜을 만났다. 두 사람이 함께 소속된 어느 사립대학의 클럽에서였다. 그는 왠지 마셜보다 자신이 훨씬 늙은 듯이 느껴졌다. 생활이 무기력해진 탓이리라.

그와 얘기하던 중에, 고퍼스는 문득 지금의 고민을 털어놓는다고 해서 자신이 손해볼 것은 없다는 생각이 들었다. 마셜이 자기보다 나이도 많고, 뭔가 조언을 해 줄지도 모르기 때문이었다.

그는 자신이 병에 걸렸었다는 것, 회복이 늦는다는 것, 직장에 가고 싶지 않다는 것, 그전 같으면 생각도 못할 여러 가지 책임 회피에 대한 것들을 얘기했다.

마셜은 묵묵히 귀를 기울여 듣다가, 그런 일이라면 많이 들어봤다는 듯 조용히 고개를 끄덕였다.

고퍼스는 얘기를 다 마치고 부끄러운 듯한 눈으로 마셜을 힐끔 보았다.

마셜은 차분한 어조로 입을 열었다.

"사업가로서의 생활에는 이제 그다지 흥미를 느끼지 못한다는 얘기로군."

고퍼스는 자기의 고민이 그런 식의 대답이 되어 돌아오자 애가 탔다.

"아니, 그런 게 아니에요."

그는 퉁명스럽게 대답했다.

마셜의 눈빛은 빛났고, 마치 이런 상황을 즐기고 있는 듯이 보였다. 왠지 우쭐해 하는 기색에 고퍼스는 말을 꺼낸 것을 후회했다.

마셜이 상체를 쑥 내밀며 말했다.

"세일링 클럽에서 가입 여부를 물어온다면 어떡하겠나?"

고퍼스는 그를 쏘아보았다.

"농담하는 겁니까?"

"아니, 그렇지 않네."

이번에는 고퍼스가 좋아할 차례였다.

"3년 전쯤에 제의받았다면 모를까, 지금으로서는……."

"받아들이겠나?"

마셜은 물러날 기색을 보이지 않았다.

"지금으로서는 그다지……. 솔직히 말하자면 아무래도 좋다고나 할까요……?"

마셜은 싱긋 웃었다.

"됐어! 이제야 입회 자격이 생겼군."

그는 공모자 같은 눈빛으로 고퍼스에게 윙크를 했다.

"우린 모두가 그런 심정이네. 자네와 같은 병에 걸려서 말야."

"하지만 난 이미 다 나았어요."

마셜이 웃으며 말했다.

"의사는 그렇게 말했을 테지만 아직 낫지 않았다는 건 누구보다 자네 자신이 더 잘 알지 않나? 고퍼스, 그 병의 유일한 치료법은 같은 병을 앓고 있는 사람들과 운명을 같이하는 거라네. 세일링 클럽에서 말야."

그는 계속해서 클럽에 대해 얘기했다. 대개는 고퍼스가 이미 알고 있던 얘기였다. 회원은 16명인데, 연중 행사인 여름 크루징 때 스쿠너에 타기에는 알맞은 인원수였다. 그리고 그 16명 중 1명이 얼마 전에 죽었기 때문에 고퍼스의 입회가 허락된 것이리라.

"그러니, 자네가 승낙만 한다면……."

고퍼스는 진지하게 듣고 있기는 했지만 아직까지는 망설여졌다. 클럽의 크루징에서 무슨 일을 하는지 마셜이 확실하게 이야기하지 않았기 때문이다. 고퍼스는 '어차피 얘기를 꺼낼 가치도 없는 일일 거야.

그냥 술이나 마시며 큰소리로 옛 학창 시절 노래나 불러대는 게 고작이겠지'라고 생각했다.

마셜은 그의 생각을 읽고 있기라도 하는 듯이 빙그레 웃으며 말했다.

"한 가지만은 단언할 수 있다네."

그는 한층 진지한 어조로 덧붙였다.

"절대로 따분하거나 시시하지는 않을 거라는 점이지."

그의 말투에는 묘하게 강한 여운이 있었다. 고퍼스는 뭔가 체념한 듯 한숨을 쉬며 웃어 보였다.

"알겠어요, 가입하죠."

크루징은 7월 마지막 날에 출발하기로 했다. 그 전날 저녁, 고퍼스는 마셜의 차를 함께 타고 해안에 있는 어느 회원의 집을 찾아갔다. 두 사람이 도착했을 때 이미 다른 회원들은 다 모여 있었다. 그 자리에서 고퍼스는 새로운 회원으로 정식으로 소개되었다.

그들에 대해서는, 안면 있는 사람도 있고 들은 얘기도 있고 해서, 이미 알 만큼은 알고 있었다. 그들 중에는 경영하고 있는 회사나 은행 이름보다 개인적으로 유명한 거물도 꽤 있었다. 그다지 유명하다고 할 수 없는 사람도 두세 사람 있긴 했지만 고퍼스보다 사회적 지위가 못한 사람은 없었다. 게다가 모든 회원들이 자신처럼 힘겨운 경쟁에서 살아남은 사람들이라는 것을 알았을 때 그는 기뻤다.

시간이 지남에 따라, 그는 서서히 또 한 가지 새로운 사실을 깨닫기 시작했다. 그것은 이 회원들 중엔 최근 큰 업적을 이룬 사람이 한 사람도 없다는 사실이었다. 그런 사실에도 그는 일종의 위안을 느꼈다. 지금 자신이 정체를 알 수 없는 권태감에 빠져 있는 것이라면, 마셜이 말한 대로 같은 병을 앓고 있는 사람들과 하나가 된 것이다.

그렇게 생각하자 그는 기분이 좋아져서 마치 몇 년 전부터 회원이었던 것처럼 여유 있는 태도로 웃고 떠들었다.

오트는 이미 만반의 준비를 갖추고 있었다. 티처라고 하는 덩치가 큰 노인이 '아홉 시에 전원 취침'이라고 말했을 때도, 이튿날 새벽에 출범할 예정이라는 것을 알았기 때문에 그는 자연스럽게 받아들였다.

"신입 회원 서명은 끝났나?"

누가 물었다.

"아직 아니야."

티처가 말했다. 그리고 털 없는 큰 손으로 고퍼스를 불렀다.

"이쪽으로."

그는 고퍼스를 옆방으로 데리고 갔다. 다른 회원도 5, 6명 따라나섰다. 티처는 벽에 설치된 금고를 열고 오래전에 철한 끈이 너덜너덜해진 고색창연한 검은 표지의 책을 꺼냈다. 그는 그 책을 책상 위에 놓고, 페이지를 넘기다가 고퍼스를 불러 펜을 건네주었다. 티처가 그 페이지의 위쪽을 하얀 종이로 가리고 있었기 때문에, 그는 아래쪽에 있는 회원들의 서명밖에 볼 수 없었다.

티처는 마치 선장처럼 무뚝뚝하게 말했다.

"약정서에 서명하게."

고퍼스는 그것을 선뜻 받고는 서명을 하기 위해 몸을 숙였다. 하지만 내용을 훑어보지도 않고 서명하는 것에 대해서는 본능적인 거부감을 느꼈다. 그는 자기를 둘러싼 얼굴들을 보았다. 등 뒤에서 누군가 이렇게 말했다.

"약정서를 읽고 싶다면 읽어도 괜찮네. 다만, 항해가 끝나고 나서라면."

그는 어쩔 수 없이 서명을 하고 돌아서서는 누군가 내민 손과 악수를 했다.

"됐어."

누군가 큰소리로 그렇게 말했다. 그들은 입회인으로서 서명을 하고, 티처의 제의로 건배를 한 뒤 각자 침실로 돌아갔다.

'이 입회식은 약간 바보스럽지만 어쩐지 이제야 비로소 동지가 된 듯 기분이 편안하군' 하고 고퍼스는 혼자 생각했다.

그 편안한 기분은 아침까지 계속되었다. 새벽녘에 눈을 뜬 그는 서둘러 준비를 마치고 그들과 같이 아침 식사를 했다. 그들이 각자 가방을 메고 요트로 가고 있을 때 사방은 아직 어두웠다. 선상에 오르면서 고퍼스는 뱃머리에 흰 글씨로 쓰인 배이름을 겨우 읽어낼 수 있었다.

'자유 4세호'

그는 경험을 살려 갑판원 일을 맡았고, 다른 동료들과 돛을 올릴 준비를 했다. 그때 그는 동료들에게 확연한 태도의 변화를 느꼈다.

이 클럽은 변덕스럽다는 평판이 있었는데, 확실히 그랬다. 전날 밤의 회원들은 놀자판인 듯이 보였지만 지금은 달랐다. 모두들 저마다 주어진 일을 척척 해내는 모습이 너무나도 진지했다. 그 때문에 요트는 쓸데없는 시간 낭비가 없이 눈 깜짝할 사이에 수평선에 붉게 솟아오르는 아침 해를 향해 미끄러져 나갈 수 있었다.

고퍼스는 한편으로는 놀랐고 한편으로는 만족했다. 이 선원들에게는 기술과 규율과 진지한 목적이 있었다. 그는 애초에 가졌던 그들에 대한 좋지 않은 편견을 버리기로 했다.

그는 만족스러운 기분으로 느긋하게 선상의 생활을 계속해 나갔다. 갑판에서나 선실에서나 침실에서나 조리실에서나 모두가 경쾌하고 생기발랄했다.

선장인 듯한 티처는 앞 갑판에 작은 선실을 갖고 있었는데, 이곳은 청결함과 정돈의 모범이 되었다.

고퍼스는 내심 감탄하며 좀더 자세히 살펴보려고 그 선실을 찾아갔다. 티처는 거기에 없었다. 하지만 조금 뒤에 맞은편 칸막이 벽의 좁은 문에서 티처가 다른 두 명의 회원을 데리고 나왔다. 그들은 기분 좋게 고퍼스에게 인사하며 자신들이 빠져나온 문을 닫아 잠가 버렸다. 그 방을 보여 달라고 말하고 싶었으나 그러지 못했다. 그날 늦게 그는 주위를 둘러보다가 승선 당시에는 적당히 놓여 있었던 것이라고 생각했던 어떤 판자가 사실은 교묘하게 은폐된 승강구라는 것을 깨달았다.

그는 웅크리고 앉아, 승강구로 보이는 판자의 테두리를 따라 무심코 손가락을 움직이고 있다가 문득 고개를 들었다. 순간 그의 시선은 마셜의 눈과 마주쳤는데 왠지 꺼림칙한 기분이 들었다. 그러나 마셜은 단지 이렇게 한마디했다.

"식사하러 가지 않을 텐가?"

그로부터 2, 3일 동안 고퍼스는 때때로 그 방에 뭔가가 있을 것이라는 생각이 들었다. 그러다가 어느덧 그 일에 대해 잊어버리게 되었다. 항해의 즐거움이 그런 사소한 의아심 같은 것은 곧 잊게 해주었기 때문이다. 지금 그가 느끼는 만족감은 지난날의 몇 개월분을 합친 것보다도 더 큰 것이었다. 그것은 다시 배를 탈 수 있었기 때문이라기보다는 자기와 같은 부류의 사람들과 함께 활기에 넘친 생활을 하게 되었기 때문이라고 그는 생각했다. 실제로 그들은 이 '자유4세호' 위에서 하나의 작은 공동체를 만들고 있는 것이다. 그것도 얼마나 근사한 공동체인가! 요리사, 조수 같은 낮은 지위의 선원일지라도 실은 몇백만 단위의 거래를 일상적으로 행하고 있는 사람이니 말이다.

오래전에 고퍼스가 이 세일링 클럽 회원들에게서 엿보았던 미묘한 흥분의 빛을 그는 이해하기 시작했다. 그들이 하는 것은 보통의 크루징이 아니라, 선원으로서 기량을 시험하는 대연습이었다. 마치 그들은 하나로 뭉친 의지의 힘으로 바다와 싸우며, 그 잔혹한 강적에 대한 도전을 통해 지난날 자신들의 일 속에서 발휘했던 모험심을 다시 한번 되찾으려는 듯이 보였다.

그들은 무엇인가를 찾고 있었다. 일주일 동안 요트는 계속 육지가 보이지 않는 바다 위를 지그재그 코스로 항해했기 때문에, 고퍼스는 지금 자기가 어디쯤에 와 있는지 도무지 알 수가 없었다. 그들은 바다를 상대로 자신들의 의지력을 시험해 볼 폭풍을 찾고 있는 것일까? 확실하게 알 수는 없었지만 어쨌든 그는 즐거운 마음으로 기다리고 있었다. 그에게 '자유4세호' 선상에서의 생활은 하루하루가 만족과 즐거움의 연속이었다.

8일째, 그는 어떤 급격한 변화를 느꼈다. 동작도 기민해졌고 표정의 변화도 거의 없어진 승무원들의 태도에서 그것을 느낄 수 있었다. 그것은 마치 중대한 교섭의 최종적인 단계에서 위기가 발생했을 때, 회사의 중역실에서나 볼 수 있는 분위기였다. 그리고 신참자인 자신 이외의 승무원들 사이에는 뭔가 암호가 오고가는 듯도 했다.

승무원들은 긴장하고 있었지만, 그것은 충분한 연습을 거친 운동선수가 그들의 기량에 맞는 테스트를 신념을 갖고 기다리고 있을 때 느끼는 그런 긴장감이었다. 고퍼스는 그런 분위기에 휩쓸려 자신의 앞에 무엇이 펼쳐질지도 모르는 채 열심히 수평선을 지켜보고 있었다.

자신이 싸워야 할 것이 무엇인지에 대해서 이제 아무래도 좋았다. 어떤 시련이 다가오더라도, 지금까지 다져온 패기와 자신감을 가지고 맞설 자신이 있었다. '자유4세호'는 방향을 바꾸어, 낮게 드리워진 구름으로 어두워진 동쪽의 수평선을 향해 나아갔다. 고퍼스는 그쪽에서 폭풍이 몰려오고 있을 거라고 생각하고 신경을 곤두세웠다. 그러나 폭풍의 조짐은 전혀 없었다. 단지 거기에는 이쪽으로 다가오는 요트

한 척이 있었다. 고퍼스는 그 요트가 틀림없이 이 '자유4세호'가 열심히 찾고 있던 폭풍으로부터 도망쳐 오는 것이라고 생각했다.

그는 하늘을 살펴보았다. 그 많던 구름들은 어느덧 걷혔고 푸른 하늘만 눈부셨다. 그는 한숨을 쉬곤, 기대가 어긋나 모두 실망했으리라 생각하며 주위를 둘러보았다.

그러나 그들의 얼굴에서 실망의 빛이라고는 조금도 찾아볼 수 없었다. 그렇기는커녕 긴장의 기운이 견디기 어려울 정도로 높아지고 있었다. 그들의 눈빛은 차가웠고 표정과 자세도 경직되어 있었다.

고퍼스는 그 의미를 이해하려고 그들의 얼굴을 살폈다. 희미했던 느낌이 점차로 뚜렷해지고 그는 온몸이 흥분에 휩싸이는 것을 느꼈다.

'그렇다면 혹시……'

앞 갑판의 승강구가 열리고 그 아래에 있던 것이 갑판 위로 올라왔다. 그리고 승무원들은 오랜 훈련으로 단련된 민첩한 동작으로 준비를 시작했다.

멍하니 서 있던 그는 반짝이는 소형 대포의 첫 번째 탄이 저쪽 요트의 뱃전에 맞아 터지는 것을 보자, 다른 동지들과 마찬가지로 재빨리 앞 갑판으로 달려가 라이플을 건네받았다.

몸부림치는 생존자들을 습격하는 '자유4세호'의 동료들과 그의 환성은 이윽고 하나가 되었다. 그리고 그들의 무기는 목표물을 향하여 신나게 불을 뿜어댔다.

우연히 스파이로 몰린 한 시민의 절망적 고뇌

 미스터리소설의 경향과 작풍에 대해서는 여러 가지 분류가 가능한데 그 한 예로 스파이소설을 들 수 있다. 그러나 근대적 의미에서 스파이소설이 문학의 한 장르를 장식하게 된 것은, 급박한 국제 정세하에서 스파이의 역할이 얼마나 중차대한 것이었나 하는 것이 일반에게 인식되었기 때문이다. 그래서 제1차 세계대전 이후 이 대전을 배경으로 하는 스파이소설들이 나오게 되었다. 이 범주에 속하는 사람들로는 르 큐라든지 오펜하임을 들 수 있다. 하지만 이러한 작가들의 작품들은 단순히 파란만장한 모험담이었을 뿐 문학적으로 그리 뛰어난 것은 아니었다.
 이 책의 저자 앰블러(Eric Ambler, 1909~1998)는 뛰어난 스파이소설로 《해변의 비밀(1903, 칠더)》, 《비밀 첩보원(1907, 콘래드)》, 《39계단(1915, 버컨)》, 그리고 《비밀 첩보원(1928, 몸)》 등을 언급하며 이 장르에 대한 최고의 가능성을 시사한 작품들이라 했지만, 저마다 특색 있는 개성을 지니고 있는 이 작품들이 새로운 풍조를 불러일으키지는 못했다.

그러나 제2차 세계대전이 일어나면서 에릭 앰블러를 선구자로 문학적으로도 뛰어난 스파이소설들이 많이 나타났다. 1937년 앰블러는 《공포의 배경》으로 인간의 성격 묘사에 치중한 리얼리즘 스파이문학을 개척했는데, 과거 서머싯 몸의 스파이문학처럼 고립적인 것이 아니라 에세르 반스, 헬렌 마킨즈, 매닝 콜 같은 비슷한 경향의 작가들로 이어지는 교두보가 되었다. 또한 그레이엄 그린의 《밀사(1939년)》를 비롯한 알린검 이네스, 브레이크 체이니, 크로프츠 같은 미스터리소설 작가들이 세계대전 중에 이런 계통의 작품을 발표하여 전후 심리스릴러 및 서스펜스소설을 주류로 하는 시대를 형성하는 데 도화선 역할을 담당했다. 이 경향은 얼마 뒤 미국에까지 영향을 미쳐 힌즈, 키스, 록클리지, 맥로이 등도 스파이소설을 쓰게 되었다.

앰블러는 런던에서 태어났다. 런던대학에 들어가 공학을 배운 뒤, 기사가 되었으면 하는 양친의 바람대로 그는 공장에서 근무했다. 그렇지만 재미가 없어서 그만두게 된다. 그는 곧 무대를 동경하게 되었고 스스로 만든 노래를 부르거나 피아노를 쳤다. 한동안 이어지던 이런 배우 생활도 그리 오래 가지는 않았다. 그는 광고문안을 쓰다가 마침내 광고회사의 중역이 되었고, 이때부터 단편을 발표하게 되면서 처녀장편 《검은 국경(Dark Frontier)》을 완성한다.

그의 첫 장편은 역시 미숙하기는 했으나 그의 본령이 충분히 나타난 작품이었다.

이야기는 영국의 한 평범한 과학자가 자동차 사고를 겪고 졸도했다가 깨어나자 자신이 방금 읽었던 스파이소설의 대담한 주인공이 된 것으로 착각하는 것으로 시작된다. 그는 루마니아의 국경에 있는 어떤 작은 나라로 가서는 거기서 발견된 원자탄의 공식을 파괴한다는 것이다.

이 소설에서는, (1)큰 사건에 우연히 휘말리는 초인간이 아닌 보통 인간, (2)믿을 만한 과학기술상의 지식, (3)유럽 정치정세에 대한 진지한 관심——이상의 세 가지 요소가 잘 나타나 있는데 이러한 요소야말로 지금까지의 그의 모든 소설에서 특징적으로 나타나는 요소들이다.

그의 소설은 거의 모두가 다 그때그때의 시사성이 강한 것들이므로 국제정세와 정치정세가 중요한 배경이 되어 있다.

그의 기본 플롯은 겉모습에서나 능력에서나 별로 두드러지지는 않은 인물이 그가 평소에 살고 있는 환경을 떠나 이상한 다른 곳으로 가서는, 그 자신의 바보스러움도 한몫하여, 어처구니 없는 큰 사건에 휘말려 빠져 나오지 못해 허둥댄다는 것이다. 주인공은 볼품도 없고 무기나 여자에 관해서도 익숙하지 않고 육체적 조건도 허약하지만, 그러나 마침내는 그의 천성인 약삭빠름과 어떤 특별한 지식이 있기 때문에 사태를 자신에게 유리하게 전개시켜 살아남는다.

《검은 국경》과 같은 해에 발표된 《공포의 배경(Uncommon Danger)》은 도박으로 땡전 한닢 없는 빈털터리 신세로 유럽 제국을 전전하던 한 외신기자가 어떤 사소한 일이 계기가 되어 각국 스파이들의 충돌에 휘말리게 되고, 목숨을 건 모험을 감행한다는 내용이다. 스릴이 있어 통속적인 느낌을 주지만, 주인공이나 스파이의 성격묘사가 이제까지와는 다른 참신함을 느끼게 한다.

물론 위 두 작품의 성과도 중요하지만 서머셋 몸이나 그레엄 그린 같은 대작가가 왜 스파이소설에 손을 댔고, 각각 뛰어난 작품을 생산해 내는 데 성공했는가를 알기 위해서는 우선 이 책 《어느 스파이의 묘비명》과 존 르 카레의 《추운 나라에서 돌아온 스파이》 2대 거작을 읽어 보아야 한다. 그것은 인간을 개인으로서 파악할 것이냐, 전체로서 파악할 것이냐 하는 문제에 대한 해답을 주는 훌륭한 인간 이해의 안내서가 되기 때문이다.

《어느 스파이의 묘비명》은 《추운 나라에서 돌아온 스파이》와 더불어 세계 스파이소설 발달사에 있어 결정적인 역할을 한 작품이다. 《추운 나라에서 돌아온 스파이》가 모든 스파이소설 중에서도 가장 탁월하다면 이 작품은 '그 시조적(始祖的) 의미를 가지는 최고의 걸작'이라는 찬사를 받고 있는 수준 높은 작품이다. 이 작품은 그의 세 번째 장편으로 1937년에 집필하여 이듬해 간행되었다. 헝가리 태생의 어학교사가 프랑스 호텔에서 휴가를 즐기고 있을 무렵 우연히 휘말려든 사건이 이 소설의 테마이다. 그는 현상을 맡긴 사진을 찾으러 갔다가 스파이 용의자로 체포된다. 그는 영사가 없어 거의 무국적자 신세와 다름없는 처지라, 자신이 내던져진 감옥 같은 상황에서 빠져나오는 데 힘이 되어 줄 사람이라곤 전혀 없는 기막힌 곤경에 처하게 된다.

그가 무죄를 증명하기 위해서는 호텔 숙박자 가운데서 진짜 범인인 스파이를 찾아내야만 하므로 스스로 이 사건에 뛰어들게 된다. 그런데 이런 줄거리의 설정도 흥미거리이지만, 우리는 세계사라는 거대한 조직의 흐름 속에 놓여 있는 한 인간의 비정한 운명 엿보기를 놓쳐서는 안 될 것이다. 이 작품은 '국제 정세와 개인의 운명'이라는 큰 테두리에서 볼 때 20세기에 살았던 모든 인간이 걸어가지 않을 수 없는 인류 공동 운명의 축도로서도 읽혀질 수 있기 때문이다. 평범한 한 시민이 우연히 절망적인 입장에 처하게 되면서 겪게 되는 인간적 고뇌에 초점을 맞춘 이러한 점이 기존의 여느 작품과는 다른 차이점이고, 느낌의 신선함이랄 수 있겠다.

앰블러는 선배 버컨과 몸이 개척한 리얼리즘을 발판 삼아 리얼한 스파이소설을 탄생시키는 데 성공한 것이다. 이것을 영국 독자들에게 어필했고 《디미트리오스의 관》과 더불어 그의 명성을 높여주었다. 그의 명성이 대단했던 예로서 《디미트리오스의 관》은 2차대전 중 꾸준히 판을 거듭하여 팔렸다는 사실이다. 또 하나의 예는 이안 플레밍의 제임스 본드 시리즈 중의 하나인 〈골드 핑거〉에서 사명을 띠고 임무지로 향하는 비행기 안에서 007 제임스 본드는 앰블러의 신간소설을 읽으면서 앰블러야말로 스파이소설의 제1인자로 생각하는 대목이 나온다.

그럼 이 작품의 시대적 배경부터 잠깐 살펴보기로 하자.

제2차 세계대전이 격발하기 직전, 히틀러의 나치스 독일과 무솔리니의 파시즘 이탈리아의 급격한 침략정책에 대하여 영국과 프랑스로 대표되는 민주진영과, 스탈린 독재하의 소비에트가 대립하면서 일촉즉발의 긴장된 공기가 흘러나오던 바로 그 무렵이다. 그리고 이들 세력 간의 중압으로 제2차 세계대전 격발과 함께 비참한 운명을 밟게 된 것이 바로 이 책의 주인공 요셉 바다시가 태어난 헝가리, 유고, 체코와 같은 동구 제국들이었다. 남부 프랑스의 아름다운 풍광을 자랑하는 호텔 레제르브에서 만난 각국의 등장 인물들도 모두 이러한 국제정세를 저마다 등에 지고 있다. 스켈튼 남매의 굴절 없는 환한 미소도 당시 국제분쟁과는 동떨어져 있던 미국을 상징한다.

그의 초기의 걸작들은 이처럼 제2차 세계대전 전야의 긴박한 국제정세를 배경으로 양대국 사이에 낀 약소국가의 운명과 쫓기는 인간의 고독을 생생하게 묘사하고 있다. 이 소설에서도 휴가를 즐기려 떠난 주인공들이 우연히 사건에 휘말려 들어 허둥대는데 우리는 그들 등장 인물들 속에서 작가 에릭 앰블러의 분신을 볼 수 있으며 또한 우리들 자신, 동란의 세계에서 불안에 허둥대는 우리 자신의 분신을 보게 된다.

1952년 크놉사에서 이 책을 미국판으로 간행하였을 때, 작가는 리얼리즘으로 여러 인물들을 실험적으로 취급해 보았다고 회상하였다.

여기서는 무대를 제한했던 앰블러도 다음 작품 《배반의 길(Cause

for Alarm, 1938년)》이후부터는 시야를 한층 더 넓혀 심각한 국제정세와 정면대결을 벌인다. 이 작품에는, 히틀러와 무솔리니가 눈빛을 번뜩이면서 유럽을 노려보고 있을 즈음, 정치감각이 둔한 병기회사 이탈리아 지점장을 둘러싸고 스파이들이 마수를 뻗쳐온다. 그는 이탈리아에서 탈출을 꿈꾸지만 정치에 대해서는 무지하므로 어디를 가든 주위에는 믿을 수 없는 사람들만 득시글댄다. 그런 상황에서 목숨을 걸고 필사적으로 도망하려는 주인공의 비통한 운명이 독자들에게도 그대로 생생하게 전해진다.

《디미트리오스의 관(The Mask of Dimitrios, 1939년)》은 국제적 범죄자의 기구한 일생을 경제학자이자 미스터리작가인 주인공이 재구성하려고 한다. 숨겨진 진상을 풀려는 극명한 조사와, 고독과 공포로 얼룩진 스파이들의 처절한 심정이 박력 있게 서술된다.

이듬해 《공포여행(Journey into Fear, 1940년)》은 배 안을 무대로 스파이단의 목표가 되어 죽음을 의식해야 하는 공포가 선명하게 그려진다.

앰블러는 이 작품을 쓴 뒤 제2차 세계대전이 발발하자 1940년에 영국 육군 포병대에 들어가 군인 교육용 영화를 제작하게 되었고 1946년 퇴역할 무렵에는 계급이 중령이었다. 1940년부터 1951년까지 앰블러는 단 한편의 스릴러도 쓰지 않는 공백기를 가졌다. 전후에는 영화 시나리오, 라디오 대본, 텔레비전 각본 등에도 큰 재능을 발휘했다.

1951년 《델체프의 재판(Judgment on Deltchev)》을 발표하며 오랜 침묵을 깬다.

1953년에 발표된 《시르머가(家)의 유산(The Schirmer Inheritance)》에서 청년 법률가가 막대한 유산 상속자의 소재를 찾아 헤매다 과거를 거슬러 올라가게 되고 그들의 혈통을 조사하면서 관계자를 찾아내는 모습은 마치 크로프츠의 작품을 방불케 한다. 면밀한 조사로 한 장씩 베일이 벗겨지고, 의외의 결말에 직면하는 놀라움은 앞에서 서술한 스파이소설과는 또다른 재미임에 분명하다.

《밤 손님(The Night-Comers, 1956년)》은 넓은 지역을 무대로 한 추적이라든지 도망이라는 여태까지의 설정과는 조금 차이가 난다. 무대가 되는 순다공화국은 실지로는 존재하지 않지만 작가는 일단 인도네시아를 상상한 듯하고, 내전의 여파로 빌딩 속 어느 한 방에 갇히게 된 주인공에게 초점을 맞춰 서스펜스와 서정을 주제로 다뤘다.

이처럼 앰블러는 전후에도 꾸준히 활동을 계속하여 1959년에는 《무기의 통로(Passage of Arms)》로, 72년에는 《지중해의 강풍(The Levanter)》으로 영국 추리작가협회 상을 받았고, 1964년에는 《어떤 분노(A Kind of Anger)》로 '에드거 상'을 받는다.

이 밖에도 앰블러는 C. 로다와 합작으로 엘리엇 리드라는 이름으로도 몇몇 작품을 썼다. 영화감독 히치콕은 그가 스파이소설에 새로운 생명을 불어넣었다고 크게 칭찬하였지만, 《시르머가의 유산》 이후 그의 작품은 문학적 색채가 짙어지면서 일반문학에 훨씬 가까워진 것도 부정할 수 없는 사실이다.

앰블러의 소설은 제2차 세계대전 전후의 두 시기로 구분되는데, 《공포여행(1940)》까지의 작품들은 맹목적인 애국사상을 고취하는 모험소설의 개념을 일소하여 저속한 대중소설의 차원을 추리문학의 차원으로 끌어올렸다고 할 수 있다. 앰블러는 도로시 세이어즈가 탐정소설을 추리문학의 차원으로 끌어올린 것과 마찬가지로 중요한 역할을 해냈던 것이다.

그의 전후 2기의 작품은 공백기를 거치고 1951년 발표된 《델체프의 재판》으로부터 시작된다.

《시르머가의 유산(1953)》을 비롯한 2기의 그의 작품들을 1기 작품과 비교할 수 없는 차이를 볼 수 있다. 2기의 작품에서는 1기의 작품에서처럼 격렬한 액션이 없다. 스릴과 서스펜스가 덜 강렬하다는 것이다. 그러나 2기의 작품은 1기의 작품보다 훨씬 더 원숙해졌다. 특히 앰블러는 스토리 구성이 착실하여 허황된 데가 없다. 다시 말하면 더욱 리얼한, 대가다운 작품들을 시작한 것이다.

앰블러에게 '에드거 상'을 시상한 같은 협회로부터 다시 그는 1975년 그의 평생 업적에 대해 '위대한 작가상'을 수상받는다. 스웨덴과 프랑스로부터도 문학상을 받은 바 있는 앰블러는 1981년 영국에서 훈장을 수여받은 영예를 누린 소수의 인기작가 중 한 사람이었다. 또한 그의 많은 소설들은 스크린으로 옮겨져 영화 〈Topkapi(1964)〉처럼 상업적 성공을 거두기로 했다.

여기에 함께 실린 그의 수작 〈에메랄드빛 하늘의 비밀(The Case of the Emerald Sky)〉에서처럼 작품의 독창성, 서스펜스, 흥미진진한 사건 전개 등을 보여주었던 에릭 앰블러는 반세기가 넘게 인기작가로 사랑을 받아오고 있다.

〈세일링 클럽(The Sailing Club)〉의 작가 데이비드 일리(David Illy, 1927~)는 한국전쟁에도 종군한 바 있는 기자 출신이다. 1962년 여기 실린 〈세일링 클럽〉으로 '에드거 상'을 수상한 것을 계기로 작가로 전향했다. 이 작품에서 인간의 필연적인 일상의 무기력함을 전복적 상상력을 통한 위반과 탈출을 통해 그 해방의 가능성을 시사한 그는, 정확한 세부 묘사와 잔잔한 문장으로 공포를 자아내는, 이상심리에 뛰어난 작품세계를 보여준다.